T3-AKC-482

BURT FRANKLIN: BIBLIOGRAPHY & REFERENCE SERIES 469
Music History and Reference Series 2

BIBLIOGRAPHIE

DES

CHANSONNIERS FRANÇAIS

LE PUY. — IMPRIMERIE DE MARCHESSOU FILS

BIBLIOGRAPHIE

DES

CHANSONNIERS FRANÇAIS

DES XIIIe ET XIVe SIÈCLES

COMPRENANT LA DESCRIPTION DE TOUS LES MANUSCRITS
LA TABLE DES CHANSONS CLASSÉES PAR ORDRE ALPHABÉTIQUE
DE RIMES ET LA LISTE DES TROUVÈRES

PAR

GASTON RAYNAUD

TOME PREMIER

DESCRIPTION DES MANUSCRITS

BURT FRANKLIN
NEW YORK

Published by LENOX HILL Pub. & Dist. Co. (Burt Franklin)
235 East 44th St., New York, N.Y. 10017
Reprinted: 1972
Printed in the U.S.A.

Burt Franklin: Bibliography and Reference Series 469
Music History and Reference Series 2

Reprinted from the original edition in the University of Pennsylvania Library.

Library of Congress Cataloging in Publication Data

Raynaud, Gaston, 1850-1911.
Bibliographie des chansonniers français des XIIIe et XIVe siècles. . .

Reprint of the 1884 ed.
CONTENTS: t. 1. Description des manuscrits.— t. 2. Table des chansons. Liste des trouvères.
1. French ballads and songs—Bibliography. 2. Manuscripts, French—Bibliography. I. Title.
Z6605.F8R27 1973 016.7819'6 70-154647
ISBN 0-8337-2910-1

INTRODUCTION

Les travaux préliminaires de l'édition des œuvres de Tiébaut de Champagne, que je prépare depuis plusieurs années et qui verra bientôt le jour, m'ont conduit à étudier de près tous les manuscrits de chansons françaises du moyen âge ; j'ai dû, à cette occasion, parcourir ces manuscrits, les dépouiller complètement et dresser pour mon usage une table générale, d'où je pusse extraire, dans son intégrité, la bibliographie des chansons du Roi de Navarre, qui trop souvent, dans certains manuscrits, sont anonymes ou ont de fausses attributions. C'est ce travail, complété et augmenté, que je présente aujourd'hui au public ; il sera, je l'espère, utile, et évitera aux travailleurs bien des recherches et des tâtonnements, en leur permettant de prendre connaissance, à l'aide du premier vers d'une chanson, des manuscrits qui la contiennent et des éditeurs qui l'ont publiée, et, d'autre part, de retrouver, sous le nom de chaque trouvère, les pièces qui lui sont attribuées, à tort ou à raison.

L'idée, du reste, n'est pas absolument nouvelle : déjà,

au XVIIIe siècle, La Borde, dans son *Essai sur la musique* (t. II, pp. 309-352) avait imprimé deux tables de chansons, l'une se rapportant aux auteurs, l'autre aux pièces anonymes ; en 1845, M. Paulin Paris a inséré dans ses *Manuscrits françois de la bibliothèque du roi* (t. VI, pp. 48-100) deux nouvelles listes, établies suivant le même plan que celles de La Borde. Mais, il faut bien l'avouer, ces tables sont loin d'être complètes, et la méthode qui a présidé à leur confection présente trop de chances d'erreur pour qu'on puisse s'y fier. La *Bibliographie des chansonniers français* n'a pas la prétention d'être rigoureusement complète, mais tout au moins a-t-elle l'avantage de ne pas permettre aux recherches de s'égarer.

L'ouvrage comprend deux volumes et se divise en trois parties. La *première partie*, qui forme tout le premier volume, est consacrée aux *Notices et dépouillements des manuscrits*, qui servent de bases au travail ; ces manuscrits appartiennent tous au XIIIe ou au XIVe siècle. Je me suis exactement restreint à cette période, de même que je n'ai relevé que les pièces purement françaises [1]. Chacun des manuscrits ou fragments de manuscrit est désigné par lettre initiale du nom de la ville où se trouve le ms. ; ainsi A désigne le ms. d'Arras, M le ms. de

1. On a les éléments d'une bibliographie *provençale* dans *Les derniers troubadours de la Provence (Bibl. de l'Ec. des ch.*, t. XXX, pp. 245-297, 461-531 et 649-689 ; t. XXXI, pp. 412-462) de M. Paul Meyer et dans le *Grundriss zur Geschichte der provenzalischen Literatur* (1872) de M. Karl Bartsch.

Modène, etc., etc. Quand une même ville possède plusieurs mss., j'ajoute à la lettre de la ville, soit un chiffre en exposant (B^1, B^2, pour les deux mss. de la bibliothèque de Berne), soit une lettre minuscule (Lb, Ll, pour différencier les deux mss. de Londres, dont l'un est au Musée britannique et l'autre au Lambeth Palace). Les mss. de Paris portent tous la lettre P ; par Pa, j'ai désigné le chansonnier de l'Arsenal, et j'ai numéroté de Pb^1 à Pb^{17} les différents mss. de la Bibliothèque nationale.

Chaque ms. est l'objet d'une notice, où sont relevés, succinctement, mais complètement, tous les renseignements nécessaires (âge, matière, état de conservation, descriptions antérieures, etc., etc.). Je n'entre dans le détail que lorsqu'il s'agit de faits nouveaux et importants (voyez, par exemple, pp. 110-111, l'identification du ms. Baudelot et d'un ms. actuel de la Bibliothèque nationale). Cette notice est suivie de la liste complète des chansons du ms., représentées par leur premier vers. En regard de ce vers, se trouve le folio correspondant ou un numéro d'ordre quelconque (voy. t. II, pp. v-vi). Les vers sont reproduits tels qu'ils sont dans le ms., souvent avec des fautes; les additions sont indiquées entre crochets, les suppressions entre parenthèses. Les noms d'auteurs, quand ils existent dans le ms., sont imprimés en petites capitales, en tête de la pièce ou de la série de pièces auxquelles ils se rapportent. Quand plusieurs pièces commencent par le même vers, j'ai reproduit, non plus le premier, mais les deux premiers, quelquefois même les trois premiers vers de ces chansons.

De la sorte, chaque ms. se présente avec sa physionomie propre, et offre tous les éléments nécessaires à un classement définitif des chansonniers [1].

L'*Appendice*, placé à la fin de la première partie, se rapporte principalement à des pièces isolées ou peu nombreuses, empruntées à quelques manuscrits.

La *deuxième partie*, qui commence le second volume, se compose d'une *Liste des chansons classées par ordre alphabétique des rimes* des premiers vers ; chaque vers ainsi classé porte un numéro d'ordre dans une série continue, qui va de 1 à 2130. Il m'a semblé de beaucoup préférable d'adopter le classement alphabétique des rimes au classement alphabétique des premiers mots, car souvent les mêmes vers ne commencent pas d'une façon identique dans les mss., et on risquerait fort, à suivre une autre méthode, de faire des doubles emplois. C'est ainsi que, dans la classification de M. P. Paris, la pièce *Ausi con l'unicorne sui* se retrouve jusqu'à quatre fois, suivant qu'elle est attribuée à Tiébaut de Navarre ou à Pierre de Gant, ou encore que le premier mot a été écrit *Ausi* ou *Einsi*.

Les pièces sont donc classées par ordre alphabétique de rimes, voilà un point admis ; le vers terminé par le

1. Un classement *par groupes* a été proposé par M. P. Meyer dans les *Archives des missions* (2e série, t. V, pp. 160-161, et par M. J. Brakelmann dans l'*Archiv für das Studium der neueren Sprachen*, t. XLII, pp. 43-72.

mot *poiss*ANCE sera donc placé avant le vers terminé par le mot *bont*É, qui lui-même précédera le vers terminé par le mot *am*OUR, etc., etc. Mais dans quel ordre se présenteront les mots ayant même rime ? Faudra-t-il ici tenir compte de la lettre ou des lettres d'appui, et distinguer entre les rimes en *bance, çance, dance, fance*, etc., *bée, cée, dée, fée,* etc.? Ce système, à mon avis, entraînerait trop loin et offrirait bien des difficultés ; il m'a paru plus naturel de classer tous les vers, abstraction faite de la rime, suivant l'ordre alphabétique des *derniers* mots de chaque vers. Etant donnée une rime quelconque, *oir*, par exemple, je classe tous les vers terminés en *oir* suivant l'ordre alphabétique ordinaire de leur dernier mot, et j'ai ainsi la série : *aparoir, avoir, cheoir, devoir, espoir, manoir*, etc. Si l'on considérait la lettre d'appui, la classification ne serait plus la même, et *ch*E*oir,* serait placé avant *apa*R*oir,* de même *ma*N*oir* avant *es*P*oir*. Quand plusieurs vers se terminent par le même mot, c'est l'ordre alphabétique ordinaire des avant-derniers mots qu'il faut suivre, et ainsi, en remontant toujours, suivant que deux, trois ou quatre mots pareils se montrent à la fin de plusieurs vers.

Les mss. chansonniers ne sont pas tous exactement de la même époque ; ils sont, de plus, écrits en dialectes différents ; il a donc fallu, pour l'homogénéité de cette liste, adopter une orthographe uniforme ; j'ai choisi l'orthographe usuelle du XIIIe siècle dans le dialecte de l'Ile-de-France. Les *t* finaux ont donc disparu partout dans les participes passés (*amé* et non *amet, aperceü* et non *aperceüt*); les *s* finales ont été substituées aux *z* (*bras, amés*, *finis, fois*, et non *braz. amez, finiz*, *foiz*) ; le départ a été exactement fait entre les finales en *ant* et en *ent, ance* et *ence*, *eur* et *our*, *eus* et *ous;* la forme *eu* a été généralisée, pour représenter le son ö dans les mots comme *feuille*, *breuil*, etc. (et non *fueille, brueil*, etc.); les mots où paraît un *i* adventice, comme *boscaige*, *ameir*, etc., sont devenus *boscage*, *amer*, etc.; enfin, cas tout spécial, les rimes en *ère,* ont été confondues avec les rimes en *aire*. Quelques petits changements, opérés çà et là dans l'intérieur même des vers, achèvent de donner à l'ensemble de la table un caractère de régularité.

Sous chacun des vers de la liste se trouve l'indication des mss. qui contiennent la chanson. Le ms. y est désigné le plus souvent par la lettre qui lui a été assignée dans la première partie de l'ouvrage (voy. plus haut, pp. VI-VII, et t. II, p. V-VI), quelquefois aussi par une mention un peu abrégée, mais suffisante (voy. t. I, pp. 241-247). L'indication du ms. est suivie d'un chiffre, qui correspond soit au folio, soit à la pagination, soit à une division quelconque du ms. (voy. t. II, pp. V-VI). Vient ensuite, placé entre parenthèses, le nom abrégé du trouvère, auquel la chanson est attribuée dans ce ms. (voy. t. II, pp. VI-XII). Si deux ou trois mss. qui se suivent, contiennent le même nom d'auteur, ce nom est écrit (en abrégé) la première fois seulement, et remplacé, dans la suite, par un ou plusieurs *id.;* quand il n'est pas fait mention de nom d'auteur, la pièce est anonyme dans le ms. en question.

Une autre série d'indications, placée en seconde ligne, est relative aux éditeurs des chansons ; ces noms, écrits en abrégé (voy. t. II, pp. XIII-XVIII), sont imprimés dans l'ordre chronologique des éditions.

Enfin, j'ai cherché à caractériser le genre de chaque pièce, autant qu'a pu me le permettre un examen quelquefois un peu hâtif ; à cet effet, j'ai attribué aux différentes pièces les noms variés de *lai*, *chanson historique*, *pastourelle*, *estampie*, *jeu-parti*, *serventois*, *chanson à la Vierge*, *vadurie*, *romance*, *rotruange*, etc., etc., qui représentent autant de formes de la poésie au moyen âge. Quand aucune mention de genre n'est indiquée, la pièce est une *chanson d'amour* proprement dite. Quant aux *rondeaux* et *motets*, je ne les ai fait figurer qu'accidentellement dans ma liste, car leur caractère essentiellement musical en fait un genre tout particulier, auquel j'ai consacré une publication spéciale [1].

Quelques pages de *Supplément et Additions* complètent la seconde partie.

La *troisième partie*, de beaucoup la plus courte, comprend la *Liste alphabétique des auteurs*, avec chiffres de renvois à la série des numéros de la deuxième partie ; ces chiffres se rapportent aux pièces qui ont une attribution d'auteur.

Un moment j'avais songé à joindre au nom de chacun

1. *Recueil de motets français des* XIIe *et* XIIIe *siècles*, publiés d'après les manuscrits, avec introduction, notes, variantes et glossaires, par Gaston RAYNAUD, suivis d'une *Etude sur la musique au siècle de saint Louis*, par Henry LAVOIX fils. Paris, Vieweg, 1881-1883, 2 vol. in-8°.

des trouvères la mention des notices dont il a été l'objet; ce relevé est désormais rendu inutile par le *Répertoire* [1] de l'abbé Chevalier. A défaut de ce répertoire, on reconstituerait les éléments presque complets d'une bibliographie des travaux relatifs aux trouvères du XIIIe siècle, en joignant à la liste des notices publiées par les éditeurs de chansons (voy. t. II, pp. XIII-XVIII) le dépouillement exact de La Croix du Maine, de Verdier, de Fauchet, de Pasquier, de l'*Histoire littéraire*, etc., etc.

Ces quelques pages d'introduction s'augmenteraient facilement, si j'abordais ici certaines questions que je me réserve d'étudier dans mon édition des œuvres de Tiébaut de Navarre; elles sont cependant suffisantes pour guider le travailleur à travers cette *Bibliographie des chansonniers français* du moyen âge.

Commencé en 1877, mon travail ne s'achève qu'en 1884; il ne m'a pas fallu moins de huit ans pour dépouiller sur place tous les manuscrits de chansons, dont quelques-uns sont en province et à l'étranger [2], pour

1. *Répertoire des sources historiques du moyen âge*, par Ulysse Chevalier, Bio-bibliographie. Paris, 1877-1883, gr. in-8°.

2. Le ministère de l'Instruction publique, en m'accordant une mission pour l'Italie, m'a mis à même de collationner les chansonniers de Modène, de Rome et de Sienne. Je dois aussi tous mes remerciements à

dresser la table alphabétique, pour faire le relevé de tous les éditeurs, pour classer et réviser les fiches, pour surveiller enfin l'impression des deux volumes. En dépit de toute cette peine, l'ouvrage n'est sans doute pas exempt de fautes ni d'erreurs; on y remarquera peut-être certaines omissions, mais, d'autre part aussi, je compte que tout lecteur impartial voudra bien ne pas oublier les difficultés de l'entreprise.

M. Paul Meyer, qui m'a fourni, outre les dépouillements des mss. d'Angleterre, maints renseignements utiles.

Paris, le 14 avril 1884.

BIBLIOGRAPHIE

DES

CHANSONNIERS FRANÇAIS

DES XIIIe ET XIVe SIÈCLES

PREMIÈRE PARTIE

NOTICES ET DÉPOUILLEMENTS DES MANUSCRITS

A

Bibliothèque d'Arras 657 (anc. 139), provenant de l'abbaye de Saint Vaast. Vol. in-fol. moyen sur vélin, à 2 col. Écriture du XIIIe siècle. Mauvaise conservation. Nombreux feuillets manquant (pour la partie consacrée aux chansons entre les feuillets 128 et 129, 135 et 136, 158 et 159). Musique. Miniatures. Vignettes. Pagination moderne de 212 feuillets. Chansons et Jeux-Partis, classés par noms d'auteurs, du feuillet 129 au feuillet 160.

Voy. *Catalogue général des mss.* IV, 68-9 ; *Cat. des mss. d'Arras* [par Caron] 293-9, et Brakelmann, *Archiv* XLII, 62.

MAISTRE WILLAUMES LI VINIERS.

Fol.	
129	[En tous tans se doit fins cuers esjoïr] (*inc. au com.*)
129	Ki merchi prie, merchi (merchi) doit avoir
129 v°	S'onques kanters m'eüst aidié

142 Jehan Bretel, par raison
142 v° Conseillés moi, Jehan de Grieviler
143 Cuvelier, et vous, Ferri
143 v° De çou, Robert de le Piere
143 v° Cuvelier, un jugement
144 Biau Philipot Vrediere, je vous proi
144 v° Grieviler, vostre ensient
145 Amis Pierot de Neele
146 Lambert Ferri, li queus doit mieus avoir
146 v° Respondés a ma demande
147 Jehan Simon, li quieus s'aquita mieus
147 v° Adan amis, mout savés bien vo roi
148 v° Avoir quidai engané le marchié
149 v° Adan, vauriés vous manoir
149 v° Adan, mout fu Aristotes sachans
(Sans doute le même jeu-parti avec variante que Adan, mout fu Aristotes boins clers.)
150 v° Adan, a moi respondés
151 Adan, ki aroit amée
151 v° Sire Jehan, ains ne fustes partis
152 Tant ai amours servie longement
152 v° Sarés pour koi amours a non amours
153 A vous, amant, plus k'a nulle autre gent
153 v° Fine amour et boine esperanche
153 v° Je kantaisse volontiers liement
154 Bien quidai vivre sans amour

Li Kastelains de Couchi.

154 v° La douce vois dou louseignol sauvaige
155 Li nouviaus tans et mais et violete
155 Mout m'est bel[e] la douce commencence
155 v° Merci clamans de mon fol errement
Monseigneur Gautier de Dargies.

156 Quant li tans pert sa choulour
156 v° Maintes fois m'a on demandé
157 Humelités et frankise
157 Cançon ferai mout maris
157 v° La gens dient pour coi jou ne fai kans

MONSEIGNEUR UZON DE BREGI.

158 Nus hom ne set d'ami ki puet valoir
158 Jou sui con cieus ki coeuvre sa pesance
158 v° S'onkes nus hom pour dure departie *(inc. à la fin)*

LI VIDAMES.

159 [Combien que j'aie demouré] *(inc. au com.)*
159 Tant con fuisse hors de ma contrée
159 v° Li plus desconfortés del mont

MESIRES PIERES DE MOLAINES.

159 v° Chanter me fait çou dont je chriem mourir
160 Tant sai d'amours ke cil ki plus l'emprent

LE DUC DE BRABANT.

160 v° Se kascuns del monde savoit

B [1]

Bibliothèque de Berne 231. Fragment de vélin, 8 feuillets, petit in-4° de la fin du XIIIe siècle. Musique. Chansons presque toutes attribuables à Thibaut de Navarre.

Voy. Rochat, *Jahrbuch* X, 73-108, et Brakelmann, *Jahrbuch* X, 381-98, et *Archiv* XLII, 68-9.

Fol.
1 [Ainsi con l'unicorne sui] *(inc. au com.)*
1 Tant ai amours servies longuement
1 v° Tuit mi desir et tuit mi grief torment
1 v° Fueille ne flours ne vaut riens en chantant

2 Je me cuidoie partir
2 v° De bone amour vient seance et biauté(z)
3 Coustume est bien, quant on tient un prison
3 v° Dieus est ausinc com est li pellicans
4 Tout autresi con l'ente fet venir
4 v° Emperceres ne rois n'ont nul pooir
4 v° Mauvais arbres ne puet flourir
5 Qui set por coi amours a non amours
5 v° Li roucignous chante tant
6 Quant la saisons du [dous] tans s'asegure
6 Ne plus que drois puet estre sanz raison
6 v° Aymans fins et v[e]rai(e)s
7 L'autrier, par la matinée
7 v° A la plus sage et a la mieus vaillant
8 Je n'ai loisir d'assez penser
8 v° Se j'ai lonc tans esté en Romenie

B [2]

Bibliothèque de Berne 389. Vol. in-4° sur vélin de 249 feuillets, dont quelques-uns blancs. L'ancienne pagination comprenait trois parties, soit 276 feuill. (120 + 120 + 36) XIIIe siècle. Longues lignes. La musique manque. Les chansons, pastourelles. etc., sont dans l'ordre alphabétique des pièces.

Voy. Sinner, *Catal.* III, 365-75; Wackernagel, *Altfr. Lied.* 86-113; Brakelmann, *Archiv* XLI, 339-76 ; XLII, 47-8, 73-82, 241-392 ; XLIII, 241-394 ; Groeber et von Lebinski, *Zeitschrift* III, 39-60.

Fol.

1 Aveugles, muas et xours
1 A la meire Deu servir

Se li mons iest vostre en paix

PIERES DE GANS.

9 Ausi com l'unicorne sui(s)

Anonymes.

9 v° An mai la matinée, a novel tens d'esteit (*ass.*)

10 Amors me font sovent chanteir

UGUES DE BREGI.

10 Ausi com cil ki cuevre sa pesance

MESIRES PHILIPPES DE NANTUEL.

10 v° An chantant m'estuet complaindre

Anonymes.

11 Antre Arais et Dowai

11 v° An .I. florit vergier joli(t)

BASTORNEIS.

11 v° An mai a douls tens novel

12 An mon chant di ke je sui tous semblans

GILLEBERS DE BIERNEVILLE.

13 Amors, pour ceu ke mes chans soit jolis

GATIERS D'AIPINAUS.

13 A droit se plaint et a droit se gamente

MESSIRES GAISEZ.

13 v° A l'entrant d'esteit ke li tens s'agence

14 A la dousor d'esteit ke renverdoie.

Anonyme.

14 v° Amors ki porat devenir

GAISES BRULEIS.

15 A grant tort me fait languir

Anonyme.

15 Amors et desirs me distraint

THIEBAUS DE NANGIS.

15 v° A douls tens pascor
Me levai matin

Anonyme.

16 A un ajornant
Por oïr le(s) chant (*ms.* chans)

AIDEFROIS LI BAISTAIRS.

16 v° An chambre a or se siet la belle Beatris

LI CHAISTELAIN DE COUSI.

17 v° A vos, amant, plus c'a nulle autre gent

GATHIERS D'AIPINAS.

18 Amors et bone volenteis (*ms.* volenteit)

CRESTEIEN DE TROIES.

18 Amors, tenson et bataille

COLAIRS LI BOUTILLIER.

18 v° Amors et bone esperance

MESIRES BADUINS DES AISTANS.

19 Avris ne mais, froidure ne lais tens

MOINIÈS D'AURÈS.

19 v° Amors n'est pais coi c'on die

Anonymes.

20 Aucune gent m'ont enquis
20 v° Amors, a cui je me rant pris

GILLES DE VIÉS MAXON.

20 v° Amors m'ait si ensignié

Anonymes.

21 A novel tens ke li yvers se brise (*ms.* brixe)
21 v° Amors ont pris envers moi morteil guerre
22 A la dousor de la belle saixon
22 Ay ! amans fins et vrais,
Debonaireteis et paix
24 Boin fait servir dame ki en greit prant
24 v° Bouchairt, je vos pairt d'amor(s)
24 v° Biaul Tierit, je vos veul proier
25 Bien m'est avis ke joie soit faillie

26 Bien cuidai toute ma vie

26 Bone amor jolie

MESSIRES RENÉS DE TIREI.

26 v° Bien puet amors gueridoneir

BLONDELZ.

27 Bien doit chanteir cui fine amor adresce

MOINNIÈS D'AURÈS.

28 Bone amor sens tricherie

LI ROIS DE NAVAIRE.

28 Belle et bone est celle por cui je chant (*ms.* chans.)

Anonyme.

28 v° Bien est raixons ke je die

GACHIÉS D'AIPINAS.

29 Bone amor ke m'agrée

Anonyme.

29 Boin jor ait heu celle a cui sui amis

GUIOS DE DIGON.

29 v° Bien doit chanteir quant fine amor m'ensaigne

BLONDELZ.

30 v° Bien s'est amors trichie

Anonymes.

30 v° Bien voi ke ne puis morir

31 Bels m'est l'ans en may quant voi lou tens florir

31 v° Belle m'est la revenue

CHERDON DECROSIEZ.

31 v° Bien font amors lor talent

SIMAIRS DE BONCORT.

32 Bone amor me fait chanteir

Anonymes.

32 v° Belle Aelis, une jone pucelle

32 v° Bien doit chanteir et joie avoir

ADEFROIS LE BAISTAIRS.

33 Belle Ysabiaus, pucelle bien aprise

LI DUS DE BRAIBANT.

34 Biaus Gillebers, dites s'il vos agrée

Anonymes.

34 v° Biaus n'est printens a partir de fevrier

35 Bien voi c'amors me veul maix maistroier

JAIKES D'AMIENS.

35 v° Biaus Colins Musès, je me plaing d'une amor

Anonymes.

36 Bien ait raixons pues ke Deus m'ait doneit

37 Chanteir m'estuet de la sainte pucelle

37 v° Cuers ke son entendement

37 v° Chardon, de vos le veul oïr

LI SIRE GAISES.

38 Cil ki d'amors me consoille

GATIERS D'APINAUS.

38 v° Comancemens de douce saixon belle

GUIOS DE DIGON.

39 Chanteir me fait comant ke me destraingne

JAIKEMINS DE LAVANTE LI CLERS.

39 v° Chanteir veul por fine amor

GUIOS DE DIGON.

40 Chanteir m'estuet por la plux belle

JEHANS LI TABOREIRES DE MÈS.

40 v° Chans ne chansons ne riens ki soit en vie

Anonymes.

40 v° Consilliez moi, signor

41 Chevachai mon chief enclin

41 v° Cant voi le douls tens comencier

PIEREZ DE MOLLINS.

42 Chanter me feit ceu dont je crien morir

MESSIRES GAISES.

42 v° Cil ki aime de bone volenteit

Anonyme.

43 Chanteirs ke me suelt agreeir

GATIERS DE BREGI.

43 v° Cant voi la flour et l'erbe vert pailie

Anonyme.

44 Coment c'aloigniés soie

JAIKEMINS DE LAIVANTE LI CLEIRS.

44 Chanson veul faire de moi

MESSIRES GAISES.

44 v° Cant voi l'aube dou jor venir

45 Cant flours et glais et verdure s'esloigne(nt)

GUIOS DE PROVINS.

45 Contre le novel tens

Anonyme.

45 v° Chans d'oixillons ne boscaiges foillis

GUIOS DE DIGONS.

46 Cuers desirrous apaie

Anonyme.

46 v° Chanteirs li plaist ki de joie est norris

MOINNIÈS D'AURÈS.

47 Compaignon, je sai teil chose

Anonymes.

47 Chans d'oxiauls et fuelle et flour[s]

47 v° Chanteir me fait amors et resjoïr

JAIKES D'AUMIENS.

48 Chanter m'estuet quant contesse m'en prie

Anonyme.

49 Douce dame de paradix

GAISES BRULLEIS.

49 v° Douce dame, greis et graices vos rent

49 v° D'amors me plaing ne sai a cui

Li rois de Naivaire.

50 De bone amor vient science et bontei(s)

Anonymes.

50 v° Douce dame, or soit en vos nomeir

51 De la meire Deu chanterai

Li rois Thiebaus de Naivaire.

51 v° Dame mercit, une riens vos demant

Messires Gaisez Brulez.

52 Dame, sis vostres fins amis

Messirez Raus de Soisons.

52 Des ore maix et raixons

Messires Gaises Brulleis.

52 v° Deus gairt ma dame et doinst honor et joie

Crestieins de Troies.

53 De jolit cuer chanterai

Anonyme.

53 v° De saint Quatin a Cambrai

Gatier d'Aipinas.

53 v° Desconforteis et de joie pertis

Anonyme.

54 Dedens mon cuer m'est une amor saillie

Messires Gaises.

54 v° Desconforteis, plains de dolor et d'ire

Li viscuens de Chartres.

55 Desconcilliés plux ke nuls hom ki soit

Messire Gaises Bruleiz.

55 v° De bien ameir grant joie atent

Anonyme.

56 Dame por cui sospir et plour

Messires Watiers de Nabilley.

56 Deux! j'ai chanteit si volentiers

CRESTIEIN DE TROIES.

56 v° D'amors ke m'ait tolut et moy

Anonymes.

57 Dame, j'atant en boen espoir

57 v° D'amors dont seux espris

58 Douce dame cui j'ain en bone foi

GAISES BRULEIS.

58 De bone amor et de loiaul amie

59 Desconforteis, plains d'ire et de pesance

Anonyme.

59 v° Douce dame, ne mi laissiés morir

LI CUENS DE COUCIT.

59 v° De jolit cuer enamoreit

Anonymes.

60 Deux! com avint ke j'osai comencier

60 v° Des pues ke je sou ameir

60 v° D'amors vient joie et honors ausiment

61 De chanteir me semont amors

61 v° De la glorieuse fenix

62 Drois est ke la creature

62 v° De la meire Deu doit chanteir

62 v° Dites, dame, li keilz s'aquitait mieus (*ms.* melz)

63 v° Douce dame, roïne de haut pris

64 En plorent me covient chanteir

MESSIRES RAIOUS DE SOIXONS.

64 v° E! coens d'Anjo, on dist per felonnie

JAIKE DE CAMBRAI.

65 Eier matinet deleis .I. vert boisson

MESSIREZ ANDREUS CONTREDIS.

65 v° El mois d'avri ke l'on dist en pascour

MESSIREZ UGUEZ DE BREEGI.

66 En aventure ai chanteit

Anonymes.

66 v° Eleis! ke ne seit mon penseir
67 En mai per la matinée
67 v° El [icel] tens ke je voi la froidor (*ms.* remanoir)
68 Envie, orguels, malvestiés, felonnie
68 v° Encor veul chanteir de moy
68 v° En toute gent ne truis tant de savoir
69 Enpris d'amors et de longue atendence

ADEFROIS LI BAISTAIRS.

69 v° En novel tans pascour ke florist l'aubc espine

Anonyme.

70 Entre raixon et jolive pensée

MAISTRE WILLAME LI VINIERES.

71 En tous tens se doit fins cuers esjoïr

GELEBERS DE BERNEVILLE.

71 Elais! je sui refuseis
71 v° El besoing voit on l'ami(n)

MESSIREZ RAIOUS DE FERREIRES.

72 Encore m'estuece il chanteir

Anonymes.

72 v° En aventure comens
73 E! amerouse, belle de biaul semblant
73 v° Encor m'estuet chanteir en esperence
73 v° Eins ne vi grant herdement
74 En amors vient biens, sens et cortoisie
74 v° El tens k'esteit voi venir
75 El dous tens ke voi venir
76 Fins de cuer et d'aigre talent
76 Flour ki s'espant et fuelle ke verdoie

LI ROIS DE NAIVAIRE.

77 Fuelle ne flour ne valt riens en chantant

JAIKES DE CANBRAI.

77 v° Force d'amors me destraint et justise (*ms.* justice)

MUSE AN BORSE.

77 v° Fine amor m'aprent a chanteir

LI ROIS AMARIS DE CREONS.

78 Fine amor claime en moi per eritaige

ABUINS DE SANENE.

78 v° Flours ne verdure de prei

Anonyme.

79 Ferus seux d'un dairt d'amor(s)

MAISTREZ WILLAME LI VINIER.

79 v° Freire, ke fait muels a prixier

80 Flours ne glais ne voix hautainne

ADEFROIS LI BAISTAIR.

80 v° Fine amor en esperance

MESSIRES GAISEZ BRULEIS.

81 Fine amor et bone esperence

Anonymes.

81 Fois et amors et loiaulteis

81 v° Fols est ki a essiant

81 v° Fort chose est comant je puis chanteir

AUBERTINS DES ARENOS.

82 v° Fois, loaulteis, solais et cortoixie

JAIKES DE CANBRAI.

83 Grant talent ai k'a chanteir me retraie

Anonyme.

83 v° Grant folie est de penseir

ANDREUS LI CONTREDIS.

84 Guillames li Vignieres, amis

Anonymes.

84 v° Gautiers, je me plaing d'amors

85 Ge chanterai moins renvoixiement

THIEBAUS LI ROIS DE NAIVAIRE.

85 v° Ge ne voiy maix nelui ke just ne chant

MESSIREZ GAISES BRULEIS.

86 Grant pechié fait ki de chanteir me prie

PIEREKINS DE LAI COPELE.

86 Ge chant en aventure

LAI DAME DOU FAEL.

86 v° Ge chanterai por mon coraige

MESSIRES GAISES BRULEIS.

87 Gaices, per droit me respondeis

C'EST DOU CONTE DE BAIR ET D'OCENIN SON GANRE.

87 v° Gautiers, ki de France veneis

Anonymes.

88 Grant piece ai ke chantai maix

88 v° Ge chanterai ke m'amie ai perdue

JAIKES D'AMIENS.

89 Ge m'en aloie ier matin
Lonc un boix esbanoient

JAIKES DE CANBRAI.

90 Haute dame com rose et lis

Anonyme.

90 Humiliteis et franchixe

JAIKES D'AMIENS.

90 v° Hareu ! d'amors plaindre en chantant

Anonymes.

91 Haute chose ait en amor

91 Helais ! c'ai forfait a la gent

91 v° Hidousement vait li mons empirant

92 Haute chose ai dedens mon cuer emprise

92 v° Haute amor ke m'esprant

93 M'ait asise haute rente (*ms.* H. r. m'a. a.)

93 v° Hauls Deus tant sont maix de vilainne gent

165; Pb[11] 226 (Ad. le B.); Pb[15] 3 (id.); Pb[16] 11 (id.); R[1] 47 (id.).
Kell. 267; Mætzn. 23; B. *Chr*. 351; De C. 18.

153. — Hautement d'amour se plaint
B[2] 94.
Wack. 46.

154. — Puis que je sui en amour qui tout vaint
O I, 82.

155. — Biaus sire tresorier d'Aire
R[1] 162; R[2] (J. Bret.). — *Jeu parti.*

156. — Tout ensement con retraient a l'aire
B[2] 243; Pb[14] 150.
Ch. à la V. — Br. *Arch.* XLIII, 382.

157. — Pour mon cuer a joie atraire
Pa 328; Pb[4] 157; Pb[6] 190; Pb[17] 206.

158. — Dame, ne vous doi desplaire
Pb[2] 21 (P. de C.); Pb[11] 123 (id.).

159. — Mout m'ennuie et doit desplaire
Pb[6] 106 (O. de L.).

160. — Ne puis faillir a bone chançon faire
B[2] 164; Pa 67 (G. B.); Pb[1] 52; Pb[4] 23 (G. B.); Pb[6] 9 (G. B.); Pb[14] 33; Pb[17] 51 (G. B.).
Br. *Arch.* XLIII, 273.

161. — Onques mais de chançon faire
O V, 156. — *Ballette.*

162. — Amours, coment porroie chançon faire
Pa 271 (Eust. le P.); Pb[4] 134 (id.); Pb[17] 119 (id.).
Tarb. *Ch.* 69.

163. — Je ne me puis plus tenir de chant faire

O I, 81.

164. — En chantant vueil mon dueil faire

Bibl. nat. ms. fr. 22495, fol. 283 (Ph. de N.).
Ch. de croisade. — P. P. *Hist. litt.* XXIII, 675.

165. — Chansonete m'estuet faire

O V, 149. — *Ballette.*

166. — Amours, j'ai oï de vous faire

R^1 129 (N. Am.).

167. — Amours ont pris envers moi mortel guerre

B^2 21.
Wack. 51.

168. — Li miens canters ne puet plaire

R^1 76. (J. Bret.).
G. R. *Ec. des ch.* XLI, 210.

169. — Bien doit chanter la cui chançon set plaire

Pb^3 110 (Guill. le V.); Pb^8 99; Pb^{11} 30 (Guill. le V.). — *Ch à refrain.*

170. — La bone amour qui en mon cuer repaire

B^2 132; Pb^{12} 160; Pb^{14} 116.
Br. *Arch.* XLII, 382.

171. — Ire d'amour qui en mon cuer repaire

B^2 100 (G. B.); Pa 62 (id.); Pb^1 50; Pb^4 20 (G. B.); Pb^5 61; Pb^6 5 (G. B.); Pb^{12} 160; Pb^{14} 31; Pb^{17} 48 (G. B.).
Tarb. *Th.* 136; Br. *Arch.* XLII, 334.

172. — Quant li biaus estés repaire

Pa 161 (P. d'A.); Pb^4 108 (id.); Pb^5 119 *et* 126; Pb^{14} 87; Pb^{17} 51 (P. d'A.).

173. — Quant estés repaire

Pb[12] 21.

174. — El tans que hiernus repaire

O vi, 17. — *Sotte ch. contre Amour.*

175. — Quant li biaus tens a nous repaire

Pb[11] 115 (Gont.).
Ch. à refr, — Sch. ii, 56.

176. — Au comencier du dous tans qui repaire

Pb[6] 54 (Gaut. de D.).

177. — Loiaus amours et li tans qui repaire

B[2] 134.
Br. *Arch.* xlii, 385.

178. — Contre le tans que je voi qui repaire

Pa 330; Pb[4] 158; Pb[6] 193; Pb[17] 207.

179. — Quant la saisons del dous tans se repaire

Pb[3] 15 (J. de Cys).
Sch. ii, 81.

180. — Bone amour qui son repaire

Pa 278 (J. E.); Pb[4] 137 (id.); Pb[5] 19.

181. — Yvers en vet, li jolis tans repaire

O i, 59.

182. — Quant li nouviaus tans repaire

Pb[10] 87.

183. — Li biaus estés se resclaire

Pb[3] 33 (G. B.); Pb[11] 39 (S. d'A.).
Din. iii, 456.

184. — Je ne mi vueil de bone amour retraire

Pb^{6} 178; Pb^{17} 214.

185. — Pour demourer en amour sans retraire

B^{2} 192; Pb^{5} 104; Pb^{8} 59 (M. le B.); Pb^{14} 112; R^{1} 100 (M. le B.).

Kell. 299; Mætzn. 55; Br. *Arch.* XLIII, 308.

186. — Un descort vaurai retraire

Pb^{12} 132 (Th. Er.). — *Descort.*

187. — Pensis d'amours vuel retraire

B^{2} 189 (G. B.); Pa 88 (G. B.); Pb^{1} 60; Pb^{3} 29 (G. B.); Pb^{4} 34 (id.); Pb^{5} 98; Pb^{6} 26 (G. B.); Pb^{11} 165 (id.); Pb^{12} 32; Pb^{14} 41; Pb^{17} 64 (G. B.); R^{1} 19 (id.).

Br. *Arch.* XLIII, 303.

188. — Trop me puis de chanter taire

Pb^{3} 57 (B. de M.); Pb^{11} 105 (id.).

189. — Sourpris d'amour, fins cuers ne se puet taire

B^{2} 224 (J. d'A); O I, 23.

Br. *Arch.* XLIII, 355.

190. — Des or mais ne me puis taire

Pb^{6} 179; Pb^{17} 215.

191. — Jherusalem, grant domage me fais

Pb^{3} 180 (G. d'Esp.). — *Ch. de croisade.*

192. — Flours ne glais

Pb^{11} 73; Pb^{13} 4. — *Lai à la Vierge.*

193. — Se chans ne descors ne lais

Pb^{3} 116 (Guill. le V.); Pb^{11} 49 (id.).

194. — Grant piece a que chantai mais

B^{2} 88; Pb^{5} 56.

Br. *Arch.* XLII, 318.

195. — Je ne chantai onkes mais

O v, 52. — *Ballette.*

196. — Plus amourous qu'onkes mais

O v, 141. — *Ballette.*

197. — Orandroit plus qu'onkes mais

O I, 67; Pb8 64.

198. — Aïmans fins et verais,
Debonairetés et pais

B2 22; O I, 3.
Ch. à la V. — Br. *Arch.* XLI, 369.

199. — Aïmans fins et verais,
Se li mons ert vostre en pais

B1 6; B2 9 (G. d'Esp.); Pa 214 (id.); Pb3 178 (id.); Pb4 103 (id.); Pb5 8; Pb6 119 (G. d'Esp.); Pb8 83; Pb10 231; Pb12 133; Pb14 58.
R. *Jahr.* X, 100; Br. *Arch.* XLI, 355.

200. — Li amant qui vivent d'aise

B2 122; Pb12 127.
Br. *Arch.* XLII, 367.

201. — Un chant d'amour volentiers començaisse

B2 246.
Br. *Arch.* XLIII, 386.

202. — Siet soi bele Aye as piés sa male maistre

Rome, Vat. Christ. 1725, fol. 74.
Romance. — Br. *Rom.* 16.

203. — Jehan Bretel, une jolie dame

R1 157. — *Jeu parti.*

204. — Hardis sui en l'acointance

Pb3 165 (J. E.); Pb11 129 (id.). — *Ch. à refrain.*

205. — La douce acordance

Pb^{3} 158 (Ad. de Giv.); Pb^{11} 82 (id.). — *Descort.*

206. — Empris d'amour et de longue atendance

B^{2} 69; Pb^{12} 44.

Br. *Arch.* XLII, 292.

207. — Lonc tans ai servi en balance

B^{2} 130 (Am. de Cr.); Pb^{3} 17 (Hug. de Br.); Pb^{11} 104 (id.); Pb^{12} 169.

Br. *Arch.* XLII, 380.

208. — Aucuns d'amer se bobance

O v, 174. — *Ballette.*

209. — Mout m'est bele la douce començance

A 155 (Ch. de C.); B^{2} 147 (id.); Lb 107; Pa 96 (Ch. de C.); Pb^{1} 63; Pb^{3} 54 (Ch. de C.); Pb^{5} 82; Pb^{6} 31 (Ch. de C.); Pb^{8} 37 (R. de N.); Pb^{11} 156 (Ch. de C.); Pb^{12} 4; Pb^{14} 75; Pb^{17} 96 (Ch. de C.); R^{1} 14 (id.).

La B. II, 288; F. M. *Couc.* 60; Tarb. *Th.* 43; Br. *Arch.* XLIII, 252.

210. — Trop ai longuement fait grant consivrance

Pa 199 (O. de la C.); Pb^{4} 95 (id.); Pb^{6} 174.

211. — Chanter m'estuet pour faire contenance

Pb^{4} 62 (Th. de S.); Pb^{14} 87.

212. — Plains de tristeur et de desesperance

Pa 361; Pb^{4} 175; Pb^{17} 235.

213. — Con amans en desesperance

Pb^{3} 184 (Car.); R^{1} 105 (id.).

Din. III, 127; Sch. II, 94.

214. — Anuis et desesperance

Pb^{5} 50; Pb^{8} 60 (Cun.); Pb^{14} 118; R^{1} 99 (Cuv.); S^{1} 22.

215. — Tout soit mes cuers en grant desesperance

Pa 201 (O. de la C.); Pb^{4} 96 (id.); Pb^{6} 174.

216. — Chançon ferai par grant desesperance

Pa 202 (O. de la C.); Pb^{4} 97 (id.).

217. — Ire d'amours et doutance

Pb^{3} 107 (Guill. le V.); Pb^{11} 28 (id.); R^{1} 37 (id.); S^{1} 33.

218. — L'amour de ma douce enfance

R^{1} 40 (Rich.).

219. — Ce qu'on aprent en enfance

B^{2} 225 (C. le B.); Pb^{3} 126 (id.); Pb^{11} 23 (id.); R^{1} 70 (id.); S^{1} 38.

Din. III, 138; Br. *Arch.* XLIII, 356.

220. — Amours et bone esperance

B^{2} 18 (C. le B.); Pb^{3} 128 (id.); Pb^{11} 25 (id.); R^{1} 69 (id.); S^{1} 38.

Din. III, 144; Br. *Arch.* XLI, 365.

221. — Fine amours et bone esperance
Me ramaine joie et chanter

A 153; B^{2} 81 (G. B.); Pa 74 (G. B.); Pb^{1} 54; Pb^{3} 43 (P. de Mol.); Pb^{4} 26 (G. B.); Pb^{5} 54; Pb^{6} 14 (G. B.); Pb^{8} 37; Pb^{12} 42; Pb^{14} 114; Pb^{17} 55 (G. B.); R^{1} 12 (Ch. de C.).

Tarb. *Th.* 131; Br. *Arch.* XLII, 307.

222. — Fine amours et bone esperance
Me fait un nouvel chant chanter

Pb^{17} 266. — *Ch. à la Vierge.*

223. — Fine amour en esperance

B^{2} 80 (Aud. le B.); Pb^{3} 146 (id.); Pb^{5} 55; Pb^{11} 55 (Aud. le B.).

H. *Sitz.* II^{7}, 502; Br. *Arch.* XLII, 307.

224. — Encor m'estuet chanter en esperance

B² 73.
Br. *Arch.* XLII, 297.

225. — A malaise est qui sert en esperance.

Pb³ 31 (G. B.); Pb¹¹ 167 (id.).

226. — Mout ai esté lonc tans en esperance

B² 144. (G. de Ch.); Pb¹² 6.
Tarb. *Ch.* 33.

227. — Amours me tient en esperance

Pa 312; Pb⁴ 148; Pb⁶ 163; Pb¹⁷ 197.

228. — Alegiés moi ma grevance

O v, 180. — *Balletté.*

229. — En la vostre maintenance

Pb¹⁴ 154. — *Ch. à la Vierge.*

230. — Ire d'amours, anuis et mescheance

B² 107 (G. B.).
Br. *Arch.* XLII, 346.

231. — A nouvel tans que je voi la muance

Pb³ 2 (Pr. de la M.).
Buch. 419; Tarb. *Ch.* 116.

232. — Chanter m'estuet plain d'ire et de pesance

Pa 355; Pb⁴ 172; Pb¹⁷ 231. — *Ch. religieuse.*

233. — Desconfortés, plains d'ire et de pesance

B² 59 (G. B.); Pa 333; Pb³ 36 (G. B.); Pb⁴ 161; Pb¹¹ 47 (V. de C.); Pb¹² 63; Pb¹⁷ 219.
Br. *Arch.* XLII, 277.

234. — Anui et dure pesance

Pb¹⁴ C3.

235\. — Vivre m'estuet en tristror, en pesance

Pb[11] 141 (A. C.).

236\. — Tant ai au cuer ire et duel et pesance

Pa 372; Pb[17] 242.

237\. — Pour conforter ma pesance

Pa 9 (R. de N.); Pb[2] 61 (id.); Pb[4] 6 (id.); Pb[5] 95; Pb[11] 4 (R. de N.); Pb[14] 5; Pb[17] 14 (R. de N.); S[1] 1.

Son. — La R. II, 20; Tarb. *Th.* 51.

238\. — Ausi con cil qui cuevre sa pesance

A 158 (Hug. de Br.); B[2] 10 (id.); Pb[3] 17 (id.); Pb[5] 49; Pb[11] 104 (Hug. de Br); Pb[12] 108; R[1] 26 (Hug. de Br.).

Br. *Arch.* XLI, 356.

239\. — Robers, c'est voir qu'amours a bien poissance

Pb[8] 20 (Col.). — *Jeu parti.*

240\. — Amere amours, par la grande poissance

O VI, 12. — *Sotte ch. contre Amour.*

241\. — Ce qu'amours a si trés grande poissance

Pb[8] 145.

242\. — Encor a si grant poissance

B[2] 6 (M. d'A.); Pa 76 (G. B.); Pb[1] 55; Pb[3] 119 (M.); Pb[4] 27 (G. B.); Pb[5] 50; Pb[6] 15 (G. B.); Pb[11] 119 (M.); Pb[12] 116; Pb[14] 36; Pb[17] 57 (G. B.).

Br. *Arch.* XLI, 352.

243\. — Quant ivers a tel poissance

Pb[3] 84 (R. de F.).

244\. — Qui d'amours a remembrance

B[2] 110 (G. de V. M.); Pb[5] 117; Pb[6] 142; Pb[11] 103 (R. de M.); Pb[12] 165; Pb[17] 191 (R. M.).

Tarb. *Ch.* 74 *et* 111; Br. *Arch.* XLII, 350.

245. — Cil qui d'amours a droite remembrance

Pb^3 49 (Gill. de B.).
Din. IV, 320.

246. — Jolivetés de cuer et remembrance

Pa 413; Pb^3 132 (G. de Bern.).
Sch. I, 105.

247. — Souvent me vient au cuer la remembrance

Pa 371; Pb^{17} 241.

248. — Je n'ai autre retenance

A 134 (Ad. le B.); O I, 46; Pb^5 66; Pb^6 212 (Ad. de la H.); Pb^7 311; Pb^8 164; Pb^{11} 225 (Ad. le B.); Pb^{15} 3 (id.); Pb^{16} 10 (id.); R^1 47 (id.).
De C. 13.

249. — Quant Deus ot formé l'ome a sa samblance

B^2 194; Pb^{14} 149.
Ch. à la V. — Br. *Arch.* XLIII, 310.

250. — Mout douce souffrance

Pb^8 151.

251. — Amours qui m'a mis en souffrance

R^1 128 (A. le B.).
Ch. à la V. — Kell. 315.

252. — Li bien qui font ciaus avoir soutenance

O I, 80.

253. — Jolis cuers et souvenance

Pb^5 65 (*un seul couplet*).

254. — Biauté et sens et vaillance

O V 19 *et* 119. — *Ballette.*

255. — La flour d'iver sour la branche

A 130 (Guill. le Vin.); Pb^3 109 (id.); Pb^{11} 29 (id.); Pb^{12} 52; R^1 32 (Guill. le Vin.); S^1 30. — *Chansonnette.*

256. — Quant foille vers et flors naist sor la branche

Pb^3 15 (J. de Cys.).
Sch. II, 79.

257. — Amours qui le me comande

Pb^3 136 (G. le Vin.); Pb^{11} 102 (id.).
L. P. *Ec. des ch.* XX, 312.

258. — Respondés a ma demande

A 146; O III, 23; R^1 146; R^2 160 (J. Bret.); S^1 43.
Jeu parti. — Tarb. *Ch.* 42.

259. — Thiebaus de Bar, li rois des Allemans

O III, 16. — *Jeu parti.*

260. — Sanz guerredon ne puet amer amans

Pb^{14} 60.

261. — La bone amour a cui sui atendans

B^2 124.
Br. *Arch.* XLII, 370.

262. — Bonne, belle et avenans

Pb^8 5 (A. C.).
Din. III, 68.

263. — Je feïsse chansons et chans

Pb^3 131 (G. de Bern.); Pb^{11} 35 (id.); R^1 91 (id.).
Ch. à refr. — Sch. I, 98.

264. — La gent dient pour coi je ne fai chans

A 157 (Gaut. de D.); B^2 132 (id.); Pb^3 93 (id.); Pb^{11} 144 (id.); Pb^{12} 57; R^1 16 (Gaut. de D.).
Br. *Arch.* XLII, 383.

265. — Renvoisiés sui (*ou* Biau m'est), quant voi verdir les chans

B[2] 211; Pa 381; Pb[5] 17; Pb[17] 245.

Ch. à refr. — Br. *Arch.* XLIII, 337.

266. — Envoisiés sui chantans

O v, 137. — *Ballette.*

267. — Prise est Namurs, cuens Hanris est dedans.

Pb[12] 145.

Chans. hist. — L. de L. I, 215.

268. — Douce dame, mult sui liés et joians

Pa 408.

269. — Liés et jolis et en amours manans

Pb[14] 97.

270. — Merci, or estes vous manans

Pb[8] 179. — *Ch. à refrain.*

271. — Dieus confonde mesdisans

Ov, 121. — *Ballette.*

272. — Tout aussi con li olifans

B[2] 238.

Br. *Arch.* XLIII, 376.

273. — Diens est ensi comme est li pelicans

B[1] 3; Pa 34 (R. de N.); Pb[2] 67; Pb[5] 37; Pb[10] 317; Pb[11] 16 (R. de N.); Pb[14] 17; Pb[17] 29 (R. de N.).

Ch. relig. — La R. II, 158; Tarb. *Th.* 119; R. *Jahr.* x, 87.

274. — Uns dous espoirs amerous et plaisans

O I, 79.

275. — De tous maus n'est nus plaisans

Pa 22 (R. de N.); Pb^{2} 65; Pb^{5} 35; Pb^{10} 315; Pb^{11} 9 (R. de N.); Pb^{14} 11; Pb^{17} 22 (R. de N.); S^{1} 6.

La R. II, 49; Tarb. *Th.* 24.

276. — Gloriouse virge plaisans

O I, 44. — *Ch. à la Vierge.*

277. — Adan, mout fu Aristotes sachans

A 149; Pb^{7} 322; Pb^{16} 27 (Ad. de la B.); R^{1} 177.

Jeu parti. — De C. 167.

278. — Dame cortoise et bien sachans

O V, 55. — *Ballette.*

279. — En mon chant di que je sui tous semblans

B^{2} 12 (Best.).

Br. *Arch.* XLI, 358.

280. — Au comencement du tans

Pb^{8} 126.

281. — A l'entrant du tans

O II, 16. — *Estampie.*

282. — Aucun dient que poins et lieus et tans

Pb^{8} 132.

283. — Avril ne mai, froidure ne let tans

B^{2} 19 (B. des A.); Pa 59 (G. B.); Pb^{1} 49; Pb^{3} 56 (B. des A.); Pb^{4} 18 (G. B.); Pb^{6} 3 (id.); Pb^{11} 152 (B. des A.); Pb^{14} 29; Pb^{17} 47 (G. B.).

Br. *Arch.* XLI, 365.

284. — Bel m'est li tans

Pb^{12} 75. — *Lai.*

285. — J'osasse bien jurer, n'a pas lonc tans

Pb5 67.

286. — Amours cui j'ai servi lonc tans

Pb12 141.

287. — Contre le novel tans

B2 45 (G. de Pr.); Pb12 73.

Chansonnette. — Wack. 24; B. *Chr.* 203; Br. *Arch.* XLII, 260.

288. — Mais ne avris ne prins tans

B2 152 (P. d'A.).

Br. *Arch.* XLIII, 259.

289. — Simon, li quels emploie mieus son tans

R2 169 (H. le M.). — *Jeu parti.*

290. — A un ajournant
Por oïr le chant

B2 16.

Past. — B. *Rom.* 104; Br. *Arch.* XLI, 363.

291. — Par un ajournant
Trouvai en un pré

Pb3 21 (P. de C.); Pb11 123 (id.).

Past. — P. P. *Hist. litt.* XXIII, 681; B. *Rom.* 281.

292. — Huimain par un ajournant
Chevauchai ma mule amblant

Pa 307; Pb4 146; Pb6 160; Pb17 194.

Past. — Roq. 387; Tarb. *Ch.* 20; M. M. 44; B. *Rom.* 183.

293. — Huimain par un ajournant
Chevauchai lés un buisson

Pa 122 (T. de B.); Pb3 18 (id.); Pb4 72 (id.); Pb6 61 (id.); Pb11 108 (id.); Pb14 50; Pb17 85 (T. de B.); R1 109.

Past. — M. M. 34; Tarb. *Ch.* 18; B. *Rom.* 227.

294. — Baudouin, il sont doi amant

A 139; Pb^2 72; Pb^5 15; Pb^{11} 11 (R. de N.); R^1 137.
Jeu parti. — La R. II, 105; Tarb. *Th.* 76; Din. IV, 57.

295. — Ferri, il sont doi amant

R^1 161. — *Jeu parti.*

296. — Lambert, il sont doi amant

R^1 169. — *Jeu parti.*

297. — Pierrot, li queus vaut pis a fin amant

R^1 148; S^1 45.
Jeu parti. — L. P. *Ec. des ch.* XX, 329.

298. — Ferri, il sont doi fin amant

R^2 154 (J. Bret.). — *Jeu parti.*

299. — Onques mès ne vi amant

Pb^{14} 65.

300. — De bien amer chant

OII, 10. — *Estampie.*

301. — Por ce chant

OV, 118. — *Ballette.*

302. — Onques talant de faire chant

OII, 2.
Estampie. — P. M. *Arch.*[2] V, 233.

303. — Si voirement con cele dont je chant

B^2 224 (C. de Bet.); M 227 (M. d'A.); Pb^{12} 28.
Din. III, 405; Wack. 41; Sch. I, 28.

304. — De haut lieu meut la chançon que je chant

R^1 124 (M.). — *Ch. à la Vierge.*

305. — Or m'a mandé ma dame que je chant

Pb^{14} 102.

306. — Quant fine amour me prie que je chant

B^{2} 112 (R. de D); Pa 45 (R. de N.); Pb^{3} 36 (G. B.); Pb^{4} 11 (R. de N.); Pb^{5} 107; Pb^{6} 28 (G. B.); Pb^{12} 60; Pb^{14} 23; Pb^{17} 31 (R. de N.).
La R. II, 35; Tarb. *Th.* 56; Br. *Arch.* XLII, 353.

307. — Trés haute amours me semont que je chant

Pb^{3} 41 (A. C.); Pb^{11} 137 (id.).

308. — Bele et bone est cele pour qui je chant

B^{2} 28 (R. de N.); Pb^{6} 109 (Ch. d'A.); Pb^{12} 67.
Din. III, 240; Tarb. *Th.* 9; Br. *Arch.* XLI, 374

309. — Si li oisel baissent lor chant

Pb^{11} 112 (Gont.).
Ch. à refr. — Sch. II, 61.

310. — Partis d'amour et de mon chant

B^{2} 190; Pb^{12} 34.
Br. *Arch.* XLIII, 306.

311. — Amours, de cui j'esmuef mon chant

Pb^{3} 147 (Aud. le B.); Pb^{11} 56 (id.).

312. — Atis d'amours fenis mon chant

Lb 114 (*3e couplet*).
P. M. *Arch.*^{2} III, 294.

313. — Pour autrui movrai mon chant

Pb^{3} 175 (Maih. le J.); Pb^{11} 93 (id.). — *Ch. à refrain.*

314. — Ne puis laissier que je ne chant

Pb^{3} 129 (C. le B.); Pb^{12} 21; R^{1} 72 (C. le B.); S^{1} 37.

Anonymes.

240 v° Trop m'es[t] sovant fine amors anemie
241 Tant m'ait moneit force de signoraige
241 v° Tant ne me sai dementeir ne complaindre

LI ROIS DE NAVAIRE.

242 Tant ai amors servie et honorée

Anonymes.

242 v° Thomes, je vos veul demandeir
242 v° Trois choses font une flor
243 Tout ausiment com retraient a l'aire
243 v° Trismontainne, ke tout ais sormonteit
245 Vivre tous tens et chascun jor morir
245 v° Vos ki ameis de vraie amor
246 Un chant d'amors volentiers comansaixe

CUNES DE BETUNEZ.

246 v° Voloirs de faire chanson

COLINS MUSEZ.

247 Une novele amorete que j'ai

LE DUCHASE DE LOURAINNE.

247 v° Un petit davant lou jor

Anonymes.

248 Vers lou douls tens d'esteit
248 v° Vers lou novel de la flor
249 Vers lou partir dou tens felon
249 v° Uns hons ki ait en soi sen et raixon

C

Bibliothèque de Corpus Christi College, à Cambridge, 450. Petit volume de 0m 185 sur 130, écrit au XIVe siècle et composé d'un grand nombre de documents divers en anglo-normand. Les trois Chansons suivantes occupent les pages 264-266 du ms.

Voy. P. Meyer, *Romania* IV, 375-80.

Pag.

264 Malade sui, de joie espris

265 Jeo m'en veoys, dame, [et] a Deu vous comaund

265 En lo sesoun(e) qe l'erbe poynt

H

La Haye. Fragment sur vélin. In-fol. à 2 colonnes. Écriture du commencement du XIVe siècle. Musique. Ms. communiqué à A. Jubinal par M. Van der Bergh.

Voy. A. Jubinal, *Lettres sur quelques-uns des mss.... de la Haye* 25, 91-5.

(1) Jehan, vos me volés blasmer (*inc. au com.*)

(2) Cuvelier, j'aim mius ke moi

(3) Sire Jehan Bretel, parti avés

Lb

Londres, British Museum, Egerton 274 (anc. Vande Velde 15119). Petit vol. sur vélin, de la seconde moitié du XIIIe siècle, composé de deux parties, la première contenant des pièces latines, la seconde (fol. 98-117, 131-2) consacrée aux Chansons. Musique. Mauvais état.

Voy. P. Meyer, *Arch. des miss.* 2e série III, 253-9 et 280-96, et Brakelmann, *Archiv* XLII, 67-8.

Fol.

Anonymes.

98 v° De tout son cuer et [de] toute s'entente (*2e coupl.*)
99 A . . . . ise (*1er coupl.*)
Douche dame amée sans faintisse (*2e coupl.*)

COLARD LE BOUTILLIER.

100 L[oiaus amours et desiriers de joie]

MESIR RAOULS.

101 Qu[ant voi la glaje meüre]

Anonyme.

102 C. . . . . is (*1er coupl.*)
Ne doit pas estre esbahis (*2e coupl.*)

JEHANS DE NUEFVILLE.

102 v° Desoremais est (et) raison(s)

MESIR GASSES BRULEZ.

103 v° De boinne amor et de loial amie

Anonymes.

104 v° T[ant ai amors servies longuement]
105 v° En tous tans doit li hom en son venir
107 Mout m'est bele la douce començance

MESS. REIGNAUT, CASTELLAIN DE COUCHY.

108 v° La douche vois del rosignol sauvage

Anonyme.

110 J[a por ce se d'amer me duel]

LI CASTELL. DE COUCHY.

111 v° M[erci clamant de mon fol errement]

Anonymes.

113 Dieus ! je fui ja de si grant joie sire
114 v° Atis d'amors fenis mon chant (3e *coupl.*)
115 Ki bien violt amors descri[v]re
116 v° Amours k'el cuer m'est entrée
117 Li rousignos chante tant
131 E[nsi com unicorne sui]

Ll

Chansons et Jeux-Partis retrouvés sur un *roll* de la bibliothèque de Lambeth Palace à Londres. Ce fragment se compose de 42 stophes écrites à la suite et appartenant à différentes pièces. XIIIe siècle.

Voy. *Sixth Report of the royal Commission on historical Manuscripts* (Londres, 1877, gr. in-4°), Part I, 522-3.

(1) ... devriez, dame, esgeirer reson (*inc. au com.*)
(2) .... le blanche vermeille
(3) Conseilliez moi, Jehan de Grieviler
(4) Dragon, vostre escient
(5) Grieviler, fame avez prise
(6) Grieviler, par quel reson
(7) Sire Frere, fetes .I. jugement

M

Modène. Bibliothèque d'Este. Beau vol. in-fol. à 2 col. comprenant deux mss., l'un écrit sur parchemin aux XIIIe et XIVe siècles (fol. 1-260), l'autre sur papier, du XVIe siècle (fol. 262-345). La plus grande partie de ce vol. renferme des chansons provençales; les Chansons françaises vont seulement du fol. 217 au fol. 230. De ces Chansons les 49 premières portent un n[o] d'ordre ; la première de toutes est précédée des mots *Moniez d'Arras,* ce qui d'après l'habitude du ms. relative aux poètes provençaux devrait faire attribuer à *Moniot d'Arras* ces 49 chansons : en fait, il n'en est que fort peu qui appartiennent à ce trouvère. Les 14 chansons suivantes n'étant pas numérotées, sont donc anonymes dans le ms.

Voy. A. Mussafia, *Sitzungsber. der k. Akad. der Wiss.* [*zu Wien*], *Ph.-Hist. Cl.* LV, 346-8.

Fol.

MONIEZ D'ARRAS.

217 *a* Amors n'est pas que qu'en die
217 *b* Bien doit chanter cui fine amors adrece
217 *c* Bien chantasse volentiers liéement
217 *d* Quant li douz tens s'asoage
218 *a* L'autrier en mai,
Au douz tens gai
218 *b* Quant voi bois et prez reverdir
218 *b* Un petit devant le jor
218 *d* Quant noif remaint et glace funt
218 *d* A ma dame ai pris congié
219 *a* Chançonete m'estuct a comencier
219 *b* Bien mostre Dieus apertement
219 *c* Quant les moissons sont faillies
219 *d* En Pascor un jor erroie
220 *a* Li doz termines m'agrée

220 *b* Ja de chanter a ma vie
220 *b* En serventés plait de deduit de joie
220 *c* Molt liéement dirai mon serventois
220 *d* Ne me sunt pas achoisun de chanter
221 *b* Quant je voi le doz tems venir
221 *b* Bien puet amors guerredoner
221 *c* Ne mi donez pas talant
221 *d* A l'entrée do doz comencement
222 *a* Iriez et destroiz et pensis
222 *b* Chanter me fait ce dun [je] crien morir
222 *c* Flors ne verdure ne pré(z)
222 *d* Comencement de doce saison bele
222 *d* Quant voi venir la gelée
223 *a* Quant je voi renoveler
223 *b* Ja por ce se d'amer me doel
Ne laiserai que je ne chant
223 *c* Qui bien velt amor descrivre
223 *d* Le consirers de mon païs
224 *a* Amor qui m'a tolu a moi
224 *b* S'amors veult que mes chans remaigne
224 *b* Bien ait amors qui m'ensaigne
224 *c* Je cant, c'est molt mavais signes
224 *c* A l'entrée de la saison
224 *d* Amors m'a en sa justise
225 *a* Amors me semont et prie
225 *b* Quant je voi le dolc tans d'esté
225 *b* Près sui d'amor, mais lonc sui de celi
225 *c* Je ne cant pas por goie che jo sente
225 *d* A la dolçor del tans qui reverdoie
226 *a* De buene amor et de loial amie
226 *b* Por quel forfait et por quel ocaison
226 *c* A vos m'atent de tote goie avoir

226 *d* C'unques nus hom par dura departie
Doit estre.....
227 *a* Si voirement cum cella de cui (ge) chant
227 *a* Por grant fianchise moi covient chanter
227 *b* Aï amors, cum dure departie (*ms.* departia)

Anonymes.

227 *c* Quant je plus sui en paor de ma vie
228 *a* Esbahiz ai chanté sovent
228 *b* Douce dame, simple et plaisant (*ms.* plaisanz)
228 *c* Cil qui d'amors me conseille
228 *d* Quant foillissent li boscage
228 *d* Quant se resjoïssent oisel
229 *a* Dous dames honorées
229 *b* L'autrier avint en cel autre païs
229 *c* Chascuns qui de bien amer
229 *d* Oez com je sui bestornez
230 *a* Rois de Navaire et sires de vertu
230 *b* Ancor ferai une chançon perdue
230 *c* Douce dame de paradis
230 *d* Bien emploie son cuer et son corage

N

Bibliothèque de Neuchâtel (Suisse). Ms. du xve siècle, sur papier, petit in-f[o] de 270 pages à 2 col. Ce volume qui contient des Contes dévots est terminé par trois Chansons à la Vierge.

Voy. G. A. Matile, *Revue suisse* II (1839), 246-50 et Wackernagel, *Altfr. Lied.* 184-8.

(1) Qui que faice rotruenge nouvelle

(2) Porte du ciel, pucelle de grant prix
(3) Hui matin a la journée
Toute m'embleüre

O

Oxford. Bibliothèque Bodleienne, Douce 308. Ms. sur vélin du premier quart du XIVe siècle, écrit de plusieurs mains. 297 feuill. (anc. pagination). Vol. ayant appartenu, avant d'entrer dans la bibliothèque de Douce, à la famille Le Gournaix. Les pièces, toutes anonymes, occupent une notable partie du ms. à partir du fol. 152 (anc. pag.); elles se divisent en six sections : 1° Grans Chans, 2° Estampies, 3° Jeux-Partis, 4° Pastourelles, 5° Balletes (ou Ballades), 6° Sottes chansons contre amour ; une septième section comprenant des Motets, ne rentre pas dans notre cadre. Chacune des six parties a une table, et chaque pièce porte un numéro d'ordre dans sa section ; c'est ce numéro d'ordre, et non le chiffre du folio, que nous indiquons. Vignettes. Le ms. écrit à un point de vue littéraire ne contient pas de notation musicale.

Voy. de La Villemarqué, *Arch. des miss.* V, 99-116, P. Meyer, *Arch. des miss.* 2e série V 154-62, 216-44, et Brakelmann, *Archiv* XLII, 49-51.

I. — GRANS CHANS (*fol.* 152).

N° d'ordre.

1 J'ain per costume et par us
2 Contre lou dous tens d'estei
3 Amans fins et verais,
Debonaireteit et paix
4 Biaus maintiens et cortoisie
5 Amors longuement servit ai
6 Se par force de mercit
7 Force d'amours mi destraint et justise

8 Hé ! cuers hatains plus que gerfalz sus bixe
9 Amerous, destrois et pencis
10 Se j'ai lonc tens amors servit
11 Dame, vos estes li confors
12 [A] la dousour dou tens qui ranverdoie
13 Li dous termines m'agrée
14 L'autrier m'avint an cel atre païs
15 Dame, j'atant an boin espoir
16 Loiaus dezir et pansée jolie
17 Nus hons ne doit lou bien d'amor santir
18 Per grant franchixe me covient chanteir
19 Quant li tens pert sa chalor
20 Coment c'aloingniez soie
21 Folz est qui a essiant
22 Puez ke je sui de l'amerouze loi
23 Sopris d'amors, fins cuers ne ce puet taire
24 Or voi je bien qu'il n'est rienz an cest mont
25 Se par mon chant me poioie alegier
26 Mout par sout bien mon aventaige amcir
27 Deus ! dont me vint ke j'ozai comencier
28 Chans d'oixillons ne bocaiges foillis
29 Bone amour m'ait an son servixe mis
30 De bien amer grant joie atent
31 Por joie chant et por mercit
32 Mout ai esteit longuement esbaihis
33 Chanter me fait ceu dont je crien morir
34 Quant lai saixon dezirée
35 Je ne vois mais nelui kc ju ne chant
36 De bone amor vient science et bonteit
37 Puez que li mals c'amors me font sentir
38 Jai de chanter ne me fust talent pris
39 Demoustreir voil en chantant

40 Vivre tous tens et chascun jor morir
41 Par son dous comandement
42 Por lou tens qui verdoie
43 Molt est amours de haut pooir
44 Gloriouse virge plaisans
45 Meire, douce creature
46 Je n'ai autre retenance
47 Si jolis malz ke je sent ne doit mie
48 J'ai fait mains vers de chanson
49 Dous est li malz qui la gent met an voie
50 Or voi je bien qu'il sovient
51 Chant ne me vient de verdure
52 Dame et amors et espoir d'avoir joie
53 Joie d'amors ke j'ai tant dezirée
54 Cilz qui proient et dezirent mercit
55 Poinne d'amors et li malz que j'an trai(s)
56 Cilz qui dient d'amors suis alentis
57 Li dous tens qui s'an revait
58 An chantant plain et sopir
59 Yvers en vait, li jolis tens repaire
60 Sans et bonteiz, valour et cortoisie
61 Quant nature ait celle saixon descloxe
62 D'amour me plain qui ansi me demoinne
63 Au repairier en la douce contrée
64 On demande mout sovent k'est amors
65 Por coi se plains d'amour nu(n)s
66 Por ceu ke j'ai lou voloir retenu
67 Orandroit plus c'onkes maix
68 A grant dolour me fait useir ma vie
69 An mon chant lo et graici
70 Onkes d'amor ne joï
71 Quant je vois boix et riviere

72 Por ceu se je suis an prison
73 Joie an biautei, hautime amor nomée
74 Nuns ne ce doit mervillier
75 Quant bone amor en son servir m'adresse
76 Gloriouse dame gentis
77 Trés fine amor par son cortois voloir
78 De la m[er]e Jhesu Crist
79 Un dous espoirs amerous et plaixans
80 Li biens qui font ciaus avoir sostenance
81 Je ne me puis plus tenir de chant faire
82 Puis ke je suis an amors ki tout vaint
83 Nuns hons ne doit de bone amor chanteir
84 Li roissignors qui pas ne seit mentir
85 Sans oquison on me welt departir
86 Por faucetei, dame, ki de vos vaigne
87 Certes il n'est mais nuns qui aint
88 D'un dous baisier m'enoselai
[89] Trés fine amor par son cortois voloir
[90] Nobles atours et maniere plaixant
[91] Flors de biauteit, de bonteit affinée
[92] Mar vi amors ke si m'ait pris
[93] Sens et honour et loiaulteit

II. — ESTAMPIES (*fol.* 179).

Nº d'ordre.
1 En dame jolie
2 Onkes talent de faire chant
3 Sopris et anpris d'ameir
4 J'ai longuement estei
5 De bone volentei
6 Dame bone et saige
7 Amors, cui j'ai tart servi
8 Amors et nature et jolietei

9 Amors qui tient cuers en valour
10 De bien amer chant
11 Quant voi la verdure
12 Doucement sovant
13 C'an feme se fie
14 En joie seroie
15 J'ai soffert mes grieteis
16 A l'antrant dou tans
17 Je chans sovent
18 Fine amor cui j'aour
[19] Volanteit jolie

III. — JEUS PARTIS *(fol.* 186).

Nº d'ordre.

1 Concilliés moi, Rolan, je vous an pri
2 Jaikes de Billi, amis
3 Jehans de Bair, vos qui aveis
4 Par Deu ! Rolant, une dame est amée
5 Rolans, car respondeis a mi
6 J'ain par amors de fin cuer sans partir
7 Rolans de Rains, je vos requier
8 Sire, une dame ai(t) ameit longuement
9 Consilliés moi je vos pri,
Rolant...................
10 Douce dame, volantiers
11 Jaike de Billi, biaus sire
12 Lorete, suer par amor
13 Dous Jehan de Bair, respondeis
14 Douce dame, respondez
15 Par Deu, Rolant, j'ai ameit longement
16 Thiebaus de Bair, li rois des Allemans
17 Dous dames sont, Rollant, ki ont ameit
18 A ti, Rollant, je demant

19 Rollans, amins, au fort me consilliés
20 Concilliés moi, Aubertin, je vos prie
21 Perrins amins, molt volentiers saroie
22 Sire, li queilz ait plus grant joie
23 Respondeis a ma demande
24 Biaus Thierit, je vos voil prier
25 Garset, par droit me respondeis
26 Biaus Gillebert, dites si vous agrée
27 Amins Bertrans, dite[s] moi lou millor
28 Amors, je vos requier et pri
29 Bouchart, je vous pairt d'amors
30 Biaus rois Thiebaut, sire, consilliés moi
31 Cardons, de vous lou voil oïr
[32] Rollant, une dame trovai
[33] Douce dame, vos aveis prins marit
[34] Consilliez moi, Rollant, je vous an pri
[35] Par Deu, Rollant, .I. miens trés grans amins
[36] Morgue la fée ait fait comandement

IV. — Pastorelles *(fol. 206)*.

Nº d'ordre.

1 L'autre jour je chevachoie
Sor mon palefroit amblant
2 L'autre jour par un matin
Sous une espinette
3 Pastourelle
Vi seant lés un bouxon
4 L'autre jour par un matin
M'aloie desdure
5 L'autre jour moi chivachai,
Deleis un bouxon trovai
6 Por coi me bait mes maris
7 L'autrier mi chevachoie

Pencis com suis sovent
8 En yver an lai jallée
9 J'ai trovei mon cuer plus enamorei
10 L'autrier un lundi matin
11 Quant ces mouxons sont faillies
12 L'autre jour me departoie
13 Au cuer les ai les jolis mans (*ms.* malz)
14 A definement d'esteit
15 Entre Arais et Dewai
16 An un florit vergier jolit
17 L'autre jour me chivachoie
Sous sans compaignie
18 An mai a dous tens novel
19 L'autre jour mon chamin erroie
20 De joli cuer chanterai
21 La fille Dan Hue (*ms.* Huwe)
22 Ier matinet deleis .I. vert boxon
23 Je me levai ier main matin
Un pou devant soleil luxant
24 Pastorelle vi seant leis un bouxon,
Aigniaus gardoit, si tenoit
25 Pancis amerouzement
26 Ambanoiant l'autre jour m'an aloie
27 Enmi! Deus, vrais Deus! sire Deus, ke ferai
L'autre jour moi chivachoie,
28 Chascuns chante de cuer jolit
29 L'autre jour me chivachai
Lez l'ombre d'un ollivier
30 Dehors Compignes l'autrier
31 J'ain simplete anvoixie
32 De Mès a friscor l'autre jour
33 L'autre jor me chivachai

Toz pensis et an esmai
34 Je chivachoie l'autrier
Mon pallefroit l'ambleüre
35 A lai follie a Donmartin
36 L'autre jor par .I. matin
Juweir m'an allai
37 L'autrier dejoste Cambrai
38 De Saint Quaitin an Cambrai
39 Cant j'o chanteir l'aluete
Et ces menus oixillons
40 Chevauchai mon chief anclin
41 D'Arès a Flandre alloie
42 S'est tout la jus c'on dist sor l'olive
43 Entre moi et mon amin
44 L'autrier par un matinet
Jueir m'an alloie
45 L'autrier chivachoie
Leis un boix ki verdoie
46 Trop volentiers ameroie
47 An Haichicourt l'autre jour chivachoie
48 Tous sous sus mon pallefroi
49 Per un trés biau(s) jor de mai
50 Heumain matin jueir alai
51 Pencis l'autrier alloie mon chamin
52 Putepoinne chivachoit a matinet
53 L'autrier alloie juant
54 L'autre jour je chivachoie
Pancis si cum suis sovant
55 L'autrier en mai, por moi esbanoier
56 E! bergiers, si grant anvie
57 Je me levai ier matin,
De Langres chivachoie a Bar

V. — BALLETES (*fol.* 222).

Nº d'ordre.

1 A la belle me comant
2 An mon chanteir me reconfort
3 Amors me met en voie
4 Amors qui tant ait pooir
5 Amors m'ont fait mon vivant
6 Haute pencée me done
7 Dame saige et antantive
8 J'ai lon tans estei
9 Or n'est il teil vie
10 Amors m'ait fait adrecier
11 Amors qui m'ait en la voie
12 Avrai aligement
13 Dues en .I. praielet estoie
14 Bone amour me fait chanter
15 Amors me fait espireir
16 Ne mi bateis mie(s)
17 Amors me semont et prie
18 Amors ne se donne, mais elle se vant
19 Biauteilz et sans et vaillance
20 Douce dame cui j'ain tant
21 Aucune gens vont dixant
22 Se je chans moins ke ne suel
23 Dame, si vos vient an grei
24 J'ain simplete anvoixie
25 Cleire brunete
26 Amors, de vos maus (*ms.* malz)
27 Dieus! j'ai amei et ain encor et amerai
28 Je chans en espoir joli
29 E! dame jolie
30 De tout mon cuer bone amour servirai

31 Amors cui je voil servir et amer
32 Trés dous amis, je lou vos di
33 Par fate de leaultei
34 Trop mi destreint li malz dont point
35 Bien me puis vanter
36 Or la truix trop durete
37 Pues ke li malz d'ameir est vie
38 Anver fauce amor
39 Li hons fait folie
40 Constumier suix de chanteir
41 Cant remir la belle a cui je n'o gehir
42 Amours par sa signorie
43 Amors m'aprant a chanter
44 On dit c'an amor franchise
45 J'ai estei clers mult longement
46 De grant volantei jolie
47 J'ai par mainte fois failli
48 La biautei m'amie (*ms.* mai dame)
49 Les malz d'amors santi ai
50 Baixiés moi, belle, plaixans et graciouse
51 Chascuns chante de Thierit
52 Je ne chantai onkes mais
53 Dame cui vuel obeïr
54 Dame a cui m'otroie
55 Dame cortoise et bien saichans
56 Hai lais! com est endormis
57 Se mesdixans m'ont repris
58 Por Deu, car ne m'oblieis
59 La vie menrai jolie
60 En melancolie ai pris
61 Se j'ain sans pancer folie
62 Dame, bien me doveroie

63 An dame plaisans d'onor
64 Amor par sa signorie (*cf.* n° 42)
65 Je me suix mult longement
66 Amors a cui je me rant pris
67 Medixant por moi grever
68 Mercis je vos proi, fin cuers doz
69 Li trés dous pencers jantis
70 Trés douce dame, merci[s]
71 Amors m'anvoie a mesaige
72 Bone amor jolie
73 Se je chan moins ke ne suel
74 Chanter m'estuet por la plus belle
75 Jolie ne suix je pas
76 Dame, gardeis vous de mantir
77 Dame, d'onor qui valeis tant
78 Priez ne mi volt oïr ma dame entendre
79 Quant je ving an ceste vile
80 J'ain par amors et si ne sai
81 Dame, je vos aime plus ke nuns hons
82 Je fu de bone houre née
83 Enmi Deus! vrais Deus! que ferai
84 Douce dame, a vostre voloir
85 Je me duel, amie
86 Dame, cui je n'os nomeir
87 E bone amourette
88 Lai saigette blondette m'a (*ms.* ait)
89 Duez! j'ain par amorette
90 Li trés dous panceirs ke j'ai
91 Deduxans suis et joliette
92 Les malz d'amors santit ai (*cf.* n° 49)
93 Trop mi demoine li malz d'amer
94 Bom fait ameir par amors

95 Amors ait boine aventure

96 Vos qui ameis, je vos fais a savoir

97 Je me levai ier main par .I. matin

98 Silz a cui je suis amie

99 Mesdixans can tient a vos

100 Dues ! Dues ! Dues ! Dues ! Dues !

101 Jai comans ma chansonette

102 Saige blondette, vos biauteit

103 *(La pièce manque)*

104 Trés dous amins, je lou vos di(x) (*cf.* n° 32)

105 Par defaut de loialteit (*cf.* n° 33)

106 Trop mi destrant li malz dont point (*cf.* n° 34)

107 Trop mi destraint l'amor Biautrix

108 Li hons fait folie (*cf.* n° 39)

109 Envers fauce amor (*cf.* n° 38)

110 Je ne puis mais se je ne chans sovent

111 Trop mi destraint amorette, ke ferai

112 Ou la truis trop durette (*cf* n° 36)

113 Bargerounette

114 Honis soit li jones hons

115 Dame, boin grei vos savroie

116 Dame d'onour m'ait an voie

117 J'ain dame anvoixie

118 Por ceu chant

119 Biauteit et sans vaillance

120 On dit ke trop suis jone, se poize mi

121 Duez confonde mesdixans

122 Cilz qui me tient por jolit

123 Quant li nouviaus tens s'agence

124 Dont sont qui sont

125 Onques an ameir loialment

126 Amors qui tout puet doneir

127 Et por ceu je dois avoir et mins an obli
128 Merci dame, ou je morrai
129 Lai blondette saigette que j'ain me tient an joie
130 Il ait teil an ceste vile qui ait belle amie
131 Dame il n'est dolors en terre ne en meir
132 Osteis ma kenoille, je ne pux fileir
133 A dous tens ke violettes
134 An espoir d'avoir aïe (*et aussi* n° 136 *bis*)
135 Cant remir la belle a cui je n'os jehir (*cf.* n° 41)
136 Trop me repent mais tairt mi suis parsue
137 Anvoixiez suis chantans
138 L'autrier par un matinet
139 Amors m'ont si doucement
140 De mai droite norriture
141 Plus amerous c'onkes mais
142 Sis qui contre mal bien rent
143 J'ai main jour de cuer amei
144 An espoir d'avoir lai joie
145 Se j'ain et sers loialment
146 Je chant d'un amerous talant
147 Or est raisons et si l'acorde drois
148 Je suis an esmai, ma dame, sovent
149 Chansonete m'estuet faire
150 Amors me font languir
151 Onkes mais n'o oquixon
152 Je morrai des malz d'amours
153 Biauteis, bonteis, douce chiere
154 Douce Mergot, je vos pri
155 Bone volenteit ke j'ai
156 Onkes mais de chanson faire
157 De vrai cuer humeliant
158 Certes nuns ne ce doit fieir

159 Je ne sai coment nomeir
160 Fine amour me semont de chanteir
161 Puez ke bone amor
162 Amors an la cui bailie
163 Onkes mais ne so devoir
164 Aucuns sont qui ont anvie
165 Por nul meschief que je sante
166 Tant ai mal ni puis dureir
167 Tant ai servi sans fauceir
168 S'aligement ne puis troveir
169 Onques jour ne me vantai
170 Bone amor qui m'ait norrit
171 Ir intrai en lai ruwelette
172 Belle et bone mi proie
173 Près d'un boix et lons de gent
174 Aucuns d'ameir ce bobance
175 Ke lais je chante et bien voi
176 Un dous regairs sans folaige
177 Des puez ke je so ameir
178 Honis soie je lou jour
179 Onkes ne so c'amors eüst pooir
180 Alegiez moi ma grevance
181 Por ceu m'ait point ci poins
182 Et je sohait frex fromage et si volz
183 Puez ke nature passe et verdure faut
184 Talant m'ait pris de chanter
185 Se je me plain j'ai bien raison
[186] Se fortune m'ait mostreit
[187] Je me dois bien resjoïr
[188] Gratiousement suis pris

VI. — SOTTES CHANSONS CONTRE AMOURS (*fol.* 251).

Nº d'ordre.	
1	Chans de singe ne poire mal pellée
2	Amors graici de son jolit presant
3	Bien doit chanteir qui est si fort chargiés
4	Chanteir m'estuet jusc'al jour dou juïse
5	Quant j'oi crieir rabardie
6	Quant voi vendre chair de porc sour samée
7	Quant j'oi la quaile chaucic
8	Quant en yver voi ces ribaus lancier
9	Amours mc fait chanter a poc d'argent
10	Quant je regart lou bel visaige
11	J'ai aussi belle oquison
12	Ameire amors par lai grande poi[ssance]
13	Quant voi negier par vergiers
14	Onkes mais jour de mai vie
15	Quant voi plorer lou froumaige on chazier
16	Quant voi paroir la perselle on vert bleif
17	El tans ke hernus repaire
18	Ens ou novel ke chascuns se baloce
19	Ce fu tot droit lou jor de la Chandoile
20	Amors et sa signorie
21	Se je chant com gentil home
22	Devant aost, c'on doit ces bleis soier

Pa

Paris. Bibliothèque de l'Arsenal 5198 (anc. B. L. F. 63), provenant de la bibliothèque de M. de Paulmy. Très beau ms. sur vélin à 2 col. de 0m,315 sur 220. 211 feuillets, comptant par erreur 420 pages (deux pages ne sont pas numérotées entre 170 et 171). Les pièces sont divisées en deux parties ; celles dont les auteurs sont connus ; celles qui sont anonymes. Initiales. Musique. xiiie siècle.

Voy. Brakelmann, *Archiv* XLII, 53-4.

Pag.

Li rois de Navarre.

1 Amors me fet conmencier
1 Seigneurs, sachiez qui or ne s'en ira
2 J'aloie l'autrier errant
3 En chantant vueil ma dolor descouvrir
4 L'autre nuit en mon dormant
5 Dame, cist vostre fins amis
6 Contre le tens qui devise
7 Por froidure ne por yver felon
7 Je ne puis pas bien metre en nonchaloir
8 Por ce se d'amer me dueil
9 Por conforter ma pesance
10 A enviz sent mal, qui ne l'a apris
11 De ma dame souvenir
12 Chançon ferai car talent m'en est pris
13 Tout autresi con fraint nois et yvers
14 Nus hons ne puet ami reconforter
15 Douce dame, tout autre pensement
16 Une chançon oncor vueil
17 De grant joie me sui toz esmeüz
18 Je ne voi mès nului qui gieut ne chant
19 Por mau tens ne por gelée
19 Dame, ensi est q'il m'en couvient aler
20 De nouviau m'estuet chanter
21 Li douz pensers et li douz souvenir(s)
22 De touz maus n'est nus plesanz
23 Chanter m'estuet, car ne m'en puis tenir

24 Li rosignous chante tant
25 Empereres ne rois n'ont nul pouoir
25 Au tens plain de felonnie
26 Tout autresi con l'ente fet venir
27 Mauvès arbres ne puet florir
29 Ausi conme unicorne sui
29 De grant travail et de petit esploit
31 L'autrier par la matinee
32 Au trés douz non a la virge Marie
32 Les douces dolors
33 Dame, merci, une riens vos demant
34 Deus est ensi conme li pellicans
35 Une dolor enossée
36 De chanter ne me puis tenir
37 Phelipe, je vous demant :
Dui ami de cuer verai
37 Phelipe, je vous demant
Qu'est devenue amors
38 Par Dieu, sire de Champaigne et de Brie
39 Cuens, je vous part un gieu par aatie
41 Sire, nel me celés mie
41 Robert, veez de Perron
42 Bons rois Thiebaut, sire, conseilliez moi
43 Sire, loez moi a choisir
44 Rois Thiebaut, sire, en chantant responnez
45 Quant fine amor me prie que je chant
46 Je n'os chanter trop tart ne trop souvent
47 Tant ai amors servies longuement
48 Coustume est bien quant on tient un prison
49 De bone amor vient seance et biauté
50 Je *(ms.* De) mi cuidoie partir
51 Qui plus aime, plus endure

51 Tuit mi desir et tuit mi grief torment
52 Fueille ne flor ne vaut riens en chantant
53 Dame, l'en dit que l'en muert bien de joie

MONSEIGNEUR GACE BRULLEZ.

54 Au renouviau de la douçor d'esté
55 Cil qui d'amors me conseille
56 Contre tens que voi frimer
57 Chanter m'estuet iréement
58 D'amors qui m'a tolu a moi
59 De bien amer grant joie atent
59 Avril ne mai, froidure ne let tens
60 J'ai oublié paine et travaus
61 J'ai esté lonc tens hors du païs
62 Ire d'amors qui en mon cuer repere
63 N'est pas a soi qui aime coriaument
64 Grant pechié fet qui de chanter me proie
65 Mains ai joie que ne sueil
66 Ne mi sont pas acheson de chanter
67 Ne puis faillir a bone chançon faire
68 Iriez et destrois et pensis
68 Li plus desconfortez du mont
69 Les oisellons de mon païs
70 Quant fleurs et glais et verdure s'esloigne
71 Quant bone dame et fine amor me prie
71 Quant voi paroir la fueille en la ramée
73 Tant de solaz conme j'ai por chanter
74 Fine amor et bone esperance
74 A l'entrant du douz terminc
75 Qui sert de fausse proiere
76 Oncore a si grant poissance
77 Bien ait l'amor dont l'en cuide avoir joie
78 Quant je voi l'erbe reprendre

79 De bone amor et de loial amie
80 Quant voi le tens bel et cler
80 Li pluseurs ont d'amors chanté
81 Tant m'a mené force de seignorage
82 En douz tens et en debonere
83 Quant voi la flor boutonner
84 Quant je voi la noif remise
84 Chanter me plest qui de joie est norriz
85 Quant noif et goil et froidure
86 Sorpris d'amors et plains d'ire
87 Je ne puis pas si loing fuïr
88 Quant define fueille et flor
88 Pensis d'amors vueil retrere
89 A la douçor de la bele seson
90 Douce dame, grez et graces vous rent
91 Sans atente de guerredon
92 Oez pour quoi plang et souspir
92 Quant l'erbe muert, voi la fueille cheoir (*ms* cheïr)

LE CHASTELAIN DE COUCI.

93 Ahi, amors, com dure departie
94 Conmencement de douce seson bele
95 Li nouviaus tens et mais et violete
96 Mult m'est bele la douce conmençance
97 Mult ai esté longuement esbahis
98 Nouvele amor ou j'ai mis mon penser
99 La douce voiz dou rosignol sauvage
100 L'an que rose ne fueille
101 Par quel forfet et par quele acheson
102 Quant li rosignol jolis
103 Tant ne me sai dementer ne conplaindre
104 Merci clamant de mon fol errement
105 Je chantasse volentiers liement

106 S'onques nus hons pour dure departie
107 A vous, amanz, plus que a nule autre gent
108 Bele dame me prie de chanter

BLONDIAU DE NEELE.

109 Quant je plus sui en poor de ma vie
111 A la douçor du tens qui raverdoic
112 Bien doit chanter qui fine amor adrece
113 De mon desir ne sai mon melz ellire
114 Li plus se plaint d'amors, mès je n'os dire
114 Amors dont sui espris
115 J'aim par coustume et par us
116 Conment que d'amer me dueille
117 Cil qui touz les maus essaie
117 Chanter m'estuet, car joie ai recouvrée
118 Ma joie me semont
118 Puis qu'amors dont m'otroie a chanter
119 Se savoient mon torment
120 Tant ai en chantant proié
120 A l'entrant d'esté que li conmence

MONSEIGNEUR THIEBAUT DE BLAZON.

121 Bien voi que ne puis morir
122 Au main par un ajornant
123 Amors, que porra devenir
124 Chanter m'estuet, si criem morir
124 Quant je voi esté venir
125 Chanter et renvoisier sueil

GAUTIER D'ARGIES.

126 Bien font amors leur talent
127 Desque ci ai touz jorz chanté
128 A Deus! tant sont mès de vilaine gent
129 Autres que je ne sueil faz
130 Chançon ferai mult marriz

130 Or chant novel, car longuement
131 Quant la sesons s'est demise
131 Quant il ne pert fueille ne flor[s]

MONIOT D'ARRAZ.

133 Li douz termine m'agrée
134 Bone amor sanz tricherie
134 Amors, s'onques en ma vie
135 Ce fu en mai
Au douz tens gai
136 Nus n'a joie ne solaz
137 Amors n'est pas que qu'en die
138 De jolif cuer enamoré

MESIRES RAOUL DE SOISSONS.

138 Chançon m'estuet et fere et conmencier
140 Rois de Navarre, sire de vertu
141 Quant voi la glaie meüre
142 Quant je voi et fueille et flor

GILLEBERT DE BERNEVILLE.

143 Haute chose a en amor
144 Amors, pour ce que mes chanz soit jolis
145 Cuidoient li losengier
145 Hé, amors, je fui norriz
146 J'ai fet maint vers de chançon
147 Elas ! je sui refusez
148 J'ai souvent d'amors chanté
149 Onques d'amors n'oi nule si grief paine
150 Foi et amor et loiauté
150 Merci, amors, car j'ai vers vous mespris
151 Tant me plest a estre amis
152 Au nouviau tens que l'ivers se debruise
153 Au besoing voit on l'ami

PERRIN D'ANGECORT.

154 Jamès ne cuidai avoir
154 Il feroit trop bon morir
155 Quant li cincejuz s'escrie
156 Heneur et boñe aventure
157 Bone amor, conseilliez moi
158 Chançon vueil fere de moi
158 Onques ne fui sanz amor
159 On voit souvent en chantant amenrir
160 Au tens nouvel
Que cil oisel
161 Quant li biaus estez repere
162 Quant voi le felon tens finé
162 Quant je voi l'erbe amatir
163 Trés haute amor qui tant s'est abessie
164 Amor, dont sens et cortoisie
165 Quant voi en la fin d'esté
166 Onques pour esloignement
167 J'ai un jolif souvenir
167 Li jolis mais ne la fleur qui blanchoie
169 Il ne me chaut d'esté ne de rousée
170 Je ne chant pas pour verdor
170 Quant partiz sui de Prouvence

MESTRE RICHART DE SEMILLI.

170 *bis* L'autrier chevauchoie delez Paris
171 De chanter m'est pris corage
171 Par amors ferai chançon
172 Mult ai chanté, riens ne m'i puet valoir
174 Chançon ferai plain d'ire et de pensée
174 Je chevauchai l'autrier la matinée
175 Quant la seson renouvele,
Que li douz tens doit venir

176 L'autrier tout seus chevauchoie mon chemin
177 J'aim la plus sade riens qui soit de mere née
177 Nous venions l'autrier de joer

LI VISDAME DE CHARTRES.

178 Tant ai d'amors qu'en chantant me fet plaindre
179 Quant la sesons dou douz tens s'asegure
180 Quant florissent li boscage
181 Chascuns me semont de chanter
181 Tant con je fusse fors de ma contrée

ROBERT DE BLOIS.

182 Par trop celer mon corage
183 Puis que me sui de chanter entremis
184 Merveil moi que chanter puis

RAOUL DE FERRIERES.

184 Une haute amor qui esprent
185 L'en ne puet pas a deus seigneurs servir
186 Par force chant conme esbahiz
187 Si sui du tout a fine amor

LA CHIEVRE DE RAINS.

188 Bien s'est amors honie
188 Plaindre m'estuet de la bele en chantant

ROBERT DE RAINS.

189 Qui bien veut amors descrivre
190 Quant voi le douz tens venir

MONIOT DE PARIS.

191 A une ajornée
Chevauchai l'autrier
191 Lonc tens ai mon tens usé
192 Je chevauchoie l'autrier
193 L'autrier par un matinet
194 Li tens qui raverdoie
195 Qui veut amors maintenir

196 Au nouviau tens que nest la violete

198 Quant je oi chanter l'aloete

199 Pour mon cuer resleecier

OEDES DE LA COUROIERIE.

199 Trop ai longuement fet grant consivrance

200 Ma derreniere vueil fere en chantant

201 Tout soit mes cuers en grant desesperance

202 Chançon ferai par grant desesperance

203 Desconfortez com cil qui est sanz joie

JEHAN ERARS.

204 Dehors Loncpré el bosquel (*ms.* bosquet)

205 Au tens Pascor

206 Penser ne doit vilanie

RAOUL DE BIAUVÈS.

207 El mois de mai par un matin

208 Delez un pré verdoiant

209 Remembrance de bone amour

210 Puis que d'amors m'estuet chanter

210 Quant la seson renouvele

D'aoust que mais est passez

GAUTIER D'ESPINAIS.

211 Quant voi yver et froidure aparoir

212 Tout autresi con l'aymant desoit

213 Desconfortez et de joie partiz

214 Aymanz fins et verais

Se li mons est vostre en pais

JAQUES D'ESPINAIS.

215 Au conmencier de ma nouvele amor

JAQUES DE CHISON.

216 Quant la sesons est passée

217 Nouvele amour qui m'est el cuer entrée

218 Quant l'aube espine florist

219 Contre la froidor

GONTIERS DE SOIGNIERS.

220 Au tens gent que raverdoie
221 Conbien que j'aie demoré
221 Merci, amors, ore ai mestier
222 El mois d'esté que li tens rassoage

SIMONS D'AUTIE.

223 Tant ai amors servie et honorée
224 Amors qui fet de moi tot son conmant

MESTRE RICHART DE FORNIVAL.

224 Chascuns qui de bien amer
226 Ce fu l'autrier en un autre païs

VIELARS DE CORBIE.

227 De chanter me semont amours
227 Cil qui me prient de chanter

OUDARS DE LACENI.

228 D'amors vient joie et honor ensement
229 Flor qui s'espant et fueille qui verdoie

BAUDE DE LA QUARRIERE.

230 Coroz d'amors, mautalens ne meschiez
231 Chanter m'estuet et si ni sai

LI TRESORIERS DE LILLE.

232 Haut[e] honor d'un conmandement
233 Joie ne guerredon d'amors

GILES DE MESONS.

233 J'oi tout avant blasmé, puis voeil blasmer
234 Je chant, mès c'est mauvès signes

BURNIAUS DE TORS.

235 Ha, quanz souspirs me viennent nuit et jor
236 Quant voi chaïr la froidure

COLIN MUSET.

236 Sire cuens, j'ai vielé

238 Volez oïr la muse Muset

JAQUES DE HEDINS.

239 Je chant conme desvez

240 Se par mon chant mi pouoie alegier

LI DUX DE BREBAN.

241 Biau Gillebert, dites s'il vous agrée

242 L'autrier estoie montez

COLARS LI BOTEILLIERS.

243 Je n'ai pas droite acheson

243 L'autrier par un matinet,
En nostre aler a Chinon

GOBIN DE RAINS.

244 Pour le tens qui verdoie

245 On soloit ça en arrier

MESIRE ROBERS MAUVOISIN.

246 Au tens d'esté que voi vergier florir

JAQUES D'OSTUN.

247 Bele, sage, simple et plesant

JEHAN L'ORGUENEOR.

248 Au tens que voi la froidure

MESTRE GILE LI VINIERS.

249 Aler m'estuet la ou je trerai paine

MESIRE MORISE DE CREON.

250 Fine amour claim en moi par heritage

CHANOINE DE SAINT QUENTIN.

251 Rose ne flor, chant d'oisiaus ne verdure

BAUDOINS DES AUTIEUS.

252 M'ame et mon cors doig a celi

CHARDON.

253 Li departirs de la douce contrée

SAUVAGE D'ARRAZ.

254 Quant li tens pert sa chalor

AUBINS DE SEZANE.

255 Tant sai d'amours com cil qui plus l'enprent

MESIRE ROBERS DE MARBEROLES.

255 Chanter m'estuet, car pris m'en est corage

PHELIPOT PAON.

256 Se felon et losengier

MESIRE GUILLAUME LI VIGNEIRRES.

257 Quant ces moissons sont cueillies

MESIRE HUGUES DE BRESI.

258 Oncor ferai une chançon perdue

ROGERET DE CANBRAI.

259 Nouvele amour qui si m'agrée

JEHAN DE MESONS.

260 Je ne cuit pas qu'en amours traïson

LI CUENS DE BRETAIGNE

261 Bernart, a vos vueil demander

ROBERT DU CHASTEL

262 Se j'ai chanté sanz guerredon avoir

LAMBERT FERRIS,

263 Amours qui m'a du tout en sa baillie

JEHANS LI CUNELIERS.

264 Pour la meilleur c'onques formast nature

JEHAN ERARS.

265 Je ne cuidai mès chanter

COLARS LI BOTEILLIERS.

266 J'avoie lessié le chanter

EUSTAÇES LI PAINTRES.

267 Nient plus que droiz puet estre sanz reson
268 Force d'amours me destraint et mestroie
269 Ferm et entier sanz fausser et sanz faindre
270 Tant est amours puissanz queque nus die
271 Amours, conment porroie chanson faire

272 Chanter me fet pour mes maus alegier

273 Cil qui chantent de fleur ne de verdure

THOMAS ERIERS.

274 Onc (*ms.* Dnc.) ne sorent mon pensé

ROBERT DU CHASTEL.

275 Amours qui mult mi guerroie

LAMBERT FERRIS.

276 Li trés douz tens ne la seson nouvele

CARASAUZ.

277 Puis que j'ai chançon [es]meüe

JEHAN ERARS.

278 Bone amour qui son repere

AUBINS DE SEZANE.

279 Lonc tens ai esté

JEHAN ERARS.

279 Je ne me sai mès en quel guise

MAHIUS DE GANT.

280 Mahiu, jugiez se une dame amoie

281 Mahiu de Gant, responez

ROBERT DU CHASTEL.

282 En loial amour ai mis

JEHAN FRUMIAUS.

283 Ma bone foiz et ma loial pensée

MESTRE GUILLAUME VEAUS.

284 J'ai amé trestout mon vivant

MAHIUS DE GANT.

285 Onques de chant[er] en ma vie

VILAINS D'ARRAZ.

286 Se de chanter me poïsse tenir

CARASAUS.

286 Fine amour m'envoie

THOMAS ERIERS.

287 Bien me sui aperceüz

LI CUENS DE LA MARCHE.

288 Puisque d'amours m'estuet les maus souffrir
289 L'autrier chevauchoie seus
290 Tout autresi com li rubiz

MESIRE THIERRIS DE SOISSONS.

291 Amis Harchier, cil autre chanteor
292 A la plus sage et a la plus vaillant
293 Chanson legiere a chanter
294 Destrece de trop amer
295 Encor n'est (pas) reson[s]
296 Helas! ore ai je trop duré

GILLEBERT DE BERNEVILLE.

297 Je n'eüsse ja chanté

PIERRES DE BIAUMARCHÉS.

297 Joie et jouvent, valor et cortoisie

BLONDIAUS DE NEELE.

298 Li rosignous a noncié la nouvele

PERRIN D'ANGECORT.

299 Lors quant je voi le buisson en verdure
301 Biau m'est du tenz de gaïm qui verdoie
302 Haute esperance garnie

Anonymes.

303 Pour moi renvoisier
303 Ja de chanter en ma vie
304 Car me conseilliez, Jehan, se Deus vous voie
305 Quant voi la prime florete
306 Quant voi née
307 Huimain par un ajornant,
Chevauchai ma mule amblant
308 Quant voi la flor nouvele

309 Las ! por quoi m'entremis d'amer
309 Merveilles est que toz jors vueil chanter
311 Li chastelains de Couci ama tant
312 Amors me tient en esperance
312 Trop par est cis mondes cruaus
313 Jolif, plain de bone amor
314 Volez vous que je vous chant
315 Par mainte foiz ai chanté
316 A ma dame ai pris congié
316 Quant li boscages retentist
317 Qui a chanter veut entendre
318 En mai la rousée que nest la flor
318 Jamès chançon ne feroie
319 Quant yver trait a fin
320 Un petit devant le jor
321 E serventois, arriere t'en revas
322 Por cele ou m'entente ai mise
323 Pour verdure ne por prée
324 Rose ne lis ne mi donent talent
325 Mar vit reson qui couvoite trop haut
325 Quant voi blanchoier la flor
326 Par le tens bel
D'un mois nouvel
327 Force d'amors me fet dire
328 Por mon cuer a joie atrere
329 Chanterai par grant envie
330 Contre le tens que je voi qui repere
331 Quant florist la prée
332 Souvent souspire
333 Au partir d'esté et de flors
333 Desconfortez, plain d'ire et de pesance
334 En (*ms.* In) ceste note dirai

335 Quant marz conmence et fevrier faut
336 Li rosignous que j'oi chanter
337 En une praele,
Lez un vergier
338 Joliveté et bone amor m'ensaingne
340 Au renouvel du tens que la florete
341 Je chant par droite reson
341 Se j'ai du monde la flor
342 L'autrier m'en aloie
343 Lasse! pour quoi refusai
344 Quant voi le douz tens bel et cler
345 Quant voi le douz tens revenir
Que li chaus fet le froit muer
345 Deus! je n'os nonmer amie
346 La bele que tant desir
347 L'autrier, quant je chevauchoie
Tout droit d'Arraz vers Doai
348 Avant hier en un vert pré
349 J'ai bon espoir d'avoir joie
349 Quant li nouviau tens define
350 A l'entrée de Pascor
351 Quant je chevauchoie
Tot seus l'autrier
352 L'autrier d'Ais a la Chapele
353 Quant je voi esté
354 Li tens d'esté renvoisiez et jolis
355 Chanter m'estuet, plain d'ire et de pesance
356 Encontre esté qui nos argüe
356 Bele et blonde, a qui je sui touz
357 Amors me semont et proie
357 A la fontenele
Qui sourt soz la raime

358 De vous, amors, me conplaing par reson
359 Destroiz de cuer et de mal entrepris
360 La bele que tant desir
361 Quant fine yvers que cil arbre sont nu
361 Plains de tristeur et de desesperance
362 Au conmencier de l'amor qui m'agrée
363 Ma douce dame, qui j'ai m'amor donée
364 Ma chançon n'est pas jolie
365 Amors qui m'a en baillie
366 En mai, au douz tens nouvel
366 Gent de France, mult estes esbahie
367 L'autrier par une matinée,
En cele trés douce seson
368 J'ai mainte foiz d'amours chanté
369 Loial amour, qui m'est el cuer entrée
370 L'autrier tout seus chevauchoie
371 Souvent me vient au cuer la remenbrance
372 Tant ai au cuer ire et duel et pesance
373 Je sui vostres ligement
374 Gai (*ms.* Cai) cuer et gent doit avoir sanz muer
375 Il m'est avis que nus ne puet chanter
376 L'autrier quant je chevauchoie
Desouz l'onbre d'un prael
376 Chanter me fet ce dont je criem morir
377 Quant voi le douz tens venir
Que faut nois et gelée
378 L'autrier estoie en un vergier
379 Desconfortez, plains de dolor et d'ire
380 En chantant m'estuet conplaindre
381 Conment que longue demore
381 Biau m'est quant voi verdir les chans
382 Quant li tens torne a verdure

383 Quant oi tentir et bas et haut
384 A la douçor dont li oisiaus
385 Chanterai pour mon corage
386 Chanter veuil d'amors certaine
386 Quant nest flor blanche et vermeille
387 Nonc (*ms.* Conc) ire d'amours enseigna
388 Flor ne verdure de pré
389 Amors me semont et prie
389 Sire Dieus, en tante guise
390 Quant voi esté et le tens revenir
390 Pluie ne vens, gelée ne froidure
391 Quant voi le tens felon rassoagier
392 Ja nus hons pris ne dira sa reson
393 Par grant franchise me couvient chanter
394 Mult m'a demoré
394 Quant je voi fremir la brueille
395 Quant voi raverdir
396 Quant li oiselon menu
396 Bien cuidai guarir
397 En mai par la matinée
397 Pensis d'amours, joianz et corrociez
398 Bien me deüsse targier
399 A une fontaine
400 Ne me done pas talent
400 Ne rose ne flor de lis
401 Bergier de ville champestre
401 Au nouviau tens toute riens s'esjoïst
402 Amors ne se puet celer
403 Amors de chanter m'avoie
404 A l'entrant de mai,
L'autrier chevauchoie
405 Bois ne lis ne rose en mai

406 Bien doit amors guerredoner
406 Contre le tens d'esté qui reconmence
407 Chanter me font amors et resjoïr
408 Douce dame, mult sui liez et joianz
409 Destroiz d'amours et pensis sanz deport
410 En ma forest entrai l'autrier
410 En avril au tens Pascour
411 En marz quant la violete
412 Force d'amours qui m'a en son dangier
413 Joliveté de cuer et remenbrance
414 L'autrier en une praele
415 Les genz me dient que g'enpir
416 Quant voi le rosignol chanter
417 Rose ne flor ne verdure
418 Sens (*ms.* Vens) et reson et mesure

Pb[1]

Paris, Bibliothèque nationale, fr. 765 (Colbert 3075, anc. 7182[5]). Ce ms. composé de 16 feuillets de vélin, écrits à longues lignes au commencement du XIVe siècle, n'est qu'un fragment détaché d'un chansonnier perdu, classé par noms d'auteurs, mais dont les rubriques n'ont pas été mises. Ces feuillets de 0[m] 220 sur 290 occupent la fin (fol. 48-63) du ms. fr. de la Bibl. nat. 765, de format beaucoup plus grand. Notes autographes de Fauchet qui en a été propriétaire. Musique. Pagination moderne.

Voy. P. Paris, *Les mss. fr.* VI, 40-5, et *Cat. des mss. fr.* I, 77-8.

Fol.

48 Au renouviau de la douçour d'esté
48 Cil qui d'amours me conseille
48 v° Contre tans que voi frimer (*ms.* fremir)

48 v° Chanter m'estuet iréement
49 Amours, qui m'a tolue a moi
49 v° De bien amer grant joie atant
49 v° Avril ne mais, (ne) froidure ne lait tans
50 J'ai oublié painne et travaus (*ms.* travail)
50 v° J'ai esté lonc tans fors du païs
50 v° Ire d'amours qui en mon cuer repaire
51 N'est mie a soi qui aime couraument
51 v° Grant pechié fet qui de chanter me pr(o)ie
51 v° Mains ai joie que ne veil
52 Ne mi sont pas achoison de chanter
52 v° Ne puis faillir a bonc chançon faire
52 v° Iriez et destroiz et pensis
53 Li plus desconfortez du mont
53 Les oisellons (*ms.* oisiaus) de mon païs
53 v° Quant flours et glaiz et verdure s'eslonge
53 v° Quant bone dame et fine amours me prie
54 Quant voi paroir la fueille en la ramée
54 v° Tant de soulaz com j[e] ai pour chanter
54 v° Fine amour et bone esperance
55 A l'entrant dou dous termine
55 Qui sert de fausse proiere
55 v° Encor a si grant puissance
55 v° Bien ai l'amour dom l'en cuide avoir joie
56 Quant je voi l'erbe reprendre
56 v° De bone amour et de loiail amie
56 v° Quant voi le tans bel et cler
57 Li plusour ont d'amours chanté
57 Tant m'a mené force de seignourage
57 v° En dous tans et en bone eure
58 Quant voi la flour botonner
58 Quant je voi la noif remise

58 v°	Chanter mout plaist qui de joie est nourriz
59	Quant noif et gel et froidure
59	Soupirs d'amours et plains d'ire
59 v°	Je ne puis pas si loin fouïr
59 v°	Quant define fueille et flour
60	Pensis d'amours veil retraire
60	A la douçour de la douce saison
60 v°	Douce dame, grez et grasse vous rent
61	Sanz atente de guerredon
61	Oiez pour coi plain et soupir
61 v°	Quant l'erbe muert voi la fueille cheoir
61 v°	Nouvele amour ou j'ai mis mon pense[r]
62	Mout ai esté lonc tans esbahiz
62 v°	Bele dame me prie de chanter
62 v°	Li nouviaus tans et mais et violete
63	Mout m'est bele la douce commen[çan]ce
63 v°	Conmencement de fine saison bele (*inc. à la fin.*)

Pb[2]

Ms. formé des feuillets13 (*b,c,d*), 59-77, du vol. Pb³(Paris, Bibl. nat. fr. 844) (le feuillet 13 appartenait au vol. primitif, mais était en majeure partie blanc; le copiste qui a ajouté les fol. 59-77, a d'abord continué à écrire sur le feuillet 13, puis a fait l'intercalation des nouveaux cahiers, dont les chansons ne sont pas reproduites dans la table, faite antérieurement). Les pièces contenues dans ce fragment sont toutes de Thibaut, sans attribution. Écriture du XIIIe siècle. Encre pâle. Vélin à 2 col. Musique. Lettres ornées. Pagination moderne, confondant les 2 mss. Pb² et Pb³.

Voy. plus loin (p. 78) la description du ms. Pb³, comprenant aussi celle de Pb².

Fol.	
13 *b*	Amors me fait commencier
13 *c*	Seignor, saichiés, qui or ne s'en ira
13 *d*	J'aloie l'autrier errant
59 *a*	En chantant vueil ma dolor descouvrir
59 *b*	L'autre nuit en mon dormant
59 *c*	Dame, cist vostre fins amis
59 *d*	Contre le tans qui devise
60 *a*	Por froidure ne por yver felon
60 *b*	Je ne puis pas bien metre en nonchaloir
60 *d*	Por ce se d'amer me duel
61 *a*	Por conforter ma pesance
61 *b*	[A] envis sent mal qui ne l'a apris
61 *c*	De ma dame souvenir
61 *d*	Chançon ferai, que talenz m'en est pris
62 *b*	Tot autressi com fraint nois et yvers
62 *c*	Nus hom ne puet ami reconforter
62 *d*	Douce dame, tot autre pensement
63 *a*	Une chançon encor vueil
63 *b*	De grant joie me sui toz esmeüz
63 *d*	Je ne voi mais nului qui geut ne chant
64 *a*	Por mal tens ne por gelée
64 *b*	Dame, ensi est qu'i m'en couvient aler
64 *c*	De nouviau m'estuet chanter
64 *d*	Li douz pensers et li douz souvenir(s)
65 *a*	De toz maus n'est nus plaisans
65 *b*	Chanter m'estuet, que ne m'en puis tenir
65 *d*	Li rossignous chante tant
66 *a*	Commencerai a faire un lai

66 *c*	Mi grant desir et tuit mi grief torment
66 *d*	L'autrier par la matinée
67 *a*	Dou trés douz non a la virge Marie
67 *b*	Les douces dolors
67 *c*	Dame, merci, une rien vos demant
67 *d*	Dieus est ainsi comme li pelicans
68 *b*	Bien me cuidoie partir
68 *c*	De fine amor vient seance et biauté(z)
69 *a*	Une dolors enossée
69 *b*	Fueille ne flors ne vaut rien en chantant
69 *c*	De chanter ne me puis tenir
69 *d*	Phelipe, je vos demant :
	Dui ami de cuer verai
70 *a*	Phelipe, je vos demant
	Qu'est devenue amors
70 *b*	Par Dieu, sire de Champaigne et de Brie
70 *d*	Cuens, je vos part un geu par aatie
71 *b*	Sire, ne me celés mie
71 *c*	Robert, veez de Perron
71 *d*	Bons rois Thiebaut, sire, conseilliez moi
72 *a*	Sire, loez moi a choisir
72 *c*	Rois Thiebaut, sire, en chantant respondez
72 *d*	Baudouin, il sont dui amant
73 *b*	Une chose, Baudouin, vos demant
73 *d*	Costume est bien, quant l'en tient un prison
74 *a*	Tant ai amors servies longuement
74 *c*	Empereres ne rois n'ont nul pooir
74 *d*	Au tans plain de felonie
75 *a*	Tot autressi com l'ante fet venir
75 *b*	Mauvez arbres ne puet florir
75 *c*	Ensi com unicorne sui
76 *a*	Dame, l'en dit que l'en muert bien de joie

76 *c* Qui plus aime, plus endure

76 *d* Paine d'amors et li maus que je trai

Pb³

Paris, Bibliothèque nationale, fr. 844 (anc. 7222). Ce ms., utilisé par de La Borde sous le nom de ms. du Roi, faisait autrefois partie de la bibliothèque du cardinal Mazarin (nº 96). Vol. sur vélin de 0m, 315 sur 215. XIIIe siècle. La pagination est moderne et comprend 217 feuillets à 2 col. ; les pièces françaises s'arrêtent au fol. 185. Ce ms. a beaucoup souffert et de nombreuses mutilations se constatent dans le texte et l'ornementation. Les commencements de vers et les noms d'auteurs sont restitués ici entre crochets d'après la table placée en tête du ms. La partie comprise entre les fol. 59 et 77 appartient à un autre vol. (voy. plus haut Pb²). Le ms. contient à partir du fol. 188 des pièces provençales, des Motets et des Lais. Quelques chansons plus modernes ont été écrites postérieurement sur des feuillets blancs. Musique. Vignettes et initiales renfermant parfois le sceau figuré d'un trouvère connu.

Voy. P. Paris, *Les mss. fr.* VI, 450-3, et *Cat. des mss. fr.* I, 98-403.

Fol.

1 *a* [Mere au Sauveour] *(inc. au com.)*

MAISTRE WILLAUMES LI VINIERS.

1 *a* Virgene pucele roiauz

LI PRINCE DE LE MOURÉE.

2 *a* [Loiaux amours qui m'alume....... ir]

2 *b* Au novel tans quant je voi la muance

LI CUENS D'ANGOU.

4 *a* Li granz desirs et la douce pensée

LI QUENS DE BAR.

5 *a* De nos, seigneur, que vos est il avis

LI DUX DE BRABANT.

6 *a* Amors m'est u cuer entrée

6 *b* Hé, Gilebert, dites s'il vos agrée

LI VIDAMES DE CHARTRES.

7 *a* D'amours vient joie et honours ensement

7 *c* Quant la saisons del douz tanz s'asseüre

7 *d* Combien qu'aie demouré

8 *a* Tant com je fuisse hors de ma contrée (*inc. à la fin*)

8 *c* [Li plus desconfortez du mont]

[SAUVAGES.]

8 *d* [Robert de Bethune, en]tendez (*inc. au com.*)

9 *a* Quant voi paroir la fueille en la ramée

[BESTOURNÉS.]

9 *c* [Or seroit merci de saison] (*inc. au com*).

LI ROIS DE NAVARE.

10 *a* Coustume est bien, quant [on tient un] prison

10 *b* Tuit mi desir et tuit mi grief tourment

10 *d* Je me quidoie partir

12 *a* De bone amour vient science et biauté[z]

MAISTRE RICHART.

12 *c* Puisqu'il m'estuet de ma dolour chanter

LI ROIS DE NAVARE.

12 *d* Trés haute amors qui tant s'est abaissie

[MESIRE JAKES DE CYSON.]

14 *a* [Li nouviaus tans que................ier]

14 *b* Quant reconmence et revient biauz estez

14 *c* Li tans d'esté ne la bele saisons

15 *a* Quant foille vers et flors naist sor la branche

15 *b* Contre la froidor

15 *c* Quant la saisons del douz tans se repaire

16 *d* Quant la saisons est passée (*inc. à la fin*)

HUGES DE BREGI.

17 *a* [Lonc tans ai servi en balance] (*inc. au com.*)

17 *b* Ausi com cil qui cuevre sa pesance

17 *c* Encor ferai une chanson perdue (*inc. à la fin*)

[MESIRE TIEBAUS DE BLASON.]

18 *a* [Bien font amours lor talent]

18 *b* Quant je voi esté venir

18 *c* Huimain par un ajournant,
Chevauchai lés un buisson

18 *d* Li miens chanters ne puet mais remanoir

[MESIRE ALARS DE CAUS.]

19 *b* E! serventois, arriere t'en revas

19 *d* A touz amans pri qu'il dient le voir

[MESIRE PIERES DE CORBIE.]

20 *a* En aventure ai chanté

20 *b* Pensis com fins amourous

21 *a* Esbahiz en lonc voiage

21 *b* Par un ajornant,
Trouvai en un pré

21 *d* Dame, ne vous doit desplaire

22 *a* Li mounier du mariage

[CEVALIERS.]

22 *c* Au conmencier de ma nouvele amor (*incomplet*)

[MESSIRE GASSE.]

23 *a* Les oiseillons de mon païs

23 *b* En cel tans que voi frimer (*ms.* former)

23 *d* [Quant voi la flour botoner
Que resclarcissent rivage]

24 *a* En dous tans et en bone eure

24 *c* Tant m'a mené force de seignorage

24 *d* Quant voi la noif remise

25 *a* De bien amer grant joie atent

25 *c* Quant voi le tans bel et cler
25 *d* Biaus m'est estez que retentist la brueille
26 *a* Quant nois et giaus et froidure
26 *c* Li pluseur ont d'amours chanté
26 *d* Savez pour coi plaig et souspir
27 *a* A la joie que desir tant
27 *b* Quant l'erbe muert, voi la feuille cheoir
27 *d* Je ne puis pas si loing fuir
28 *a* Sanz atente de guerredon
28 *c* Desconfortez, plains de doleur et d'ire
28 *d* Quant li tans raverdoie
29 *a* Pensis d'amours vueill retraire
29 *c* L'an que fine fueille et flor
29 *d* Grant pechié fait qui de chanter me prie
30 *a* Quant bone dame et fine amour me prie
30 *c* Compaignon, je sai tel chose
30 *d* Merci, amours, qu'iert il de mon martire
31 *a* De bone amour et de loial amie
31 *c* Cil qui tous les maus assaie
31 *d* A malaise est qui sert en esperance
32 *a* Au renouvel de la douçor d'esté
32 *c* Tant de soulaz que je ai pour chanter
32 *d* Je n'oi pieça nul talent de chanter
33 *b* Mout ai esté longement esbahiz
33 *d* Li biauz estez se resclaire
34 *a* Foille ne flour ne rousée ne mente
34 *c* Cil qui d'amour me conseille
34 *d* Dame, merci, se j'aim trop hautement
35 *a* Soupris d'amours et plains d'ire
35 *c* Douce dame, grez et grasses vous rent
35 *d* Des or me vueill esjoïr
36 *a* Quant fine amours me proie que je chant

36 *c* Desconfortez, plains d'ire et de pesance
37 *a* Pour verdure ne pour prée
37 *b* Chanters me plaist qui de joie est norriz
37 *d* Quant flours et glais et verdure s'esloigne
38 *a* Li consirrers de mon païs
38 *b* Bel m'est quant je voi repairier
38 *d* Ja de chanter en ma vie *(inc. à la fin)*

[.......?... ...]

39 *b* [.................. aigne]

MESIRE ANDRIUS CONTREDIS.

39 *d* Dame, pour vous m'esjoïs bonement
40 *b* Au tans que je voi averdir
40 *c* Quant voi partir foille et flour et rousée
41 *a* Trés haute amours me semont que je chant
41 *b* Iriez, pensis, chanterai
41 *d* Pré ne vert bois, rose ne flour de lis
42 *b* Amours m'a si del tout a son voloir
42 *d* Mout m'est bel quant voi repairier *(inc. à la fin)*

[MESIRE PIERE DE MOLINS.]

43 *a* [Quant foillissent li boscage] *(inc. au com.)*
43 *a* Chanter me fait ce dont je criem morir
43 *c* Tant sai d'amours que cil qui pluz l'emprant
43*d* Fine amours et bone esperance

[MESIRE QUENES DE BIETHUNE.]

45 *a* L'autrier avint en cel autre païs
45 *c* Mont me semont amours que je m'envoise
45 *d* Tant ai amé c'or me convient haïr
46 *a* Bele douce dame chiere
46 *c* Se rage et derverie
46 *d* Ahi ! amours, com dure departie
47 *b* Bien me deüsse targier
47 *c* L'autrier un jour aprés la saint Denise

[MESIRE JOIFROIS DE BARALE.]

48 *a* Chançonete pour proier

48 *b* A nul home n'avient

MESIRE MORISSES DE CREON.

49 *a* A l'entrant del douz termine

MESIRE GILLES DE BEAUMONT.

49 *c* Cil qui d'amors a droite remembrance

MESIRE HUES D'OYSI.

50 *a* Maugrez tous sainz et maugré Dieu ausi

50 *b* En l'an que chevalier sont abaubi

MESIRE JEHANS DE LOUVOIS.

51 *c* Chanz ne me vient de verdure

[LI CHASTELAINS DE COUCHI.]

52 *a* Je chantaisse volentiers liement.....
Maiz je ne puis dire se je ne ment

52 *c* Conment que longe demeure

52 *d* [A vous, amant, plus qu'a nule autre gent]

53 *b* Merci clamans de mon fol errement

53 *c* Li nouviauz tanz et mais et violete

54 *a* L'an que rose ne fueille

54 *b* Mout m'est bele la douce conmençance

54 *d* La douce voiz du louseignol sauvage

55 *b* Quant voi venir le bel tanz et la flour

55 *c* Quant li estez et la douce saisons

56 *a* [A la douçour dou tens qui raverdoie]

56 *b* En aventure conmens

[MESIRE BAUDUINS DES AUTEUS.]

56 *d* Avrius ne mais, froidure ne lais tans

MESIRE BOUCHARS DE MALLI.

57 *b* Trop me puis de chanter taire

[LI QUENS JEHANS DE BRAINE.]

79 *a* Je n'ai chanté trop tart ne trop souvent

79 *b* Pensis d'amours, dolenz et courrouciez

79 *d* Par desous l'ombre d'un bois *(inc. à la fin)*

MESIRE GILES DE VIÉS MAISONS.

80 *a* Pluie ne vens, gelée ne froidure

80 *b* Chanter m'estuet, quar pris m'en est corage(s)

80 *d* Se par chanter me pooie alegier

[HUES DE SAINT QUENTIN.]

81 *b* [Jherusalem se plaint et li païs]

81 *d* A l'entrant del tanz salvage

MESIRE RAOUS DE FERIERES.

82 *a* [Par force chant com esbahiz]

82 *b* Si sui de tout a fine amour

82 *d* [Encore m'estuet il chanter] *(inc. au com.)*

83 *a* Quant li louseignolz jolis

83 *b* Quant il ne pert feuille ne flours

83 *d* Quant je voi les vergiers florir

84 *b* Quant yvers a tel poissance

84 *c* J'ai oublié painnes, travauz

84 *d* Se j'ai chanté ce poise moi

[MESIRE RAOUS DE SISSONS.]

85 *b* [Chanter m'estuet et faire et conmencier]

85 *d* Rois de Navare [et] sires de vertu

MESIRE PIERES DE CREON.

86 *b* Fine amours claimme en moi par hiretage

MESIRE GAUTIERS D'ARGIES.

87 *a* Ainc mais ne fis chançon jour de ma vie

87 *b* En icel tanz que je voi la fredour

87 *d* Autres que je ne sueill fas

88 *b* Bien me quidai de chanter

88 *d* Dusques ci ai tous jours chanté

89 *a* Une chose ai dedens mon cuer emprise

89 *c* De cele me plaig qui me fait languir

90 *c* La douce pensée
91 *b* J'ai maintcs foiz chanté
92 *c* Quant li tans pert sa chalour
93 *a* Maintes foiz m'a l'en demandé
93 *c* Quant la saisons s'est demise
93 *d* La gent dient pour coi je ne faiz chanz
94 *b* Humilitez et franchise
94 *d* Chançon ferai mout maris
95 *a* Se j'ai esté lonc tanz hors du païz
95 *c* N'est pas a soi qui eimme coraument
95 *d* Hé ! Dieus ! tant sunt maiz de vilainnes gens
96 *b* En grant aventure ai mise
96 *d* Je ne me doi pluz taire ne tenir

MESIRE HUES DE LE FERTÉ.

97 *a* Je chantaisse volentiers liement.....
Et deïsse et l'estre et l'errement
97 *c* En talent ai que je die
97 *d* [Or somes a ce venu]

[JEHANS DE TRIE.]

98 *a* [Bone dame me proie de chanter] *(inc. au com.)*
98 *c* Li lons consirs et la granz volontez *(inc. à la fin)*

JEHANS BODEAUS.

99 *a* [Lés un pin verdoiant]
99 *a* Contre le douz tans novel

JEHANS ERARS.

99 *b* L'autrier par une valée

BAUDES DE LE KAKERIE.

99 *c* Ier main pensis chevauchai

JEHANS DE NUE[VILE.]

100 *b* L'autrier par un matinet,
Erroie en l'ost a Cynon

JEHANS ERARS.

100 *c* Pastorel
Lés un boschel

LAMBERS LI AVULES.

100 *d* L'autrier quant jors fu esclarcis

JEHAN ERARS.

101 *a* L'autrier une pastore[le]
101 *b* Lés le brueill
101 *d* L'autre ier chevauchai mon chemin
102 *b* Al tans novel
Que cist oisel

ERNOUS LI VIELLE.

102 *c* Por conforter mon corage
102 *d* Pensis, chief enclin
103 *b* [Quant voi le tans avriller] *(inc.)*
103 *c* [Trespensant d'une amorete] *(inc.)*

MAISTRE WILLAUMES LI VINIERS.

105 *a* Chançon renvoisie
105 *b* Qui merci crie, merci doit avoir
105 *d* Voloirs de faire chançon
106 *a* Amours, vostre sers et vostre hom
106 *c* Encor n'est raisons que ma joie
107 *a* Amours grassi, si me lo de l'outrage
107 *b* Ire d'amours et doutance
107 *c* Flours ne glais ne vois autainne
108 *a* S'onques chanters m'eüst aidié
108 *b* En tous tans se doit fins cuers resjoïr
108 *c* En mi mai, quant s'est la saisons partie
109 *a* La flour d'yver seur la branche
109 *c* Li louseignolès avrillouz
110 *a* Bien doit chanter la qui chançon set plaire
110 *b* Tel fois chante li jouglere

110 *d* Mout a mon cuer esjoï
111 *a* Frere, qui fait mieuz a proisier
111 *c* Thomas, je vous vueill demander
112 *a* Sire Frere, faites m'un jugement
112 *b* De bien amer croist sens et courtoisie
112 *d* Bone amour, cruel manaie
113 *b* Dame des cieus (*ms.* ciuus)
113 *c* Qui que voie en amor faindre
114 *a* Le premier jour de mai
114 *b* Je me chevauchai pensis
114 *d* Moines, ne vous anuit pas
115 *a* Espris d'ire et d'amour
116 *a* [Se c]hans ne descors ne lais

[MONIOS.]

118 *a* [Ne me do]nne pas talent
118 *b* Amours n'èst pas que c'om die
118 *d* [Amours me fait renvoisier et chanter]
119 *a* Chançonete a un chant legier
119 *c* A ma dame ai pris congié
119 *d* Encore a si grant poissance
120 *a* Bone amour sanz trecherie
120 *c* Plus aim que je ne soloie
120 *d* Dame, ainz que je voise en ma contrée
121 *b* Li dous termine m'agrée
121 *c* Nus n'a joie ne soulaz
121 *d* Quant voi les prés flourir et blanchoier
122 *a* A l'entrant de la saison

[MAISTRE SYMONS D'AUTIE.]

123 *a* [Quant je voi le gaut foillir] (*inc. au com.*)
123 *a* Quant li dous estez define
123 *b* Quant la saisons commence
123 *d* Tant ai amors servie et honorée

124 *a* Li noviaus tans qui fait paroir
124 *b* Folz est qui a escient

[GILES LI VINIERS.]

136 *a* [Au partir de la froidure] (*feuil. transp.-inc.*)
136 *b* [Amors ki le [me] commande] (*inc.*)
136 *c* [Biaus m'est prins tous au partir de fevrier] (*inc.*)
136 *d* A ce m'acort (*suite au fol.* 125)

COLARS li BOUTELLIERS.

126 *c* Quant voi le tans del tot renoveler
126 *d* Ce c'on aprent en enfance
127 *a* Merveil moi que de chanter
127 *b* Je ne sai tant merci crier
127 *d* Guillaumes, trop est perduz
128 *b* Loiauz amors et desirriers de joie
128 *c* Amors et bone esperance
129 *a* Je n'ai pas droite ochoison
129 *b* Li biaus tans d'esté
129 *c* Aucunes gens m'ont mout repris
129 *d* Ne puis laissier que je ne chant
130 *a* Onques mais en mon vivant

[GILEBERS DE BERNEVILE.]

131 *a* Je n'eüsse ja chanté
131 *b* Je feïsse chançons et chans
131 *c* Puisqu'amors se veut en moi herbergier
131 *d* Helas ! je sui refusez
132 *a* Li joli pensé que j'ai
132 *b* Conment qu'amors me demainne
132 *d* Jolivetez de cuer et ramembrance
133 *a* Adès ai esté jolis
133 *b* Amors, vostre seignorie
133 *c* Aucunes gens m'ont enquis
133 *d* Onques mais si esbahiz

134 *a* Jamais ne perdroie maniere
134 *b* D'amors me vient li sens dont j'ai chanté
134 *c* Fois et amors et loiautez

[BLONDIAUS.]

137 *a* Quant je pluz sui en paour de ma vie
137 *c* Li pluz se plaint d'amours (*inc.*)
138 *a* S'amours veut que mes chans remaigne
138 *c* Cuer desirous apaie
138 *d* Conment que d'amours me dueille
139 *b* Bien doit chanter qui fine amours adrece
139 *d* Mes cuers me fait conmencier
140 *a* En tous tans que vente bise
140 *b* Tant ai en chantant proié
140 *d* J'aim par coustume et par us
141 *b* A l'entrant d'esté que li tans conmence
141 *d* Qui que soit de joie partis
142 *a* Ainz que la fueille descende
142 *b* A l'entrée de la saison
142 *c* De la pluz douce amour
142 *d* Tant aim et vueill et desir
143 *b* [L'amo]ur dont sui espris
143 *c* Se savoient mon tourment
143 *d* Onques mais nus hom ne chanta
144 *b* Tant de soulaz com je ai pour chanter
144 *c* Rose ne lis ne mi doune talent

[AUDEFROIS LI BASTARS.]

145 *a* Quant voi le tans verdir et blanchoier
145 *b* Tant ai esté pensis iréement
145 *d* Bien doi faire mes chanz oïr
146 *a* Pour travaill ne pour painne
146 *b* Com esbahiz m'estuet chanter souvent
146 *a* Fine amours en esperance

147 *a* Amours de qui j'esmuef mon chant
147 *b* Onques ne seü tant chanter
147 *c* Ne sai mais en quel guise
147 *d* Destrois, pensis, en esmai
148 *a* Belle Ysabiauz, pucele bien aprise
148 *c* Belle Ydoine se siet desous la verde olive
149 *d* En chambre a or se siet la bele Beatris
150 *b* Au novel tans Pascour que florist l'aube espine
151 *a* En l'ombre d'un vergier
151 *b* Belle Emmelos es prés desouz l'arbroie

[MAISTRE RICHARS.]

152 *a* [Teus s'entremet de guarder] (*inc. au com.*)
152 *b* Quant chiet la fueille en l'arbroie
152 *c* Gente m'est la saisons d'esté
152 *d* Ainc ne vi grant hardement
153 *a* Quant chante oisiauz tant seri

[MAISTRE WIBERS KAUKESEL.]

155 *a* [Un chant novel vaurai faire chanter] (*inc.*)
155 *b* [Fins cuers enamorés] (*inc.*)

[SIRE ADANS DE GIEVENCI.]

155 *c* [Mar vi loial voloir et jalousie] (*inc.*)
155 *d* Compains Jehan, un gieu vos vueill partir
156 *a* Si com fortune d'amor(s)
156 *b* Assez plus que d'estre amez
156 *c* Por li servir en bone foi
157 *a* Amis Guillaume, ainc si sage ne vi
157 *c* Trop est coustumiere amors
158 *c* La douce acordance

ROBERS DE LE PIERE.

160 *a* Cele qui j'aim veut que je chant por li
160 *b* Hé ! amors, je fui norris
160 *c* J'ai chanté mout liement

161 *a* Je chantai de ma dolor

[THUMAS HERIERS.]

162 *a* [Quant la froidure est partie] (*inc. au com.*)

162 *a* Deus ! com est a grant dolor

162 *b* Tant ai amé et proié

162 *c* Ne doi chanter de foilles ne de flors

[PIEREKINS DE LE COUPELE.]

163 *a* Chançon faz, non pas vilainne

163 *b* A mon pooir ai servi

163 *d* Quant li tans jolis revient

164 *a* Quant yvers et frois depart

164 *b* Je chant en aventure

[JEHANS ERARS.]

165 *a* Hardis sui en l'acointance

165 *b* De legier l'entrepris

165 *c* Amors dont je me cuidoie

165 *d* Pré ne vergié ne boschage foillu

JOSSELINS DE DIGON.

166 *b* Par une matinée en mai

166 *c* A l'entrée dou douz conmencement

MAHIUS DE GANT.

167 *a* De faire chançon envoisie

167 *b* Je serf amors a mon pooir

JAKES LI VINIERS.

167 *c* De loial amor jolie

167 *d* Loiaus amors qui en moi maint

LI MOINES DE SAINT DENIS.

168 *a* En non Dieu, c'est la rage

168 *b* Amors m'a aprise rente

168 *c* D'amors me doit sovenir

[GONTIERS DE SOIGNIES.]

169 *a* [Tant] ai mon chant entrelaissié

169 *b* Dolereusement conmence

169 *c* Quant j'oi tentir et bas et haut (*inc.*)

ROUFINS DE CORBIE.

170 *a* M'ame et mon cors doins a celi

SAWALES COSSÈS.

170 *b* Amors qui fait de moi tot son conmant

CARDONS DE CROISILLES.

170 *c* Mar vit raison qui covoite trop haut

ROGIERS D'ANDELIS.

170 *d* Par quel forfait ne par quele ochoison

171 *a* Ja por ce se d'amer me dueill
Ne laisserai que je ne chant

OUDARS DE LACHENI.

171 *c* Flors qui s'espant et foille qui verdoie

171 *d* Amors et deduis de joie

ERNOUS CAUS PAINS.

172 *b* De l'amor celi sui espris

172 *d* Quant j'oi chanter ces oiseillons

PIEROS DE BEL MARCAIS.

173 *a* Douce dame, ce soit sanz nul nomer

173 *b* Bien cuidai toute ma vie

GUIOS DE DIGON.

173 *c* Uns maus c'ainc mais ne senti

PIEROS LI BORGNES DE LILLE.

173 *d* Li louseignolz que j'oi chanter

GUIOS DE DIGON.

174 *b* Li douz tans noviaus qui revient

174 *c* Chanterai por mon corage

174 *d* De moi dolereus vos chant

[MAHIUS LI JUIS.]

174 *d* Par grant franchise me convient chanter

175 *b* Por autrui movrai mon chant

LI CHIEVRE DE RAINS.

175 *c* Qui bien veut amors descrivre

175 *d* Jamais por tant con l'ame el cors me bate

GUIOS DE DIGON.

176 *a* Quant je voi pluz felons rire

176 *c* Amors m'ont si enseignié

176 *d* Penser ne doit vilenie

177 *a* Helas ! qu'ai forfait a la gent

177 *b* Quant li dous estez decline

177 *c* Joie ne guerredons d'amors

177 *d* Desoremais est raison(s)

178 *a* Quant voi la flor boutoner
Et le douz tans revenir (*inc.*)

[GAUTIERS D'ESPINAU.]

178 *b* Conmencemens de douce saison bele

178 *c* Desconforté et de joie parti

178 *d* Aymans fins et verais,
Se li mons ert vostre en pais

179 *b* Touz esforciez avrai chanté sovent

179 *c* Outrecuidiers et ma fole pensée (*inc.*)

179 *d* Quant je voi par la contrée

180 *a* Amors a cui toz jors serai (*inc.*)

180 *b* Jherusalem, grant domage me fais

180 *c* Quant voi fenir yver et la froidor

181 *a* En tot le mont ne truis point de savoir

MAROIE DE DREGNAU DE LILLE.

181 *b* Mont m'abelist quant je voi revenir

JEHANS DE NUEVILE.

181 *c* La douçor d'esté est bele

181 *d* L'an que la froidure faut

182 *a* Mout ai esté longemant

182 *b* Gautiers de Formeseles, voir

182 *c* D'amors me plaig ne sai a cui
182 *d* Li douz tanz de Pascor
183 *a* Quant li boschages retentist
183 *b* Puisqu'ensi l'ai entrepris

JEHANS FREMAUS DE LISLE

183 *c* De loial amor vueill chanter
183 *d* Ma bone fois et ma loiaus pensée
184 *b* Onques ne chantai faintement

CARASAUS.

184 *c* Com amans en desperance
185 *a* Fine amours m'envoie

[LE LAI DU CHEVREFEUIL.]

212 *a* [Par cortoisie despueill] *(inc au com.)*
(Les autres Lais sont en provençal.)

Pb^4

Paris, Bibliothèque nationale, fr. 845 (anc. 7222², Cangé 67). Ce mss. qui a fait partie de la bibliothèque de Cangé, a aussi appartenu à Guyon de Sardière dont la signature se lit au premier et au dernier feuillet, et à Mme Varennes-Godes, comme le prouvent certaines pièces copiées sur des feuillets supplémentaires du mss. de la Bibl. nat. nouv. acq. fr. 1050 (voy. plus loin). Vol. sur vélin à 2 col. de 0m, 300 sur 208. Il y a deux paginations, l'une de 382 pages, la seconde tout à fait moderne (qui est ici utilisée) de 191 feuillets. Un feuillet manque après le fol. 8; il y a une interversion de feuillets à la fin du ms. Une partie des pièces contenues dans ce volume portent les noms de leurs auteurs; les autres sont anonymes. A la fin se trouvent des Motets dont il n'est pas tenu compte et quelques Lais dont la liste est donnée. Les noms d'auteurs sont entourés d'un trait *rouge*, sauf au fol. 54 *b* où le nom de *Perrin d'Angecourt* est marqué d'un trait *bleu*, en regard d'une chanson qui dans d'autres mss. est citée comme *couronnée*. Musique. Lettres ornées. XIIIe siècle.

Voy. *Cat. des mss. fr.* I, 105-10 et Brakelmann, *Archiv* XLII, 52-3.

Fol.	LI ROIS THIEBAUT DE NAVARRE.
1 *a*	Amors me fet commencier
1 *c*	Seigneur, sachiez qui or ne s'en ira
2 *a*	J'aloie l'autrier errant
2 *c*	En chantant vueil ma dolor descouvrir
3 *a*	L'autre nuit en mon dormant
3 *c*	Dame, cist vostres fins amis
3 *d*	Contre le tens qui devise
4 *b*	Pour froidure ne pour yver felon
4 *d*	Je ne puis pas bien metre en non chaloir
5 *b*	Por ce se d'amer me dueil
6 *a*	Pour conforter ma pesance
6 *b*	A enviz sent mal, qui ne l'a apris
6 *d*	De ma dame souvenir
7 *b*	Chançon ferai car talent m'en est pris
8 *a*	Tout autresi con fraint nois et yvers
8 *c*	Nus hons ne puet ami reconforter
9 *b*	Robert, veez de Perron
9 *c*	Bons rois Thiebaut, sire, conseilliez moi
10 *b*	Sire, loez moi a choisir
10 *d*	Rois Thiebaut, sire, en chantant responez
11 *b*	Quant fine amour me prie que je chant
12 *a*	Feuille ne flor ne vaut riens en chantant
12 *c*	Dame, l'en dit que l'en muert bien de joie
13 *b*	Coustume est bien quant on tient un prison
13 *d*	De bone amour vient seance et biauté
14 *b*	Je me cuidoie partir
14 *d*	Qui plus aime, plus endure

15 *b* Tuit mi desir et tuit mi grief torment

MONSEIGNEUR GASSE BRULLÉ.

15 *d* Au renoviau de la douçor d'esté
16 *b* Cil qui d'amours me conseille
16 *d* Contre tens que voi frimer
17 *b* Chanter m'estuet iréement
17 *d* D'amours qui m'a tolu a moi
18 *b* De bien amer grant joie atent
18 *d* Avril ne mai, froidure ne let tens
19 *b* J'ai oublié paine et travaus
19 *d* J'ai esté lonc tens hors du païs
20 *b* Irc d'amours qui en mon cuer repaire
21 *a* N'est pas a soi qui aime coriaument
21 *c* Grant pechié fet qui de chanter me pr(o)ie
22 *a* Mains ai joie que ne sueil
22 *c* Ne mi sont pas acheson de chanter
23 *a* Ne puis faillir a bone chançon fere
23 *c* Iriez et destroiz et pensis
23 *d* Li plus desconfortez du mont
24 *b* Les oisellons de mon païs
24 *c* Quant fleurs et glais et verdure s'esloigne
25 *a* Quant bone dame et fine amour me prie
25 *c* Quant voi paroir la fuelle en la ramée
26 *a* Tant de solaz com je ai por chanter
26 *c* Fine amour et bone esperance
27 *a* A l'entrant du douz termine
27 *c* Qui sert de fausse proiere
27 *d* Oncore a si grant puissance
28 *b* Bien ait l'amor dont l'en cuide avoir joie
28 *d* Quant je voi l'erbe reprendre
29 *b* De bone amor et de loial amie
29 *d* Quant voi le tens bel et cler

30 *b* Li pluseurs ont d'amours chanté
30 *c* Tant m'a mené force de seignorage
31 *a* En douz tens et en bone eure
31 *c* Quant voi la flor boutonner
Que resclarcissent rivage
32 *a* Quant je voi la noif remise
32 *c* Chanter me plest qui de joie est norriz
33 *a* Quant noif et gel et froidure
33 *b* Sorpris d'amours et plains d'ire
33 *d* Je ne puis pas si loing foïr
34 *b* Quant define fueille et flor
34 *c* Pensis d'amours vueil retrere
35 *a* A la douçor de la bele seson
35 *c* Douce dame, grez et graces vous rent
36 *a* Sanz atente de guerredon
36 *c* Oez pour quoi plaing et souspir
36 *d* Quant l'erbe muert, voi la feuille cheoir
37 *b* Chanter me fet ce dont je criem morir
38 *a* Desconfortez, plains de dolor et d'ire
38 *c* En chantant m'estuet complaindre
38 *d* Conment que longue demore

LE CHASTELAIN DE COUCI.

39 *b* Ahï ! amours, con dure departie
39 *d* Conmencement de douce seson bele

BLONDIAUS DE NEELE.

40 *b* Quant je plus sui en poor de ma vie
41 *a* A la douçor du tens qui raverdoie
41 *c* Bien doit chanter qui fine amor adrece
42 *b* De mon desir ne sai mon melz ellire
42 *c* Amors dont sui espris
43 *a* J'aim par coustume et par us
43 *b* Conment que d'amer me duelle

43 *d* Cil qui touz les maus essaie
44 *a* Chanter m'estuet, car joie ai recouvrée
44 *c* Ma joie me semont
44 *d* Li plus se plaint d'amors, mès je n'os dire
45 *a* Puis qu'amours dont m'otroie a chanter
45 *c* Se savoient mon tourment
45 *d* Tant ai en chantant proié
46 *b* A l'entrant d'esté que li tens conmence

LI CUENS D'ANJOU.

46 *d* Trop est destroiz qui est desconforté(z)

MESIRE HUGUE DE BRESI.

47 *b* Nus hons ne set d'ami q'il puet valoir

PERRIN D'ANGECORT.

48 *a* Jamès ne cuidai avoir
48 *b* Contre la froidor m'est talent repris
48 *c* Il feroit trop bon morir
49 *a* Quant li cincejuz s'escrie
49 *c* Heneur et bone aventure
50 *a* Bone amour, conseilliez moi
50 *c* Chançon vueil fere de moi
50 *d* Onques ne fui sanz amor
51 *b* Quant li biaus estez repere
51 *c* Quant voi le felon tens finé
52 *a* Quant je voi l'erbe amatir
52 *c* Trés haute amor qui tant s'est abessie
53 *a* Amors, dont sens et cortoisie
53 *c* Quant voi en la fin d'esté
54 *a* Onques pour esloignement
54 *b* J'ai un jolif souvenir *(nom et trait bleus)*
54 *d* Li jolis mais ne la fleur qui blanchoie
55 *c* Il ne me chaut d'esté ne de rousée
56 *a* Quant li biaus estez revient

56 *c* An voit souvent en chantant amenrir

57 *b* Au tens nouvel

Que cil oisel

57 *c* Je ne chant pas pour verdor

58 *a* Quant partiz sui de Prouvence

58 *c* Lors quant je voi le buisson en verdure

59 *b* Biau m'est du tens de gaïn qui verdoie

59 *d* Haute esperance garnie

60 *a* Helas! or ai ge trop duré

MESIRE TIERRIS DE SOISSONS.

60 *b* Amis Harchier, cil autre chanteor (*ms.* chanteur)

61 *a* A la plus sage et a la plus vaillant

61 *d* Chançon legiere a chanter

62 *b* Chanter m'estuet por fere contenance

62 *d* Destresce de trop amer

63 *b* Sens et reson et mesure

63 *d* Se j'ai esté lonc tens en Romanie

64 *c* Roi de Navarre [et] sire de vertu(z)

65 *a* Chançon m'estuet et fere et conmencier

65 *d* Quant voi la glage meüre

66 *b* Quant je voi et fueille et flor

GILLEBERT DE BERNEVILLE.

66 *d* Haute chose a en amor

67 *b* Amors, por ce que mes chanz soit jolis

67 *d* Cuidoient li losengier (*ms.* mesdisant)

68 *a* E! amors, je fui norriz

68 *b* J'ai fet maint vers de chançon

68 *d* Elas! je sui refusez

69 *b* J'ai souvent d'amors chanté

69 *c* Onques d'amors n'oi nule si grief paine

70 *b* Tant me plest a estre amis

70 *d* Au nouviau tens que yvers se debrise

71 *b* Au besoign voit on l'ami
71 *c* Merci, amors, car j'ai vers vos mespris

TIEBAUT DE BLAZON.

72 *a* Bien voi que ne puis morir
72 *c* Au main par un ajornant
Chevauchai lés un buisson
73 *a* Amors, que porra devenir
73 *b* Chanter m'estuet, si criem morir
73 *d* Quant je voi esté venir
74 *a* Chanter et renvoisier sueil

GAUTIER D'ARGIES.

74 *c* Bien font amors lor talent
75 *a* Desque ci ai toz jorz chanté
75 *c* Adex tant sont mès de vilaine gent
76 *a* Autres que je ne sueil faz
76 *c* Chançon ferai mout marriz
76 *d* Or chant nouvel, car longuement
77 *b* Quant la seson s'est demise
77 *c* Quant il ne pert fueille ne flor[s]

MONIOT D'ARRAZ.

78 *a* Li douz termine m'agrée
78 *c* Bone amor sanz tricherie
79 *a* Amors, s'onques en ma vie
79 *b* Ce fu en mai,
Au douz tens gai
79 *d* Nus n'a joie ne solaz
80 *a* Amors n'est pas que qu'on die *(trait bleu)*
80 *c* De jolif cuer enamoré

MESTRE RICHART DE SEMILLI.

81 *a* L'autrier chevauchoie delez Paris
81 *c* De chanter m'est pris corage
82 *a* Par amors ferai chançon

82 *c* Mout ai chanté, riens ne mi puet valoir
83 *a* Chançon ferai plain d'ire et de pensée
83 *c* Je chevauchai l'autrier la matinée
84 *a* Quant la seson renouvele.
84 *c* L'autrier tout seul chevauchoie mon chemin

LI VISDAME DE CHARTRES.

84 *d* Tant ai d'amors qu'en chantant me fet plaindre
85 *b* Quant la seson du douz tens s'asegure
85 *d* Quant florissent li boscage
86 *b* Chascun me semont de chanter

ROBERT DE BLOIS.

86 *c* Tant con je fusse fors de ma contrée
87 *a* Par trop celer mon corage
87 *b* Puis que me sui de chanter entremis
87 *d* Merveil moi que chanter puis

RAOUL DE FERRIERES.

88 *a* Une haute amor qui m'esprent
88 *c* L'en ne peut pas a .II. seignors servir
89 *a* Par force chant comme esbahiz
89 *c* Je sui du tout a fine amor

ROBERT DE RAINS.

89 *d* Bien s'est amors honie
90 *a* Plaindre m'estuet de la bele en chantant
90 *c* Qui bien veut amors descrivre
91 *a* Quant voi le douz tens venir,
La flor en la prée

MONIOT DE PARIS.

91 *c* A une ajornée
Chevauchai l'autrier
91 *d* Lonc tens ai mon tens usé
92 *b* Je chevauchoie l'autrier
92 *c* L'autrier par un matinet,

Un jor de l'autre semaine
93 *b* Li tens qui raverdoie
93 *d* Qui veut amor maintenir
94 *b* Au nouveau tens que nest la violeste
94 *d* Quant je oi chanter l'aloete
95 *b* Pou[r] mon cuer releecier

OEDE DE LA COUROIERIE.

95 *d* Mout a longuement fet grant consievrance
96 *a* Ma derreniere vueil fere en chantant
96 *d* Tout soit mes cuers en grant desesperance
97 *b* Chançon ferai par grant desesperance
98 *a* Desconfortez com cil qui est sanz joie

JEHAN ERARS.

98 *c* Dehors Loncpré el boschel (*ms.* boschet)
99 *a* Au tens Pascor
99 *c* Penser ne doit vilanie
99 *d* El mois de mai par un matin
100 *c* Delez un bois verdoiant

RAOUL DE BIAUVÈS.

100 *d* Remembrance de bone amor

JEHAN ERARS.

101 *b* Puis que d'amors m'estuet chanter

RAOUL DE BIAUVÈS.

101 *d* Quant la seson renouvele

GAUTIER D'ESPINAIS.

102 *b* Quant voi yver et froidure aparoir
102 *d* Tout autresi com l'aymant deçoit
103 *b* Aymanz fins et verais,
Se li mons ert nostre en pais,
103 *d* Desconfortez et de joie parti(z)
104 *b* Au commencier de la nouvele amor
104 *d* Puis qu'il m'estuet de ma dolor chanter (*ms.* complaindre)

Mesires Jaques de Chison.

105 *b* Quant la seson est passée

105 *d* Nouvele amor qui m'est el cuer entrée

106 *b* Quant l'aube espine florist

Gontier de Soignies.

106 *d* Au tens gent que raverdoie

107 *a* Conbien que j'aie demoré

107 *c* Merci, amors, or ai mestier

Simons d'Autie.

107 *d* Tant [ai] amors servie et honorée

Jehan l'Orgueneur.

108 *b* Amors, qui fet de moi tout son conmant

Mestre Richart de Fornival.

108 *d* Chascun qui de bien amer

109 *c* Ce fu l'autrier en un autre païs

Vielars de Corbie.

110 *a* De chanter me semont amors

110 *c* Cil qui me proient de chanter

Odarz de Laceni.

111 *a* D'amors vient joie et honors ensement

111 *c* Flor qui s'espant et fueile qui verdoie

Baude de la Quarriere.

112 *a* Corouz d'amors, mautalent ne meschiés

112 *c* Chanter m'estuet et si n'i sai

Li tresoriers de Lille.

113 *a* Haute honor d'un conmandement

113 *b* Joie ne guerredon d'amors

Giles de Mesons.

113 *c* J'oi tout avant blasmé, puis vueil blasmer

114 *a* Je chant, mès c'est mauvès signes

Bruniaus de Tors.

114 *c* Ha! quanz souspirs me vienent nuit et jor

115 *a* Quant voi cheïr *(ms.* choir*)* la froidure

COLIN MUSET.

115 *d* Sire cuens, j[e] ai vielé

116 *a* Voulez oïr la muse Muset

JAQUES DE HEDIN.

116 *d* Je chant conme desvez

117 *a* Se par mon chant mi pooie alegier

LI DUX DE BREBAN.

117 *c* Biau Gillebert, dites s'il vous agrée

118 *b* L'autrier estoie montez

COLARS LI BOTEILLIERS.

118 *c* Je n'ai pas droite acheson

119 *a* L'autrier, par un matinet,
En nostre aler a Chinon

GOBIN DE RAINS.

119 *c* Por le tens qui verdoie

120 *a* On soloit ça en arrier

MESIRE ROBERT MAUVOISIN.

120 *c* Au tens d'esté que voi vergiers florir

JAQUES D'OSTUN.

121 *b* Bele, sage, simple et plesant

JEHAN L'ORGUENEUR.

121 *c* Au tens que voi la froidure

MESTRE GILE LI VINIERS.

122 *a* Aler m'estuet la ou je treré paine

MESIRE AMAURI DE CREON.

122 *c* Fine amor claim en moi par heritage

CHANOINE DE SAINT QUENTIN.

123 *b* Rose ne flor, chant d'oiseaux ne verdure

BAUDOIN DES AUTIEUS.

123 *d* M'ame et mon cors doig a celi *(ms.* celui)

Chardon de Rains.

124 *b* Li departirs de la douce contrée

Sauvage d'Arraz.

124 *d* Quant li tens pert sa chalor

Aubins de Sezane.

125 *a* Tant sai d'amors con cil qui plus l'enprent

Messires Robert de Marberoles.

125 *b* Chanter m'estuet, car pris m'en est corage

Phelipe Paon.

126 *a* Se felon et losengier

Mesire Guillaume li Vignierres.

126 *b* Quant ces moissons sont cueillie(e)s

Mesire Hugues de Bresi.

126 *d* Oncor ferai une chançon perdue

Rogeret de Cambrai.

127 *b* Nouvele amor qui si m'agrée

Jehan de Mesons.

127 *d* Je ne cuit pas qu'en amors traïson

Li cuens de Bretaigne.

128 *b* Bernart, a vos vueil demander

Robert du Chastel.

128 *d* Se j'ai chanté sanz gueredon avoir

Lambert Ferris.

129 *c* Amors, qui m'a du tout en sa baillie

Jehans li Cuveliers.

130 *a* Por la meillor c'onques formast nature

Jehan Erars.

130 *c* Je ne cuidai mès chanter

Colars li Boteilliers.

131 *a* J'avoie laissié le chanter (*ms.* chant et)

Eustaces de Rains ou li Paintres.

131 *c* Nient plus que droiz puet estre sanz reson

132 *a* Cil qui chantent de flor ne de verdure
132 *c* Force d'amors me destraint et metroie
133 *a* Ferm et entier, sanz fausser et sanz faindre
133 *c* Tant est amors puissans queque nul die
134 *b* Amors, comment porroie chançon faire
134 *d* Chanter me fait por mes maux alegier

THOMAS ERIERS.

135 *c* Onc ne seurent mon pensé

ROBERT DU CHASTEL.

136 *a* Amors qui mout me guerroie

LAMBERT FERRIS.

136 *c* Li trés douz tens ne la seson nouvele

CARASAUZ.

137 *a* Puis que j'ai chançon meüe

JEHAN ERARS.

137 *c* Bone amors qui son repaire

GONTIER DE SOIGNIES.

137 *d* El mois d'esté que li tens rassoage
138 *b* Lonc tens ai esté

JEHANS ERARS.

138 *c* Je ne sai mès en quel guise

MAHIU DE GANT.

139 *a* Mahieu, jugiez se une dame amoie
139 *c* Mahieu de Gant, respondez

LI CUENS DE LA MARCHE.

140 *a* Puisque d'amors m'estuet les maus souffrir
140 *c* L'autrier chevauchoie seus
140 *d* Tout autresi com li rubiz

JEHAN FRUMIAUS.

141 *c* Ma bone fois et ma loial pensée

MESTRE GUILLAUME VEAUS.

142 *a* J'ai amé trestout mon vivant

MAHIU DE GANT.

142 *c* Onques de chant en ma vie

VILAINS D'ARRAZ.

143 *a* Se de chanter me peüsse tenir

CARAUSAUZ.

143 *c* Fine amor m'envoie

Anonymes.

144 *a* Pour moi renvoisier
144 *b* Ja de chanter en ma vie
144 *d* Car me conseilliez, Jehan, se Deus vos voie
145 *b* Quant voi la prime floreste
145 *c* Quant voi née
La flor en la prée
146 *b* Huimain par un ajornant,
Chevauchai ma mule anblant
146 *d* Quant voi la flor nouvele
147 *a* Las! por quoi m'entremis d'amer
147 *c* Merveilles est que toz jorz vueil chanter
148 *b* Li chastelains de Couci ama tant
148 *d* Amors me tient en esperance
149 *b* Trop [par] est cist mondes cruaus
149 *d* Jolif, plain de bone amor
150 *a* Volez vos que je vos chant
150 *b* Par mainte foiz ai chanté
151 *a* A ma dame ai pris congié
151 *b* Quant li boscages retentist
151 *c* Qui a chanter veut entendre
152 *a* En mai la rosée que nest la flour
152 *b* Jamès chançon ne feroie
152 *d* Quant yver tret a fin
153 *a* Un petit devant le jor,
Me levai l'autrier

153 *d* A serventois, arriere t'en revas

154 *b* Por cele ou m'entente ai mise

154 *d* Por verdure ne por prée

155 *b* Rose ne lis ne mi donnent talant

155 *d* Mar vit reson qui couvoite trop haut

156 *b* Quant voi blanchoier la flor

156 *c* Par le tens bel
D'un mai nouvel

157 *b* Por ce d'amors me fet dire

157 *d* Por mon cuer a joie trere

158 *b* Chanterai par grant envie

158 *d* Contre le tens que je voi qui repere

159 *c* Quant florist la prée

159 *d* Souvent souspire

160 *a* Au reperier que je fis de Prouvence

160 *c* Au partir d'esté et de flors

161 *a* Desconfortez, plains d'ire et de pesance

161 *c* En ceste note dirai

162 *a* Quant marz conmence et fevrier faut

162 *c* Li rosignous que j'oi chanter

163 *a* En une praele,
Lez un vergier

163 *d* Jolivelé et bone amor m'ensaingne

164 *c* Au renouviau du tens que la florete

165 *a* Je chant par droite reson

165 *c* Se j'ai du monde la flor

166 *a* L'autrier m'en aloie

166 *b* Lasse, por qui refusai

166 *d* Quant voi le douz tens bel et cler

167 *b* Quant voi li douz tens revenir,
Que li chauz fet le froit muer

167 *c* Deus, je n'os nonmer amie

168 *a* La bele que tant desir
168 *b* L'autrier, quant je chevalchoie
Tout droit d'Arraz a Doai
168 *d* Avant hier en un vert pré
169 *b* J'ai bon espoir d'avoir joie
169 *c* Quant li nouviau[s] tens define
170 *a* A l'entrée de Pascor
170 *c* Quant je chevauchoie
Tout seul l'autrier
171 *a* L'autrier d'Ais a la Chapele
171 *c* Quant je voi esté
172 *a* Li tens d'esté renvoisiez et jolis
172 *b* Chanter m'estuet, plains d'ire et de pesance
173 *a* Encontre esté qui nos argue
173 *b* Bele et blonde, a qui je sui toz
173 *c* Amors me semont et proie
174 *a* A la fontenele
Qui sort soz l'a raime
174 *b* De voz, amors, me conplaing par reson
174 *d* Destroiz de cuer et de mal entrepris
175 *b* Quant fine yvers que cil arbre sont nu
175 *d* Plains de tristour et de desesperance
176 *a* Quant oi tentir et bas et haut
176 *c* A la douç(ouç)or des oiseaus
176 *d* Chanter vueil d'amors certaine
177 *b* Quant nait flor blanche et vermeille
177 *d* S'onc ire d'amo[r]s ensaigna
178 *a* Flor ne verdure de pré
178 *c* Amors (qui) me semont et prie
178 *d* Sire Deus, en toute guise
179 *a* Quant voi esté et le tens revenir
179 *b* Pluie ne venz, gelée ne froidure

179 *c* Quant voi le tens felon assoagier
180 *a* Ja nus hon pris ne dira sa reson
180 *c* Par grant franchise me couvient chanter
181 *a* Mout m'a demoré
181 *b* Quant je voi fremir la brueille
181 *d* Quant voi raverdir
182 *a* Quant li oiseillon menu
182 *b* Bien cuidai garir
182 *c* En mai par la matinée
182 *d* Pensis d'amors, joianz et corociez
183 *b* Bien me deüsse targier
183 *d* A une fontaine
184 *a* Douce seson d'esté que verdissent

LI LAIS DE LA PASTORELE.

186 *b* L'autrier chevauchoie
Pensant par un matin

LI LAIS DES HERMINS.

185 *b* Lonc tens m'ai teü

LA NOTE MARTINET.

187 *c* J'ai trouvé

Pb⁵

Paris, Bibliothèque nationale, fr. 846 (anc. 7222³, Cangé 66). Ce ms., avant d'appartenir à Cangé, qui, d'après une note autographe écrite sur le feuillet de titre, l'a acheté 175 lt en 1724, était dans la bibliothèque de Baudelot [1], membre de l'Académie des Inscriptions ; c'est un vol.

1. J. Brakelmann, dans un article du *Jahrbuch f. rom. u. engl. Literatur* (XI, 101), a considéré comme perdu le ms. connu au XVIIIᵉ siècle et cité dans les co-

sur vélin à 2 col., de 0m 242 sur 166, comprenant 141 feuillets. Les feuillets 142-151, ajoutés après coup, contiennent des chansons transcrites par Cangé, et empruntées à divers mss. Deux tables, faites aussi par Cangé, l'une pour les auteurs, l'autre pour les anonymes, occupent 11 feuillets préliminaires. Les Chansons sont, comme dans un des mss. de Berne, classes par ordre alphabétique, sans noms d'auteurs. Cangé a rétabli les noms d'auteurs et introduit un grand nombre de variantes. Musique. Lettres ornées. XIIIe siècle.

Voy. *Cat. des mss. fr.* I, 110-4 et Brakelmann, *Archiv* XLII, 54.

Fol.	
1 *a*	Ausi cum l'unicorne sui
1 *b*	Amours me fait comencier
1 *d*	A enviz sent mal qui ne l'a apris
2 *b*	Au tens ploin de felonie
2 *c*	A la douçour dou tens qui reverdoie
3 *b*	Au renovel de la douçor d'esté
3 *d*	Amours qui a son oes m'a pris
4 *b*	A la douçour de la bele saison
4 *d*	A vous, amours, plus qu'a nule autre gent
5 *b*	A la douçor des oiseaux
5 *d*	Amours me semont [et prie]
6 *a*	A l'entrant dou douz termine
6 *b*	Amours que porra devenir
6 *d*	A la saison dou tens qui s'asseüre

pies de Sainte-Palaye sous le nom de ms. Baudelot. La raison qui, d'après Brakelmann, empêche d'identifier ce ms. avec aucun des chansonniers existant aujourd'hui, est que dans la table dressée par Sainte-Palaye des chansons de Thibaut de Navarre (Bibl. nat., Moreau 1679) les pièces appartenant au ms. Baudelot se rapportent à une pagination qu'on ne retrouve nulle part ailleurs. Brakelmann n'a pas vu que cette pagination est, non pas celle de l'original, mais celle de la copie que possède aussi la Bibliothèque nationale (fr. 12610, anc. supp. fr. 469[1]). L'examen de cette copie prouve sans discussion que le ms. acheté par Cangé (1724) après la mort de Baudelot (1722) n'est autre que le ms. actuel fr. 846.

7 *a*	A une fonteinne
7 *b*	A ma dame ai pris congié
7 *c*	A l'entrant d'esté, que li tans comence
8 *a*	Aymanz fins et verais,
	Se li monz fust vostre en pais
8 *c*	Amours dont senz et cortoisie
8 *d*	Amours qui m'a du tout en sa baillie
9 *b*	Au noviau temps que yvers se debrise
9 *d*	Au besoing voit on l'ami
10 *b*	Amours qui mout mi guerroie
10 *c*	Apris ai qu'en chantant plour
11 *a*	Au comencier de ma novele amour
11 *b*	A l'entrant dou temps novel
11 *d*	Au douz mois de mai joli
12 *a*	Amours me done achoison de chanter
12 *b*	Amours qui m'a doné, je l'en merci
12 *c*	Aucune gent ont dit par felonie
12 *c*	Au comencier de totes mes chançons
13 *a*	Aucun vuelent demander
13 *b*	Amours est une mervoille
13 *c*	Amis quelx est li mieuz vaillant (*ms.* vaillanz)
13 *d*	Au tans d'aoust que fuille de boschet
14 *a*	Bien me cuidoie partir
14 *c*	Bons rois Thiebaut, sire, consoilliez moi
15 *b*	Baudoyn, il sont dui amant
15 *d*	Biaus m'est estez quant retentist la bruille
16 *b*	Bien puet amors guierredoner
16 *d*	Bien cuidai vivre sanz amour(s)
17 *b*	Biau m'est quant voi verdir les champs
17 *d*	Bien font amors lor talant
18 *b*	Bien cuidai garir
18 *b*	Bien me deüsse targier

18 *d* Bernart, a vos vuil demander

19 *b* Bone amors qui son repaire

19 *c* Bone amors m'a en son service mis

19 *d* Bien est obliez chanters

20 *a* Bel avantaige a de chanter

20 *b* Biau m'est dou tans d'esté qui renverdoie

20 *d* Bien doi chanter quant dire le me daigne (*ms.* doigne)

21 *b* Bien m'ont amors entrepris *(avec tenor)*

21 *c* Contre le tans qui devise

21 *d* Chançon ferai, que talanz m'en est pris

22 *c* Chanter m'estuet que ne m'en puis tenir

23 *a* Comencerai a faire un lay

23 *c* Cuens, je vos part .I. jeu par ahaitie

24 *b* Chanter me fait ce dont je crien morir

24 *d* Contre (le) temps que voi frimer (*ms.* fremir)

25 *b* Chanter me plait que de joie est norriz

25 *d* Chanter et renvoisier suel

26 *a* Cil qui d'amors me consoille

26 *c* Coment que longue demore

27 *a* Chançon de plain(s) et de sopir(s)

27 *b* Contre le froit tans d'yver

27 *d* Coment que d'amors me dueille

28 *a* Chanterai por mon coraige

28 *b* Chanter vuil d'amour certainne

28 *d* Comencemenz de douce saison bele

29 *b* Costume est bien, quant on tient .I. prison

29 *d* Chanter vuil .I. son

29 *d* Conforz me prie et semont

30 *b* Chançon envoisie

30 *b* Costume et us de bien amer m'aprent

30 *c* Coment qu'amors me destroingne et travaut

31 *a* Chascuns qui de bien amer

31 *d* Chascun an voi le tans renoveler
32 *b* Car me consoilliez, Jehan, se Deus vos voie
32 *c* Dame, ciz vostre fins amis
32 *d* De ma dame souvenir
33 *a* Douce dame, tout autre pensement
33 *c* De grant joie me sui touz esmeüz
34 *b* Dame, ensinc est qu'il m'en covient aler
34 *d* De noveau m'estuet chanter
35 *a* De touz maus n'est nuns plaisanz
35 *b* Dame, l'en dit que l'en muert bien de joie
35 *d* De grant travail et de petit esploit
36 *c* Dou trés douz non a la virge Marie
37 *a* Dame, merci, une rien vos demant
37 *b* Deus est ausi comme li pellicans
38 *a* De bone amour vient seance et beauté(z)
38 *c* De chanter ne me puis tenir
38 *d* Des or me vuil esjoïr
39 *b* Desconfortez, ploins de dolour et d'ire
39 *d* De bien amer grant joie atent
40 *b* De la joie que desir tant
40 *d* Douce dame, grez et graces vous rent
41 *b* De bone amour et de leaul amie
41 *d* D'amours vient joie et honors ausiment
42 *c* Desconfortez et de joie partiz
43 *a* Dame, je verroie
43 *a* Dedanz mon cuer naist une ante
43 *b* Douce dame, mi grant desir
43 *d* Dites, seignor, que devroit on jugier
44 *a* De cuer dolant et ploin d'ire
44 *c* Deus! com m'ont mort norrices et enfant
44 *d* Devers Chastelvilain
45 *b* De la procession

45 *d* Deus saut ma dame et doint honor et joie
46 *a* Desoremais est raison(s)
46 *b* Douz est li maus qui met la gent en voie
46 *d* En chantant vuil ma dolour descovrir
47 *b* Empereres ne rois n'ont nul pooir
47 *d* En douz temps et en bone hore
48 *a* En chantant me vuil complaindre
48 *c* Encor ferai une chançon pardue
49 *a* Ensi com cil qui cuevre sa pesance
49 *c* En mai par la matinée
49 *d* En aventure ai chantei
50 *b* Encore a si grant poissance
50 *c* En douce dolour
50 *d* Enuiz et desesperance
51 *a* En la douce saison d'estey
51 *c* En esmai et en confort
51 *d* Enz ou cuer m'est entrée finement
52 *b* En chantant plaing et sopir
52 *c* En mai quant li rossignolet (*ms.* li rossignoz)
53 *a* Encor n'est raisons
53 *b* En may, quant florissent prey
53 *c* Foile ne flors ne vaut riens en chantant
54 *a* Fine amour et bone esperance
54 *b* Fine amor clainme a moi par heritage
54 *d* Flour ne verdour ne m'a pleü
55 *b* Foi et amor et leautez
55 *c* Fine amours en esperance
56 *a* Fine amors me fait chanter
56 *b* Grant pieça que ne chantai
56 *c* Grant pieça que ne chantai mais
56 *d* Haute chose a en amor
57 *b* Helas! il n'est mais nus qui aint

57 *c* J'aloie l'autrier errant
58 *a* Je ne puis [pas] bien metre en nonchaloir
58 *c* Je ne voi mais celui qui geut ne chant
59 *a* Ja por ce se d'amer me dueil
Ne laisserai que je ne chant
59 *c* Ja de chanter en ma vie
60 *a* Iriez, destroiz et pansis
60 *c* Je n'oi pieça nul talant de chanter
61 *a* Ire d'amors qui en mon cuer repaire
61 *c* Je ne puis pas si loing foïr
62 *a* Je chantasse volontiers liement.......
Mès je ne puis dire se je me ment
62 *c* Ja nuns hons pris ne dira sa raison
63 *a* Je n'ous chanter trop tart ne trop sovent
63 *c* J'ai un joli sovenir
64 *a* Je ne cuit pas qu'en amors trahison(s)
64 *b* Je ne cuidai mès chanter
64 *d* J'avoie lessié le chanter
65 *a* Joie d'amors que j'ai tant desirrée
65 *c* Je sui espris doucement
65 *d* Joliz cuers et sovenance
65 *d* J'ai sovent d'amors chantey
66 *b* Il covient qu'en la chandoile
66 *c* J'ai novel comandement
66 *d* Je n'ai autre retenance
67 *a* Joie et solaz mi fait chanter
67 *b* J'ai oblié poinne et travaux
67 *d* J'osasse bien jurer n'a pas lonc tans (*ms.* temps)
68 *b* Je ne chant mais dou temps qui renverdist
68 *d* Il me covient renvoisier
68 *d* Je ne tieng mie a sage
69 *b* Il feroit trop bon morir

69 *c* Je soloie estre envoisiez
69 *d* L'autre nuit en mon dormant
70 *a* Li douz penser(s) et li douz sovenir(s)
70 *c* Li rossignoz chante tant
71 *a* Les douces dolors
71 *b* L'autrier estoie en un vergier
71 *d* Li plusor ont d'amors chanté
72 *b* Las! por quoi m'entremis d'amer
72 *d* L'an que voi l'erbe resplandre
73 *b* L'an que fine fueille et flor
73 *c* Li noveaus temps et maiz et violete
74 *a* L'an que rose ne fuille
74 *c* La douce voiz dou rossignot sauvage
74 *d* L'autrier avint en cel autre païs
75 *b* Lonc temps ai esté
75 *c* Li jolis maiz ne la flors qui blanchoie
76 *a* Li trés douz temps ne la saisons novele
76 *c* Li joliz temps d'estey
77 *a* Lons desirs et longue atente
77 *b* Leaus desirs et pensée jolie
77 *d* Li trés douz maux que j'endure
77 *d* Lorsque je voi le boisson en verdure
78 *a* Leaus amors puisqu'en fin cuer s'est mise
78 *c* Lorsque rose ne fuille (*cf.* fol. 74 *a*)
79 *a* L'amours dont sui espris
79 *b* Li joliz maux que je sent ne doit mie
79 *c* Le brun temps voi resclarcir
80 *a* Li douz chanz de l'oiseillon
80 *b* Lonc temps ai mon temps usey
80 *d* Mi grant desir et tuit mi grief torment
81 *b* Mauvais arbres ne puet florir
81 *d* Mout ai esté longuement esbahiz

	Si i ai je grant confort
95 *b*	Pour conforter ma pesance
95 *c*	Pour mal temps ne pour gelée
	Ne pour froide matinée
95 *d*	Phelippe, je vos demant :
	Dui ami de cuer verai
96 *b*	Phelippe, je vos demant
	Qu'est devenue amors
96 *d*	Par Deu, sire de Champaigne et de Brie
97 *c*	Par quel forfait et par quel mesprison
98 *a*	Pour faire l'autrui volenté
98 *b*	Pansis d'amors vuil retraire
98 *c*	Pour mal temps ne por gelée
	Ne lairai que je ne chant
99 *a*	Pour verdure ne pour prée
99 *c*	Pluie ne venz, gelée ne froidure
99 *d*	Par grant franchise me covient chanter
100 *c*	Pansis d'amors, joianz et corrouciez
100 *d*	Puis qu'en moi a recovré seignorie
101 *b*	Puis qu'il m'estuet de ma dolour chanter
101 *d*	Pour la moillor c'onques formast nature
102 *b*	Puis que j'ai chançon meüe
102 *d*	Pour le tens qui verdoie
103 *a*	Puis qu'en chantant covient que me deport
104 *a*	Puis que je sui de l'amoreuse loy
104 *c*	Puis que li maux qu'amours me fait sentir
104 *d*	Pour demorer en amour sanz retraire
105 *a*	Poinne d'amors et li mal que j'en trai
105 *c*	Panser mi font et voillier
105 *d*	Pour longue atente de merci
106 *a*	Povre veillece m'asaut
106 *b*	Pour quoi se plaint d'amors au(n)s

106 *d* Qui plus aimme, plus endure
107 *a* Quant fine amors me prie que je chant
107 *c* Quant foillissent li boschaige
108 *a* Quant je voi le douz temps venir
Que faut noif et gelée
108 *c* Quant voi la flour boutener
Qu'esclarcissent [li] rivaige
109 *a* Quant je voi la noif remise
109 *b* Quant flors et glaiz et verdure s'esloingne
109 *d* Quant noif et gief et froidure
110 *b* Quant l'erbe muert et voi fuille cheoir
110 *d* Quant li rossignoz joliz
111 *a* Quant li temps renverdoie
111 *c* Quant bone dame et fine amour me prie
112 *a* Quant voi le temps bel et cler
Ainz que soit noif ne gelée
112 *b* Quant voi venir le beau tens et la flour
112 *d* Quant je plus sui en paour de ma vie
113 *c* Quant li temps torne a verdure
114 *a* Quant oi tentir et bas et haut
114 *c* Quant naist flors blanche et vermoille
114 *d* Quant voi esté et le tens revenir
115 *a* Quant voi le tens felon rasoagier
115 *c* Qui bien vuet amors descrivre
116 *a* Quant voi renverdir
116 *b* Quant li oisseillon menu
116 *c* Quant je voi esté venir
117 *a* Qui d'amors a remembrance
117 *b* Quant li rossignoz joliz *(cf. fol. 110 d)*
117 *c* Qui or voudroit leal amant trover
117 *d* Quant voi yver et froidure aparoir
118 *b* Quant voi en la fin d'estey

118 *d* Quant je voi l'erbe amatir

119 *a* Quant voi le felon tens finey

119 *c* Quant li beaus eṣtez repaire

120 *a* Quant la flor de l'espinete

120 *b* Quant florist la prée

120 *d* Quant la saisons est passée

121 *a* Quant voi blanchoier la flour

121 *c* Qui porroit .I. guierredon

121 *d* Quant par douçour dou temps novel

122 *b* Quant voi le tens en froidure changier

122 *c* Quant voi fuille et flor d'esté

122 *d* Quant la saisons dou douz tens s'aseüre

123 *b* Qui seit por quoi amors a non amors

123 *c* Quant l'erbe muert, voi la fuille cheoir

123 *d* Quant voi renverdir l'arbroie

124 *b* Quant voi paroir la fuille en la ramée

124 *d* Quant voi le novel tens venir
Au comencement de Pascor

124 *d* Quant la saisons desirrée

125 *a* Quar eusse je .c. mile mars d'argent

125 *c* Quant je voi yver retorner

125 *d* Qui sert de fause proiere

125 *d* Quant li noveaus tens d'esté

126 *a* Quant li beaus estez repaire (*cf.* fol. 119 *c*)

126 *c* Rois Thiebaut, sire, en chantant responnez

127 *a* Robert, veez de Perron

127 *b* Seignor, sachiez, qui or ne s'en ira

127 *d* Sire, ne me celez mie

128 *b* Sire, loez moi a choisir

128 *d* Sopris d'amours et ploins d'ire

129 *b* Sanz atente de guierredon

129 *d* S'onc ire d'amors enseingna

130 *a* Sire Deus, en tote guise

130 *b* Se par force de merci

130 *c* Se j'ai chanté sanz guierredon avoir

131 *a* S'onques nuls hons por dure departie

131 *c* Se j'ai chanté ne m'a gaires valu

131 *d* Sovent m'ont demandé la gent

131 *d* Se valors vient de mener bone vie

132 *b* Sor toutes riens soit amors honorée

132 *c* Tout autresi com fraint noif et yvers

133 *b* Tout autresi com l'ente fait venir

133 *d* Tant sai d'amors, c'est cil qui pis en prent

134 *b* Tant m'a mené force de seignorage

134 *d* Tant ai en chantant proié

135 *a* Tant ai d'amors qu'en chantant m'estuet plaindre

135 *d* Touz esforciez avrai chanté sovent

136 *a* Tout autresi com l'aymanz deçoit

136 *c* Trés haute amor qui tant s'est abaissie

137 *a* Tant me plait a estre amis

137 *b* Telx nuit qui ne puet aidier

137 *d* Tant ai amors servies longuement

138 *a* Tant de solaz comme j'ai por chanter

138 *d* Trés fine amors, je vos requier merci

139 *a* Tout autresi com dou soloil li rai

139 *c* Tant ai d'amours apris et entendu

139 *d* Trop m'abelit quant j'oi au point dou jor

140 *b* Une chançon encor vuil

140 *c* Une dolour enossée (*ms.* enniouse)

140 *d* Une chose, Baudoyn, vos demant

141 *c* Vuis de joie, plains d'ennoi

Pb⁶

Paris, Bibliothèque nationale, fr. 847 (anc. 7222⁴, Cangé 65). Ms. sur vélin à 2 col. écrit de plusieurs mains à la fin du XIIIe siècle. 0m,193 sur 132. 228 feuillets (le feuill. 92 manque). Les pièces portent les noms de leurs auteurs pour commencer, puis deviennent anonymes. Aux fol. 135 et 198 deux nouvelles séries commencent. Le *roman du Vergier et de l'Arche d'amour* (fol. 204 *a*-210 *b*) précède les Chansons et Jeux-Partis d'Adan de la Halle, qui forme aussi une autre partie. Au commencement table des auteurs, à la fin table alphabétique des pièces, par Cangé. Musique. Lettres historiées.

Voy. *Cat. des mss. fr.* I, 114-8 et Brakelmann, *Archiv* XLII, 54-5.

Fol.

MESIRE GACES BRULLEZ.

1 *a*	Cil qui d'amors me conseille
1 *c*	Chanter m'estuet iriéement
2 *b*	D'amors qui m'a tolu a moi
2 *d*	De bien amer grant joie atent
3 *c*	Avril ne mai, froidure ne lai tens
4 *b*	J'ai oublié paine et travaus
5 *a*	J'ai esté lonc tens fors du païs
5 *d*	Ire d'amors qui en mon cuer repere
6 *c*	N'est pas a soi qui aime coralment
7 *c*	Grant pechié fet qui de chanter me pr(o)ie
8 *a*	Mains ai joie que je (*ms.* ne) ne sueil
8 *d*	Ne mi sont pas achoson de chanter
9 *b*	Ne puis faillir a bone chançon fere
10 *a*	Iriez et destroiz et pensis
10 *c*	Li plus desconfortez du mont
11 *b*	Les oisellons de mon païs

11 *c* Quant flors et glais et verdure s'esloigne

12 *b* Quant bone dame et fine amor me prie

12 *d* Quant voi paroir la fueille en la ramée

13 *d* Tant de solaz con je ai por chanter

14 *c* Fine amor et bone esperance

15 *a* Qui sert de fause proiere

15 *d* Oncor a si grant poissance

16 *c* Quant je voi l'erbe reprendre

17 *a* Au renouvel de la douçor d'esté

18 *a* Mes cuers m'a fet conmencier

18 *c* Quant voi la flor botoner
Que resclarcicent rivage

19 *b* En dous tens et en bonne eure (*ms.* debonere)

19 *d* Quant je voi la noif remise

20 *b* Chanter me plest qui de joie est norris

21 *a* Je n'oi pieça nul talent de chanter

22 *a* Quant voi le tens bel et cler
Ainz que soit nois ne jelée

22 *c* Biau m'est estez quant retentist la brueille

23 *b* Quant nois et gel et froidure

24 *a* Li pluseurs ont d'amors chanté

24 *c* De la joie que desir tant

25 *b* Sopris d'amors et plain d'ire

25 *d* Quant define fueille et flor

26 *c* Pensis d'amor vueil retrere

27 *a* A la douçor de la bele seson

27 *d* Oez por qoi plaig et sospir

28 *b* Quant fine amor me prie que je chant

29 *a* Quant l'erbe muert, voi la fueille cheoir (*ms.* chaïr)

LI CHASTELAINS DE COUCI.

29 *d* Ahï ! amors, com dure departie

30 *c* Li nouviau tens et mais et violete

31 *b* Mout m'ai bele la douce conmençance
32 *b* Mout ai esté longuement esbahis
32 *d* Nouvele amor ou j'ai mis mon penser
33 *c* La douce vois du rosignol sauvage
34 *a* L'an que rose ne fueille
34 *d* Par quel forfet et par quel acheson
35 *c* Quant li rosignol jolis
36 *b* Tant ne me sai dementer ne complaindre
37 *a* Merci clamant de mon fol errement
37 *d* Je chantasse volentiers liement.........
Mès je ne puis dire se je ne ment
38 *c* S'onques nus hons por dure departie
39 *b* A vos, amans, plus qu'a nul[e] autre gent

BLONDIAU DE NEELE.

40 *b* Bien doit chanter qui fine amor adrece
41 *b* Amors dont sui espris
41 *d* J'aim par costume et par us
42 *b* Conment que d'amer me dueille
43 *a* Cil qui tos les maus essaie
43 *b* Chanter m'estuet car joie ai recouvrée
44 *a* Ma joie me semont
44 *b* Li plus se plaint d'amors mè[s] je n'os dire
45 *a* Puis qu'amors dont m'otrie de chanter
45 *b* Se savoient mon torment (*ms.* corage)
45 *d* Tant ai en chantant proié
46 *c* L'amors veut que mes chans remaigne

LI ROIS DE NAVARE.

47 *b* Tant (*ms.* Quant) ai amors servies longu[e]ment
48 *a* Coustume est bien quant on tient un prison
48 *d* Je ne voi mès nului qui gieut ne chant
49 *b* Je n'os chanter trop tart ne trop souvent
50 *a* Tuit mi desir et tuit mi gref torment

50 *d* De bone amor vient seance et biauté

51 *c* Je me cuidoie partir

MESIRE GAUTIERS D'ARGIES.

52 *a* Bien font amors lor talent

52 *d* Au tens gent que raverdoie

53 *b* Des que ci ai toz jors chanté

54 *a* A ! Deus, tant sont [mès] de vilaine(s) gent (*ms.* gens)

54 *d* Au conmencier du douz tens qui repere

55 *a* Autres que je ne sueil fas

55 *d* Chançon ferai mout marris

56 *b* Or chant nouvel car longuement

56 *d* Quant la seson s'est demise

MONIOT D'ARRAZ.

57 *b* Amors, s'onques en ma vie

58 *a* Bone amor sanz tricherie

MONIOT DE PARIS.

58 *c* A une ajornée
Chevauchai l'autrier

MONIOT D'ARRAZ.

59 *a* Ce fu en mai
Au douz tens gai

59 *c* Nus n'a joie ne soulaz

MONIOT DE PARIS.

60 *b* Lonc tens ai mon tens usé

61 *a* Li tens qui raverdoie

TIEBAUT DE BLAZON.

61 *d* Au main par .I. ajornant,
Chevauchai lez .I. buisson

62 *b* Amors, que porra devenir

63 *a* Chanter m'estuet, si criem morir

63 *b* Quant je voi esté venir

MESTRE RICHART DE FORNIVAL.

64 *a* Chascun qui de bien amer

MESIRE GAUTIER D'ARGIES.

65 *a* Contre tens que voi frimer

JAQUES D'OSTUN.

65 *c* Bele et sage et simple et plesant

LE FILZ MESTRE BAUDOIN L'ORGUENEUR.

66 *b* Au tens que vo[i] la froidure

LI VISDAME DE CHARTRES.

66 *d* Quant foillissent li boscage
67 *c* Quant la seson du douz tens s'asegure
68 *a* Tant ai d'amors qu'en chantant me fet plaindre
68 *d* Chascun me semont de chanter

ROBERT DE BLOIS.

69 *c* Merveil moi que chanter puis
70 *a* Par trop celer mon corage
70 *b* Puis que me sui de chanter entremis
71 *a* Tant com je fusse fors de ma contrée

ROBERT DE RAINS.

71 *c* Bien s'est amors honie
72 *a* Qui bien veut amors descri[v]re
72 *c* Quant voi le douz tens venir

RAOUL DE FERRIERES.

73 *a* Une haute amor qui esprent
73 *d* L'en ne puet pas a .II. seigneurs servir
74 *b* Par force chant comme esbahis
75 *a* Si sui du tot a fine amor

GONTIERS DE SOIGNIES.

75 *c* Combien que j'aie demoré
76 *b* Merci, amors, or ai mestier
76 *c* Quant il ne pert fueille ne flor[s]

VIELARS DE CORBIE.

77 *b* De chanter me semont amors

77 *d* Cil qui me prient de chanter

BURNIAUS DE TORS.

78 *c* Ha ! quant souspir me vien[en]t nuit et jor

79 *c* Quant voi chaïr la froidure

BAUDE DE LA QUARRIERE.

80 *b* Coros d'amors, mautalens et meschiez

81 *a* Chanter m'estuet, et si n'i sai

AUBIN DE SEZANE.

81 *d* Tant sai d'amors con cil qui plus l'enprent

MESIRE ROBERT DE MARBEROLES.

82 *b* Chanter m'estuet, car pris m'en est corage

JEHAN ERARS.

83 *a* Dehors Loncpré el bosquel (*ms.* bosquet)

PERRIN D'ANGECORT.

83 *d* Quant li cincejuz s'escrie

MESIRE RAOUL DE SOISONS.

84 *c* Quant je voi et fueille et flor

85 *b* Quant voi la glage meüre

86 *b* Chançon m'estuet et fere et commencier

87 *b* Roi de Navare, sire de vertu

MESIRE HUGUE DE BRESIL.

88 *a* Nus hons ne set d'ami q'il puet valoir

88 *d* Oncor ferai une chançon perdue

LI DUX DE BREBEN.

89 *d* Biau Gilebert, dites s'il vos agrée

90 *c* L'autrier estoie montez

COLARS LI BOTEILLIERS.

91 *b* Je n'ai pas droite acheson

93 *a* L'autrier par un matinet

En nostre aler a Chinon

CHANOINES DE SAINT QUENTIN.

107 *c* Rose ne flor, chant d'oiseaus ne verdure

BAUDOIN DES AUTIEUS.

108 *b* M'ame (*ms.* Dame) et mon cors doig a celi

MESIRE PIERRE DE CREON.

109 *a* Fine amor claim en moi par eritage

LI CHASTELAINS D'ARRAZ.

109 *d* Bele et bone est cele por qui je chant

LI TRESORIERS DE LILLE.

110 *c* Haute honor d'un commandement

111 *a* Joie ne guerredon d'amors

BAUDOIN DES AUTIEUS.

111 *b* M'ame et mon cors doig a celi (*cf.* fol. 108 *b*)

CHARDONS.

112 *b* Li departirs de la douce contrée

LA CHIEVRE DE RAINS.

113 *a* Plaindre m'estuet de la bele en chantant

SAUVAGE D'ARRAZ.

113 *d* Quant li tens pert sa chalor

JEHANNOT PAON DE PARIS.

114 *c* Se felon et losengier

GILLEBERT DE BERNEVILE.

115 *a* Haute chose a en amor

115 *c* Amors, por ce que mes chans soit jolis

116 *b* Cuidoient li losengier

116 *d* J'ai fet maint vers de chançon

GAUTIER D'ESPINAIS.

117 *c* Quant voi yver et froidure aparoir

118 *b* Tot autresi con l'aïmant deçoit

119 *a* Aymanz fins et verais,
Se li mons ert vostre en pais

COLIN MUSET.

119 *d* Sire quens, j'ai vielé

JAQUES DE HEDINS.

120 *c* Je chant conme desvez

121 *a* Se par mon chant m'i pouoie alegier

PERRIN D'ANGECORT.

121 *d* Heneur et bone aventure

122 *b* Bone amor, conseilliez moi

MESIRE JAQUES DE CHISON.

123 *a* Quant la sesons est passée

123 *d* Nouvele amor qui m'est el cuer entrée

RAOUL DE BEAUVÈS.

124 *c* Delez un pré verdoiant

125 *b* Au dieu d'amors ai requis un don

125 *d* Remembrance de bone amor

126 *c* Puisque d'amors m'estuet chanter

126 *d* Quant li douz tens renouvele
D'avril que maiz est passez

LI CUENS D'ANJOU.

127 *c* Trop est destroiz qui est desconforté(z)

HUITACES DE FONTAINES.

128 *b* Hier main quant je chevauchoie
Pensis amoreusement

Anonymes.

129 *a* Desconfortez et de joie parti(z)

129 *d* Quant voi le douz tens bel et cler
Et esté qui repere

130 *c* Quant voi le douz tens revenir,
Que li chaus fet le froit muer

131 *b* Chançon vueil fere de moi

131 *d* Trop est mes maris jalos

132 *c* Avant hier en un vert pré

133 *a* Trop par eist est mondes cruaus
134 *a* Qui a chanter veut entendre
135 *a* Au conmencier de ma nouvele amor
135 *c* Quant florist la prée
136 *b* Souvent souspire
137 *a* Par mainte foiz m'ont mesdisanz grevé
137 *d* Flor ne verdor ne m'a pleü
138 *c* J'ai fait maint vers de chançon (*cf.* fol. 116 *d*)
139 *a* Por le tens qui verdoie (*cf.* fol. 94 *c*)
139 *d* Tel nuist qui ne puet aidier
140 *b* Apris ai qu'on chantant plor
140 *d* Cil qui chantent de flor ne de verdure
141 *c* Bele dame me prie de chanter
142 *c* Qui d'amors a remenbrance
143 *a* Chanter voil un novel son
143 *c* Amors qui souprent
144 *b* Quant li douz tens renouvele
En esté par la chalor
145 *a* En Pascor un jor erroie
145 *d* Au partir d'esté et de flors
146 *b* Amors est trop fiers chastelains
146 *d* Chanter me covient pla[ins] d'ire
147 *b* De mon desir ne sai mon melz eslire
148 *a* Au tens d'esté que voi vergier florir
148 *d* A l'entrant du douz termine
149 *b* A la douçor du tens qui raverdoie
150 *a* Au reperier que je fis de Prouvence
150 *d* Bien voi que ne puis morir
151 *b* Contre tens que voi frimer (*cf.* fol. 65 *a*)
152 *a* Ce fu l'autrier en .I. autre païs
152 *d* Chanter et renvoisier suel
153 *b* Conmencement de douce seson bele

154 *a* Amors qui m'a tolu a moi
154 *d* Dame ensi est qu'il me couvient aler
155 *c* Contre la froidor
156 *a* Jamès ne cuidai avoir
156 *c* Il feroit trop bon morir
157 *a* D'amors (*ms.* A amors) me plaig plus que de tot le mont
157 *d* Por moi renvoisier
158 *b* Ja de chanter en ma vie
158 *d* Car me conseilliez, Jehan, se Deus vos voie
159 *c* Quant voi la prime florete
160 *b* Huimain par .I. ajornant
Chevauchai ma mule amblant
160 *d* Quant voi la fleur nouvele
161 *b* Las ! por qoi m'entremis d'amer
161 *d* Merveilles est que toz jors voeil chanter
162 *c* Li chastelains de Couci ama tant
163 *c* Amors me tient en esperance
164 *a* Jolif, plain de bone amor
164 *c* Bien ait l'amor dont l'on cuide avoir joie
165 *b* A ma dame ai pris congié
165 *d* Quant li boscage retentist
166 *b* En mai la rosée que nest la flor
166 *d* Jamès chançon ne feroie (*ms.* feraie)
167 *a* Heneur et bone aventure
167 *d* Quant iver tret a fin
168 *b* Un petit devant le jor
169 *a* E ! serventois, arriere t'en revas
169 *d* Por verdure ne por prée
170 *b* Rose ne lis ne me (*ms.* ne) donent talent
171 *a* Mar vit reson qui couvoite trop haut
171 *d* Je chevauchoie l'autrier
Seur la rive de Saine

172 *b* L'autrier tot seul chevauchoie mon chemin
172 *d* Quant voi blanchoier la fleur
173 *b* Por le tens qui verdoie (*cf.* fol. 94 *c et* 139 *a*)
174 *a* Trop ai longuement fet grant consievrance
174 *c* Tot soit mes cuers en grant desesperance
175 *b* Je chant par droite reson
175 *d* Se j'ai du monde la flor
176 *c* L'autrier m'en aloie
Chevauchant par mi une arbroie
177 *a* Lasse ! por qoi refusai
177 *c* Quant la rosée el mois de mai
178 *c* Je ne mi vuoil de bone amor retraire
179 *a* Trop sui d'amors enganez
179 *c* Des or mès ne me puis tere
180 *b* Quant je voi esté venir
180 *d* De jolif cuer enamoré
181 *b* Le cuer se vait de l'oil pleignant
182 *a* Quant l'aube espine fleurist
182 *d* Quant mars conmence et fevrier faut
183 *c* De chanter m'est pris corage
184 *b* Quant je oi chanter l'aloete
185 *a* Li rosignol que j'oi chanter
185 *d* L'autrier chevauchoie delez Paris
186 *c* En une praele
Lez .I. vergier
187 *c* Jolivetė et bone amor m'ensaigne
188 *b* Au renouvel du tens que la florete
189 *b* Par le tens bel
D'un main nouvel
189 *d* Force d'amor me fet dire
190 *d* Por mon cuer a joie atrere
191 *c* Chanterai par grant envie

192 *b* Au tens Pascor
193 *a* Contre le tens que je voi qui repere
193 *d* M'amors, je fui norris
194 *c* Qui bien aime a tart oublie
194 *d* Mere au roi puissant
195 *b* Lonc tens ai usé ma vie
195 *c* Prion en chantant
196 *b* On doit la mere Dieu honorer
196 *c* Chanter vos vuoil de la virge Marie
197 *a* Do la trés douce Marie voil chanter
197 *c* Mout sera cil bien norris
198 *a* Fous est qui en folie

Li quens de Bretaigne.

198 *d* Bernart, a vos vueil demander
199 *d* Chanter me fet ma dame que j'aim tant
201 *a* Nouviaument m'est pris envie
201 *d* Longuement ai esté pensis
202 *b* Haute chanson de haute estoire di
202 *d* Je feré chançon novelle

Adans de le Hale.

211 *a* D'amourous cuer voel canter
211 *c* Li jolis maus ke jou senc ne doit mie
212 *a* Jou n'ay autre retenanche
212 *c* Il ne vient pas de sens chelui ki plaint
213 *b* Helas ! il n'est mais nus ki aint
213 *d* Helas ! il n'est mais nus ki n'aint
214 *b* On me deffent ke mon cuer pas ne croie
214 *d* Jou senc en moi l'amor renouveler
215 *c* Li maus d'amors me plaist mius a sentir
216 *a* Li dous maus me renouviele
216 *c* Pour koy se plaint d'amour nus
217 *b* Merchi, amors, de la douce dolor

218 *a* On demande mout souvent k'est amors
218 *c* Au repairier en la douce contrée
219 *b* Puis ke je sui de l'amourouse loi
219 *d* De canter ai volenté curieuse
220 *c* Ma douce dame et amors
221 *a* Merveille est quant talent j'ai
221 *b* Ki a droit weut amours servir
221 *d* Sans espoir d'avoir secours
222 *b* Je ne cant pas reveleus de merchi
222 *d* Se li maus k'amors envoie
223 *b* Amours ne me vuet oïr
223 *c* Dame, vos hom vous estrinc
224 *a* Mout plus se paine amors de moi esprendre
224 *c* Pour chou se jou n'ai esté
225 *a* Dous est li maus qui met la gent en voie
225 *c* Or voi jou bien k'il souvient
225 *d* Amours m'ont si doucement
226 *b* De cuer pensiu et desirant
226 *d* Onkes nus hom ne fu pris
227 *a* Ki n'a pucele u dame amée
227 *c* Glorieuse virge Marie
228 *a* Assenés chi, Grievilier, jugement

Pb^7

Paris, Bibliothèque nationale, fr. 1109 (anc. 7363). Beau ms. bien conservé de 329 feuillets à 2 col. (0^m, 311 sur 200), daté de 1310. Vélin. Les Chansons et Jeux-Partis n'occupent que les fol. 311-325 de la nouvelle pagination. L'ancienne pagination ne va pas jusqu'au bout. Toutes les pièces énumérées ci-dessous appartiennent, comme le dit une rubrique moderne, à Adan de la Halle, sauf la dernière qui est de Guillebert de Berneville Miniature. Les Chansons seules sont notées, sauf les trois premières.

Voy. *Cat. des mss. fr.* I, 187-8.

Fol.

311 *a* D'amourous cuer voel canter
311 *b* Li jolis maus que je senc ne doit mie
311 *c* Puis ke je sui de l'amourose loy
311 *d* Je n'ai autre retenance
312 *a* Dous est li maus qui met le gent en voie
312 *c* On me desfent que mon cuer pas ne croie
313 *a* Je senc l'amour en moi renoveler
313 *c* Il ne muet pas de sens celui qui plaint
314 *a* Helas ! il n'est mais nus qui aint
314 *b* Ma douce dame et amours
314 *c* Li maus d'amours me plaist mieus a sentir
315 *a* Au repairier en la douce contrée
315 *b* Glorieuse virge [Marie] (*ms.* pucele)
315 *d* Qui a pucele u dame amée
316 *a* On demande mout souvent k'est amours
316 *c* De chanter ai volenté curieuze
316 *d* Merveille est quel talent j'ai
317 *a* Qui a droit veut amours servir

Pb⁸

Paris, Bibliothèque nationale, fr. 1591 (anc. 7613). Ce ms. sur vélin de 184 feuillets (le verso du feuill. 36 est blanc; le feuill. 64 est double), écrits à longue ligne, a appartenu aux frères Dupuy; il compte 0m,245 sur 171. Les pièces sont anonymes pour la plupart; les premières seules ont un nom d'auteur, et les Jeux-Partis portent la mention des deux interlocuteurs. Lettrines. Musique (excepté pour quelques Jeux-Partis, fol. 16 à 27). XIVe siècle.

Voy. *Cat. des mss. fr.* I, 260-4, et Brakelmann, *Archiv* XLII, 64-5.

Fol.

LE ROY DE NAVARRE.

1 Savez pour quoy amours a non amours

1 v° En ne voit mais nului qui jut (*ms.* vit) ne chant

2 v° Mi grant desir et tout mi grief torment

HUBERT CHAUCESEL.

3 Chanter voudrai d'amours qui m'est estrange

4 Quant voi le dous temps aparoir

MESIRE ANDRIEU CONTREDIS.

4 v° Tout tans est mes cuers en joie

5 v° Bonne, belle et avenans (*ms.* avenant)

MONSEIGNEUR ANDRIEU DOUCHE.

6 Quant je voi la saison venir

MESTRES RICHART DE FOURNIVAL.

7 Puisqu'il m'estuet de ma dolour chanter

MESIRE ANDRIEU CONTREDIS.

8 Ja pour nul mal ne pour nulle pensée

LI VIDAMES DE CHARTRES.

9 Combien que j'aie demouré

9 v° D'amours vient joie et honnours ensement

MESIRE QUESNES, CHEVALIER.

10 Chançon legiere a entandre

11 Chanter m'estuet, quar pris m'en est courage

11 vº Au comancier de ma nouvelle amour

AUDEFROIS LI BASTARS.

12 vº Se par mon chant me pouoie aligier

13 Bien doi faire mon chant oïr

JAQUES DE DEMPIERRE.

13 vº Cors de si gentil faiture

14 D'amours naist fruis vertueus

MONNIOS.

15 S'amours n'est pas que c'om die

15 vº A ma dame ai pris congiet

SENDRART a COLART.

16 Doy home sont auques tout d'un eage

JEHAN DE TOURNAY.

17 Colart, respondez sans targier

CHIERTAIN a SANDRART.

17 vº Sandrat, s'il estoit ainsi

JEHAN a SENDRART.

18 Sandrat, pour ce que vous voi

COLART a MAHIEU.

19 Mahieu, je vous part, compains

JEHAN a COLART LE CHANGEUR.

19 vº Respondés, Colart li Changierres

COLART a MICHIEL.

20 Robers, c'est voirs c'amours a bien poissance

LI ROYS DE NAVARRE a GIRART D'AMIENS.

21 Girart d'Amiens, amours qui a pouoir

RENIER a JEHAN.

22 Jehan, li quieus a mieudre vie

HUE a ROBERT.

22 v° Robert, or me conseilliez

RENIER DE QUARIGNON a ANDRIU DOUCHE.

23 Andriu Douche, .II. compaingnon(s)

JEHAN a ROBERT.

23 v° Robert, j'ains dame jolie

ANDRIU DOUCHE a JEHAN AMIS.

24 Jehan Amis; par amours je vous pri

GUILLAUME a THOUMAS.

25 Thoumas, je vous vueil demander

SAUVAGE a ROBERT DE BETUNE.

25 Robert de Betune, entendez

FRERE a ROY DE NAVARRE.

25 v° Sire Frere, fetes mon jugement

LE ROY DE NAVARRE a FRERE.

26 Frere, qui fait mieus a prissier

MONNIOS.

27 Li dous termines m'agrée

28 Qui bien veult amours descri[v]re

28 v° A l'entrant d'esté que li temps commance

29 v° Mi dous penser et mi dous souvenir

MES[I]RES GASSES BRULEZ, CHEVALIER.

30 v° Tant que fine fueille et flour

31 Chançon de plain et de souspir

LI CHASTELAINS DE COUCY.

31 v° Belle dame bien aprisse

MESIRES GUILLAUME LI VINIERS.

32 v° Qui merci crie, merci doit avoir

LI CHASTELAINS DE COUCY.

33 Combien que longue demeure

34 Quant voi venir le bel tans et la flour

34 v° Quant li estez et la douce saissons

35 v° Li plusour ont d'amours chanté

Anonyme.

37 Fine amours et bone espe(ra)rance

LE ROY DE NAVARRE.

37 v° Moult m'est belle la douce commançance

38 v° Ainsi com l'unicorne sui

39 Coustume est bien quant on tient .I. prison

MESIRES QUESNES, CHEVALIER.

40 He[ï]! amours, con dure departie

MONSEIGNEUR RAOUL DE SOISSONS.

41 Chançon m'estuet et dire et commancier

JEHAN AU ROY DE NAVARRE.

42 v° Roy de Navarre, sire de vertu(s)

THIEBAUT, ROY DE NAVARRA.

43 Emperaour ne roy n'ont nul pouoir

43 v° De fine amour vient science et bonté

44 v° Tant ai amours servie longuement

45 Fueille ne flour ne vaut riens en chantant

MONNIOS.

46 Nuls n'a joie ne soulas

LI CHASTELAINS DE COUCY.

46 v° Par quel mesfait ne par quelle achoison

47 v° Autre que je ne seul fa(i)s

48 Se j'ai esté lonc temps hors du païs

49 Quant la saisson du dous temps s'aseüre

CRESTIEN DE TROIES.

49 v° D'amours qui m'a tolu a moi

HUCS DE BARGI.

50 v° Nulz hons ne set d'ami qu'il puet valoir

MONSEINGNEUR PIERRE DE CRAON.

51 Fi[ne] amours clainme en moy par heritage

BLONDIAUS.

52 Comment que d'amours me dueille
52 v° Tant ai en chantant proié
53 v° Se amours veult que mes chans remaigne
54 v° Li plus se plaint d'amours, mès je n'os dire
55 Dame, merci, se j'aing trop hautement

CARASAUS.

56 Pour ce me sui de chanter entremis
56 v° N'est pas saiges qui me tourne a folie

ROBERT DU CHASTEL.

58 Pour ce ce j'aing et je ne sui amez

MARTINS LI BEGUINS.

59 Pour demourer en amours sans retraire

GASTEBLÉ.

60 Pour mieus valoir, et baus, [gais] et jolis

CUNELIERS.

60 v° Anuis et desesperance

GERARDIN DE BOULOINGNE.

61 v° Bonne amour m'a a son service mis

Anonymes.

62 v° Li desirriers que j'ai d'achever
63 On me reprent d'amours qui me maistrie
64 Paine d'amour et li maux que je trai
64 *bis* En chantant plaing et souspir
64 *bis* v° Orendroit plus que onques mais
65 v° On dit que j'aing et pour quoi n'ameroie
66 v° Se j'ai chanté, encore chanterai
67 v° Pluseurs amans ont souvent desirré
68 v° Li hons qui veut honneur et joie avoir
69 v° Bien doit du tout a amour obeïr
70 v° En mon chant lo et graci
71 Aucun qui vueullent leur vie

72	Du plaissant mal savoureus, joli(s)
72 v°	Li rosignos chante tant
73 v°	Tout autresi con l'ente fet venir
74 v°	Je me cuidoie partir
75	Qui plus aimme et plus endure
76	Il feroit trop bon mourir
76 v°	Mauvès arbre ne peut flourir
77 v°	Je ne cuidoie partir (*cf.* fol. 74)
78	Une doulour enossée
78 v°	Chanter m'estuet que ne m'en puis tenir
79	Li dous penser(s) et li dous souvenir(s)
80	Nien plus que d[ro]it peut estre sans raison
80 v°	Phelippe, je vouz demant :
	Dui ami sont de cuer verai
81 v°	Phelippes, je vous demant
	Que est devenue amours
82 v°	Cil qui chantent de fleur ne de verdure
83	Aymans fins et verais,
	Se li mons fust vostre em pais
84	Des ore mais est raison
84 v°	De bonne amour et de loial amie
85 v°	Onques ne fui sans amour
86	Se j'ai chanté sans guerredon avoir
86 v°	Je n'ai loisir d'assez penser
87	Jamès ne cuidai avoir
88	Au repairier que je fis de Prouvence
88 v°	Haute chose a en amour
89	Ou nouviaus temps que iver se debrise
90	Qui veult amours maintenir
90 v°	Quant esté faut encontre la saison
91	Amours, pour ce que mes chans soit jolis
91 v°	Pensis, desirant d'amours

92 A la plus sage et a la mieus vaillant
93 Se felon et losengier
93 v° Quant voi la glaje meüre
94 v° Je ne chant pas pour verdour
95 Beau desir et pensée jolie
95 v° Li grans desir de deservir amie
96 v° Amours est une merveille
97 Je ne sui pas esbahis
97 v° Dieus! je n'os nommer amie
98 v° Grant deduit a et savoureuse vie
99 v° Bien doi chanter la qui chançon set plaire
100 Li jolis maus que je sent ne (de)doit mie
101 Je sent en moi l'amour renouveler
102 Ma douce dame et amours
102 v° Qui a droit veult amours servir
103 v° Sans espoir d'avoir secours de nului
104 Dame, vos hons vous estr(a)inne
105 Pour ce se je n'ai esté
105 v° Tel s'entremet de gardor
106 Lors quant je voi le buisson en verdure
106 v° Il ne me chaut d'esté ne de rousée
107 v° Quant voi la douce saison
108 Puisqu'amours m'a donné le beau savoir
108 v° Puisque je sui de l'amoureuse loy
109 v° Li jolis mais ne la flor qui blanchoie
110 Lonc tamp ai esté envite et sanz joie
110 v° Trés haute amour qui tant s'est abaissie
111 Biau m'est du tamps de gain qui raverdoie
112 Ne m'i donne pas talent
112 Ne rose ne flour de lis
112 v° Chanter m'i fait pour mez malz aligier
113 v° Cilz qui d'amours me conseille

114 Au renouviau de la douchour d'esté
115 Hé! amours, je sui norris
115 v° Desconfortés et de joie parti(s)
116 v° Encor ferai une chanson perdue
117 Foy et amour et loyautés
117 v° Quant fueille, glais et verdure
118 Onques d'amours n'oi nulle si grief painne
119 A vous, amant, plus qu'a nulle autre gent
119 v° Quant je plus sui en paour de ma vie (*ms.* m'amie)
120 v° Les oisillons de mon païs
121 Quant li tamps pert sa chalour
121 v° Iriés et destrois et pensis
122 v° Mercis clamant de mon fol errement
123 S'onques nulz hom pour dure departie
124 Quant partis sui de Prouvence
124 v° En loyal amour ai mis
125 Au besoing voit on l'ami
125 v° Bien doit chanter [qui] fine amor adrece
126 v° Au commenchement du tamps
127 Quant a son vol a failli li oisiaus
127 v° Au tamps que muert la froidure
128 v° Tant sai d'amours que cilz qui plus l'emprent
129 Quant l'erbe muert, voi la fueille cheoir
129 v° Li nouveaus tamps et mays et violette
130 v° J'aim par coustume et par us
131 v° Au repairier en la douce contrée
132 Nulz ne doit estre alentis
132 v° Aucun dient que poins et lieus et tamps
133 v° Aucune gent vont disant
134 Sens et raisons et mesure
134 v° Ce que je sui de bone amour espris
135 v° Moult me merveil comment on puet trouver

136 v° Moult scet amours trés savoureusement
137 Amours m'assaut doucement
138 Dedens mon cuer s'est n'a gaires fichiés
139 Je sent le doulz mal d'amour(s)
139 v° Liés et loiaus, amoureu et jolis
140 v° Pris fui amoureusement
141 Onques n'amai plus loyalment nul jour
142 Si me fait trés doucement
142 v° Mervilliés me sui forment
143 Moult a cilz plaisant deduit
144 Onquez mais mainz esbahis
144 v° Plus amoureusement pris
145 Hé! bonne amour, si com vouz ai servie
145 v° Ce qu'amours a si trés grande poissance
146 v° Loyal amour point celer
147 Bien doi chanter liés et baus
147 v° Douce amours, je vous pri merci
148 v° Li doulz malz qui met en joie
149 Amours me fait joliement chanter
150 Onques mais si doucement
150 v° Si me tient amours joli
151 Plus ne me voeil abaubir de chanter
151 v° Moult douce souffrance
152 Merci, amours, de la douce dolour
153 On demande moult souvent qu'est amours
154 J'ai .i. joli souvenir
154 v° Quant voi le felon tens finé
155 On voit souvent en chantant esmarrir
156 Quant la flour de l'espinete
157 Quant li cincenis s'escrie
157 v° Novelle amour qui m'est ou cuer (*ms.* cors) entrée
158 v° Quant yvers trait a fin

159 Quant li nouviaus tens define
159 v° Li dous maus mi renouvelle
160 Pourquoi se plaint d'amour nu(l)s
161 Au repairié de la douce contrée
162 Tant me plest vivre en amoureus dangier
162 v° Dous est li maus qui met la gent en voie
163 v° Amours ne me veult oïr
164 v° Je n'ai autre retenance
165 Il ne muet pas de sens celui qui plaint
166 On me deffent que mon cuer pas ne croie
167 Helas ! il n'est mais nuls qui aint
167 v° Helas ! il n'est mès nuls qui n'aint
168 Puis que je sui en l'amourcuse loi
169 Or voi je bien qu'i souvient
170 Li roussignos chante tant
170 v° Tout autressi que l'ente fait venir (*cf.* fol. 73)
171 v° A tort m'ociés, amours
172 Au dieu d'amours ai requis .I. don
172 v° Chanter me fait bons vins et resjoïr
173 D'envis sent mal qui ne l'a apris
174 Nuls hons ne puet ami reconforter
175 Chançon ferai, car talens m'en est pri(n)s
176 L'autre nuit, en mon dormant
176 v° En chantant veul ma doulour descouvrir
177 v° Pour mau temps ne pour gelée
178 Je ne chant paz revelaus (*ms.* revelans) de merci
178 v° Merveille est quel talent j'ai de chanter
179 Robert, veés de Pierron
179 v° Merci, ou estes vous manans
180 v° Unc chançon encor veul
181 De grant joie me sui tous esmeüs
182 Puisqu'il m'estuet de ma dame partir

182 v° Au temps plain de felonnie
183 v° Malvais arbrez ne puet flourir (*cf.* fol. 76)

Pb[9]

Paris, Bibliothèque nationale, fr. 12483 (anc. supp. fr. 1132). Ce ms. sur vélin à 2 col. de 0m,253 sur 175, provient de la bibliothèque des frères prêcheurs de Poissy ; il est divisé en deux parties ne renfermant l'une et l'autre que des pièces anonymes relatives à la Vierge, Miracles, Exemples, Prières, Chansons, etc. Les Chansons, détaillées ci-dessous, ont pour la plupart des refrains et sont notées. Le volume, incomplet au commencement et à la fin, est gravement mutilé et rogné ; des feuillets manquent en maint endroit. La pagination suivie est récente et compte 266 feuillets plus ou moins intacts. Une seule miniature, fol. 95. XIVe siècle.

Voy. A. Jubinal, *Nouveau recueil* II, 413-23.

Fol.
3 *d* A la virge, qui digne est de s'amour
9 *b* J'ay un cuer mout lent
14 *d* De la virge nete et pure
25 *c* Agniaus dous, agnias gentis, agniaus sans tache
54 *c* L'autrier matin
El moys de may (*farcie de latin*)
59 *b* Toy reclaim, virge Marie
63 *b* Lasse ! que devendrai g[i]é
65 *c* Qui bien aime, a tort oublie
71 *c* [De l]a virge nete et pure (*cf.* fol. 14 *d*)
107 *a* Pour s'amour ai en douleur lonc temps esté
197 *d* En chantant vueil saluer
207 *c* Li premiers hons fu jadis

240 *a* Pleüst Dieu le filz Marie
243 *d* Chanter m'estuet, quar volenté m'en prie
249 *d* Un motet vous voudrai chanter
253 *b* Vous ne savez que me fi(s)t
253 *d* Hé Dieus ! pour quoy n'est bien amez
256 *a* De pleurs plains et de soupirs
264 *b* L'ame qui quiert Dieu de [toute s'en]tente
266 *c* Et que me de mauconduis

Pb¹⁰

Paris, Bibliothèque nationale, fr. 12581 (anc. supp. fr. 198), provenant du maréchal d'Estrées. Beau volume sur vélin à 2 col. de 0m,298 sur 225. 429 feuillets. Les Chansons et Jeux-Partis ne forment qu'une partie très minime de ce ms. et y sont réparties en quatre places. Ces pièces ne sont point notées et ne portent pas de nom d'auteurs ; elles sont presque toutes de Thibaut de Navarre. Initiales ornées dans le texte des Chansons XIVe siècle.

Voy. Brakelmann, *Archiv* XLII, 65-6.

Fol.
87 *c* Quant pré reverdoient que chantent cil oisel
87 *c* Quant li noviaus tens repaire
87 *d* Losangier par lor non savoir
88 *a* Par .I. sentier l'autre jor chevauchoie
88 *b* Grant pechié fait qui de chanter me prie
88 *c* A la douçour dou tens qui reverdoie
230 *a* Tant ai amors servie longuement
230 *b* Coustume est bien quant l'an tient .I. prison
230 *c* Ausis com l'unicorne sui

230 *c* Phelipe, je vos demant
Que est devenue amors
230 *d* Feuille ne flor ne vaut riens en chantant
231 *a* Quant voi la glaje meüre
231 *b* As ! amans fins et veraiz,
Se li monstre est nostre en pais
231 *c* Nus hons ne set d'ami qu'il puet valoir
231 *d* Tuit mi desir et tuit mi grief torment
232 *a* Se j'ai chanté sanz guerredon avoir
232 *b* Je ne chant pas por verdor
232 *c* Les douces dolours
232 *c* La bele qui m'a soupris
232 *d* Quant je voi le douc tens venir
Que faut nois et jalée
312 *c* Chanter m'estuet que ne m'an puis tenir
312 *d* De chanter ne me puis tenir
313 *a* Phelippe, je vos demant :
Dui ami de cuer verai
313 *b* Tout autresi com fraint nois et ivers
313 *c* Nus ne puet ami reconforter
313 *d* Douce dame, tout autre pensement
314 *a* Une chanson ancor vueil
314 *b* De grant joie me sui touz esmeüz
314 *c* Tout autresi com l'ante fait venir
314 *d* En chantant vueil ma doulor descovrir
315 *a* Chançon ferai que talens m'an est pris
315 *b* Dame, ainsis est qu'il m'an covient aler
315 *c* De touz maus n'est nus plus plaisans
315 *d* De novel m'estuet chanter
316 *a* Par Dieu, sire de Champaigne et de Brie
316 *b* Amors me fait commancier
316 *b* Seignor, sachiez qui or ne s'an ira

316 *c* De ma dame sovenir
316 *d* Contre le tens qui debrise
317 *a* Por froidure ne por yver felon
317 *a* L'autrier en mon dormant
317 *b* Dame, cil vostre fins amis
317 *d* Dieus est ausis conme li pellicans
318 *a* Amors a bele maison
318 *b* De grant travail et de petit esploit
318 *c* Dame, merci, une riens vos demant
318 *d* Dou trés dous non a la vierge Marie
319 *a* Qui set por quoi amors a non amours
319 *b* Mout est obliez chanters
319 *c* Dame, l'an dit que l'an muert bien de joie
319 *d* Li joliz mais et la flor qui blanchoie
320 *a* Il ne me chaut d'esté ne de rousée
320 *b* Force d'amors me destraint et mestroie
320 *c* L'autrier par une ajornée
Chevauchai si com moi plot
320 *d* J'ai un jolif sovenir
375 *a* Robert, veez de Pierron
375 *b* Mauvès arbres ne puet florir (*ms.* morir)
375 *c* J'aloie l'autrier errant
Sanz compaignon

Pb^{11}

Paris, Bibliothèque nationale, fr. 12615 (anc. supp. fr. 184). Ce ms., connu sous le nom de ms. de Noailles, appartenait autrefois au maréchal de Noailles et portait le n° 124 dans sa collection. Vol. bien conservé, écrit sur vélin, de 0^{m}, 307 sur 204. Longues lignes. 233 feuillets (le fol. 226 est double). Outre les pièces, dont la table suit, ce ms. contient : 1° deux Lais *provençaux, Markiol* et *Nompar* (fol. 72 et 74), 2° des Motets français (fol. 179-197), 3° des pièces sur Arras en rimes plates (fol. 199-216), 4° un poème inachevé sur la Mort (fol. 218-222). Les feuillets 21 v°-22 v°, 177 v°, 216 v°-217 v° sont blancs ; les feuillets 20 v°-21, 177, 178-178 v°, 222-223 v°, sont occupés par des pièces ajoutées au xve siècle. Musique (les notes manquent souvent). Initiale historiée et lettres ornées. Fin du xiiie siècle, les chansons d'Adan sont du xive siècle.

Voy. Brakelmann, *Archiv* XLII, 57-9.

Fol.	
	LI ROIS DE NAVARRE.
1	Dame, li vostres fins amis
1	Je ne puis pas bien metre en nonchaloir
1 v°	Pour çou se d'amer me duel
2	Amours me fait commencier
2 v°	Signour, saciés ki or ne s'en ira
2 v°	J'aloie l'autre ier errant
3	En chantant voel ma dolour descouvrir
3 v°	L'autre nuit en mon dormant
3 v°	Contre le tans ki devise
4	Pour froidure ne pour yver felon
4	Pour conforter ma pesance
4 v°	A envis sent mal ki ne l'a apris
5	De ma dame sovenir

5 Chançon ferai, que talans m'en est pris
5 v° Tout autresi com fraint nois et ivers
6 Nus hom ne puet ami reconforter
6 Douce dame, tout autre pensement
6 v° Une chançon encor voil
7 De grant joie me sui tous esmeüs
7 Je ne voi mais nului qui geut ne chant
7 v° Pour mal tans ne pour gelée
8 Dame, ensi est k'il m'en covient aler
8 De novel m'estuet chanter
8 v° Li dols pensers et li dols sovenir(s)
9 De tous maus n'est nus plaisans
9 Chanter m'estuet ke ne m'en puis tenir
9 v° Li rosignols chante tant
9 v° Comencerai a faire .I. lai
10 v° Mi grant desir et tuit mi grief torment
10 v° Robert, veés de Pieron
11 Boins rois Thiebaut, sire, conselliés moi
11 v° Bauduin, il sont doi amant
11 v° Une chose, Bauduin, vous demanc
12 Au tans plain de felonie
12 v° Tout autresi com l'ente fait venir
13 Mauvais arbres ne puet florir
13 v° Ausi com unicorne sui
13 v° Dame, on dist ke on muert bien de joie
14 Qui plus aime, plus endure
14 De grant travaill et de petit desploit
14 v° L'autrier par la matinée
15 Dou trés douc non a la virge Marie
15 v° Les douces dolours
15 v° Dame, merci, une riens vous demanc
16 Dieus est ensi come li pelicans

28 Flors ne glais ne vois hautaine
28 v° S'onques chanters m'eüst aidié
28 v° En tous tans se doit fins cuers resgoïr
29 En mi mai quant s'est la saisons partie
29 v° La flour d'iver sour la brance
29 v° Li roussignolès avrillous
30 Bien doit chanter la cui chançons set plaire
30 v° Teus fois chante li jouglere(s)
30 v° Mout a mon cuer resjoï
31 Frere, qui fait mieus a proisier
31 v° Thumas, je vos voel demander
31 v° Sire Frere, faites me .I. jugement
32 De bien amer croist sens et cortoisie
32 v° Bone amour, cruel manaie
32 v° Dame des ciels
33 Qui que voie en amour faindre
33 v° Le premier jour de mai.

GHILEBERS DE BERNEVILE.

34 Thumas Herier, partie
34 Je n'eüsse ja chanté (*couronée*)
34 v° D'amours me vient li sens dont j'ai chanté
35 Je fesisse chançons et chans
35 De moi dolereus vos chant
35 Puis c'amours se veut a moi herbegier
35 v° Elas! je sui refusés
36 Onques mais si esbahis
36 Joliement doi chanter

MAISTRE SYMONS D'AUTIE.

36 v° On ne puet bien a .II. signeurs servir
37 Bone amours ki m'agrée
37 Quant je voi le gaut foillir
37 v° Quant li dous estés define

38 Quant la saisons comence
38 Novele amors u j'ai mis mon penser
38 v° Tant ai amors servie et honourée
39 Li biaus estés se reclaire
39 Li noviaus tans qui fait paroir

HUES LI CHASTELAINS D'ARRAS.

39 v° Aler m'estuet la u je trairai paine

ROUFINS DE CORBIE.

40 M'ame et mon cors doins a celi

SAUVALES CHOSÈS D'ARRAS.

40 Amours qui fait de moi tout son commant

CARDONS DE CROISILLES.

40 v° Mar vit raison ki covoite trop haut
41 Roze ne lis ne mi done talent

ROGIERS D'ANDELIS.

41 Par quel forfait et par quel oquoison
41 v° Ja pour çou se d'amer me duel

ROBERS DE BLOIS.

42 Li departirs de la douce contrée

HUES DE SAINT QUENTIN.

42 v° Jerusalem se plaint et li païs
43 A l'entrant del tans salvage
43 Par desous l'ombre d'un bois

OUDARS DE LACENI.

43 v° Flours ki s'espant et foille ki verdoie
44 Amours et deduis et joie

ERNOUS CAUPAINS.

44 De l'amour celi sui espris
44 v° Iermain pencis chevalcai
45 Helas! k'ai fourfait a la gent

CRESTIIENS DE TROIES.

45 v° D'amour ki m'a tolu a moi

54 v° Tant ai esté pensis iréement
55 Bien doi faire mes chans oïr
55 Pour travail ne por paine
55 v° Com esbahis m'estuet chanter sovent
55 v° Fine amors en esperance
56 Amours de cui je moef mon chant
56 v° Onques ne seu tant chanter
56 v° Ne sai mais en quel guise
57 Destrois, pensis en esmai
57 Bele Ysabeaus, pucele bien aprise
57 v° Bele Ydone se siet desous la verde olive
58 v° En chambre a or se siet la bele Beatris

VILAINS D'ARRAS.

59 v° Beau m'est del pui que je voi restoré
59 v° Joious talent est de moi departis

MAHIUS DE GANT.

60 De faire cançon envoisie
60 v° Je serf amor a mon pooir

JAKEMES LI VINIERS.

60 v° De loial amor jolie
61 Je sui chil qui tos jors foloie
61 v° Loial amors ki ens moi maint

LI MOINES DE SAINT DENIS.

61 v° En non Dieu, c'est la raige

CI COMMENCENT LI LAI ERNOUL LE VIELLE DE GASTINOIS
ET CIS EST DE NOSTRE DAME.

62 En entente curieuse

C'EST CI LI VIÉS TESTAMENS ET LI NOVEAUS.

63 v° S'onques hom ens lui s'asist

LI LAIS DU KIEVREFOEL.

66 Par cortoisie despuel

LI LAIS DE LE ROSE.

67 Pot s'onques mais nus hom vanter

C'EST LI LAIS D'AELIS.

68 En sospirant de trop parfont (*ms.* parf. tr.)

C'EST CHI LI LAIS DES AMANS.

69 Ichi comens

LI LAIS DES PUCELES.

71 Coraigeus
Sui des geus

UNS LAIS DE NOSTRE DAME CONTRE LE LAI MARKIOL.

73 v⁰ Flors no glais
N'oisieaus lais

(Le lai *Markiol*, fol. 72, et le lai *Nompar*, fol. 74, sont en *provençal*.)

DE BEL YZABEL. CONTREDIS.

75 v⁰ De bele Yzabel ferai

PIERES LI BORGNES DE LILLE.

76 v⁰ Li rosignos ke j'o chanter

GILEBERS DE BERNEVILE.

77 D'amors me vient li sens dont j'ai chanté (*cf.* fol. 34)

JEHANS D'ESQUIRI.

77 v⁰ Jolivetés et boine amors m'ensegne

JEHANS BODEAUS.

78 Entre le bos et le plaine

ERNOUS CAUPAINS.

78 Quant j'oi chanter ces oisellons
78 v⁰ Entre Godefroi et Robin

CAPELAINS DE LOON.

79 v⁰ Un petit devant le jor
80 Amors m'a asise rente

SIRE ADANS DE GIVENCI.

80 v⁰ Amis Guillaume, ainc si sage ne vi

81 Trop est costumiere amors
82 La doce acordance

GILLES LI VINIERS.

83 A ce m'acort

JEHANS ERARS.

84 Au tans Paschor

GHILEBERS DE BERNEVILE.

84 v° De moi dolereus vos chant

Anonymes.

84 v° D'amors me doit sosvenir
85 L'autre jor lés .I. boschel
85 Un main me chevauchoie
Lés une sapinoie
85 v° Lés .I. pin verdoiant
86 Sire Michiel, respondés
86 La ou la foille et la flor del rosier

BLONDEAUS.

86 v° Quant je plus sui en paor de ma vie
87 Li plus se plaint d'amors mais je n'os dire
87 v° S'amors velt que mes chans remaigne
88 Cuers desiros apaie
88 Coment que d'amors me doelle
88 v° Bien doit chanter qui fine amors adreche
89 Mes cuers me fait comenchier
89 En tos tans ke vente bise
89 v° Tant ai en chantant proié
90 J'aim par costume et par us
90 A l'entrant d'esté ke li tans comence
90 v° Qui quel soit de joie partis
91 Ains ke la fuelle descende
91 A l'entrée de la saison
91 v° De la plus doce amor

91 v° Tant aim et voil et desir

92 L'amors dont sui espris

92 v° Se savoient mon torment

92 v° Onques mais nus hom ne chanta

LI BOUTELLIERS.

93 Je n'ai pas droite ocoison

MAHIUS LI JUIS.

93 Par grant franchise me convient chanter

93 v° Por autrui movrai mon chant

JOSELINS DE DIJON.

94 Par une matinée ens mai

94 S'a l'entrée del doc comencement

JEHANS DE TRIE.

94 v° Boine dame me proie de chanter

95 Li lons consirs et la grans volentés

MAISTRE RICARS DE FURNIVAL.

95 v° Teus s'entremet de garder

95 v° Puis k'il m'estuet de ma dolor chanter

96 Quant chiet la foille ens l'arbroie

96 Gente m'est la saisons d'esté

96 v° Ainc ne vic grant hardement

97 Quant chante oiseaus tant seri

MAISTRE RAOLS DE SISSONS.

97 Chançons m'estuet et faire et comenchier

97 v° Rois de Navarre et sires de vertu

GAUTIERS D'ESPINAU.

98 Desconfortés et de joie parti(s)

CHEVALIERS.

98 Au comenchier de ma novelle amor

MESIRE QUENES.

98 v° L'autrier avint en cel autre païs

99 Mout me semont amors ke je m'envoise

107 Amors, ke porra devenir

107 Bien font amors lor talent

107 v° Quant je voi esté venir

108 Ier main par .I. ajornant,

Chevauchai lés .I. buisson

108 Li miens chanters ne puet mais remanoir

AUBUINS.

108 v° Quant voi le tans felon [rasoagier]

109 Bien quidai toute ma vie

109 Contre le douc tans novel

GONTIERS.

109 v° Uns maus k'ainc mès ne senti

109 v° Tant ai mon chant entrelaissié

110 La flors novelle ki resplant

110 v° L'an ke li dous chans retentist

110 v° A la joie des oiseaus

111 Quant j'oi tentir et bas et haut

111 v° Dolerousement comence

111 v° Quant j'oi el bruel

112 Se li oisiel baisent lor chant

112 v° Douce amors ki m'atalente

113 Li tans noveaus et la douçors

113 v° Bel m'est quant voi naistre le fruit

113 v° Li tans qui foille et flor destruit

114 Soffers me sui de chanter

114 v° Ivers aproisme et la saisons

114 v° L'an ke la froidors s'eslonge

115 Chanter m'estuet de recomens

115 v° Quant li beaus tans a nous repaire

115 v° L'an quant voi esclaircir

116 Je n'em puis mon cuer blasmer

116 v° L'an ke li buisson

117 L'an ke la saisons s'agence

MONIOS.

117 Ne mi done pas talent

117 v° Amors n'est pas quoi c'on die

118 Amors mi fait renvoisier et chanter

118 v° Chançonete a .I. chant legier

118 v° A ma dame ai pris congié

119 Encoir a si grant poissance

119 v° Boine amor sans trecherie

119 v° Plus aim ke je ne soloie

120 Dame, ains ke je voise en ma contrée

120 v° Li dous termines m'agrée

121 Nus n'a joie ne solas

121 Quant voi les prés florir et blanchoier

121 v° A l'entrant de la saison

MESIRE PIERES DE CORBIE.

121 v° En aventure ai chanté

122 Pensis com fins amourous

122 v° Esbaihis en lonc voiaige

123 Par .I. ajornànt
Trovai en .I. pré

123 Dame, ne vous doit desplaire

123 v° Li monier del mariaige

MESSIRES GILLES DES VIÉS MAISONS.

123 v° Pluie ne vens, gellée ne froidure

124 Chanter m'estuet, car pris m'en est coraige

124 v° Se par mon chant me pooie alegier

MESIRE RAOUS DE FERIERES.

124 v° Par force chant com esbahis

125 Si sui del tot a fine amor

125 v° Encore m'estuist il chanter

126 Quant li rossignols jolis

PIEREKINS DE LE COUPEL E.

126 Chançon(s) fas non pas villaine
127 A mon pooir ai servi
127 Quant li tans jolis revient
127 v0 Quant ivers et frois depart
128 Je chant en aventure

Anonymes.

128 v0 Li dous tans noveaus ki revient
128 v0 Chanterai pour mon corage

LI QUENS DE COUSI.

129 De joli cuer enamouré

JEHANS ERARS.

129 De Pascour .I. jor erroie
129 v0 Hardis sui ens l'acointance
130 De legier entrepris
130 v0 Amors dont je me quidoie
130 v0 Nus chanters mais le mien cuer ne leeche
131 Pré ne vergier ne boscaige foillu
131 v0 Mes cuers n'est mie a moi
131 v0 Piecha c'on dist par mauvais oir
132 L'autrier pa[r] une valée
132 Encor sui cil ki a merchi s'atent

THUMAS HERIERS.

132 v0 Un descort vaurai retraire
133 v0 Ainc mais nul jor ne chantai
134 Ja ne lairai mon usaige
134 v0 Quant voi le tans repairier
134 v0 Quant la froidure est partie
135 Dieus! co[m est] a grant dolour
135 Tant ai amé et proié
135 v0 Ne doi chanter de foille ne de flors

MESIRE ANDRIUS CONTREDIS.

136 Dame, pour vous m'esjoïs boinement
136 Penser ne doit villonie
136 v° Au tans ke je voi averdir
137 Quant voi partir foille et flor et rosée
137 v° Trés haute amors me semont ke je chant
137 v° Iriés, pensis chanterai
138 Prés ne vert bos, rose ne flors de lis
138 v° Amors m'a si de tot a son voloir
139 Molt m'est bel quant voi repairier
139 v° El mois d'avril quant ce vient en Paskour
140 Ja por nul mal ne por nisun torment
140 v° Je ne me doi d'amors de riens loer
141 Vivre m'estuet en tristror, em pesance

MESIRE GAUTIERS D'ARGIES.

141 v° Ainc mais ne fis cançon jor de ma vie
142 En icel tans ke je voi la froidour
142 v° Autres ke jou ne suel fas
143 Bien me quidai de chanter
143 v° Quant li tans pert sa chalor
143 v° Maintes fois m'a on demandé
144 Dusk'a chi ai tos jors chanté
144 v° Quant la saisons s'est demise
144 v° La gens dient pour quoi je ne fais chans
145 Umelité, franchise
145 v° Cançon ferai molt maris
146 Se j'ai esté lonc tans hors del païs
146 Une cose ai dedens mon cuer emprise
146 v° De celi me plaig ki me fait languir
147 v° La doce pensée
148 v° J'ai mainte fois chanté

HUES DE LE FERTÉ.

149 v° Je chantaisse volentiers liement.....
Et desisse et l'estre et l'errement

150 En talent ai ke je die

150 v° Or sosmes a çou venu

MESIRE PIERES DE MOLINS.

150 v° Quant foillissent li boskaige

151 Chanter me fait ce dont je criem morir

151 v° Tant sai d'amors ke cil ki plus l'emprant

MESIRE BAUDINS DES AUTEUS.

152 Avrieus ne mais, froidure ne lais tans

KIEVRE DE RAINS.

152 v° Qui bien velt amors descrivre

153 Jamais por tant ke l'ame el cors me bate

GUIOS DE DIGON.

153 v° Quant je voi plus felons rire

154 Amors [m'ont] si ensegnié

LI CHASTELAINS.

154 Je chantaisse volentiers liement.......
Mais [je] ne puis dire se je ne ment

154 v° Coment ke longe demeure

155 A vous, amant, ains k'a nul[e] autre gent

155 Merchi clamans de mon fol errement

155 v° Li noveaus tans et mais et violete

156 L'an ke la rose ne foelle

156 v° Molt m'est belle la douce commençance

157 La doce vois del rosignol sauvaige

157 v° Quant voi venir le beau tans et la flour

158 Quant li estés et la douce saisons

158 A la douçour del tans ki raverdoie

158 v° En aventure comenc

MESIRE GASSE BRULLÉS.

158 v° Les oisellons de mon païs

159 En cel tans ke voi frimer

159 v° Quant voi la flor botoner

K'esclarcissent [li] rivaige

160 En dous tans et em boine eure

160 Tant m'a mené force de signouraige

160 v° Quant voi la noif remise

161 De bien amer grant joie atent

161 Quant voi le tans bel et cler,

Ains ke soit nois ne gellée

161 v° Beaus m'est estés ke retentist la broelle

162 Quant nois et giaus et froidure

162 v° Li pluisors ont d'amors chanté

162 v° Savés pour quoi plaig et sospir

163 A la joie ke desir tant

163 Quant l'erbe muert, voi la foille chaoir

163 v° Je ne puis pas si loins fuïr

164 Sans atente de guerredon

164 v° Desconfortés, plains de dolour et d'ire

165 Quant li tans raverdoie

165 Pensis d'amors voil retraire

165 v° L'an ke fine foille et flour(s)

165 v° Grant pechié fait ki de chanter me prie

166 Quant boine dame et fine amors me prie

166 v° Compaignon, je sai tel cose

166 v° Merchi, amors, k'iert il de mon martire

167 De boine amor et de loial amie

167 Cil ki tous les maus asaie

167 v° A malaise est ki sert en esperance

ROBERS DE LE PIERE.

167 v° Joliement me doi chanter

MAISTRE WIBERS CAUKESEL.

168 Un chant novel vaurai faire chanter
168 vº Fins cuers enamourés

MAISTRE SYMONS D'AUTIE.

168 vº Faus est ki a entient

MAROIE DE DRIGNAU.

169 Molt m'abellist quant je voi revenir

SIRE ADANS DE GIEVENCI.

169 Mar vic loial voloir et jalousie
169 vº Compaig Jehan, .I. jeu vous voil partir
170 Si com fortune d'amor(s)
170 Assés plus ke d'estre amés

Anonymes.

170 vº Pour li servir en boine foi
171 N'est pas saiges ki me torne a folie
171 vº En une praielle
Trovai l'autrier
171 vº Amours, vostre signourie
172 Aucunes gens m'ont enquis

JEHANS DE RENTI.

172 vº Amours par sa courtoisie
172 vº N'est pas sages ki emprent
173 Ki n'averoit bone amour fait hommage
173 vº Li rousignolès jolis
174 Se loiautés a en amour pooir
174 L'autrier errai m'ambleüre
174 vº J'ai grant piecha delaié le chanter
175 Plus ke onkes mais ne suel
175 vº Onkes ne seuc chanson furnir
175 vº Se che n'estoit pour ma dame honerer
176 Je m'esmervelle forment
176 vº Jehan Bertel, .I. chevalier

Anonymes.

197 Arras est escole de tous biens entendre
197 v° De canter ne me puis tenir
198 Arras, ki ja fus
198 v° Certes c'est laide cose
204 *a* E! Arras, vile

Les chançons [que fist] Adans li boçus.

224 Or voi je bien qu'il souvient
224 Li jolis maus que je sent ne doit mie
224 v° Puis que je sui de l'amoureuse loi
224 v° Au reparier de la douce contrée
225 On demande mout souvent qu'est amours
225 v° Tant me plaist vivre en amoureus dangier
225 v° Je n'ai autre retenance
226 Il ne muet pas de sans celui qui plaint
226 v° Helas! il n'est mais nus qui aint
226 v° On me deffent que mon cuer pas ne croie
226 *bis* Pour quoi se plaint d'amours nus
226 *bis* v^{o} Ki a droit veut amour servir
226 *bis* v^{o} D'amoureus cuer weuil chanter
227 Douz est li maus qui met la gent en voie
227 v° Se li maus qu'amours envoie
227 v° Helas! il n'est mès nuz qui n'aint
228 Je sent en moi l'amour renouveler
228 Li douz maus mi renouvelle
228 v° Li maus d'amer me plaist mieus a sentir
229 Merci, amour, de la douce doulour
229 De chanter ai volenté curieuse
229 v° Ma douce dame et amours
229 v° Merveille est quel talent j'ai
230 Sans espoir d'avoir secours
230 Je ne chant pas reveleuz de merci

Pb[12]

Paris, Bibliothèque nationale, fr. 20050 (anc. S. Germ. fr. 1989). Ce petit ms. de 0m, 183 sur 120, a appartenu à la bibliothèque Séguier-Coislin ; il a 173 feuillets, écrits à longue ligne ; une pagination, antérieure à l'achèvement du ms., est placée en marge, au verso de chaque feuillet, et n'a que 167 numéros. Le volume, qui comprend des Chansons, Pastourelles, Romances, etc., toutes anonymes, est écrit de différentes mains et compte ainsi plusieurs parties ; la première du fol. 4 r° à 91 v° n'est pas toujours notée ; dans la seconde (fol. 92), les parties seules sont marquées, de même que dans la troisième (fol. 92 v° à 93 r°) ; pour la quatrième (fol. 94 r° à 109 v°), la musique manque complètement ; les parties seules figurent dans la cinquième partie (fol. 110 r° à 162 v°) ; une sixième partie (fol. 163 r° à 169 v°) n'a pas de musique ; la fin (fol. 170 r° à 172 v°) comprend différentes écritures. On remarque de plus des additions faites par une autre écriture aux fol. 10 v°, 30 r°, 81 r°, 93 v°, 98 r°, etc. ; d'autres additions encore paraissent aux feuillets 120 et 151 qui ne sont pas compris dans l'ancienne pagination. Quelques pièces provençales se trouvent aussi dans ce ms. : fol. 81 r° à 82 v°, 84 r° à 91 v°, 148 v° à 150 v°. Le feuillet 130 r° est blanc ; il manque un feuillet entre les fol. 93 et 94, c'est le 91e de l'ancienne pagination. Une table incomplète, de plusieurs écritures, forme les feuillets 1-3; le feuillet 173 n'a que des notes modernes. Commencement et milieu du XIIIe siècle.

Voy. Brakelmann, *Archiv* XLII, 48-9.

Fol.	
4	Molt m'est bele la douce comencence
4 v⁰	Molt me mervoil de ma dame et de moi
5	Molt chantesse volentiers liemant.........
	Mais je ne puis dire se je ne mant
6	Molt ai esté longuement esbahiz
6 v⁰	Molt ai esté lon tens en esperance
7	Encor ferai une chançon perdue
8	Quant flors et glais et verdure s'esloigne
8 v⁰	Coment que longe demore
9	Cil qui aime de bone volenté
9 v⁰	En talant ai q'a chanter me retraie
10	De bone amor et de leial amie
10 v⁰	Quant voi venir le dolz tens et la flor
11	Chanter me fait ce don je criem morir
11 v⁰	Bien doit chanter cui fine amors adrece
12 v⁰	Quant je plus sui en paor de ma vie
14	De bien amer grant joie atent
14	Toz efforciez avrai chanté sovent
14 v⁰	Tout altresi con l'aymanz deçoit
15 v⁰	Par son dolz comandement
16	Qui que de chanter recroie
16 v⁰	Tant ai d'amor k'en chantant m'estuet plaindre
17	Ma joie premeraine
17 v⁰	An present sui de joie avoir
18	Li plus desconfortez dou mond
18 v⁰	Ja por mal parliere gent
19	Leals amors q'est dedanz fin cuer mise
19 v⁰	A vos, amors, plus q'a nule autre gent

20 v°	Novele amors s'est dedanz mon cuer mise
21	Ne puis laissier que je ne chant
21 v°	Deus saut ma dame et li doint bone joie
21 v°	Quant estez repaire
22	N'est pas a soi qui aime coralment
22 v°	Tant com je fusse fors de ma contreie
23	Al renovel de la dolçor d'esté
23 v°	Quant la saisons dou dolz tens s'asegure
24	Lors kant rose ne fuelle
24 v°	Ma volentez me requiert et semont
25	Tant de solaz come j'ai par chanter
25 v°	Quant je voi l'erbe reprendre (*ms.* resplaindre)
26	A la douçor del tens qui renverdoie
26 v°	Quant je voi mon cuer revenir
27	Deus! j'ai chanté si volentiers
27 v°	Novels voloirs me revient
28	Si voiremant con cele don je chant
28 v°	Par joie chant et por merci
29	D'amors me plaig ne sai a cui
29	Quant voi la flor et l'erbe vert pallie
30	D'amors (*ms.* A amors) qui m'a tolu a moi
30 v°	Mes cuers leals ne fine
31	Pieça que je n'en amai
31 v°	Qant li dolz estez decline
32	Fine amors m'aprent a chanter
32	Jamais por tant com l'erbe el cors me batte
32 v°	Pansis d'amors vuel retraire
32 v°	Desconsilliez plus que nuns hom qui soit
33 v°	Bien s'est amors traïe
34	Des oiselez de mon païs
34 v°	Partis d'amor et de mon chant
35	Amors, tençon et bataille

35 v° Flors ne verdure de pré
36 Qant li dolz tens s'en reva
36 v° Talent ai que je vos die
37 Qui bien vuet amors descrivre
37 Novele amors, dont granz peine m'est neie
38 Dame, j'atent en bon espoir
38 Li tens d'esté et mais et violette
38 v° Se savoient mon torment
39 Molt me prie sovent
39 v° Qant li rosignols s'escrie,
Qui nos desduit de son chant
39 v° En aventure comanz
40 Tant ai en chantant proié
40 v° Floires revient seus de Montoire
41 Al partir del tens felon
41 v° Par quel forfait ne per quel mesprison
42 Merci clamant de mon fol erremant
42 v° Fine amors et bone esperance
43 Qant nois et gieus et froidure
43 v° Li plusor ont d'amors chanté
44 Ancontre lou dolz tens d'esté
44 Al renoveler de la flor
44 v° Espris d'amor et de longue atandance
45 Amors me semont et prie
45 v° Qant li estez et la dolce saisons
46 Chevauchoie lez un bruel
46 v° Quant pert la froidure
47 Je me chevalchoie
Par mi un prael
47 v° L'on dit q'amors est dolce chose
47 v° Plaine d'ire et de desconfort
48 Feruz sui d'un dart d'amor(s)

48 v°	Qant voi esté et lo tans revenir
48 v°	Pieça que savoie
49 v°	En icel tens que je voi la froidor
50	Mar vit raison qui covoite trop haut
50 v°	En aventure ai chanté
51	Comancemenz de douce saison bele
51 v°	Le premier jor de mai
	Dou douz tans cointe et gai
52	La flors d'iver sor la brance
52	Ne me done pas talant
52 v°	Au chantant m'estuet complaindre
53	Li douz termines m'agreie
53 v°	Quant li douz tens renovele
53 v°	A droit se plaint et a droit se gaimente
54	Quant je voi l'erbe menue
54 v°	Lonc tens ai amors servie
55	Cil qui d'amors me conseille
55 v°	Quant li douz tans rasouage
56	Ne puet laissier fins cuers qu'adès ne plaigne
56 v°	En avril au tens novel
57	Molt avrai lonc tans demoré
57 v°	Les genz dient por coi je ne faz chanz
58	Rose ne lys ne me done talent
58 v°	La douçors del tens novel
59	Amors et bone volentez
59 v°	Li miens chanters ne puet mais remanoir
60	Quant fine amors me prie que je chant
60 v°	A l'entrée dou douz comancement
61 v°	Jusq'a ci ai toz jors chanté
61 v°	A grant tort me fait languir
62	Mainte foiz m'a l'on demandé
62 v°	Quant la douce saisons fine

63	Desconfortez, plains d'ire et de pesance
63 v°	Trop volentiers chanteroie
64	Quant je voi fremir l'arbuelle
64 v°	Bele Yolanz en ses chambres seoit
65	Oriolanz en haut solier
65 v°	En un vergier lez une fontenele
66	Bele Doette as fenestres se siet
66 v°	Au novel tens Pascor, quant florist l'aube spine
67	Bele et bone [est] cele por cui je chant
67 v°	Un petit devant le jor
68 v°	Par une matinée en mai
69	Quant li rossignols jolis
69 v°	Quant vient en mai que l'on dit as lons jors
70	Bele Yolanz en chambre koie
70 v°	Douce dame, or soit an vo nomer
71	Amors m'a si ensengnié
71 v°	Avant ier me chevauchoie
	De Blazons a Mirabel
71 v°	Quant je plus voi felon rire
72	Quant se resjoïssent oisel
73	Contre le novel tens
73 v°	En mai par la matineie
74	Bien font amors lor talent
74 v°	L'autrier quant chevauchoie
	Lez une sapinoie
75	Je chantasse d'amorettes
75 v°	Bel m'est li tens
	Que la saisons renovele
76 v°	Une novele amorete que j'ai
77	Quant voi lo douz tens repairier
78	Sospris sui d'une amorette
79 v°	L'autrier me levai au jor

80 Unques jor de ma vie
80 v° Quant voi yver et froidure aparoir
82 v° Quant voi ces prez florir et verdoier
83 Gaite de la tor
92 Molt se fesist boin tenir de chanter
92 v° J'ai fait main vers de chanson
93 v° Lon tans ai esteit
94 Chans ne me vient de verdure
95 Li plus se plaint d'amors, mais je n'os dire
95 v° Ou mois d'avril que l'on dist an Pascor
96 Bien me deüsse atargier (*ms.* ataisir)
97 Par maintes fois avrai esteit requise
97 v° L'atrier .I. jor après la saint Denise
98 Fine amors clame an moi par eritaige
98 v° Ne me sont pas ochoison de chanter
99 S'onques nuns hons por dure departie
99 v° Encor ferai une chançon perdue (*cf.* fol. 7)
100 v° Près suix d'amors, mais lons suix de celi
101 Quant l'erbe muert, voi la fuelle cheoir
101 Comancemans sanble dou chant d'esteit
101 v° De joli cuer anamoré
102 Bone amor sans tricherie
102 v° A conmancier de ma novelle amor
103 Se j'ai lon tans amor servit
103 v° Qant li malos brut sor la flor [novele]
104 v° Ja nus hons pris ne dirat sa raison
105 Chanson m'estuet et faire et conmancier
105 v° Chanter m'estuet ki m'en est pris coraige(s)
106 Bone amor qui m'agrée
106 v° A novial tens et a novelle amor
107 A poinnes puis trover
107 v° Amors et desirs me destraint

108 Ansi con cil qui cuevre sa pesance
108 v° Douce dame, greis et graces vos rant
109 Par grant franchise me convient chanter
109 v° Bien cuidai toute ma vie
110 J'ai tous jors d'amors chanteit
110 v° Il ne m'an chat d'esteit ne de rousée
111 Hé ! trikedondene
111 Mors est li siecles briemant
111 v° Savaris de Maliçon[s]
111 v° A l'antrant d'esteit ke li tans s'ajancet
112 Quant l'abe espine florist
112 v° Quant voi la prime florette
113 v° L'atrier, cant me chevachoie
Tout droit d'Arrès a Douwai
113 v° Jai por noif ne por gelée
114 Coins de Galles, ameneit
114 v° E! Gillebers, ditte[s] si vos agrée
114 v° A besoing voit on l'ami(n)
115 v° Amours, por tant ke mes chans soit jolis
116 I[l] feroit trop boen morir
116 v° Ancor ait si grant pousance
117 Nuns ne poroit de mavaise raison
117 v° A l'antrant dou dous termine
118 Quant je voi honor faillie
118 v° Qant li rossignors c'escrie
Ke mairs se vat definant
119 Consilliez moi, signor
119 Deus ! dont me vient ke j'osa comansier
119 v° Tuit mi desir et tuit mi griez tormant
121 Sovignet vos, dame, d'un dous acuiel
121 Foille ne flors ne valt riens an chantant
121 v° Ke voit venir son anemin corrant

122 De bone amor vient science et bontei(s)
122 v° Rois de Navaire, sire de vertu(s)
123 Li jolis mais ne la flor ki blancho[i]e
123 v° Quant li tans pert sa chalour
123 v° Qant la saisons est passée
124 Novele amors ki m'est ou cuer antrée
124 v° Qant la saisons desirée
125 Loals amors et desiriez de joie
125 v° Asi com l(i)'unicorne sui (*ms.* seus)
126 Trés ores mais est raison(s)
126 v° Chans ne chansons ne riens ke soit an vie
127 Vous qui ameis de vraie amor
127 v° Li amant ke vivent d'aise
128 Cant voi la glaje meüre
129 Desconforteis et de joie parti(s)
131 Bien puet amors guerredoneir (*suite au* fol. 130 v°)
131 Cant je voi lou dous tans venir
Ke ranverdit la prée (*suite au* fol. 130 v°)
131 v° Pastorelle
Viz seant lonc .I. bouson
132 Se par force de mersit
132 v° Chanteir m'estuet commant ke me destrangnet
133 E! amans fins et v[e]rais,
Se li mons fust vostre an pais
133 v° Ou mois de mai ke l'erbe ou preit verdoiet
133 v° Quant voi lou tans bel et cleir
Ke n'apert noif ne gelée
134 S'amors veult ke mes chans remagnet
134 v° Premiers baisiers est plaie
(*Le même, avec couplet transposé, que*
Cuers desirous apaie).
135 Jai por longue demorée

135 Tant ai d'amors apris et antanduit

136 Qant je voi lou tans refroidier

136 v° L'atrier avint an cel atre païz

137 Quant je voi· et fuelle et flor

137 v° Onkes m'amai tant com je fus amée

138 v° La fille dan Hue

139 Li roisignorz ke j'oi chanteir

139 v° Conpagnon, je sai teil chose

140 Por tant se mes cuers soffret grant dolor

140 v° A novial tans ke li ivers se brise

141 Il ne m'an chat d'esteit ne de rousée (*cf.* fol. 110)

141 v° Amors, cui j'ai servit lonc tans

142 Remanbrance d'amor me fait chanteir

142 v° Tout atresi con l'ante fait venir

143 v° Joie et juvant, onor et cortosie

144 De nos barons ke vos est il aviz

144 v° E! amors, je fui norris

145 Prisc est Namurs, cuens Hanris est dedans

145 v° En halte tour se siet belle Ysabel

146 Lou samedi a soir, fat la semainne

146 v° An chanbre ai or se plaint la belle Biatris

147 v° Bele Amelot soule en chanbre feloit

152 An avrit a tant Pakour (*suite au* fol. 151)

152 v° Loials amors et fine et droituriere

152 v° Boen jor ait eu celle a cui seus ami(n)s

153 Gatiers, ke de Franse veneis

153 v° Cuidoient li losangier

154 En une praelle
Trova l'atrier

154 v° Loials desirs et pansée joilie

155 Bone amors m'ait en son servise mis

156 Li jolis mas ke je sent ne doit mie

156 v° En une praelle
M'antra l'atre ier (*cf.* fol. 154)
157 v° A novias tans ke nest la violete
158 v° Cuidoient li losangier (*cf.* fol. 153)
159 Li rossignors chantet tant
159 v° Trop m'ait greveit force de signorage
160 La bone amor ki an mon cuer repa[i]re
M'i fait chanter, car pris m'an est ta(n)lant
160 v° Ire d'amor ki an mon cuer repaire
Ne me lait tant ke de chanteir me tigne
160 v° Deus! com m'ont mort norrises et enfant
161 Por joie avoir perfite en paradis
161 v° Cant la fuelle naist dou rain
161 v° Cant se vient en mai
Ke roze est florie
162 A dous tans Pascor
Me levai matin
162 v° Leiz la forest m'alai l'autrier
162 v° Belle dame, gardeis ke ne creeis
163 En tous tans ma dame ai chiere
163 L'an kant l'aluete
Et la qualle criet
163 v° Je n'os chanter trop tairt ne trop sovant
164 Grant pechiet fait ki de chanteir me prie
164 v° Con cest amor me traveille et confont
165 Quant florissent si boskage
165 Sire Deus, en tante guise
165 v° Qui d'amors ait remanbrance
166 Mar vit raison ki covoitet trop haut (*ms.* halt)
166 v° A la dousour kant voi la flour pallir
167 Cant li boscages retantit
167 Bien doi chanteir cui fine amors ens[e]igne

167 v° Amors, ke porra devenir
168 Chanter li plaist ki de joie est norris
168 De celi me plaing ki me fait languir
169 Lon tans ai servit an ballance
169 v° Se j'ai chanté sans guerredon avoir
170 L'atrier de coste a Canbrai
170 v° Pour lou tens qui verdo[i]e
171 Primiers baixiers est plaie (*cf.* fol. 134)
171 v° Pues ke je sui de l'amerouze loi
172 v° Kar nulz ne seit d'amin ki puet valoir
172 v° Bien doi morir kant d'amors la rekis

Pb^{13}

Les manuscrits nombreux des œuvres de Gautier de Coinci ne contiennent pas tous les Chansons pieuses de l'auteur, celles entre autres relatives à la Vierge et à sainte Léocade; les pièces mêmes varient dans les différents mss. C'est ainsi que le ms. de la Bibliothèque nationale de Paris fr. 22928 (anc. La Vall. 85) [1], l'un des plus complets, n'offre que 16 Chansons sur les 29 qui sont données à Gautier par l'ensemble des autres mss. Il serait superflu de décrire ici les mss. des œuvres de Gautier de Coinci, dont les Chansons forment une si minime partie : on a donc groupé dans la liste suivante par ordre alphabétique d'assonances les 29 pièces attribuées à Gautier par les 9 mss. de la Bibliothèque nationale, auxquels ont été joints un ms. de Neuchâtel (Suisse) et un ms. de Soissons [2]. On a donné de plus à

1. Sur ce ms., qui peut être considéré comme le type des mss. contenant les *Œuvres de Gautier de Coinci,* voyez *Cat. de Bure* (n° 2710), II, 171-4 et P. Paris, *Les mss. fr.* VI, 311-9.

2 Les manuscrits de Neuchâtel, de Paris et de Soissons ne sont certainement

chaque ms. une lettre pour le désigner; le chiffre qui vient après représente le feuillet du ms., sauf pour les mss. de Neuchâtel et de Soissons. Il est entendu que quelques-unes des pièces détaillées ci-dessous peuvent se rencontrer dans des chansonniers dont la table est donnée à sa place; c'est ce qu'on pourra vérifier dans la deuxième partie de cette *Bibliographie*. Pour le moment on ne doit chercher ici que les chansons de Gautier de Coinci appartenant aux volumes de ses œuvres complètes.

Lettres désignant les manuscrits.

a... Paris, Bibl. nat. fr. 817 (anc. 7207), XVe s.
b... » » 986 (Cangé 7, anc. 7306³), XIIIe s.
c... » » 1530 (anc. 7580), XIIIe s.
d... » » 1533 (anc. 7583), XIIIe s.
e... » » 1536 (Colbert 1628, anc. 7583⁵), XIIIe s.
f... » » 2163 (anc. 7987), XIIIe s.
g... » » 2193 (anc. 7998²), XIIIe s.
h... » » 22928 (anc. La Vall. 85), XIIIe s.
i... » » 25532 (anc. N. D. 195), XIIIe s.
j... Neuchâtel (voy. N, p. 39-40).
k... Soissons (voy. S², plus loin).

No d'ordre.

1 De sainte Leocade
(a73, h159, i104, k)

2 Por conforter mon cuer et mon corage
(b5, c8, d41, e7, g15, h41, i3, k)

3 Entendez tuit ensemble et li clerc et li lai
(b209, d139, e247, f223, g1, h291, i225, k)

4 Flours ne glais
(g18)

pas les seuls qui renferment les Chansons de Gautier de Coinci : la bibliothèque de Blois, entre autres, en possède un exemplaire qui n'a pas été utilisé. Il a paru toutefois suffisant pour un nombre de pièces, qui sont toujours à peu près les mêmes dans des mss. de même genre, de s'en tenir aux 11 mss. énoncés ici.

5 De la mieus vaillant
(g10)

6 Ja pour iver, pour noif ne pour gelée
(h158, i108, k)

7 Hui matin a la journée
(c146, d139, e113, g16, h158, i108, j, k)

8 Mere Dieu, vierge senée
(c145, d138, e112, i107, k)

9 Puis que voi la fleur novele
(f102)

10 Qui que face rotruenge novele
(b3, c5, d40, e5, h39, i1, j, k)

11 Vers Dieu mes fais desirrans sui forment
(g11)

12 Amours qui bien set enchanter
(b3, c4, d39, e4, h39, i1, k)

13 Pour mon chief reconforter
(f103, g145)

14 Roïne celestre
(b4, c5, e5, h39, i1, k)

15 D'une amour coie et serie
(c146, d139, e113, g146, h157, k)

16 Quant je sui plus em pe[r]illeuse vie
(g11)

17 A ce que je vueil commencier
(g9)

18 Chanter m'estuet, car nel doi contredire
(g10)

19 S'amours dont sui espris
(c146, d138, e112, g16 *et* 146, h157, i108, k)

20 Porte du ciel, pucelle de grant pris
(j)

21 Las ! las ! las ! las ! par grant delit
(a72, h158, i102, k)

22 Quant ces floretes florir voi
(b5, c7, d40, e7, h41, i3, k)

23 Sour cest rivage, a ceste crois
(a72, h159, i103, k)

24 Efforcier m'estuet ma vois
(b5, c7, d40, e6, h40, i2, k)

25 Talens m'est pris orendroit
(b4, c6, e6, h40, i2, k)

26 Ma viele vieler veut un biau son
(i109, k)

27 Haute pucele, pure et monde
(d41)

28 Pour la pucele en chantant me deport
(a75, c145, d138, e111, f102, g15, h157, i107, k)

29 Bele douce creature
(g10)

Pb[14]

Paris, Bibliothèque nationale, fr. 24406 (Cat. de Bure 2719, anc. La Vall. 59). Ms. sur vélin à 2 colonnes, de 0^{m}, 285 sur 197, comptant 155 feuillets et composé de deux parties : l'une du milieu du XIIIe siècle renferme des Chansons, Jeux-Partis, etc., anonymes, groupés par auteurs (fol. 1 à 119), l'autre de la fin du XIIIe comprend, après plusieurs morceaux littéraires, des Chansons à la Vierge (fol. 148 à 155). Diverses paginations existent dans ce ms. ; celle qui est la plus moderne est la seule observée dans cette table. La première partie est notée ; dans la seconde les notes manquent souvent. Au verso du feuillet préliminaire se trouvent les armes de la famille d'Urfé, à qui ce ms. a appartenu. Miniature. Lettres ornées.

Voy. *Cat. de Bure* II, 193-7 et Brakelmann, *Archiv* XLII, 49.

Fol.	
1 *a*	Amours m'a fet conmencier
1 *c*	Seigneur, sachiez qui or ne s'en ira
1 *d*	J'aloie l'autrier errant
2 *b*	En chantant vueil ma dolour descouvrir
2 *d*	L'autre nuit en mon dormant
3 *b*	Dame, cest vostre finz amis
3 *c*	Contre le tenz qui devise
4 *a*	Pour froidure ne por yver felon
4 *b*	Je ne puis pas bien metre en non chaloir
4 *d*	Por se se d'amer me dueil
5 *c*	Por conforter ma pesance (*ms.* mon corage)
5 *d*	A envis sent mal, qui ne l'a apriz
6 *b*	De ma dame souvenir
6 *c*	Chanson ferai que talens m'en est priz
	De la meilleur qui soit en tout le mont
7 *b*	Tout autresi con fraint nois et yvers
7 *d*	Nus hons ne puet (bon) ami reconforter
8 *b*	Douce dame, tout autre pensement
8 *d*	Une chançon encor vueil
9 *a*	De grant joie me sui touz esmeüz
9 *c*	Je n'o ne voi pas nului qui se chant
10 *a*	Pour mau tenz ne pour gelée
10 *b*	De nouviau m'esteut chanter
10 *c*	Li douz pensser(s) et li douz souvenir(s)
11 *a*	De touz maux n'est nus plesanz
11 *c*	Chanter m'esteut, que ne m'en puis tenir
12 *a*	Li rousignos chante tant

26 *a* Tuit mi desir et tuit mi grief torment
26 *c* Dame, l'en dist que l'en muert bien de joie
27 *a* Fueille ne flours ne vaut rienz en chantant
27 *c* Au renouvel de la douçor d'esté
28 *a* Cil qui d'amours me conseille
28 *b* Contre tanz que voi frimer
28 *d* Chanter m'esteut iréement
29 *a* D'amours qui m'a tolu en moi
29 *c* De bien amer grant joie atent
29 *d* Avril ne mai, froidure ne let tenz
30 *c* J'ai oublié poine et travaus
30 *d* Je ai esté lonc tenz hors du païz
31 *b* Ire d'amours qui en mon cuer repere
31 *d* N'est pas a soi qui aime corieument
32 *b* Grant pechié fet qui de chanter me pr(o)ie
32 *d* Mainz ai joie que je ne sueil
33 *a* Ne mi sont pas achoison de chanter
33 *c* Ne puis faillir a bone chanson fere
33 *d* Iriez [et] destroiz et pensiz
34 *b* Li plus desconfortez du mont
34 *c* Les oiseillons de mon païs
34 *d* Quant bonne dame et fine amour me prie
35 *a* Quant voi paroir la fueille en la ramée
35 *c* A l'entrant du douz termine
36 *a* Encor a si grant puissance
36 *b* Bien ait l'âmour dont l'en cuide avoir joie
36 *d* Quant je voi l'erbe reprendre
37 *b* De bonne amour et de loial amie
37 *d* Li pluseur ont d'amours chanté
38 *a* Tant m'a mené force de seignorage
38 *c* En douz tenz et en bonne heure
39 *a* Quant voi la flour boutonner

Que resclarcissent rivage
39 *b* Quant je voi la noif remise
39 *d* Chanter me plest qui de joie est norriz
40 *a* Quant noif et gel et froidure
40 *c* Seurpriz d'amours et plains d'ire
40 *d* Je ne puis pas si loing foïr
41 *b* Quant define fueille et flor
41 *c* Pensis d'amours vueil retraire
41 *d* A la douçor de la bele seson
42 *b* Douce dame, grez et graces vous rent
42 *d* Sanz atente de guerredon
43 *a* Elas! je sui refusez
43 *b* J'ai souvent d'amours chanté
43 *d* Onques d'amours n'oi nule si grief paine (*ms.* poine)
44 *a* Tant me plest a estre amis
44 *c* Au nouviau tens que yvers se debrise
45 *a* Au besoing voit on l'ami
45 *b* L'autrier chevauchoie delez Pariz
45 *d* De chanter m'est priz corage
46 *b* Par amours ferai chançon
46 *c* Mout aï chanté, rienz ne m'i puet valoir
47 *a* Chanson ferai plainz d'ire et de pensée (*ms.* pesance)
47 *b* Je chevauchoie l'autrier la matinée
47 *d* Quant la sesons renouvele
Que li douz tenz doit venir
48 *a* L'autrier touz seus chevauchoie mon chemin
48 *b* Tant ai d'amours qu'en chantant me fet plaindre
48 *d* Quant la sesons du douz tens s'asseüre
49 *a* Quant florissent li boscage
49 *c* Chascuns me semont de chanter
50 *a* Hui matin par .I. jornant
Chevauchoie lez .I. buisson

50 *b* Bien voi que ne puis guerir
Ne morir ne puis je mie
50 *c* Destrece de bien amer
Et rage de desirrier
51 *a* Quant avril et li biaux estez
Fet la violete espanir
51 *c* Senz et reson et mesure
52 *a* Quant plus me voi por bonne amour grever
52 *c* La volenté est isnele
52 *d* Tout autresi com descent la rousée
53 *b* Au tens que noif, pluie et gelée
54 *a* Bonne amour veut touz jorz c'on demaint joie
54 *c* Aussi com l'eschaufeüre
55 *a* Quant voi l'iver departir
55 *b* Quant voi venir le trés doz tenz d'esté
55 *d* Ne finerai tant que j'avrai trouvée
56 *b* Je ne sui pas esbahiz
56 *d* Or me respondez, amours
57 *a* L'autrier contre le tenz Pascor
Dehors Paris en .I. destour
57 *b* Loiau desir et pensée jolie
57 *c* Je n'ai loisir d'assez penser
Et si ne faz se penser non
58 *a* Aymanz fins et v[e]raiz,
Se li mons fust (touz) vostre em pès
58 *b* Quant l'aube espine florit
58 *d* Desconfortez et de joie parti(z)
59 *a* Pluseurs genz ont chanté [.........i],
Car c'est bien droiz qu'ele est seue a donner
59 *c* Se j(e)'ai esté lonc tenz en Romenie
60 *a* Quant la seson desirrée
60 *b* Sanz guerredon ne puet amer amanz (*ms.* amanz amer)

60 *d* Ja quier amours pour la grande merite
61 *b* Ja de chanter ne me fust talenz priz
61 *c* Amours est et male et bonne
62 *a* On me reprent d'amours qui me mestr(o)ie
62 *b* Après aoust que fueille de bosquet
Chiet et matist a petit ventelet
62 *d* Chant d'oisel ne pré flori
Ne mi font mie chanter
63 *a* Anui et dure pesance
63 *b* De jolie entencion
63 *c* Au conmencier de la seson florie
64 *a* Se ma dame ne refraint son courage
64 *b* Qui trop haut monte et qui se desmesure
64 *d* Pour folie me vois esbaïssant
65 *a* En reprouvier ai souvent oï dire
65 *b* Onques mès [*3 syllabes*] ne vi amant
65 *d* S'amours m'eüst jugié a droit
66 *a* Bele dame me prie de chanter
66 *b* Force d'amours mi destraint et mestroie
66 *d* Ferm et entier, sanz fausser et sanz faindre
67 *a* Tant est amours puissanz que que nus die
67 *c* Amours, comment de cuer joli porroie
68 *a* Chanter me fet pour mes maus alegier
68 *c* Ne plus que droiz puet estre sanz reson
68 *d* Cil qui chantent de fleur ne de verdure
69 *b* L'autrier m'estoie montez
Seur mon palefroi amblant
69 *c* Trop est destroiz qui est desconforté(z)
70 *a* Quant li cincenis s'escrie
Que fevrier va definant
70 *b* Contre la froidour
M'est talent repriz

70 *c* Jamès ne cuidai avoir
70 *d* Il feroit trop bon morir
71 *a* Honor et bonne aventure
71 *c* Bonne amour, conseilliez moi
71 *d* Chanson voeil fere de moi
72 *a* Puisqu'amours dont m'otroie a chanter
72 *b* Se savoient mon torment
72 *c* Tant ai en chantant proié
73 *a* Oiez porquoi plaing et soupir
73 *b* Quant l'erbe meurt, (et) voi la feuille cheoir (*ms.* chaïr)
73 *c* Tant de soulas com je ai de chanter
73 *d* Qui sert de fausse priere
74 *b* Haï! amours, con dure departie
74 *c* Conmencement de douce seson bele
75 *a* Dame, ainsi est qu'il m'en couvient aler
75 *b* Li nouviaus tens et mais et violete
75 *d* Mout m'est bele la douce conmençance (*ms.* conmençaille)
76 *a* Mout ai esté longuement esbahis
76 *c* Nouvele amour ou j'ai mis mon penser
76 *d* La douce vois du roussignol sauvage
77 *b* L'an que rose ne fueille
77 *c* Par (*ms.* Car) quel forfet et par quele achoison
77 *d* Quant li rousignos jolis
78 *b* Tant ne me sai de ma dolor conplaindre
78 *c* Merci clamans de mon fol errement
79 *a* Je chantasse volentiers liement.......
Mès je ne puis dire se je ne ment
79 *c* S'onques nus hom pour dure departie
80 *a* A vous, amours, plus qu'a nule autre gent
80 *c* Amours, que porra devenir
80 *d* Chanter m'esteut, si crieng morir
81 *a* Quant je voi esté venir

81 *b* Chanter et renvoisier sueil
81 *c* Li douz termines m'agrée
82 *a* Bonne amour sanz tricherie
82 *b* Amours, s'onques en ma vie
82 *d* Ce fu en mai
Au douz tenz gai
83 *a* Nus n'a joie ne soulas
83 *b* Amours n'est pas, que qu'en die
83 *d* De joli cuer enamouré
84 *a* Chançonnete voeil fere et conmencier
84 *c* Rois de Navarre et sires de vertu(z)
85 *a* Quant je voi et fueille et flor
85 *c* A la plus sage et a la mieus vaillant
86 *a* Amis Archier, cil autre chanteour
86 *d* Chançon legiere a chanter
87 *b* Chanter m'esteut pour fere contenance
87 *c* Onques ne fui sanz amour
87 *d* Quant li biaus estez repaire
88 *b* Quant voi le felon tenz finé(r)
88 *c* Quant je voi l'erbe amatir
88 *d* Trés haute amour qui tant s'est abessie
89 *b* Amours, dont sens et cortoisie
89 *d* Quant voi en la fin d'esté
90 *a* Onques pour esloignement
90 *c* J'ai un joli souvenir
90 *d* Li jolis mais ne la flour qui blanchoie
91 *b* Il ne me chaut d'esté ne de rousée
91 *d* Je ne chant pas pour verdour
92 *a* Quant partis sui de Prouvence
92 *c* Lors quant je voi le buisson en verdure
93 *a* Biau m'est du tenz de gaïn qui verdoie
93 *b* Haute esperance garnie

93 *c* Elas! or ai je trop duré
94 *a* Quens d'Anjo, prenez
94 *b* En voit souvent en chantant amenrir
94 *d* Au tens nouvel
Que cil oisel
Sont joli et gai
95 *a* L'autrier aloie pensant
A .I. chant que je fis
95 *c* L'autre jour en .I. vergier (*ms.* jardin)
M'en aloie esbanoiant
95 *d* Puisque je sui de l'amourouse loy
96 *b* Des ore mès est reson
96 *c* Nus hom ne set d'ami qu'il puet valoir
96 *d* Quant li tenz pert sa chalour
97 *a* Liez et jolis et en amours mananz
97 *c* Pour quoi se plaint d'amors nus
98 *a* Bonne amour fet senz et valour doubler
98 *b* Aucun qui voelent leur vie
98 *d* Puisqu'amours me fet amer
99 *a* Bonnement au conmencier
99 *b* Biau maintien et cortoisie
99 *c* J'ai par maintes fois chanté
100 *a* Amours mi fet resbaudir
100 *b* Joliement me demaine
100 *c* Ma mort ai quise, quant je onques pensai
101 *a* Sages est cil qui d'amours est norriz
101 *b* Chançon ferai que talent m'en est priz,
S'amour le me consent
101 *d* J'ai par maintes fois
Chanté de cuer marri (*ass.*)
102 *a* Tant atendrai le secors
102 *b* Pour moi deduire voeil d'amours conmencier

102 *c* Or m'a mandé ma dame que je chant
103 *a* Qui plus a ferme corage
103 *b* Plus pensis et en esmoi (*ms.* esmai)
103 *d* Je me cuidoie partir (*cf.* fol. 25 *c*)
104 *a* Qui plus aime, plus endure (*cf.* fol. 25 *d*)
104 *b* Chanter me fet ce dont je crieng morir
104 *d* Desconfortez, plainz de dolour et d'ire
105 *b* En chantant m'esteut conplaindre
105 *c* Coument que longue demeure
105 *d* A la douçour du tenz qui reverdoie
106 *b* Bien doit chanter qui fine amor adrece
106 *d* De mon desir ne sai mon mieus eslire
107 *a* Amours dont sui espriz
107 *b* J'aing par coustume et par us
107 *c* Coument que d'amer me dueille
108 *a* Cil qui touz les maus essaie
108 *b* Chanter m'esteut que joie ai recouvrée
108 *d* Ma joie me semont
109 *a* Li plus se plaint d'amours, mès je n'os dire
109 *b* Li joliz maus que je sent ne doit mie
109 *c* Li desirs qu'ai d'achever
109 *d* Li granz desirs de deservir amie
110 *b* En chantant plaing et soupir
110 *d* Je ne chant pas sanz loial achoison
111 *b* En demande mout souvent qu'est amours
111 *d* Amours, vostre seignourie (*ms.* seignourage)
112 *a* Se j'ai chanté sanz guerredon avoir
112 *c* Pour demourer en amors sanz retrere
113 *a* Tant ai d'amours apriz et entendu
113 *d* Quant fleurs et glais et verdure s'esloigne
114 *b* Fine amour et bonne esperance
114 *c* Quant je plus sui en poor de ma vie

115 *a* Bien doit chanter qui fine amor adrece *(cf.* fol. 106 *b*)
115 *c* A l'entrant d'esté que li tenz conmence
116 *a* Quant li buisson et li pré
116 *b* La bonne amour qui en mon cuer repere
116 *d* On ne porroit de mauvese reson
117 *a* On dist que j'aing et pour coi n'ameroie
117 *c* Au repairier en la douce contrée
118 *a* Quant voi la glaje meüre
118 *c* D'amourous cuer voeil chanter
118 *d* Anui et desesperance
119 *a* Or voi je bien qu'il souvient
119 *b* En loial amour ai mis

[CHANÇONS NOSTRE DAME.]

148 *b* Vivre touz temps et chascun jour morir
148 *c* Chanter m'estuet de la sainte pucelle
149 *a* Quant Dieus ot formé l'omme a sa semblance
149 *b* L'autrier m'iere rendormiz
149 *b* Quant froidure trait a fin
Contre la saison d'esté
149 *c* De la glorieuse fenix
150 *a* Le volentez donc mes cuers est raviz
150 *b* Cuers, qui son entendement
150 *c* Tout ensement con retraient a l'aire
150 *d* De fin cuer et d'aigre talent
151 *a* Quant glace et nois et froidure s'esloigne
151 *a* Loée tant que loer
151 *b* Rose cui nois ne gelée
151 *c* (*Pièce en provençal*)
151 *c* Talent me rest pris de chanter
151 *d* A la mere Dieu servir
152 *a* Avuegles, muez et sourz
152 *b* En plourant me couvient chanter

152 *c* De la mere Dieu doit chanter
152 *d* Dame, s'entiere entencions
153 *a* De la mere Dieu chanterai
153 *b* Bien est raison puisque Dieus m'a donné
153 *c* Toute riens out commencement
153 *d* Ja ne verrai le desir acomplir
154 *a* Droiz [est] que la creature
154 *a* De l'estoile mere au soloil
154 *b* L'estoile qui tant est clere
154 *c* De [la] volenté desierre(e)
154 *d* En la vostre maintenance
155 *a* Tant me plaist toute phylosophye.

Pb[15]

Paris, Bibliothèque nationale, fr. 25566 (1re partie). Cahier de 8 feuillets. Vélin. XIIIe siècle. Ce cahier forme les fol. 2 à 9 du ms. Pb[16], décrit plus loin. Chansons d'Adan de la Hale. Lettrines. Musique.

Voy. plus loin, p. 199.

Fol.
2 *a* D'amourous cuer voel canter
2 *c* Li jolis maus que jou senc ne doit mie
3 *a* Jou n'ai autre retenance
3 *c* Li ne vient pas de sens celui ki plaint
4 *a* Helas! il n'est mais nus qui aint
4 *c* Helas! il n'est mais nus qui n'aint
5 *a* On me desfent que mon cuer pas ne croie
5 *c* Jou senc en moi l'amour renouveler

6 *a* Li maus d'amours me plaist mieus a sentir
6 *d* Li dous maus me renouvele
7 *a* Pour coi se plaint d'amour nus
7 *d* Merchi, amours, de la douche dolour
8 *c* On demande mout souvent qu'est amours
9 *b* Au repairier en la douce contrée

Pb[16]

Paris, Bibliothèque nationale, fr. 25566 (Cat. de Bure 2736, anc. La Vall. 81). Ms. sur vélin de la fin du XIIIe siècle, composé de 283 feuillets (pagination toute moderne) à 2 colonnes de 0[m], 208 sur 135. Miniatures. Lettres ornées. Musique. Les fol. 2-9 se rapportent à un autre ms. (voy. plus haut Pb[15] p. 198); les fol. 10-31, seuls utilisés, comprennent des Chansons et des Jeux-Partis d'Adan de la Hale, suivis de Rondeaux et des Motets qui n'ont pas leur place ici.

Voy. *Cat. de Buré* II, 226-8 et Brakelmann, *Archiv* XLII, 63-4.

CHI CONMENCENT LES CANCHONS MAISTRE ADAN DE LE HALE.

Fol.
10 *a* D'amourous cuer voel canter
10 *b* Li jolis maus que je senc ne doit mie
10 *d* Je n'ai autre retenanche
11 *a* Il ne muet pas de sens chelui qui plaint
11 *c* Helas! il n'est mais nus qui aint
12 *a* Helas! il n'est mais nus qui n'aint
12 *b* On me deffent que mon cuer pas ne croie
12 *d* Je sench en moi l'amour renouveler

Pb^{17}

Paris, Bibliothèque nationale, nouv. acq. fr. 1050. Ce ms., entré à la Bibl. nat. au mois de mars 1876, est le ms. connu au XVIIIe s. sous le nom de ms. Clairambault, dont on avait perdu la trace. C'est un beau vol. écrit sur vélin à 2 colonnes, de 280 feuillets, qui mesure 0^m^, 215 sur 172. L'ancienne pagination avait 269 feuillets; dans la nouvelle, les feuillets 1 à 7 contiennent une table des auteurs, les feuillets 121, 126, 136 à 154, sont remplacés par des feuilles de papier où ont été transcrites au XVIIIe siècle, d'après le ms. fr. 845 de la Bibl. nat. (voy. plus haut p. 94), des chansons ou parties de chansons manquant au ms. Clairambault, de la même famille que le ms. 845. Le ms. se termine par quelques notices sur un certain nombre de trouvères (fol. 273-274), par la table d'un chansonnier appartenant à Mme de Varennes-Gode, et qui n'est autre que le ms. 845 dont il est parlé plus haut (fol. 275-276), et par la copie faite par Baudelot de quatre chansons de son manuscrit (voy. plus haut p. 110). Dans la première partie du ms. les pièces ont un nom d'auteur; dans la seconde, elles sont anonymes. Musique. Miniature. Lettres ornées. Seconde moitié du XIIIe siècle.

Voy. G. Raynaud, *Bibl. de l'éc. des ch.* XL, 48-67.

LE ROY THIEBAUT DE NAVARRE.

Fol.	
8 *a*	Amors me fait comencier
8 *c*	Seigneurs, sachiez, qui or ne s'en ira
9 *b*	J'aloie l'autrier errant
9 *d*	En chantant vueill ma dolor descovrir
10 *c*	L'autre nuit en mon dormant
10 *d*	Dame, cist vostres fins amis
11 *b*	Contre le tens qui devise
12 *a*	Por froidure ne por yver felon
12 *c*	Je ne puis pas bien metre en non chaloir
13 *b*	Por ce se d'amer me dueil
14 *a*	Por conforter ma pesance
14 *b*	A envis sent mal, qui ne l'a apris
15 *a*	De ma dame souvenir
15 *c*	Chançon ferai car talent m'en est pris
	De la meillor qui soit en tot le mont
16 *b*	Tout autresi con fraint nois et yvers
17 *a*	Nus hons ne puet ami reconforter
17 *c*	Douce dame, tout autre penssement
18 *b*	Une chançon encor vueill
18 *d*	De grant joie me sui touz esmeüz
19 *c*	Je ne voi pas nului qui gieut ne chant
20 *a*	Por mau tens ne por gelée
20 *c*	Dame, ensi est qu'il m'en covient aler
21 *b*	De noviau m'estuet chanter
21 *d*	Li douz pènsers et li douz souvenir(s)
22 *b*	De touz maus n'est nus plaisans
22 *d*	Chanter m'estuet, car ne m'en puis tenir
23 *c*	Li rosignous chante tant
24 *a*	Empereres ne rois n'ont nul pooir
24 *c*	Au tens plain de felonie

25 *b* Tout autresi con l'ente fait venir
25 *d* Mauvès arbres ne puet florir
26 *c* Ausi comme unicorne sui
27 *b* De grant travail et de petit esploit
28 *a* L'autrier par la matinée
28 *c* Au trés douz non a la virge Marie
29 *b* Les douces dolors
29 *d* Deus est ensi comme li pellicans
30 *c* Une dolor enossée
31 *a* De chanter ne me puis tenir
31 *c* Quant fine amor me prie que je chant
32 *a* De bone amor vient seance et biauté
32 *d* Je me cuidoie partir
33 *b* Qui plus aime, plus endure
33 *d* Tuit mi desir et tuit mi grief torment
34 *b* Dame, l'en dit que l'en muert bien de joie
34 *d* Je n'oz chanter trop tart ne trop souvent
35 *c* Coustume est bien quant l'en tient un prison
36 *a* Fueille ne flor ne vaut riens en chantant
36 *d* Tant ai amors servies longuement
37 *c* Dame, merci, une riens vos demant
38 *a* Phelipe, je vos demant :
Dui ami de cuer verai
38 *c* Phelipe, je vos demant
Qu[e] est devenue amors
39 *a* Par Dieu, sire de Champaigne et de Brie
39 *d* Cuens, je vos part un gieu par aatie
40 *d* Sire, ne me celés mie
41 *b* Robert, veés de Perron
41 *c* Bons rois Thiebaut, sire, conseilliez moi
42 *b* Sire, loez moi a choisir
43 *a* Rois Thiebaut, sire, en chantant responés

MESSIRE GACES BRULLEZ.

59 *c* Li pluseurs ont d'amors chanté
60 *a* Tant m'a mené force de seignorage
60 *c* En douz tens et en bonne heure (*ms.* en debonaire)
61 *a* Quant voi la flor botoner
Que resclarcissent rivage
61 *c* Quant je voi la noif remise
62 *a* Chanter me plaist qui de joie est noris
62 *d* Quant noif et gel et froidure
63 *a* Sorpris d'amors et plain d'ire
63 *d* Je ne puis pas si loing fouïr
64 *a* Quant define fueille et flor
64 *c* Pensis d'amors vueil retraire
65 *a* A la douçor de la bele saison
65 *c* Douce dame, grez et graces vos rent
66 *a* Sanz atente de guerredon
66 *d* Oez por quoi plain et sospir
67 *a* Quant l'erbe muert, voi la fueille cheoir (*ms.* chaïr)

LE CHASTELAIN DE COUCI.

67 *d* Ahï, amors, con dure departie
68 *b* Comencement de douce saison bele
69 *a* Li noviaus tens et mays et violete
69 *c* Mout m'est bele la douce conmençance
70 *b* Mout ai esté longuement esbahis
70 *d* Nouvele amor ou j'ai mis mon penser
71 *c* La douce vois dou rosignol sauvage
72 *a* L'an que rose ne fueille
72 *d* Par quel forfait et par quele achaison
73 *b* Quant li rosignous jolis
73 *d* Tant ne me sai dementer ne conplaindre
74 *c* Merci clamant de mon fol errement
75 *a* Je chantasse volentiers liement.....
Mès je ne puis dire se je ne ment

75 *d* C'onques nus hon por dure departie
76 *c* A vos, amans, plus que a nule autre gent
77 *b* Bele dame me prie de chanter

BLONDIAU DE NEELE.

77 *d* Quant je plus sui en paor de ma vie
78 *d* A la douçor dou tens qui reverdoie
79 *b* Bien doi chanter qui fine amor adrece
80 *a* De mon desir ne sai mon melz eslire
80 *c* Amors dont (me) sui espris
81 *b* J'aim par coustume et par us
81 *c* Coment que d'amer me ducille
82 *a* Cil qui touz les maus essaie
82 *c* Chanter m'estuet, car joie ai recouvrée
83 *a* Ma joie me semont
83 *b* Puis qu'amors dont m'otroie a chanter
83 *c* Se savoient mon torment
84 *a* Tant ai en chantant proié
84 *c* A l'entrant d'esté que li tens comence

MESIRE THIEBAUT DE BLAZON.

85 *a* Bien voi que ne puis morrir
85 *c* Au main par un ajornant
Chevauchai lés un buisson
86 *a* Amors, que porra devenir
86 *c* Chanter m'estuet, si criem morir
87 *a* Quant je voi esté venir
87 *c* Chanter et renvoisier sueil

MONSEIGNOR GAUTIER D'ARGIES.

88 *a* Bien font amors leur talent
88 *d* Desque ci ai touz jors chanté
89 *b* Adex tant sont mès de vilaine gent
89 *d* Autres que je ne sueil fas
90 *c* Chançon ferai mout marriz

90 *d* Or chant novel, car longuement
91 *b* Quant la saison c'est demise
91 *d* Quant il ne pert fueille ne flor[s]

Moniot d'Arraz.

92 *b*. Li douz termine m'agrée
92 *d* Bone amor sans tricherie
93 *b* Amors, s'onques en ma vie
93 *d* Ce fu en may
Au douz tens gai
94 *b* Nus n'a joie ne solas
94 *d* Amors n'est pas que qu'en die
95 *b* De jolif cuer enamoré

Mesire Raoul de Soissons.

95 *d* Chançon m'estuet et faire et comencier
96 *c* Rois de Navarre, sire de vertu
97 *b* Quant voi la glage meüre
98 *a* Quant je voi et fueille et flor

Gillebert de Bernevile.

98 *d* Haute chose a en amor
99 *a* Amors, por ce que mes chans soit jolis
99 *d* Cuidoient li losengier
100 *a* Hé, amors, je fui noris
100 *c* J'ai fait maint vers de chançon
101 *a* Helas ! je sui refusez
101 *c* J'ai souvent d'amors chanté
102 *a* Onques d'amors n'oi nule si grief paine
102 *d* Foi et amor et loiauté
103 *a* Jamès chançon ne feroie (*ms.* ferai)
103 *c* Tant me plaist a estre amis
104 *a* Au besoign voit on l'ami
104 *c* Merci, amors, car j'ai vers vos mespris

PERRIN D'ANGECORT.

105 *b* Jamès ne cuidai avoir
105 *c* Il feroit trop bon morir
106 *a* Quant li cincejus s'escrie
Que fevrier vet definant
106 *d* Heneur et bone aventure
107 *a* Bone amor, conseilliez moi
107 *c* Chançon vueill faire de moi
108 *a* Onques ne fui sans amor
108 *c* Quant li biaus estez repaire
109 *a* Quant voi le felon tens finé
109 *c* Quant je voi l'erbe amatir
110 *a* Trés haute amor qui tant c'est abaissie
110 *d* Amor, dont sens et cortoisie
111 *b* Quant voi en la fin d'esté
111 *d* Onques por esloignement
112 *b* J'ai un jolif souvenir (*coronée*)
113 *a* Li jolis mais ne la flor qui blanchoie
113 *d* Il ne me chaut d'esté ne de rousée
114 *b* On voit souvent en chantant amenrir
115 *a* Au tens novel
Que cil oisel
Sont haitié et gai
115 *c* Je ne chant pas por verdor
116 *a* Quant partis sui de Provence (*coronée*)

ESTACE DE RAINS.

116 *d* Ne plus que drois puet estre sans raison
117 *b* Force d'amors me destraint et mestroie (*coronée*)
118 *a* Ferm et entier, sanz fauser et sanz faindre
118 *d* Tant est amors puissans que que nus die
119 *b* Amors, coment porroie chançon faire
120 *a* Chanter me fait por mes maus alegier

120 *d* Cil qui chantent (*ms.* chantant) de fleur ne de verdure (*inc. à la fin*)

[MAISTRE RICHART DE SEMILLI.]

122 *a* L'autrier chevauchoie delez Paris (*inc. au com.*)
122 *b* De chanter m'est pris corrage
122 *d* Par amors ferai chançon
123 *b* Mout ai chanté, riens ne me puet valoir
124 *a* Chançon ferai plain d'ire et de pensée
124 *c* Je chevauchai l'autrier la matinée
125 *a* Quant la saison renovele,
Que li douz tens doit venir
125 *c* L'autrier tout seus chevauchoie mon chemin

LE VIDAME DE CHARTRES.

127 *c* Tant ai d'amors qu'en chantant me fait plaindre
128 *a* Quant la saison dou douz tens s'asegure
128 *d* Quant foillissent li boscage
129 *b* Chascuns me semont de chanter

ROBERT DE BLOIS.

129 *d* Tant con je fusse fors de ma contrée
130 *b* Par trop celer mon corage
130 *d* Puis que me sui de chanter entremis
131 *b* Merveil moi (*ms.* voi) que chanter puis

RAOU DE FERRERES.

131 *c* Une haute amor qui esprent
132 *a* L'en ne peut pas a deus seigneurs servir
132 *c* Par force chant come esbahis
133 *b* Si sui dou tout a fine amor

ROBERT DE RAINS.

133 *d* Bien s'est amors honie
134 *a* Plaindre m'estuet de la bele en chantant
134 *c* Qui bien veut amors descri[v]re
135 *a* Quant voi le douz tens venir

MONIOT DE PARIS.

135 *c* A une ajornée
Chevauchai l'autrier (*inc. à la fin*)

VIELARS DE CORBIE.

155 *a* De chanter me semont amors
155 *c* Cil qui me prient de chanter

OUDART DE LACENI.

156 *a* D'amors vient joie et honors ensement
156 *c* Flors qui s'espant et fueille qui verdoie

BAUDEL DE LA QUARIERE.

157 *b* Corroz d'amors, mautalens ne meschiés
157 *d* Chanter m'estuet et si ne sai

LI TRESORIERS DE LILLE.

158 *c* Haute honor d'un comandement
158 *d* Joie ne guerredon d'amors

GILLES DE MESONS.

159 *b* J'oi tout avant blamé, puis vueil blasmer
159 *d* Je chant, mès c'est mauvais signes

BURNIAUS DE TOURS.

160 *b* Ha! quans souspirs me vienent nuit et jor
161 *a* Quant voi chaïr la froidure

COLIN MUSET.

161 *c* Sire cuens, j'ai vielé
162 *a* Volez oïr la muse Muset(e)

JAQUE DE HEDIN.

162 *d* Je chant come desvés
163 *a* Se par mon chant mi pooie alegier

LI DUX DE BREBANT.

163 *d* Biau Gillebert, dites s'il vos agrée
164 *c* L'autri estoie montez

COLARS LI BOTILLIERS.

164 *d* Je n'ai pas droite achaison

165 *b* L'autrier par un matinet
En nostre aler a Chinon

GOBIN DE RAINS.

165 *d* Por le tens qui verdoie
166 *b* On soloit ça en arrier

MESIRE ROBERT MAUVOISIN.

167 *a* Au tens d'esté que voi vergier florir

JAQUE D'OSTUN.

167 *c* Bele, sage, simple, plaisant

JOHAN L'ORGUENEOR.

168 *a* Au tens que voi la froidure

MAISTRE GILLES LI VINIERS.

168 *d* Aler m'estuet la ou je trerai paine

MESIRE PIERRE DE CREON.

169 *b* Fine amor claim en moi par heritage

CHANOINE DE SAINT QUENTIN.

170 *a* Rose ne flor, chant d'oisiaus ne verdure

BAUDOIN DES AUTIEUS.

170 *d* M'ame et mon cors doing a celi

CHARDON.

71 *b* Li departirs de la douce contrée

SAUVAGE D'ARRAZ.

171 *d* Quant li tens pert sa chalor

AUBINS DE SEZANE.

172 *b* Tant sai d'amors con cil qui plus l'enprent

MESIRE ROBERT DE MARLEROLES.

172 *c* Chanter m'estuet, car pris m'en est corage

PHELIPPES PAON.

173 *b* Se felon [et] losengier

MESIRE GUILLAUME LI VIGNERES.

173 *d* Quant ces moissons sont cueillies

MESIRE HUGUES DE BRESIL.

174 *b* Encor ferai une chançon perdue

ROGERET DE CAMBRAI.

175 *a* Nouvele amor qui si m'agrée

JOHAN DE MESONS.

175 *c* Je ne cuit mie qu'en amors traïson

LE CONTE DE LA MARCHE.

176 *a* Puis que d'amors m'estuet les maus soufrir

176 *c* L'autrier chevauchoie seus

177 *a* Tout autresi come li rubis

ROBERT DOU CHASTEL.

177 *d* En loial amor ai mis (*coronée*)

178 *b* Se j'ai chanté sans guerredon avoir

LI CUENS D'ANJOU.

178 *d* Trop est destrois qui est desconforté(s)

LI CUENS DE BRETAIGNE.

179 *b* Bernart, a vos vueill demander

LAMBERT DE FERRIS.

180 *a* Amors qui m'a dou tout en sa baillie

JEHAN LI CUVELIERS D'ARRAZ.

180 *c* Por la meillor c'onques formast nature

COLARS LI BOUTILLERS.

181 *b* J'avoie laissié le chanter

ROBINS DOU CHASTEL.

181 *d* Amors, qui mout mi guerroie

LAMBERT FERRIS.

182 *b* Li trés douz tens ne la saison novele

CARASAUX.

182 *d* Puis que j'ai chançon esmeüe

183 *b* Fine amor m'envoie

GONTER DE SOIGNIES.

183 *d* El mois d'esté que li tens rassoage

AUBOIN DE SEZANE.

185 *b* Lonc tens ai esté

JEHAN ERARS LI JUENES.

185 *c* Je ne sai mès en quel guise

MAHIEU DE GANT LI CLERS.

186 *a* Mahieu, jugiez se une dame amoie
186 *d* Mahieu de Gant, respondez
187 *b* Onques de chanter en ma vie

VILAINS D'ARRAZ.

187 *d* Se de chanter me poïsse tenir

JEHAN FRUMIAUS DE LILLE.

188 *b* Ma bone fois et ma loial pensée (*coronée*)

MAISTRE GUILLAUME VEAUX.

189 *a* J'ai amé trestout mon vivant

ROBERT DE RAINS.

189 *c* L'autrier de jouste un rivage
190 *a* Bergier de vile champestre
190 *b* Quant fueillissent li buisson
190 *d* Main s'est levée Aeliz

MONSEIGNOR ROBERT MAUVOISIN.

191 *b* Qui d'amors a remenbrance

LI CHANCELIERS DE PARIS.

191 *c* Li cuers se vait de l'ueil plaignant

GAUTIER D'ESPINAIS.

192 *b* Puis qu'il m'estuet de ma dolor chanter

Anonymes.

192 *d* Por moi renvoisier
193 *b* Ja de chanter en ma vie
193 *d* Car me conseilliés, Johan, se Deus vos voie
194 *b* Quant voi la prime florete
194 *d* Hui main par un ajornant,
Chevauchai ma mule enblant

211 *c* Chanter vueil un nouviau son

212 *a* Amors qui sorprent

212 *c* Quant li dous tens renovele

213 *b* En Pasquor un jor erroie

213 *d* Quant la rousée au mois de mai

214 *b* Je ne mi vueil de bone amor retraire

215 *a* Trop sui d'amors enganez

215 *b* De sor mès ne me puis taire

215 *d* Quant je voi esté venir

216 *b* C'est en mai au mois d'esté que florist flor

216 *d* D'amors me plaign plus que de tout le mont

217 *c* Chanter me covient plain d'ire

217 *d* C'est en mai quant reverd(o)ie

218 *a* Au reparier que je fis de Prouvence

218 *d* Au partir d'esté et de flors

219 *b* Desconfortez, plains d'ire et de pesance

219 *d* En ceste note dirai

220 *b* Quant mars encomence et fevrier faut

221 *a* Li rosignous que j'oi chanter

221 *c* En une praele,
Lez un vergier

222 *b* Au renoviau dou tens que la florete

222 *d* Je chant par droite raison

223 *b* Se j'ai dou monde la flor

223 *d* L'autrier m'en aloie

224 *b* Lasse, por quoi refusai

224 *d* Quant voi le douz tens bel et cler
Et esté qui repaire

225 *b* Quant voi le douz tens revenir
Que li chaus fait le froit muer

225 *d* Dieus, je n'os noumer amie

226 *b* La bele que tant desir

226 *d* L'autrier d'Ais a la Chapele
227 *b* L'autrier, quant chevauchoie
Tout droit d'Arraz vers Doai
227 *c* Avant hier en un vert pré
228 *a* J'ai bon espoir d'avoir joie
228 *c* Quant li noviaus tens define
229 *a* A l'entrée de Pasquor
229 *c* Quant je chevauchoie
Tout soul l'autrier
230 *a* Quant je voi esté
230 *c* Li tens d'esté renvoisiés et jolis
231 *a* Chanter m'estuet, plain d'ire et de pesance
231 *c* Encontre esté qui nos argue
232 *b* Bele blonde, a qui je sui toz
232 *c* Amors me semont et proie
232 *d* A la fontenele
Qui sort seur l'araine
233 *b* De vos, amors, me plain par raison
233 *d* Au noviau tens que l'iver se debruise
234 *b* Destrois de cuer et de mal entenpris
235 *a* La bele que tant desir
235 *b* Quant fine yvers que cil arbres sont nu
235 *d* Plains de tristor et de desesperance
236 *b* Au comencier de l'amor qui m'agrée
236 *d* A la plus sage et a la melz vaillant
237 *c* Ma douce dame, qui j'ai m'amor donée
238 *a* Ma chançon n'est pas jolie
238 *c* Amors qui m'a en baillie
239 *a* En mai, au dous tens nouvel
239 *b* L'autrier par la (*ms.* un) matinée,
En cele trés douce saison
239 *d* J'ai maintes fois d'amors chanté

255 *a* En mai par la matinée
255 *c* Pensis d'amors, joians et coroucíés
255 *d* Bien me deüsse targier
256 *c* A une fontaine
256 *d* Ne me done pas talent
257 *b* Ne rose ne flor de lis

ICI COMENCENT LES CHANÇONS DE LA MERE DIEU.

257 *c* Virge des ciels clere et pure
258 *b* Mout sera cil bien norris
258 *d* De la trés douce Marie vueill chanter
259 *a* De la flor de paradis
259 *d* Mainte chançon ai fait de grant ordure
260 *b* Chanter vos vueil de la virge Marie
260 *d* On doit la mere Dieu honorer
261 *a* Quant voi le siecle escolorgier
261 *c* Prions en chantant
262 *b* Lonc tens ai usé ma vie
262 *c* Mere au roi puissant
262 *d* Qui bien aime a tart oublie
263 *a* Je te pri de cuer par amor(s)
263 *d* Or laissons ester
264 *a* Fous est qui en folie
264 *c* J'ai un cuer trop lent
265 *a* Je ne vueil plus de sohier
265 *c* De la mere au Sauveor
266 *a* Quant voi la flor novele
266 *b* De Yessé naistra
266 *d* Fine amor et bone esperance
Me fait un noviau chant chanter
267 *b* De penser a vilainie
267 *d* Et cler et lai
268 *c* Douce dame virge Marie

268 *d* Chançon ferai puis que Dieus m'a doné
269 *c* Por ce que verité die
270 *a* Au douz comencement d'esté
270 *b* Buer fu nez qui s'apareille
271 *a* Qui de la prime florete
271 *c* Une trés douce pensée
272 *a* Chanter m'estuet de cele sans targier

R^{1}

Rome, Bibliothèque du Vatican, fonds Christine 1490. Ce ms., qui a été la propriété de Claude Fauchet, est très gravement mutilé ; son ancienne pagination comprenait 193 feuillets ; la nouvelle aujourd'hui n'en compte plus que 181. La table qui occupe les fol. 1 à 4 a conservé la mention des pièces manquant. Le volume est sur parchemin de format moyen, écrit à 2 colonnes [1] dans le courant du xive siècle : quelques-unes des miniatures ont été arrachées. Les portées musicales sont indiquées, mais les notes manquent parfois. La division par genre semble avoir été désirée par le copiste, car le ms. comprend successivement des Chansons, des Pastourelles, des Motets et Rondeaux (non enregistrés ici), des Chansons Nostre Dame et des Jeux-Partis. Un certain nombre de Motets et de Rondeaux se trouvent aussi mêlés aux Chansons : on ne les a pas fait figurer icì.

Voy. A. Keller, *Romvart* 244-327, P. Lacroix, *Documents historiques inédits* III, 287, et Brakelmann, *Archiv* XLII, 60-1.

1. Comme la table de ce ms. a été faite en grande partie d'apres la copie qu'en possède à Paris la bibliothèque de l'Arsenal (ms. 3101, *anc.* B. L. F. 62, I), il n'a pas été possible d'indiquer les 4 colonnes de chaque feuillet, qui ne sont pas distinguées dans la copie : on s'est contenté de renvoyer au *verso*, contrairement à ce qui jusqu'ici a eu lieu pour tous les mss. qui ont 2 colonnes à la page.

Fol.	
	[LI ROIS DE NAVARE.]
5	[Coustume est bien quant on tient .I. prison] *(inc. au com.)*
5	Li dous penser et li dous souvenir(s)
5 v⁰	Fuelle ne flours ne vaut riens en cantant
6	De fine amour vient seanche et bonté
6 v⁰	Je ne voi mais nului ki jut ne kant
7	Mi grant desir et tout mi grant tourment
7 v⁰	Ausi com unicorne sui
8	Jou me quidoie partir
8 v⁰	Tant ai amours servie longuement
9	Savés pour qoi, amours a non amours
9 v⁰	Boine dame me proie de kanter
10	Trés haute amours ki tant s'est abaisie
10 v⁰	Je ne puis pas bien metre en non chaloir
11	Pour çou se d'amer me duel
	[LI CASTELAINS DE COUCI.]
12	[Fine amour et boine esperance] *(inc. au com.)*
12	Je chantasse volentiers liement.....
	Mais jou ne puis dir[ə] se jou ne ment
12 v⁰	Bien cuidai vivre sans amour
13	La douche vois du lourseignol salvage
13 v⁰	Li nouviaus tans et mais et violete
14	Mout m'est bel[e] la douche coumenchance
15	Merchi clamans de mon fol errement
15 v⁰	Coument ke longue demeure
	[MESIRES GAUTIER DE DARGIES.]
16	[Maintes fois m'a on demandé] *(inc. au com.)*
16	Humulités et franchise
16	Chanson ferai mout maris
16 v⁰	La gens dient pour qoi jou ne fais cans
17	Desque chi ai tous jours chanté

Monseigneur Gasson.

18 Li plusour ont d'amours chanté
18 vº Desconfortés, plain de dolour et d'ire
19 Pensis d'amour vueul retraire
19 vº Pour ce, dame, grés et graces vous rent
20 En tous tans et en boine eure
20 vº De boine amour et de loial amie

Le vidame de Chartres.

21 Cant la saison del dous tans s'asegure
21 vº Conbien que j'aie demouré
21 vº Tant con fuise hors de ma contrée
22 Li plus desconfortés del mont

Mesire Pierres de Molaines.

22 vº Chanter me fait çou dont je criem morir
23 Tant sai d'amours que cil qi plus l'emprent

Mesires Quenes de Bietune.

23 vº Ahï, amours, com dure departie

Anonyme.

24 Amours m'est el cuer entrée

Le duc de Brabant.

24 vº Se cascuns del monde savoit

Anonymes.

25 Par force cant comme esbahis
25 vº En espoir d'avoir merci *(inc. à la fin)*

[Mesire Uges de Bresi.]

26 [Ensi con cil qui coevre sa pesance] *(inc. au com.)*
26 S'onkes nús hom pour dure departie
26 vº Encor ferai une cançon perdue

Mesires Meurisses de Craon.

27 Fine amour claime en moi par iretage

[Monseigneur Jakemon de Cison.]

28 [Qant l'aube espine flourist] *(inc. au com.)*

28 Qant la saisons est passée
28 v° Li nouviaus tans que je voi repairier

MESIRE RAOUS DE SOISONS.

29 Quant voi la glaje meüre

Anonymes.

29 v° J'ai oublié paine et travaus
30 Tant ai d'amours q'en chantant mi fait plaindre
30 v° Amours, qe porrai devenir
31 Bien font amours leur talent
31 v° Amours, a cui je me rench pris *(inc. à la fin)*

[MAISTRE WILLAUME LI VINIER.]

32 [La flour d'iver sour la brance] *(inc. au com.)*
32 Remembranche d'amors me fait chanter
32 v° De bien amer vient sens et courtoisie
33 Ne me sont pas ocoison de chanter
33 v° S'onques chanter m'eüst aidié
34 En tous tans se doit fins cuers esjouïr
34 v° Ki merchi prie, merchi doit avoir
35 Amours, vostre serf et vostre hom
35 v° Voloirs de faire chanson
36 Encor n'est raisons
36 v° Amour graci, si me lo de l'outraje
37 Ire d'amours et doutanche
37 v° F[l]our ne glais ne vois autaine
38 Bone amour, cruel manaie

[MAISTRE RICHART.]

39 [Teus s'entremet de garder] *(inc. au com.)*
39 Se jou pooie ausi mon cuer doner
39 Adès m'estoie a che tenus
39 v° Qant la justice est saisie
40 Par mainte fois pensé ai
40 v° L'amour de ma douche enfanche

41 Quant chiet la feulle en l'arbroie
41 v° Quant jou voi la douce saison d'esté
42 Joie d'amours ne puet nus esprisier
42 v° Quant chante oisiaus tant seri
42 v° Ains ne vi grant hardement
43 Talent avoie d'amer
43 v° Lonc tans me sui escondis

[MOUNIOS.]

44 [Boine amour sans trecherie] *(inc. au com.)*
44 Amours me fet renvoisier de canter
44 v° Amours n'est pas que c'on die
45 Ne mi doune pas talent
45 v° A ma dame ai pris congié
46 Chançonete a .I. cant legier
46 Nus n'a joie ne soulas

[ADANS LI BOÇUS.]

47 [Li jolis maus que jou sent ne doit mie] *(inc. au com.)*
47 Il ne muet pas de sens celui ki plaint
47 v° Je n'ai autre retenanche
48 Helas ! il n'est mais nus qui aint
48 v° De cuer pensieu et desirant
49 Je ne chant pas reveleus de merci
49 v° De chanter ai volenté curieuse
50 Tant me plaist vivre en amoureus dangier
50 v° Ma dame, je vous estrine
51 Mut plus se paine amours de moi esprendre

Anonyme.

51 v° Li maus d'amours me plaist mieus a sentir

ADANS LI BOÇUS.

52 Ma douce dame et amour[s]
52 v° Merveille(s) est que talent ai
53 Or voi jou bien k'il souvient

53 v° Ki a droit veut amours servir
54 Sans espoir d'avoir secour[s]
54 Amours ne me veut oïr

Anonyme.

54 v° On me desfent que mon cuer pas ne croie

ADANS.

55 Puis qe jou sui de l'amoureuse loi

[GAIDIFER.]

56 [Dont me samble noient] *(inc. au com.)*
56 Je me cuidoie bien tenir
56 v° Par grant esfors m'estuet dire et canter
57 Las! pour koi ris ne jus ne cant
57 v° Amours, qui sur tous a pooir
58 Qant Dieus ne veut, tout si saint n'ont pooir

[MAISTRE JAKEMES LI VINIERS.]

59 [Bele dame bien aprise] *(inc. au com.)*
59 Je sui cieus ki tous jors foloie
60 Fines amours, qi j'ai mon cuer douné
60 v° De loial amour jolie

[ROBERT DE CASTEL, CLERS.]

61 [En loial amour] *(inc. au com.)*
61 Pour çou se j'aim et jou ne sui amés
61 v° Bien ait amours qi m'a douné l'usaje
62 Nus fins amans ne se doit esmaier

JEHANS LI PETIS.

62 v° On me reprent d'amour qi me maistrie (*couronée*)

MAISTRES WILLAUMES VEAUS.

63 J'ai amé trestout mon vivant
63 v° S'amours loiaus m'a fait soufrir
64 Meudre ocoison n'euc onques de chanter

MAISTRES BAUDES AU GRENON.

64 v° Loial amours ne puet nus esprisier

HENRIS AMIONS, LI CLERS.

65 Fueilles ne flours ne mi font pas chanter

MAIHIEU DE GANT.

66 Com plus aim et mains ai joie

MAISTRE ADAM DE GIVENCI.

66 v° Mar vi loial voloir et jalousie

MAISTRES SIMONS D'AUTIE.

67 On ne puet bien a .II. seignours servir

Anonymes.

67 v° Boine amours ki m'agrée

68 Nouvele amours u j'ai mis mon penser

MAISTRE RICHARS.

68 v° Onques n'amai tant que jou sui amée

COLARS LI BOUTEILLIERS.

69 Loiaus amans et desiriers de joie

69 v° Amours et bone esperanche

70 Je n'ai pas droite ocoison

70 v° Che c'on aprent en enfance

70 v° Aucune gent mout m'ont repris

71 Merveille est que de chanter

71 v° Vuillaume, trop est perdus

72 Ne puis laissier que jou ne chant

72 v° Onques mais en mon vivant

73 Quant voi le tans du tout renouveller

73 v° Je ne sai tant merchi crier

74 Li biaus tans d'esté

[JEHAN BRETEL D'ARRAS.]

75 Jamais nul jour de ma vie

75 Onques nul jour ne cantai

75 v° Uns dous regars en larrechin soutieus

76 Li miens canters ne puet plaire

76 v° Mout liement me fait amours canter

77 Poissans amours a mon cuer espiié

[ROBERT DE LE PIERE.]

78 [Joliement doi chanter] (*inc. au com.*)

78 Contre le douc tans de mai

78 v° Je ne cuidai mais chanter

79 Par maintes fois ai chanté liement

79 v° Cil q'i m'ont repris

80 En amours je sui nourris

Anonyme.

80 v° J'ai chanté molt liement

[JEHANS FREMAUS DE LISLE.]

81 [Onques ne chantai faintement] (*inc. au com.*)

81 De loial amour voeil chanter

JEHAN DE GRIEVILER.

82 Amours envoisie

82 Entre raison et amour grant tourment

83 Pour boine amour et ma dame hounerer

83 v° Jolie amours ki m'a en sa baillie

84 Jolis espoirs et amoureus desir(s)

84 v° Dolans, irés, plains d'ardure

85 Uns pensers jolis

JEHANS DE LA FONTAINE DE TOURNAI.

85 v° Amours me fait de cuer joli canter

WILLAMMES D'AMIENS LI PAIGNIERES.

86 Puis que chanters onkes nul hom[e] aida

87 Amours me fait par men veul

Anonyme.

87 v° Bien ai perdu le grant joie

[BLONDIAUS DE NEELE.]

88 [Ja de chanter en ma vie] (*inc. au com.*)

88 Cuers desirous apaie

88 v° Li plus se plaint d'amours, mais je n'os dire

89 Bien doit chanter ki fine amour m'adreche
89 v° A l'entrant d'esté que li tans coumenche
90 Quant voi le tans felon rasouagier

[Gilebert de Berneville.]

91 [Je feïsse cançons et cans] (*inc. au com.*
91 Foi et amours et loiautés
91 v° Je n'eüsse ja chanté
92 Amours, vostre seignourie
92 Aucunes gens m'ont enk(u)is
92 v° Onques mais si esbahis
93 Cuident dont li losengier

Perrin d'Aucicourt.

94 Lors qant je voi le buisson en verdure
94 v° On voit souvent en cantant amenrir
95 Li jolis mais ne la flour qi blanchoie
95 v° Il ne me caut d'esté ne de rousée
96 J'ai un joli souvenir
96 v° Quant li chincepuer s'escrie
97 Il convient k'en la Candeille

[Cuvelier.]

98 [Amours est une merveille] (*inc. au com.*)
98 J'ai une dame énamée
98 v° Jolivetés et jovenece
99 Anuis et desesperanche
99 Mout me plaisent a sentir

Martin le Begin de Cambrai.

100 Pour demourer en amour sans retraire
100 v° Boine aventure ait ma dame et bon jour
101 Loiaus amour, bone et fine et entiere
101 v° Loiaus desirs et pensée jolie

Anonyme.

102 v° Ki bien veut amours descriv(e)re

[Jehans Erars.]

103 Je ne sai mais en quel guise

103 v° De legier l'entrepris

104 Amours dont je me cuidoie

Carasaus.

104 v° N'est pas sages ki me tourne a folie

105 Com amans en desesperance

Thumas Heriers.

105 v° Nus ne set les maus d'amours

106 Helas ! je me sui dounés

Wasteblé.

106 Pour mieus valoir liés et baus et jolis

106 v° Si grans deduis ne (si) souveraine joie

Anonyme.

107 Par plus haïr vilounie et outrage

Crestiens de Troies.

108 L'amour ki m'a tolu a moi

[Ce sont Pastorelles.]

Anonymes.

109 .I. petit avant le jour
Me levai l'autrier

109 v° Huimain par .i. ajornant
Chevauchai lés .i. buisson

110 Par le tant bel
Du mai nouvel

Jehans Erars.

111 De Pascour un jour erroie

Anonymes.

111 v° Pensis contre une bruiere

112 Au par issir de la campaigne

Jehans Erars.

112 v° Par un trés bel jour de mai

GILEBERS DE BERNEVILE.

112 v⁰ Dalés Loncpré u boskel

113 v⁰ L'autrier d'Ais a la Chapele

CE SONT LES CHANSONS NOSTRE DAME.

120 Glorieuse vierge pucele

MAISTRE WILLAUMES.

120 v⁰ Dame des cieus

MAISTRES RICARS DE FOURNIVAL.

121 Mere au roi omnipotent

121 v⁰ Oiés, seigneur, pereceus, paroiseuse(s)

Anonyme.

122 Mere au roi poissant

MOUNIOS.

122 v⁰ Ki bien aime a tart oublie

MAISTRES JAKES LI VINIERS.

122 v⁰ Ains que mi cant aient definement

123 v⁰ Vierge pucele roiaus

123 v⁰ Canter voeil de la meillour

MOUNIOS.

124 De haut lieu muet la cançon qe je cant

Anonyme.

124 v⁰ Mere au douc roi, de cui vient toute joie

PIEROT DE NEELE.

125 Douce vierge, roïne nete et pure

Anonyme.

126 Glorieuse vierge Marie

WUILLAUMES DE BETHUNE.

126 v⁰ Puis que jou sui de l'amoureuse loi
Que Jhesucris vaut croistre et assaucier

127 On me reprent d'amours qi me maistrie

ADAN LE BOÇU D'ARRAS.

128 Amours qui m'a mis en soufrance

NIEVELOS AMIONS.

129 v⁰ Amours, j'ai oï de vous faire

WILLAUMES D'AMIENS LI PAIGNERRES.

130 v⁰ Amours, mout as bele venue

Anonymes.

133 v⁰ Puisqe chanter s'onqes nul home aida (*cf.* fol. 86)

[CE SONT PARTURES.]

134 [Sires Freres, faites moi .I. jugement] (*inc. au com.*)
134 A vous, mesire Gautier
134 v⁰ Sire, ne me chelés mie
135 v⁰ Freres, qi fait mieus a proisier
136 Amis Guillaume, ains si sage ne vi
136 v⁰ Moines, ne vous anuit pas
137 Dame, merchi, une riens vous demanc
137 v⁰ Bauduin, il sont doi amant
138 Bon rois Tiebaut, sire, conseilliés moi
138 v⁰ Cuvelier, vous amerés
139 Cuvelier, s'il est ensi
139 v⁰ Jehan Bretel, vostre avis
140 Je vous proi(e), dame Maroie
141 Jehan Bretel, par raison
141 v⁰ Conseilliés moi, Jehan de Grieviler
142 Cuvelier, et vous, Ferri
142 v⁰ De chou, Robert de le Pierre
143 Cuvelier, un jugement
143 v⁰ Biau Phelippot Vredier[e], je vous proi
144 v⁰ Grieviler, vostre ensient
145 Amis Pierrot de Neele
145 v⁰ Lambert Ferri, li qieus doit mieus avoir
146 v⁰ Respondés a ma demande
147 Jehan Simon, li qieus s'aquita mieus
148 Pierrot, li kieus vaut pis a fin amant

148 v° Ferri, se ja Dieus vous voie

149 Lambert, il sont doi amant

149 v° Jehan Bretel, respondés

150 Sire Bretel, entendés

150 v° Grieviler, par vo baptesme

151 Grieviler, deus dames sai d'une biauté

151 v° Grieviler, dites moi voir

152 Jehan de Grieviler, une

153 Lambert, se vous amés bien loiaument

153 v° Grieviler, se vous aviez

154 Grieviler, un jugement

154 v° Grieviler, par maintes fies

155 Grieviler, or i parra

155 v° Grieviler, se vous cuidiés

156 v° Grieviler, del quel doit estre

157 Jehan Bretel, une jolie dame

157 v° Maistre Jehan de Marli, respondés

158 Or coisisiés, Jehan de Grieviler

159 Sire Audefroi, ki par traïson droite

159 v° Gadifer, par courtoisie

160 Gadifer, feme avés prise

160 v° Ferri, se vous bien amiés

161 Gadifer, d'un ju parti

161 v° Ferri, il sont doi amant

162 Biaus sire tresorier d'Aire

163 Perrin d'Angicourt, respondés

163 v° Lambert, une amie avés

164 Robert del Caisnoi, amis

164 v° Robert de le Piere, respondés moi

165 v° J'aim par amours et on moi ensement

166 Amis Lambert Ferri, vous trouverés

167 Grieviler, vostre pensée

167 v°	Lambert Ferri, d'une dame orgeilleuse
168 v°	Robert de Chastel, biau sire
169	Prince(s) del pui, vous avés
169 v°	Lambert Ferri, je vous part
170	Grieviler, deus dames sont
171	Prince del pui, selonc vostre pensée
171 v°	A vous, Maihieu li taillere(s)
172	Jehan de Vergelai, vostre ensient
172 v°	Entendés, Lambert Ferri
173	Ferri, a vostrẹ ensient
174	Chopart, uns clers qi se veut marier
175	Adan amis, mout savés bien vo roi
176	Avoir cuidai engané le marcié
177	Adan, vauriés vous manoir
177 v°	Adan, mout fu Aristotes sachans
178	Adan, a moi respondés
178 v°	Adan, ki aroit amée
179 v°	Sire Jehans, ains ne fustes partis
180	Assinés chi, Grieviler, jugement
180 v°	Adan, se vous amiés loiaument
181	Adan, vous devés savoir

R^2

Rome, Bibliothèque du Vatican, fonds Christine 1522. Ms. ayant appartenu à Claude Fauchet, écrit sur vélin à 2 colonnes au XIVe siècle. Ce volume de format moyen, de 182 feuillets, comprend seulement des Jeux-Partis, portant le nom des deux interlocuteurs (fol. 149 *c* à 170 *b*), entre le *Roman de la Rose* et le *Tournoiement aus dames de Paris*. Vignettes et Miniatures ; aucune note musicale.

Voy. Keller, *Romvart* 379-98 et Brakelmann, *Archiv* XLII, 61-2.

Fol.

Anonymes.

149 *c* Frere, qui fet mielz a prisier
149 *d* Sire, nel me celez mie

GUILLAUMES LI VINIERS a FRERE.

150 *b* Sire Frere, faites moi jugement

MAISTRE GUILLAUME DE GIVENCI au VINIER.

150 *c* Amis Guillaume, onc si sage ne vi

ANDRIEU CONTREDIT a MAISTRE GUILLAME LE VINIER.

150 *d* Guillaumes li Viniers, amis

COLART LE BOUTEILLER a MAISTRE GUILLAUME LE VINIER.

151 *a* Guillaume, mout par est perdus

LE KEU DE BRETAIGNE a GASSE BRULLÉ.

151 *b* Gasse, par droit me respondez

MAISTRE RICHART DE DARGIES a GAUTIER.

151 *d* A vous, mesire Gautier

MESTRE RICHART et MESTRE GAUTIER.

152 *a* Amis Richart, j'eüsse bien mestier

BRETIEL [et] GREVILER.

152 *d* Grieviler, s'il avenoit

BRETIAUS a FERRI.

153 *a* Ferri, se ja Dieus vous voie
153 *b* Lambert Ferri, une dame est amée

BRETIAUS a GADIFER.

153 *d* Gadifer, par courtoisie

BRETIAUS a CUVELIER.

154 *a* Cuvelier, vous amerez

BRETIAUS a FERRI.

154 *b* Ferri, il sont doi fin loial amant
154 *c* Ferris, se vous bien amiez

BRETIAUS a GRIEVILER.

154 *d* Grieviler, vostre pensée
155 *a* Grieviler, .II. dames sont

BRETIAUS a AUDEFROI.

155 *c* Sire Audefroi, qui par raison droite

155 *d* J'aim par amours et on moi ensement

MAPOLIS a GRIEVILER.

156 *a* Or choisissiez, Jehan de Greviler

GAMARS DE VILERS a CUVELIER.

156 *b* Cuvelier, j'aim mieus que moi

GRIEVILER a BRETEL.

156 *d* Jehan de Greviler, s'aveuc celi

BRETIAUS a CUVELIER.

157 *a* Cuvelier, dites moi voir

157 *b* Je vous demant, Cuvelier, espondez

BRETIAUS a ADAM LE BOÇU.

157 *d* Avoir cuidai engané le marchié

BRETIAUS au TRESORIER D'AIRE.

158 *a* Biaus sire tresorier d'Aire

JEHAN [BRETEL] a GRIEVILER.

158 *c* Grieviler, par vo baptesme

GRIEVILER a BRETEL.

158 *d* Sire Bretel, je vous vueill demander

BRETIAUS a GADIFER.

159 *a* Gadifer, d'un jeu parti

ROBIN DE COMPIEGNE a BRETEL.

159 *b* Sire Jehan Bretel, conseil vous prie

BRETEL a GRIEVILER.

159 *c* Grieviler, un jugement

BRETIAUS a CUVELIER.

160 *a* Cuvelier, or i parra

LE DUC DE BRAIBANT a GUILLEBERT.

160 *b* Biaus Guillebert, dites s'il vous agrée

GILES LI VINIERS a MAISTRE SYMON D'AUTIE.

160 *c* Mestre Symon, d'un example nouvel

Bretiaus a Grieviler.

160 *d* Respondez a ma demande

161 *a* Greviler, par quel raison

Grieviler a Bretel.

161 *b* Sire Bretel, vous qui d'amours savez

Bretel a Grieviler.

161 *d* Jehan Bretel, vostre avis

Ferri a Bretel.

162 *a* Sire Jehan Bretel, vous demant gié

Bretel a Grieviler.

162 *b* Grieviler, ja en ma vie

162 *c* Conseilliez moi, Jehan de Grieviler

163 *a* Grieviler, vostre escient

163 *b* Grieviler, fame avez prise

Jehan a Lambert Ferri.

163 *c* Lambert, une amie avez

Lambert a Rorert de la Pierre.

163 *d* De ce, Robert de la Pierre

[Bretel a Grieviler.]

164 *a* Jehan de Grieviler, sage

Griviler a Bretel.

164 *c* Sire Bretel, mout savez bien trouver

Bretel a Perrot de Neele.

164 *d* Pierrot de Neele, amis

Pierrot de Nelle a Bretel.

165 *a* Jehan Bretel, respondez

Bretiaus a Grieviler.

165 *c* Grieviler, .ii. dames sai d'une biauté

[Bretel a Simon.]

165 *d* Jehan Symon, lequel s'acuita mieus

Bretiaus a Grieviler.

166 *a* Grieviler, dites moi voir

166 *b* Jehan de Grieviler, une

BRETEL A ROBERT DU CHASTEL.

166 *d* Robert du Chastel, biau sire

SAINTE DES PREZ A LA DAME DE LA CHAUCIE.

167 *a* Que ferai je, dame de la Chaucie

BRETIAUS A FERRI.

167 *b* Lambert Ferri, lequel doit mieus avoir (*ms.* aver)

BRETIAUS A GRIEVILER.

167 *d* Jehan de Grieviler, un jugement

FERRI A MAISTRE JEHAN DE MARLI.

168 *a* Respondez par courtoisie

GILLEBERT DE BERNEVILLE A LA DAME DE GOSNAI.

168 *b* Dame de Gosnai, gardez

BRETIAUS A GRIEVILER.

168 *c* Jehan de Grieviler, .II. dames sai

GIRART DE BOULOIGNE A BRETEL.

169 *a* Sire Jehan, vous amerez

GUILLAUME LE VINIERS AU MOINE D'ARRAS.

169 *b* Moines, ne vous anuit pas

LE ROI DE NAVARRE A LA ROÏNE BLANCHE.

169 *c* Dame, une riens vous demant

HUE [LI MARONNIERS] A SYMON [D'ATHIES].

169 *d* Simon, lequel emploie mieus son temps

170 *a* Symon, or me faites savoir

S^1

Bibliothèque de Sienne H. X. 36. Ms. de 54 feuillets de vélin, à longues lignes. Écriture de la fin du XIIIe ou du commencement du XIVe siècle. Lettres ornées. Musique. Les Chansons et Jeux-Partis sont anonymes, mais groupés par auteurs.

Voy. L. Passy, *Bibl. de l'éc. des ch.* XX 1-13.

Fol.	
1	En chantant voel ma dolour descouvrir
1	L'autre nuit en mon dormant
1 v°	Pour conforter ma pesance
2	Aussi com unicorne sui
2 v°	Tant ai amours servie longement
3	Trés haute amours ki tant s'est abaissie
3 v°	Mi grant desir et tout mi grief tourment
4	A envis sent mal ki ne l'a apris
4 v°	De ma dame souvenir
5	Tout autresi com fraint nois et ivers
5 v°	Douce dame, tout autre pensement
6	De tous maus m'est [nus] plaisans
6 v°	Chanter m'estuet ke ne m'en puis tenir
7 v°	De fine amour vient seance et bonté
8	Quant je vuis plus en paour de ma vie
8 v°	Comment ke d'amours me duelle
9 v°	Une chose ai dedens mon cuer emprise
10	J'aim par coustume et par us
10 v°	Li plus se plaint d'amour
10 *bis*	S'amours veut ke mes chans remaigne
10 *bis* v°	Cuers desirés apaie

11 Pour boine amour et ma dame hounourer
11 v⁰ Entre raison et amour grant tourment
12 v⁰ Jolie amours ki m'a en sa baillie
13 Bien doit chanter liement
13 v⁰ Jolis espoirs et amoureus desirs
14 Li jolis mais et la flour ki blancoie
14 v⁰ Il ne me chaut d'esté ne de rousée
15 J'ai un joli souvenir
15 v⁰ On voit souvent en chantant amenrir
16 Quant partis sui de Prouvence
17 Lors kant je voi le buisson en verdure
17 v⁰ Onques a faire chanson
18 Onques ne fui sans amour
18 v⁰ Quant li cincepuer s'escrie
19 Je ne chant pas pour verdour
19 J'en ai loisir d'assés penser
19 v⁰ Pour çou me sui de chanter entremis
20 Mout me plaisent a sentir
20 v⁰ Ja tant mercis ne sara demourer
21 Amours me tient envoisié
21 v⁰ J'ai longement pour ma dame chanté
22 Chans d'oisiaus, fuelle ne flours
22 Anuis et desesperance
22 v⁰ Entre regart et amour et biauté
23 Se j'ai chanté sans guerredon avoir
23 v⁰ Puis ke li mal k'amours me font sentir
24 En loial amour ai mis mon cuer
24 v⁰ Trop sont li mal cruel a soustenir
25 Bien s'est en mon cuer reprise
25 v⁰ A bel servir convient eür avoir
26 Amours ki mout me guerroie
26 v⁰ Pour çou se j'aim et je ne sui amés

27 Bien ait amours ki m'a douné l'usage
27 v° Nus fins amans ne se doit esmaiier
28 Tant ai amé, tant aim, tant amerai
28 v° Amours grassi, si me lo de l'outrage
29 v° Flours ne glais ne vois hautaine
30 La flour d'iver sour la branche
30 v° Chanson envoisie
31 Tel fois chante li jouglere
31 v° De bien amer croit sens et courtoisie
32 Ramembrance d'amours m'i fait chanter
32 v° En mi mai quant s'est la saisons partie
33 Ki merci prie, merci doit avoir
33 v° D'ire d'amours et doutance
33 v° Des ore mais est raison(s)
34 Li miens chanters ne puet mais remanoir
34 v° Loiaus amours et desiriers de joie
35 v° Quant voi le tans del tout renouveler
35 v° Je n'ai pas droite ocoison
36 Aucunes gens m'ont repris
36 v° Mervelle est ke de chanter
37 Ne puis laissier ke je ne chant
37 v° Onkes mais en mon vivant
38 Çou k'on aprent en enfance
38 v° Amours et boine esperance
39 Cunelier, un jugement
39 v° De çou, Robert de le Piere
40 v° Jehan, trés bien amerés
41 Biaus Phelippot Verdiere, je vous proi
41 v° Grieviler, vostre escient
42 Prince(s) del pui, mout bien savés trouver
43 Jehan de Grieviler
43 v° Respondés a ma demande

44 v° Lambert Ferri, une dame est amée
45 Pierot, li queus vaut pis a fin amant
45 v° Ferri, se ja Dieus vous voie
46 Sire Bretel, entendés
47 Entendés, Lambert Ferri
47 v° Sire Prieus de Bouloigne
48 Gadifer, par courtoisie
48 v° Grieviler, feme avés prise
49 Ferri, se vous bien amiés
49 v° Cunelier, par vo baptesme
49 v° Lambert Ferri, drois est ke m'entremete
50 v° Grieviler, j'ai grant mestier
51 Lambert, se vous amiés bien loiaument
51 v° Grieviler, par maintes fies
52 Cunelier, j'aim mieus ke moi
52 v° Sire Frere, faites me un jugement

S^2

Ce ms. qui se trouve dans la bibliothèque du séminaire de Soissons contient les œuvres de Gautier de Coinci et a été décrit par l'abbé Poquet. Ce volume, écrit sur vélin, de 0^m, 340 sur 243, datant du XIIIe siècle, compte 246 feuillets à 2 colonnes; il est compris dans le dépouillement donné plus haut des Chansons pieuses de Gautier de Coinci (voy. p. 184-6), et y est désigné par le lettre *k* : aussi n'a-t-il pas semblé utile de détailler ici la table de ce ms., non plus qu'on ne l'a fait pour les autres mss. de Gautier de Coinci.

Voy. Poquet. *Les miracles de la sainte vierge, traduits et mis en vers par Gautier de Coincy,* Introduction IX-X.

APPENDICE

I

Rome, Bibliothèque du Vatican, fonds Christine 1725 (vélin, XIVe siècle). Le roman de *Guillaume de Dole,* contenu dans ce ms., renferme un assez grand nombre de fragments de chansons, de motets et de refrains lyriques. Suit la liste des chansons.

Voy. A. Keller, *Romvart* 576-588, et Bartsch, *Jahrbuch für rom. u. engl. Literatur* XI, 159-167.

Fol.	
73 *a*	Quant flors et glais et verdure s'esloigne
73 *b*	Li noviaus tans et mais et violete
74 *c*	Fille et la mere se sieent a l'orfrois
74 *d*	Siet soit bele Aye as piez sa male maistre
74 *d*	La bele Doe siet au vent
75 *b*	Lors que li jor sont lonc en mai
76 *b*	Loial amor qui en fin cuer s'est mise
79 *b*	Contre le tans que voi frimer
80 *b*	Bele Aiglantine en roial chamberine
85 *a*	Mout est fols que que nus die
85 *b*	Quant de la foille espoissent li vergier
88 *b*	Por quel forfet ne por quel ochoison
89 *a*	Ja de chanter en ma vie

90 *b*	Quant li dous tans (et) la saison s'asseüre
92 *d*	Amours a non cist maus qui me tourmente
93 *b*	Bele m'est la vois autaine
96 *a*	Or vienent Pasques les beles en avri(l)
96 *b*	Quant voi l'aloete modoir.

II

Paris, Bibliothèque nationale, fr. 24391 (anc. Notre-Dame 197). Ms. sur vélin du milieu du XIVe siècle, de 150 feuillets. Entre les folios 138 et 150, à la suite du *Roman de la Rose*, se trouvent 18 Rondeaux et Ballades de Jean Acart de Hesdin, frère hospitalier.

Voy. Dinaux, *Trouvères* III, 251-255.

Bal.	1	Si plaisamment m'avés pris
Rond.	1	Par si plaisant atraiance
Bal.	2	Dès ce que fui hors d'ignorance
Rond.	2	Tant est douce nourreture
Bal.	3	Se plus fort d'autre ami ain(g)
Rond.	3	En vostre douce samblance
Bal.	4	Fins cuers dous, gent(e) et gentieus
Rond.	4	Eüreusement est pris
Bal.	5	Dous cuers, je ne puis sans vous
Rond.	5	Tant est vo gens cors jolis
Bal.	6	Bele et boinne entierement
Rond.	6	Tant prent amours plaisamment
Bal.	7	Fins cuers dous, quant paieront
Rond.	7	En vostre douce figure
Rond.	8	Mon cuer qu'a doute combat
Bal.	8	Se je vif en gaie enfance

Rond. 9 Pour vous par amours sui pris
Bal. 9 Gens cors en biauté parfais

III

Feuillet de parchemin provenant d'un recueil de chansons du XIIIe siècle et trouvé dans les Archives de la Moselle. Les pièces sont incomplètes pour la plupart.

Voy. Fr. Bonnardot, *Arch. des miss.*, 3e série, I, 263, 282-284.

(1) D'autre chose ne m'a amours meri
(2) C'est rage et d[erverie]
(3) [L'autrier un jour après la saint Denise]
(4) [Mout me semont amours que je m'envoise]
(5) Chançon legiere a entendre
(6) Quant voi del tans del tout renouveler
(7) [Bel m'est del pui que je voi restoré]
(8) Tuit mi desir et tuit mi grief tourment
(9) De bonne amour vient science et bonté
(10) Tant ai amours servies longuement

IV

Parmi les dix-neuf pièces publiées par Hécart dans *Serventois et sottes chansons couronnés à Valenciennes*, il en est fort peu dont les manuscrits originaux aient pu être retrouvés. L'éditeur a emprunté à Roquefort (*État de la poésie françoise*) ses pièces 5e, 16e, 17e et 18e; la 16e est tirée du ms. de la Bibl. nat. fr. 24432, fol. 303. Quant à la 19e, qui existe aussi dans le chansonnier d'Oxford et a été publiée par Dinaux, elle est empruntée à un ms. de Cambrai, que Hécart ne désigne pas autrement. Faute d'indications précises, on a dû, pour toutes ces pièces, renvoyer à l'édition de Hécart.

	Page	
(1)	31	Mout m'esmerveil d'aucuns qu'ai oï dire
(2)	35	Se li grasse d'amours m'enluminoit
(3)	39	Pour le reviel que je vi demener
(4)	43	Talens me vint ceste semaine
(5)	47	Le mieus tumant de toute no riviere
(6)	51	De toute hounour avoir et maintenir
(7)	55	Quiconques veut en haute honour monter
(8)	59	Je pri amour que tous jours me pourvoie
(9)	63	De boine amours riens dire ne saroie
(10)	67	Je di ki veut en noble pris monter
(11)	71	S'amours n'eüst onques esté en Dieu, je quis
(12)	75	Seur toute rien a amours seignourie
(13)	79	Je croi qu'amours ne sera ja lassée
(14)	83	Soit tors ou droit par faute de santé
(15)	87	Plourez, amant, car vraie amours est morte
(16)	91	Se chascuns cuers pensoit a la souffrance
(17)	95	Plaisans desirs et espoirs de merci
(18)	99	Pleüst amors que li mondes fust teus
(19)	103	Je ne puis mais se je ne chant souvent

V

Francfort-sur-Mein, Bibliothèque de la ville, ms. nº 29. Fragment de parchemin, composé d'une feuille in-folio; belle écriture du XIIIᵉ siècle. Chansons notées; initiales peintes (*Communication de M. Ed. Schwan, de Giessen*).

(1) [Cuens, je vos part un geu par aatie] (*inc. au comm.*).

HUGHES DE BREGI, CHEVALIERS.

(2) S'onques nus hom por dure departie
(3) Nus hom ne set d'ami qu'il puet valoir
(4) Si fas com cil qui cuevre sa presance (*inc à la fin*).

VI

Il existe deux copies des *Poetes françois avant 1300*, renfermant quelques pièces dont les mss. ne se retrouvent pas. A la première de ces copies (Bibl. de l'Arsenal, anc. B. L. F. 120 A, auj. 3303-3306) appartient la pièce suivante :

Page 779 L'autrier de juste un vinage,

à la seconde (Bibl. nationale, fr. 12610-12614) appartiennent deux chansons :

Page 1488 C'est en mai au mois d'esté
« 1494 C'est en mai quant reverd(o)ie.

VII

Paris, Bibliothèque nationale, fr. 22495 (vélin, XIVe siècle). On a renvoyé à ce ms. des *Chroniques d'outremer*, pour la mention de deux chansons de Philippe de Nanteuil.

Fol. 283 En chantant vueil mon ducil faire
« 283 Ne chaut pas que nus die.

VIII

Londres, Musee britannique, fonds Harleien 1717 (vélin, XIIIe siècle) :

Fol. 251 Parti de mal e a bien aturné.

IX

Paris, Bibliothèque nationale, fr. 1374 et 1553. Ces deux mss. (vélin, XIIIe siècle) du *Roman de la Violette* contiennent un certain nombre de refrains qui n'ont pas été relevés dans cette bibliographie ; ils présentent (l'un au fol. 147, l'autre au fol. 301) une même romance :

Siet soi belle Euriaus, seule est enclose.

X

Paris, Bibliothèque nationale, fr. 1593 (vélin, XIIIe siècle) :

Fol. 60 Chançon m'estuet chanter de la meillor.

XI

Paris, Bibliothèque nationale, lat. 11412 (vélin, XIIIe siècle) :

Fol. 103 En mon cuer truis

XII

Paris, Bibliothèque nationale, lat. 11724 (vélin, XIIIe siècle

Fol. 3 L'autrier fors d'Angiers alay.

ERRATA

DU PREMIÈR VOLUME

Page 6, fol. 1 v°, *lisez* Ay! amors, con.
— 6, fol. 5, *lisez* comand(ement).
— 12, fol. 52, *lisez* raixon(s).
— 12, fol. 53 v°, *lisez* perti(s).
— 16, fol. 89, *corrigez* Ier matin, ge m'en aloie.
— 17, fol. 100 v°, *lisez* Jai.
— 24, fol. 155, *lisez* flors.
— 24, fol. 164, *corr.* mon penser.
— 27, fol. 189, *lisez* retraire.
— 32, fol. 239, *corrigez* Ta bone.
— 46, IV, 13, *lisez* maus.
— 49, V, 45, *après* longement, *ajoutez* sans faille.
— 50, V, 78, *supprimez* entendre.
— 52, V, 130, *supprimez* qui ait belle amie.
— 52, V, 131, *supprimez* ne en meir.
— 58, fol. 82, *corr.* bone heure.
— 59, fol. 111, *lisez* raverdoie.

Page 59, fol. 120, *lisez* li tens conmence.
— 60, fol. 150, *lisez* loiauté[s].
— 63, fol. 213, *lisez* parti(z).
— 79, fol. 12, *lisez* biauté.
— 86, fol. 106*c*, *supprimez* que ma joie.
— 88, fol. 131 *c*, *supprimez* herbergier.
— 89, fol. 137*c*, *après* d'amours, *ajoutez* mès je n'os dire.
— 104, fol. 115 *d*, *lisez* j'ai vielé.
— 132, fol. 133 *a*, *lisez* est cist.
— 148, fol. 178 v°, *supprimez* de chanter.
— 150, fol. 88 *a*, *mettez en deux vers :*

Par .I. sentier
L'autre jor chevauchoie.

— 152, fol. 317 *b*, *après ce vers, intercalez une nouvelle pièce* (fol. 317*c*) :

Je ne puis pas bien metre en nonchaloir.

Page 152, fol. 320c, *après ce vers, intercalez une nouvelle pièce* (fol. 320c) :

Las ! ne me doi pour ce desesperer.

— 156, fol. 35, *supprimez* herbegier.

— 164, fol. 112, *corrigez* chans.

— 179, fol. 111 v°, *supprimez toute la ligne :*

Savaris de Malieon[s].

— 182, fol. 161 v°, *lisez en un seul vers :*

Cant se vient en mai ke rose est florie].

Page 195, fol. 101 *d, lisez en un seul vers :*

J'ai par mainte fois chanté.

— 198, fol. 154 *c, corrigez* De volenté desiriere.

— 207, fol. 102 *d, corrigez* loiauté[s].

— 238, fol. 24, *supprimez* mon cuer.

— 239, fol. 43, *après* Grieviler, *ajoutez* sage.

TABLE

DU PREMIER VOLUME

APPENDICE :

BIBLIOGRAPHIE

DES

CHANSONNIERS FRANÇAIS

BIBLIOGRAPHIE

DES

CHANSONNIERS FRANÇAIS

DES XIIIe ET XIVe SIÈCLES

COMPRENANT LA DESCRIPTION DE TOUS LES MANUSCRITS
LA TABLE DES CHANSONS CLASSÉES PAR ORDRE ALPHABÉTIQUE
DE RIMES ET LA LISTE DES TROUVÈRES

PAR

GASTON RAYNAUD

TOME SECOND

TABLE DES CHANSONS — LISTE DES TROUVÈRES

BURT FRANKLIN
NEW YORK

Published by LENOX HILL Pub. & Dist. Co. (Burt Franklin)
235 East 44th St., New York, N.Y. 10017
Reprinted: 1972
Printed in the U.S.A.

Burt Franklin: Bibliography and Reference Series 469
Music History and Reference Series 2

Reprinted from the original edition in the University of Pennsylvania Library.

Library of Congress Cataloging in Publication Data

Raynaud, Gaston, 1850-1911.
Bibliographie des chansonniers français des XIIIe et XIVe siècles. .

Reprint of the 1884 ed.
CONTENTS: t. 1. Description des manuscrits.— t. 2. Table des chansons. Liste des trouvères.
1. French ballads and songs—Bibliography. 2. Manuscripts, French—Bibliography. I. Title.
Z6605.F8R27 1973 016.7819'6 70-154647
ISBN 0-8337-2910-1

ABRÉVIATIONS

I. — MANUSCRITS[1]

A. — Bibliothèque d'Arras, ms. 657.
B^1. — — de Berne, ms. 231.
B^2. — — — ms. 389.
C. — — du Corpus Christi College, à Cambridge, ms. 450.
H. — Fragment de la Haye (*les pièces ont un numéro d'ordre*).
Lb. — Musée britannique de Londres, ms. Egerton 274.
Ll. — Bibliothèque du Lambeth Palace, à Londres (*les pièces ont un numéro d'ordre*).
M. — — d'Este, à Modène.
O. — Bodléienne, à Oxford, ms. Douce 308 (*ms. divisé en 6 parties avec numéro d'ordre*).
Pa. — — de l'Arsenal, à Paris, ms. 5198 (*ms. paginé*).
Pb^1. — — nationale, à Paris, ms. fr. 765.
Pb^2 et Pb^3. — Bibliothèque nationale, à Paris, ms. fr. 844.
Pb^4. — — — ms. fr. 845.
Pb^5. — — — ms. fr. 846.
Pb^6. — — — ms. fr. 847.
Pb^7. — — — ms. fr. 1109.

1. Le chiffre qui accompagne, dans la *Liste des chansons,* la lettre désignant un ms., représente soit le folio, soit la page, soit un numéro d'ordre quelconque : il est donc utile de rappeler ici que, sauf indication contraire, tous les mss. sont foliotés.

Pb[8]. — Bibliothèque nationale, à Paris, ms. fr. 1591.
Pb[9]. — — — ms. fr. 12483.
Pb[10]. — — — ms. fr. 12581.
Pb[11]. — — — ms. fr. 12615.
Pb[12]. — — — ms. fr. 20050.
Pb[13]. — Liste des pièces de Gautier de Coincy, ci-dessus t. I, p. 183 (*les pièces ont un numéro d'ordre*).
Pb[14]. — Bibliothèque nationale, à Paris, ms. fr. 24406.
Pb[15] et Pb[16]. — Bibl. nationale, à Paris, ms. fr. 25566.
Pb[17]. — — — ms. nouv. acq. fr. 1050.
R[1]. — — du Vatican, à Rome, ms. Christine 1490.
R[2]. — — — ms. Christine 1522.
S[1]. — — de Sienne, ms. H. X. 36.

II. — AUTEURS DES CHANSONS

A. C. — Andrieu Contredit.
A. d'A. — Aubertin d'Airaines.
A. d'O. — Andrieu d'Ouche.
A. de P. — Andrieu de Paris.
A. de S. — Aubin de Sezanne.
Ad. — Adan.
Ad. de Giv. — Adan de Givenci.
Ad. de la H. — Adan de la Hale.
Ad. le B. — Adan le Boçu.
Al. de Ch — Alart de Chans.
Am. de Cr. — Amauri de Craon.
Aub. — Aubin.
Aud. — Audefroi.
Aud. — Audefroi le Bastart.
Av. de Bet. — L'Avoué de Betune.
B. au Gr. — Baude au Grenon.
B. de M. — Bouchart de Marli.
B. de la K. — Baude de la Kakerie.

B. de la Q. — Baude de la Quariere.
B. des A. — Baudouin des Auteus.
Best. — Bestourné.
Bl. — Blondel.
Bl. de N. — Blondel de Neles.
Bout. — Le Boutellier.
Br. de T. — Brunel de Tours.

C. d'A. — Le Comte d'Anjou.
C. de B. — Le Comte de Bar.
C. de Bet. — Conon de Betune.
C. de Br. — Le Comte de Bretagne.
C. de la M. — Le Comte de la Marche.
C. le B. — Colart le Boutellier.
C. le Ch. — Colart le Changeur.
C. M. — Colin Muset.
C. P. — Colin Pansace.
Car. — Carasau.
Cert. — Certain.
Ch. — Chardon.
Ch. d'A. — Le Chastelain d'Arras.
Ch. de C. — Le Chastelain de Couci.
Ch. de Cr. — Chardon de Croisilles.
Ch. de L. — Le Chapelain de Laon.
Ch de P. — Le Chancelier de Paris.
Ch. de R. — La Chievre de Reims.
Ch. de S. Q. — Le Chanoine de Saint Quentin.
Chev. — Chevalier.
Chr. de T. — Chrestien de Troies.
Col. — Colart.
Cun. — Cunelier, *mauvaise lecture pour* Cuvelier.
Cuv. — Cuvelier.

D. — Une Dame.
D. de Br. — Le Duc de Brabant.
D. de Lor. — La Duchesse de Lorraine.
D. du F. — La Dame du Fayel.

Er. C. — Ernoul Caupain.
Ern. le V. — Ernoul le Viel.
Eust. de R. — Eustache de Reims.
Eust. le P. — Eustache le Peintre.

F. — Ferri.
F. B. l'O. — Le Fils Baudouin l'Orgueneur.
F. de F. — Ferri de Ferrieres.
F. de M. — Folquet de Marseille.
Fr. — (Gille le Vinier), frère de Guillaume le Vinier.

G. — Guillaume.
G. B. — Gace Brulé.
G. de B. — Geoffroi de Barale.
G. de Bern. — Guillebert de Berneville.
G. de Brun. — Guiot de Brunoi.
G. de Ch. — Geoffroi de Chastillon.
G. de Dij. — Guiot de Dijon.
G. de M. — Gille de Maisons.
G. de N. — Gautier de Navilly.
G. de Pr. — Guiot de Provins.
G. de S. — Gontier de Soignies.
G. d'Esp. — Gautier d'Espinau.
G. de V. M. — Gille de Viés Maison.
G. K. — Guibert Kaukesel.
G. le V. *ou* le Vin. — Gille le Vinier.
G. V. — Guillaume Veau.
Gad. — Gadifer.
Gad. d'A. — Gadifer d'Anjou.
Gam. de V. — Gamart de Vilers.
Garn. d'A. — Garnier d'Arches.
Gast. — Gasteblé.
Gaut. de Br. — Gautier de Bregi.
Gaut. de C. — Gautier de Coinci.
Gaut. de D. — Gautier de Dargies.
Gav. Gr. — Gavaron Grazelle.
Ger. de B. — Gerart *ou* Gerardin de Boulogne.
Ger. de Val. — Gerart de Valenciennes.

Gill. de B — Gille de Beaumont.
Gob. de R. — Gobin de Reims.
Gont. — Gontier.
Guill. d'Am. — Guillaume d'Amiens.
Guill de Bet. — Guillaume de Betune.
Guill. de C. — Guillaume de Corbie.
Guill. de Giv. — Guillaume de Givenci.
Guill. de V. M. — Guillaume de Viés Maison.
Guill. le V. *ou* le Vin. — Guillaume le Vinier.

H. — Hue.
H. A. — Henri Amion.
H. C. — Hubert Chaucesel.
H. de Font. — Huitace de Fontaines.
H. de la F. — Hue de la Ferte.
H. de S. Q. — Hue de Saint Quentin.
H. d'O. — Hue d'Oisy.
H. le Ch. — Hue le Chastelain.
H. le M. — Hue le Maronier.
Hug. de Br. — Hugues de Bregi.

J. — Jehan.
J. A. — Jehan Acart
J. B. — Jehan Bodel.
J. Bar. — Joffroi Baré.
J. Bret. — Jehan Bretel.
J. d'Am. — Jaque d'Amiens.
J. de Br. — Jehan de Brienne.
J. de Camb. — Jaque de Cambrai.
J. de Cys. — Jaque de Cysoing.
J. de D. — Jaque de Dampierre.
J. de Griev. — Jehan de Grieviler.
J. de H. — Jaque de Hesdin.
J. de L. — Jehan de Louvois.
J. de la F. — Jehan de la Fontaine.
J. de la V. — Jakemin de la Vente.
J. de M. — Jehan de Maisons.
J. de N. — Jehan de Neuville.

J. de R. — Jehan de Renti.
J. de S. — Jaque de Soissons.
J. d'Esp. — Jaque d'Espinau.
J. d'Esq. — Jehan d'Esquiri.
J. de Tourn. — Jehan de Tournai.
J. de Tr. — Jehan de Trie.
J. d'Ost. — Jaque d'Ostun.
J. E. — Jehan Erart.
J. E. — Jehan Erart le jeune.
J. Fr. — Jehan Frumel.
J. le Ch. — Jehan le Charpentier.
J. le Cuv. — Jehan le Cuvelier.
J. le P. — Jehan le Petit.
J. le Tab. — Jehan le Taboureur.
J. le Teint. — Jehan le Teinturier
J. le V. — Jaque le Vinier.
J. l'Org. — Jehan l'Orgueneur.
J. P. — Jehannot Paon.
Joc. — Jocelin.
Joc. de Br. — Jocelin de Bruges.
Joc. de D. — Jocelin de Dijon.

L. — Lambert.
L. F. — Lambert Ferri.
Lamb. l'A. — Lambert l'Aveugle.

M. — Moniot.
M. d'A. — Moniot d'Arras
M. de Cr. — Morice de Craon.
M. de P. — Moniot de Paris.
M. de S. D. — Le Moine de Saint Denis.
M. le B. — Martin le Beguin.
Maih. — Maihieu.
Maih. de G. — Maihieu de Gant.
Maih. le J. — Maihieu le Juif.
Map. — Mapolis.
Mar. de Dr. — Maroie de Dregnau.
Mart. — Martinet.

Mus. — Muse en Bourse.
Museal. — Musealiate.

N. Am. — Nevelon Amion.

O. de L. — Oudart de Laceni.
O. de la C. — Oede de la Couroierie.

P. d'A. — Perrin d'Angecourt.
P. de B. — Pierre de Beaumarchais.
P. de C. — Pierre de Corbie.
P. de Cr. — Pierre de Craon.
P. de G. — Pierre de Gant.
P. de la C. — Pierekin de la Coupele.
P. de Mol. — Pierre de Molaines.
P. de N. — Perrot de Nesles.
P. le B. — Pierre le Borgne.
P. P. — Phelipot Paon.
Ph. de N. — Phiiipe de Nanteuil.
Pr. de la M. — Le Prince de la Morée.

Q. — Quenes.

R. — Raoul.
R. d'A. — Roger d'Andeli.
R. de B. — Raoul de Beauvais.
R. de C. — Rufin de Corbie.
R. de D. — Robert de Dommart.
R. de F. — Raoul de Ferrieres.
R. de la P. — Robert de la Pierre.
R. de M. — Robert de Memberoles.
R. de N. — Le Roi de Navarre.
R. de Q. — Renier de Quarignon.
R. de R. — Robert de Reins.
R. de S. — Raoul de Soissons.
R. de T. — René de Trie.
R. du Ch. — Robert *ou* Robin du Chastel.
R. L. — René Laisist.
R. M. — Robert Mauvoisin.

R. Rich. — Le roi Richart.
Reign. — Reignaut, chastelain de Couci.
Ren. — Renier.
Ren. de S. — Renaut de Sableuil.
Rich. — Richart.
Rich. de D. — Richart de Dargies
Rich. de F. — Richart de Fournival.
Rich. de S. — Richart de Semilli.
Rob. de Bl. — Robert de Blois.
Rob. de C. — Robin de Compiegne.
Rog. de C. — Rogeret de Cambrai.

S. C. — Sauvale Cosset.
S. d'A. — Simon d'Autie.
S. de B. — Simart de Boncourt.
S. des Pr. — Sainte des Prés.
Sauv. — Sauvage.
Sauv. d'Ar. — Sauvage d'Arras.
Sauv. de B. — Sauvage de Betune
Send. — Sendrart.

T. de B. — Thibaut de Blason.
T. de N. — Thibaut de Nangis.
Th. de S. — Thierri de Soissons.
Th. Er. — Thomas Erier.
Tr. — Tristan.
Tr. de L. — Le Tresorier de Lille.

V. de C. — Vielart de Corbie.
Vid. — Le Vidame.
Vid. de Ch. — Le Vidame de Chartres.
Vil. d'A. — Vilain d'Arras.

III. ÉDITEURS DES CHANSONS [1]

Aug. II. — [P. R. Auguis], Les Poètes françois depuis le XIIe siècle, t. II (1824), in-8°.

B. *Chr.* — K. Bartsch, Chrestomathie de l'ancien français (VIIIe et XVe siècles), (1866), in-8°.

B. *Jahr.* XI. — K. Bartsch, Beitræge zu den romanischen Literaturen : III. — Zur altfranzœsischen Literatur, dans le *Jahrbuch für romanische und englische Literatur*, t. XI (1870), pp. 159-167, in-8°.

B. *Rom.* — K. Bartsch, Romances et Pastourelles des XIIe et XIIIe siècles (1870), in-8°.

Br. *Arch.* XLI, XLII et XLIII. — J. Brakelmann, Die altfranzœsische Liederhandschrift n^ro 389 der Stadtbibliothek zu Bern, dans l'*Archiv für das Studium der neueren Sprachen und Literaturen*, t. XLI (1867), pp. 339-376, t. XLII (1868), pp. 73-82, 241-292, t. XLIII (1868), pp. 241-394, in-8°.

Br. *Jahr.* IX. — J. Brakelmann, Die Pastourelle in der nord-und südfranzœsischen Poesie, dans le *Jahrbuch für romanische und englische Literatur*, t. IX (1868), pp. 155-189, 307-337, in-8°.

Buch. — J. A. C. Buchon. Recherches et matériaux pour servir à une histoire de la domination française aux XIIIe, XIVe et XVe siècles dans les provinces démembrées de l'empire grec à la suite de la quatrièmc croisade, 1re partie (1840), pp. 419-426, in-4°.

1. Le chiffre qui, dans la *Liste des chansons*, suit chacune des abréviations de cette troisième série, se rapporte à la pagination de l'édition.

Cor. — [Fr. CORAZZINI], Saggio d'un codice di canzonette in antico francese (1876), in-8° *(Per le nozze Bosco-Lucarelli-Cessa)*.

Cr. I. — Eug. CRÉPET, Les poëtes français.. , t. I (1861), in-8°.

De C. — E. DE COUSSEMAKER, Œuvres complètes du trouvère Adam de la Halle, poésies et musique (1872), gr. in-8°.

De la Rue, *Essais* II. — DE LA RUE (L'abbé), Essais historiques sur les bardes, les jongleurs et les trouvères normands et anglo-normands, t. II (1834), in-8°.

Din. I, II, III et IV. — A. DINAUX, Trouvères, jongleurs et ménestrels de la France et du midi de la Belgique, 4 vol. in-8° : I. *Les Trouvères cambrésiens*, 3e éd. (1836); II. *Les Trouvères de la Flandre et du Tournaisis* (1839); III. *Les Trouvères artésiens* (1843); IV. *Les Trouvères brabançons, hainuyers, liégeois et namurois* (1863).

F. M. *Chr.* I. — Fr. MICHEL, Chronique des ducs de Normandie par Benoît, t. I (1844), pp. 459-460, in-4° (dans la *Collection des Documents inédits*).

F. M. *Couc.* — Fr. MICHEL, Chansons du châtelain de Coucy, revues sur tous les manuscrits (1830), gr. in-8°.

F. M. *Rapp.* — Fr. MICHEL, Rapports au ministre (1839), in-4° (dans la *Collection des Documents inédits*).

F. M. *Rom. de la Violette.* — Fr. MICHEL, Roman de la Violette ou de Gérard de Nevers, en vers du XIIIe siècle, par Gibert de Montreuil (1834), in-8°.

G. R. *Bull. de l'hist. de Paris*, IX. — G. RAYNAUD, Jean Moniot de Paris, trouvère du XIIIe siècle, dans le *Bulletin de la Société de l'histoire de Paris et de l'Ile-de-France*, t. IX (1882), pp. 133-144, in-8°.

G. R. *Ec. des ch.* XLI. — G. RAYNAUD, Les chansons de Jean Bretel, dans la *Bibliothèque de l'école des chartes*, t. XLI (1880), pp. 195-214.

G. R. *Rom.* VI. — G. Raynaud, Deux jeux-partis inédits d'Adam de la Halle, dans la *Romania,* t. VI (1877), pp. 590-593, in-8°.

H. *Rom. ined.* — P. Heyse, Romanische inedita auf italiænischen Bibliotheken gesammelt (1856), in-8°.

H. *Sitz.* II⁵. — C. Hofmann, Altfranzœsische Pastourelle aus der Berner Handschrift Nr 389, dans les *Sitzungsberichte der Kœnigl. bayer. Akademie der Wissenschaften zu Munchen,* année 1865, t. II, pp. 301-340, in-8°.

H. *Sitz.* II⁷. — C. Hofmann, Eine Anzahl altfranzœsischer lyrischer Gedichte aus dem Berner Codex 389, dans les *Sitzungsberichte der Kœnigl. bayer. Akademie der Wissenschaften zu Munchen,* année 1867, t. II, pp. 486-527, sn-8°.

Héc. — [G. A. J. Hécart], Serventois et sottes chansons couronnés à Valenciennes, tirés des mss. de la Bibliothèque du Roi, 3ᵉ éd. (1831), in-8°.

Hér. — A. Héron, Œuvres de Henri d'Andeli, trouvère normand du XIIIᵉ siècle, publiées avec introduction, variantes, notes et glossaire (1881), in-8°.

Holl. — W. L. Holland, Crestien von Troies (1854), in-8°.

Jub. *Compl.* — A. Jubinal, La Complainte et le Jeu de Pierre de la Broce (1835), in-8°.

Jub. *Lett.* — A. Jubinal, Lettres à M. le comte de Salvandy sur quelques-uns des manuscrits de la bibliothèque royale de La Haye (1846), in-8°.

Jub. *Nouv. rec.* II. — A. Jubinal, Nouveau recueil de contes, dits, fabliaux, etc., t. II (1842), in-8°.

Jub. *Rapp.* — A. JUBINAL, Rapport à M. le ministre de l'Instruction publique, suivi de quelques pièces inédites, tirées des mss. de la bibliothèque de Berne (1838), in-8°.

Kell. — A. KELLER, Romvart (1844), in-8°.

L. de L. I. — A. J. V. LEROUX DE LINCY, Recueil de chants historiques français, t. I (1841), in-8°.

L. P. *Ec. des ch.* XX. — L. PASSY, Fragments d'histoire littéraire à propos d'un nouveau manuscrit de chansons françaises, dans la *Bibliothèque de l'école des chartes*, t. XX (1859), pp. 1-39, 305-354, 465-502, in-8°.

La B. II. — [DE LA BORDE], Essai sur la musique ancienne et moderne, t. II (1780), in-4°.

La R. II. — [LEVESQUE DE LA RAVALLIÈRE], Les poésies du roy de Navarre, avec des notes et un glossaire françois, t. II (1742), in-8°.

La V. *Arch.* V. — HERSART DE LA VILLEMARQUÉ, Rapport sur une mission littéraire accomplie en Angleterre, dans les *Archives des missions*, t. V, pp. 99-116, in-8°.

Mætzn. — E. MÆTZNER, Altfranzœsische Lieder (1853), in-8°.

M. M. — L. J. N. MONMERQUÉ et Fr. MICHEL, Théâtre français au moyen âge (1839), gr. in-8°.

P. M. *Ann.-Bull. de la Soc. de l'hist. de Fr.* — P. MEYER. Chanson française en l'honneur d'Isabelle, fille de saint Louis, dans l'*Annuaire-Bulletin de la Société de l'histoire de France*, année 1864, 2e partie, pp. 1-5, in-8°.

P. M. *Arch.*² III et V. — P. MEYER, Rapport sur une mission littéraire en Angleterre, dans les *Archives des missions*, 2e série, t. III (1866), pp. 247-328, et t. V (1868), pp. 154-244, in-8°.

P. M. *Rec.* — P. MEYER, Recueil d'anciens textes bas-latins, provençaux et français, 2e partie (1877), in-8°.

P. M. *Rom.* I. — P. MEYER, Henri d'Andeli et le Chancelier Philippe, dans la *Romania*, t. I (1872), pp. 190-215.

P. M. *Rom.* IV. — P. MEYER, Mélanges de poésie anglo-normande, dans la *Romania*, t. IV (1875), pp. 376-379, in-8°.

P. P. à la suite de *Berte aus grans piés.* — P. PARIS, Li Romans de Berte aus grans piés (n° I de la collection des *Romans des douze pairs de France*), (1832), in-8°.

P. P. *Ann.* — P. PARIS, L'art d'aimer (XIIIe siècle), chanson composée par Moniot de Paris, dans l'*Annuaire historique pour l'année 1837, publié par la Société de l'histoire de France* (1836), pp. 156-158, in-12.

P. P. *Conq.* — P. PARIS, De la conqueste de Constantinoble par Joffroi de Villehardouin, 1838, in-8° (pour la *Société de l'histoire de France*).

P. P. *Ec. des ch.* II. — P. PARIS, Notice sur la vie et les ouvrages de Richard de Fournival, dans la *Bibliothèque de l'école des chartes*, t. II (1840-1841), pp. 32-56.

P. P. *Hist. litt.* XXIII. — P. PARIS, Chansonniers, dans l'*Histoire littéraire*, t. XXIII (1856), pp. 512-831, in-4°.

P. P. *Mss. fr.* VI. — P. PARIS, Les manuscrits françois de la bibliothèque du roi, t. VI (1845), in-8°.

P. P. *Rom.* — P. PARIS, Le Romancero françois. Histoire de quelques trouvères et choix de leurs chansons (1833), in-8°.

Poq. — POQUET (L'abbé), Les miracles de la sainte Vierge, traduits et mis en vers par Gautier de Coincy (1857), in-4°.

R. *Jahr.* x. — A. Rochat, Die Liederhandschrift 231 der Berner Bibliothek, dans le *Jahrbuch für romanische und englische Literatur,* t. X (1869), pp. 73-113, in-8°.

Roq. — B. de Roquefort-Flamericourt, De l'état de la poésie françoise dans les xiie et xiiie siècles (1815), in-8°.

Sch. i. — A. Scheler, Trouvères belges du xiie au xive siècle (1876), in-8°.

Sch. ii. — A. Scheler, Trouvères belges, nouvelle série (1879), in-8°.

Schirm. *Arch.* xli. — J. Schirmer, Altfranzœsische Lieder, dans l'*Archiv für das Studium der neueren Sprachen und Literaturen,* t. XLI (1867), pp. 81-90, in-8°.

Sinn. iii. — J. R. Sinner, Catalogus codicum mss. bibliothecæ Bernensis, t. III (1772), in-8°.

Tarb. *Bl.* — [P. Tarbé], Les œuvres de Blondel de Neéle (1862), in-8°.

Tarb. *Ch.* — [P. Tarbé], Les chansonniers de Champagne aux xiie et xiiie siècles (1850), in-8°.

Tarb. *Th.* — [P. Tarbé], Chansons de Thibault IV, comte de Champagne et de Brie, roi de Navarre (1851), in-8°.

Wack. — W. Wackernagel, Altfranzœsische Lieder und Leiche (1846), in-8°.

Willems, *Oude vlaamsche Liederen.* — J. F. Willems, Oude vlaamsche Liederen (1848), in-8°.

BIBLIOGRAPHIE

DES

CHANSONNIERS FRANÇAIS

DES XIIIe ET XIVe SIÈCLES

DEUXIEME PARTIE

LISTE DES CHANSONS

CLASSÉES PAR ORDRE ALPHABÉTIQUE DES RIMES

A

1. — La sagete blondette m'a
   Ov. 88. — *Ballette.*

2. — Puisque chanters onques nul home aida
   R^{1} 86 (Guill. d'Am.); R^{1} 130.
   Kell. 291 ; Mætzn. 49.

3. — Onques mais nus hons ne chanta
   B^{2} 172; Pb^{3} 143 (Bl.); Pb^{11} 92 (id.).
   Tarb. *Bl.* 47; Br. *Arch.* XLIII, 281.

4. — S'onques nus hons se clama
   B^{2} 222.
   Br. *Arch.* XLIII, 351.

5. — S'onc ire d'amours enseigna

Pa 387 ; Pb^{4} 177 ; Pb^{5} 129 ; Pb^{17} 249.

6. — Seignor, sachiés qui or ne s'en ira

Pa 1 (R. de N.) : Pb^{2} 13 (id.) ; Pb^{4} 1 (id.) ; Pb^{5} 127 ; Pb^{10} 316 ; Pb^{11} 2 (R. de N.) ; Pb^{14} 1 ; Pb^{17} 8 (R. de N.).

Ch. de Crois. — La R. II, 132 ; Aug. II, 4 ; L. de L. I, 125 ; Tarb. *Th.* 124 ; P. M. *Rec.* 370.

7. — De Yessé naistra

Pb^{17} 266. — *Ch. à la V.*

8. — Grieviler (*ou* Cuvelier), or i parra

R^{1} 155 ; R^{2} 160. — *Jeu parti.*

9. — Li dous tens qui s'en reva

O I, 57.

10. — Quant li dous tens s'en reva

Pb^{12} 36.

11. — Agniaus dous, agniaus gentis, agniaus sans tache

Pb^{9} 25. — *Ch. relig.*

12. — De sainte Leocade

Pb^{13} 1 (Gaut. de C.).

Ch. relig. — *Ann. arch.* X, 70 ; Poq. 135.

13. — Quant li dous tens s'assouage (*ou* rassouage)

M 217 (M. d'A.) ; Pb^{12} 55.

Past. — Schirm. *Arch.* XLI, 83 ; B. *Rom.* 38.

14. — Quant foillissent li boscage

B^{2} 111 (Am. de Cr.) ; M 228 ; Pa 180 (Vid. de Ch.) ; Pb^{3} 43 (P. de Mol.) ; Pb^{4} 85 (Vid. de Ch.) ; Pb^{5} 107 ; Pb^{6} 66 (Vid. de Ch.) ; Pb^{11} 150 (P. de Mol.) : Pb^{12} 165 : Pb^{14} 49 ; Pb^{17} 128 (Vid. de Ch.).

L. L. 59 ; Br. *Arch.* XLII, 351.

15. — Chanter m'estuet, car pris m'en est courage

Pa 255 (R. de M.); Pb[3] 80 (G. de V. M.); Pb[4] 125 (R. de M.); Pb[6] 82 (id.); Pb[8] 11 (C. de B.); Pb[11] 124 (G. de V. M.); Pb[12] 105; Pb[17] 172 (R. de M.).

P. P. *Rom.* 85; Din. III, 390; Tarb. *Ch.* 73; Sch. I, 17.

16. — Qui plus a ferme courage

Pb[14] 103.

17. — Par trop celer mon courage

B[2] 191; Pa 182 (Rob. de Bl.); Pb[4] 87 (id.); Pb[8] 70 (id.); Pb[17] 130 (id.).

Br. *Arch.* XLIII, 307.

18. — Talens m'est pris que je change mon courage

B[2] 238.

Br. *Arch.* XLIII, 377.

19. — Pour conforter mon courage

Pb[3] 102 (Ern. le V.).

Past. — M. M. 43; B. *Rom.* 235.

20. — Pour conforter mon cuer et mon courage

Pb[13] 2 (Gaut. de C.).

Ch. à la V. — Poq. 23.

21. — Chanterai pour mon courage

B[2] 86 (D. du F.); Pa 385; Pb[3] 174 (G. de Dij.); Pb[5] 28; Pb[11] 128; Pb[17] 248.

Ch. de Cr.—F. M. *Couc.* 95; L. de L. I, 105; P. P. *Hist. litt.* XXIII, 556; Cr. I, 188; Br. *Arch.* XLII, 315; P. M. *Rec.* 368.

22. — De chanter m'est pris courage

Pa 171 (Rich. de S.); Pb[4] 81 (id.); Pb[6] 183; Pb[14] 45; Pb[17] 122 (R. de S.).

23. — Bien emploie son cuer et son courage

M 230.

24. — Se ma dame ne refraint son courage

Pb^{14} 64.

25. — Dous home sont auques tout d'un eage

Pb^{8} 16 (Sendr.). — *Jeu parti.*

26. — Fine amour claime en moi par eritage

B^{2} 78 (Am. de Cr.); Pa 250 (M. de Cr.); Pb^{3} 86 (id.); Pb^{4} 122 (Am. de Cr.); Pb^{5} 54; Pb^{6} 109 (P. de Cr.); Pb^{8} 51 (id.); Pb^{12} 98; Pb^{17} 169 (P. de Cr.); R^{1} 27 (M. de Cr.).

Kell. 259; Wack. 13; Mætzn. 14 et 97; B. *Chr.* 177.

27. — Uns dous regars sans fola e

O v, 176. — *Ballette.*

28. — Qui n'averoit bone amour fait homage

Pb^{11} 173 (J. de R.).

29. — Li mounier du mariage

Pb^{3} 22 (P. de C.); Pb^{11} 123 (id.).

30. — Amours m'envoie a mesage

O v, 71.

Tenson parmi les Ballettes. — La V. *Arch.* v, 111; P. M. *Rec.* 379.

31. — Par plus haïr vilonie et outrage

R^{1} 107.

32. — Amour grassi, si me lo de l'outrage

Pb^{3} 107 (Guill. le Vin.); Pb^{11} 27 (id.); R^{1} 36 (id.): S^{1} 28.

33. — En non Dieu, c'est la rage

Pb^{3} 168 (M. de S. D.); Pb^{11} 61 (id.). — *Motet* (*Voy., pour les autres mss., notre* Recueil de motets, t. I, pp. 164 et 315).

34. — El mois d'esté que li tens rassouage

Pa 222 (G. de S.): Pb^{4} 137 (id.); Pb^{17} 183 (id.).

Sch. II, 20.

35. — L'autrier de jouste un rivage

Pb[17] 189 (Rob. de R.). — *Pastourelle.*

36. — Ne tieng pas celui a sage

B[2] 161.

Chansonnette. — Br. *Arch.* XLIII, 267.

37. — Je ne tieng mie a sage

Pb[5] 68.

38. — Dame bone et sage

O II, 6. — *Estampie.*

39. — Jehan de Grieviler, sage

R[2] 164 (J. Bret.): S[1] 43. — *Jeu parti.*

40. — La douce vois du rossignol sauvage

A 154 (Ch. de C.); B[2] 135 (id.); Lb 108 (Reign. Ch. de C.); Pa 99 (Ch. de C.); Pb[3] 54 (id.); Pb[5] 74; Pb[6] 33 (Ch. de C.); Pb[11] 157 (id.); Pb[14] 76; Pb[17] 71 (Ch. de C.); R[1] 13 (id.).

La B. II, 294; F. M. *Couc.* 69; B.*Chr.* 192; Br. *Arch.* XLII. 388.

41. — A l'entrant du tans sauvage

Pb[3] 81 (H. de S. Q.); Pb[11] 43 (id.).

Past. — B. *Rom.* 240.

42. — Tant m'a mené force de seignourage

B[2] 241; Pa 81 (G. B.); Pb[1] 57; Pb[3] 24 (G. B.); Pb[4] 30 (id.); Pb[5] 134; Pb[11] 160 (G. B.); Pb[12] 159; Pb[14] 38; Pb[17] 60 (G. B.)

Br. *Arch.* XLIII, 379.

43. — Bien ait l'amours qui m'a donné l'usage

R[1] 61 (R. du Ch.); S[1] 27.

44. — Ja ne lairai mon usage

Pb[11] 134 (Th. Er.).

45. — Quant je regart le bel visage

O VI, 10. — *Sotte ch. contre Amour.*

46. — Esbahis en lonc voiage

Pb³ 21 (P. de C.); Pb¹¹ 122 (id.).

47. — Au parissir de la campagne

R¹ 112.
Past. — B. *Rom.* 182.

48. — Une nouvele amourete que j'ai

B² 247 (C. M.); Pb¹² 76.
Tarb. *Ch.* 80; H. *Sitz.* II⁷, 522; Br. *Arch.* XLIII, 387.

49. — Li joli pensé que j'ai

Pb² 132 (G. de Bern.).
La B. II, 168; Din. II, 199; Sch. I, 109.

50. — Li trés dous pensers que j'ai

O V, 90. — *Ballette.*

51. — Bone volenté que j'ai

O V, 155. — *Ballette.*

52. — Merveille est quel talent j'ai

Pb⁶ 221 (Ad. de la H.); Pb⁷ 316; Pb¹¹ 229 (Ad. le B.); Pb¹⁶ 17 (id.); R¹ 52 (id.).
De C. 75.

53. — Par mainte fois pensé ai

R¹ 40 (Rich.).

54. — Li maus d'amours senti ai

O V, 49 *et* 92. — *Ballette.*

55. — Amour longuement servi ai

O I, 5.

56. — L'autrier fors d'Angiers alai

Bibl. nat. ms. lat. 11724, fol. 3 (Colin de Champiaus).
Past. — B. *Rom.* 96; P. M. *Rec.* 377.

57. — Hui main matin jouer alai

O IV, 50.
Past. — B. *Rom.* 169.

58. — Piece a que je n'en amai

B[2] 184 (Gaut. de D.); Pb[12] 31.
Ch. à refr. — Br. *Arch.* XLIII, 295.

59. — Dieus ! j'ai amé et ain encor et amerai

O V, 27. — *Ballette.*

60. — Tant ai amé, tant ain, tant amerai

S[1] 28.
L. P. *Ec. des ch.* XX, 490.

61. — De Saint Quentin a Cambrai

B[2] 53 ; O IV, 38.
Past. — Din. I, 15 ; H. *Sitz.* II[5], 308 ; Schirm. *Arch.* XLI, 89 ; Br. *Arch.* XLII, 271 ; B. *Rom.* 108.

62. — L'autrier de joste Cambrai

B[2] 128 ; O IV, 37.
Past. — H. *Sitz.* II[5], 319 ; Br. *Arch.* XLII, 376 ; B. *Rom.* 114.

63. — Ainc mais nul jour ne chantai

Pb[11] 133 (Th. Er.).

64. — Onques nul jour ne chantai

R[1] 75 (J. Bret.).
G. R. *Ec. des ch.* XLI, 207.

65. — Grant piece a que ne chantai

Pb[5] 56.

66. — De joli cuer chanterai

B² 53 (Ch. de T.): O IV, 20.
Wack. 16; Tarb. *Ch.* 37.

67. — De la mere Dieu chanterai

B² 51; Pb¹⁴ 153.
Ch. à la V. — Br. *Arch.* XLII, 268.

68. — Se j'ai chanté, encore chanterai

Pb⁸ 66.

69. — Iriez, pensis chanterai.

Pb³ 41 (A. C.); Pb¹¹ 137 (id.).

70. — L'autre jour me chevauchai
Tout pensis et en esmai

O IV, 33.
Past. — B. *Rom.* 157.

71. — L'autre jour me chevauchai
Lés un olivier

O IV, 29.
Past. — B. *Rom.* 154.

72. — L'autre jour moi chevauchai.
Delés un buisson trouvai

O IV, 5.
Past. — P. M. *Arch²*. v, 237; B. *Rom.* 150.

73. — Ier main pensis chevauchai

Pb³ 99 (B. de la K.); Pb¹¹ 44 (Er. C.).
Past. — Din. III, 117; M. M. 39; B. *Rom.* 303; Sch. II, 115.

74. — En ceste note dirai

Pa 334; Pb⁴ 161; Pb¹⁷ 219.
Lai. — Tarb. *Ch.* 88.

75. — Entre Aras et Douai

B[2] 11; O IV, 15.

Past. — Din. II, 40; Tarb. *Ch.* 98; H. *Sitz.* II[5], 301; Br. *Arch.* XLI, 358; B. *Rom.* 103.

76. — D'un dous baisier m'enoselai

O I, 88.

77. — Destrois, pensis en esmai

Pb[3] 147 (Aud. le B.); Pb[11] 57 (id.).

78. — Trop mi destraint amourete, ke ferai

O V, 111. — *Ballette.*

79. — En mi Deus, vrais Deus, sire Deus, que ferai

O IV, 27.

Ballette. — B. *Rom.* 153.

80. — En mi Deus! vrais Deus, que ferai

O V, 83. — *Ballette.*

81. — De bel Yzabel ferai

Pb[11] 75 (Contredit). — *Lai.*

82. — Et cler et lai

Pb[17] 267. — *Ch. à la Vierge.*

83. — Entendez tuit ensemble et li clerc et li lai

Pb[13] 3 (Gaut. de C.).

Ch. à la V. — Poq. 753.

84. — Comencerai a faire un lai

Pb[2] 66 (R. de N.); Pb[5] 23; Pb[11] 10 (R. de N.); Pb[14] 12.

Lai à la V. — La R. II, 156; Tarb. *Th.* 113.

85. — A l'entrant de mai

Pa 404.

Past. — Br. *Jahr.* IX, 332; B. *Rom.* 196.

86. — Par un trés bel jour de mai

O IV, 49 ; R^{1} 112 (J. E.).
Past. à refr. — Tarb. *Ch.* 124 ; B. *Rom.* 260.

87. — Le premier jour de mai

Pb^{3} 114 (Guill. le Vin.) ; Pb^{11} 33 (id.) ; Pb^{12} 51.
Past. — B. *Chr.* 315 ; B. *Rom.* 271.

88. — L'autrier le premier jour de mai

B^{2} 129 (Gav. Graz.).
Past. — H. *Sitz.* II^{7}, 508 ; Br. *Arch.* XLII, 378 ; B. *Rom.* 89.

89. — L'autrier a dous mois de mai

B^{2} 122.
Past. — H. *Sitz.* II^{5}, 316 ; Br. *Arch.* XLII, 366 ; B. *Rom.* 112.

90. — Quant vient el mois de mai

B^{2} 119.
Wack. 8.

91. — Quant la rosée ou mois de mai

Pb^{6} 177 : Pb^{17} 213.

92. — Contre le dous tans de mai

R^{1} 78 (R. de la P.).
Ch. à refr. — Kell. 285 ; Mætzn. 42.

93. — Rose ne lis ne dous mai

B^{2} 212.
Br. *Arch.* XLIII, 338.

94. — L'autrier [ce fu] en mai

M 217 (M. d'A.) ; Pa 135 (id.) ; Pb^{4} 79 (id.) ; Pb^{6} 59 (id.) ; Pb^{14} 82 ; Pb^{17} 93 (M. d'A.).
Past. — La B. II, 205 ; Din. III, 331 ; B. *Rom.* 78.

95. — Par une matinée en mai

B² 190 ; Pb³ 166 (Joc. de D.) ; Pb¹¹ 91 (id.) ; Pb¹² 68.
Past. — H. *Sitz.* II⁷, 517 ; Schirm. *Arch.* XLI, 85 ; Br. *Arch.* XLIII, 305 ; B. *Rom.* 91.

96. — Bois ne lis ne rose en mai

Pa 405.

97. — Merci, dame, ou je mourrai

O v, 128. — *Ballette.*

98. — Ma mort ai quise, quant je onques pensai

Pb¹⁴ 100.

99. — Tout autresi con dou soleil li rai

Pb⁵ 139.

100. — Lasse ! pour quoi refusai

Pa 343 ; Pb⁴ 166 ; Pb⁶ 177 ; Pb¹⁷ 224. — *Ch. à refrain.*

101. — Jehan de Grieviler, deus dames sai

R² 168 (J. Bret.). — *Jeu parti.*

102. — J'ain par amours et si ne sai

O v, 80. — *Ballette.*

103. — Chanter m'estuet et si n'i sai

Pa 231 (B. de la Q.) ; Pb⁴ 112 (id.) ; Pb⁶ 81 (id.) ; Pb¹⁷ 157 (id.).
Din. III, 116.

104. — Amours, a cui tous jours serai

Pb⁶ 180 (G. d'Esp.).

105. — De tout mon cuer bone amour servirai

O v, 30. — *Ballette.*

106. — Poine d'amours et li maus que j'en trai

O I, 55; Pb² 76 (R. de N.); Pb⁵ 105; Pb⁸ 64.

La B. II, 227; Aug. II, 11; Tarb. *Th.* 48.

107. — Rolant, une dame trovai

O III, 32. — *Jeu parti.*

108. — Onques jour ne me vantai

O V, 169. — *Ballette.*

109. — Sans esperance et sans confort que j'aie

B² 227.

Br. *Arch.* XLIII, 359.

110. — Cuers desirous apaie

B² 46 (G. de Dij.); Pb³ 138 (Bl. de N.); Pb¹¹ 88 (id.); Pb¹² 134 *et* 171; R¹ 88 (Bl. de N.); S¹ 10*bis*.

Kell. 293; Mætzn. 51; Tarb. *Bl.* 23; B. *Chr.* 187; Br. *Arch.* XLII, 262.

111. — Cil qui tous les maus essaie

Pa 117 (Bl. de N.); Pb³ 31 (G. B.); Pb⁴ 43 (Bl. de N.); Pb⁶ 43 (id.); Pb¹¹ 167 (G. B.); Pb¹⁴ 108; Pb¹⁷ 82 (Bl. de N.).

Tarb. *Bl.* 19.

112. — Bone amour, cruel manaie

Pb³ 112 (Guill. le V.); Pb¹¹ 32 (id.); R¹ 38 (id.).

* 112. — Premiers baisiers est plaie

Même chanson que le nº 110.

113. — En talent ai qu'a chanter me retraie

Pb¹² 9.

Din. I, 151.

114. — Grant talent ai qu'a chanter me retraie

B² 83 (J. de Camb.).

Ch. à la V. — Br. *Arch.* XLII, 310.

115. — . . . . aigne

Pb³ 39 (G. B.).

116. — Bien doi chanter quant dire le me daigne

Pb⁵ 20.

117. — Chanter m'estuet (*ou* me fait) coment que me destraigne

B² 39 (G. de Dij.); Pb¹² 132.

Br. *Arch.* XLII, 252.

118. — Chanter voudrai d'amours qui m'est estraigne

Pb⁶ 3 (H. C.).

Din. III, 232.

119. — Ne puet laissier fins cuers c'adès se plaigne

B² 158 (G. d'Esp.); Pb¹² 56.

Br. *Arch.* XLIII, 263.

120. — S'amours veut que mes chans remaigne

B² 220 (G. B.); M 224 (M. d'A.); Pb³ 138 (Bl. de N.); Pb⁶ 46 (id.); Pb⁸ 53 (id.); Pb¹¹ 87 (id.); Pb¹² 134; S¹ 10 *bis*.

Tarb. *Bl.* 37; Br. *Arch.* XLIII, 348.

121. — Amours, tenson et bataille

B² 18 (Chr. de T.); Pb¹² 35.

Wack. 15; Holl. 228.

122. — J'ai esté clers mout longuement sans faille

O v, 45.

Chans. parmi les Ballettes. — La V. *Arch.* v, 12; P. M. *Rec.* 379.

123. — Devers Chastelvilain

Pb⁵ 44.

Tarb. *Ch.* 34.

124. — Quant la feuille naist du rain

Pb¹² 161.

125. — Tant ne me sai de ma dolour complaindre

Pb^{14} 78.

126. — En chantant m'estuet complaindre

B^{2} 10 (Ph. de N.); Pa 380; Pb^{4} 38 (G. B.); Pb^{5} 48; Pb^{12} 52; Pb^{14} 105; Pb^{17} 245.

Tarb. *Ch.* 96; Br. *Arch.* XLI, 357.

127. — Tant ne me sai dementer ne complaindre

B^{2} 241; Pa 103 (Ch. de C.); Pb^{6} 35 (id.); Pb^{17} 73 (id.).

La B. II, 279; F. M. *Couc.* 47; Br. *Arch.* XLIII, 380.

128. — Qui que voie en amour faindre

Pb^{3} 113 (Guill. le V.); Pb^{11} 33 (id.).

129. — Ferm et entier, sans fausser et sans faindre

Pa 269 (Eust. le P.); Pb^{4} 133 (id.); Pb^{14} 66; Pb^{17} 118 (Eust. de R.).

130. — Tant ai d'amours qu'en chantant m'estuet plaindre

B^{2} 230 (Bl. de N.); Pa 178 (Vid. de Ch.); Pb^{4} 84 (id.); Pb^{5} 135; Pb^{6} 68 (Vid. de Ch.); Pb^{12} 16; Pb^{14} 48; Pb^{17} 127 (Vid. de Ch.); R^{1} 30.

Ch. à refr. — L. L. 53; Tarb. *Bl.* 63; Br. *Arch.* XLIII, 362.

131. — Flour ne glais ne vois autaine

A130 (Guill. le V.); B^{2} 80 (id.); Pb^{3} 107 (id.); Pb^{11} 28 (id.); R^{1} 37 (id.); S^{1} 29.

Br. *Arch.* XLII, 306.

132. — Chanter vueil d'amour certaine

Pa 386; Pb^{4} 176; Pb^{5} 28; Pb^{17} 248.

133. — D'amour me plain qui ainsi me demaine

O I, 62.

134. — Coment qu'amours me demaine

Pb^{3} 132 (G. de Bern.).

Sch. I, 66.

135. — Joliement me demaine

Pb^{14} 100.

136. — Quant li rus de la fontaine

B^{2} 115.

Br. *Arch.* XLII, 357.

137. — A une fontaine

Pa 399; Pb^{4} 183; Pb^{5} 7; Pb^{17} 256.

Past. — B. *Rom.* 190.

138. — Onques d'amours n'oi nule si grief paine

Pa 149 (G. de Bern.); Pb^{4} 69 (id.); Pb^{5} 91; Pb^{8} 118; Pb^{14} 43; Pb^{17} 103 (G. de Bern.).

Sch. I, 113.

139. — Pour travail ne pour paine

Pb^{3} 146 (Aud. le B.); Pb^{11} 55 (id.).

140. — Aler m'estuet la ou je trerai paine

Pa 249 (G. le V.); Pb^{4} 122 (id.); Pb^{6} 101 (id.); Pb^{11} 39 (H. le Ch.); Pb^{17} 168 (G. le V.).

La B. II, 230; Aug. II, 50; Din. III, 238.

141. — Entre le bos et la plaine

Pb^{11} 78 (J. B.).

Past. — M. M. 40; Din. III, 279; B. *Rom.* 287.

142. — Ma joie premeraine

B^{2} 147 (G. de Pr.); Pb^{12} 17.

Wack. 28.

143. — Le samedi a soir, fait la semaine.

Pb^{12} 146.

Romance. — L. de L. I, append. XLVII; Cr. I, 46; Din. IV, 315; B. *Chr.* 49 *et Rom.* 8.

144. — Hé trikedondaine

Pb[12] 111.
Ch. à refr. — B. *Chr.* 51.

145. — Chançon fas non pas vilaine

Pb[3] 163 (P. de la C.); Pb[11] 126 (id.).
Din. III, 374.

146. — Amours est trop fiers chastelains

Pb[6] 146. — *Ch. à refr.*

147. — Mahieu, je vous part, compains

Pb[8] 19 (C. le B.). — *Jeu parti.*

148. — Helas! il n'est mais nus qui n'aint

Pb[6] 213 (Ad. de la H.); Pb[7] 319; Pb[8] 167; Pb[11] 227 (Ad. le B.); Pb[15] 4 (id.); Pb[16] 12 (id.).
De C. 25.

149. — Helas! il n'est mais nus qui aint

A 135 (Ad. le B.); O I, 87; Pb[5] 57; Pb[6] 213 (Ad. de la H.); Pb[7] 314; Pb[8] 167; Pb[11] 226 (Ad. le B.); Pb[15] (id.); Pb[16] 11 (id.); R[1] 48 (id.).
De C. 22.

150. — Amours et desirs me destraint

B[2] 15; Pb[12] 107.
Br. *Arch.* XLI. 362.

151. — Loiaus amours qui en moi maint

Pb[3] 167 (J. le V.); Pb[11] 61 (id.). — *Ch. à refr.*

152. — Il ne meut pas de sens celui qui plaint

A 134 (Ad. le B.); Pb[6] 212 (Ad. de la H.); Pb[7] 313; Pb[8]

165; Pb[11] 226 (Ad. le B.); Pb[15] 3 (id.); Pb[16] 11 (id.); R[1] 47 (id.).
Kell. 267; Mætzn. 23; B. *Chr.* 351; De C. 18.

153. — Hautement d'amour se plaint
B[2] 94.
Wack. 46.

154. — Puis que je sui en amour qui tout vaint
O I, 82.

155. — Biaus sire tresorier d'Aire
R[1] 162; R[2] (J. Bret.). — *Jeu parti.*

156. — Tout ensement con retraient a l'aire
B[2] 243; Pb[14] 150.
Ch. à la V. — Br. *Arch.* XLIII, 382.

157. — Pour mon cuer a joie atraire
Pa 328; Pb[4] 157; Pb[6] 190; Pb[17] 206.

158. — Dame, ne vous doi desplaire
Pb[2] 21 (P. de C.); Pb[11] 123 (id.).

159. — Mout m'ennuie et doit desplaire
Pb[6] 106 (O. de L.).

160. — Ne puis faillir a bone chançon faire
B[2] 164; Pa 67 (G. B.); Pb[1] 52; Pb[4] 23 (G. B.); Pb[6] 9 (G. B.); Pb[14] 33; Pb[17] 51 (G. B.).
Br. *Arch.* XLIII, 273.

161. - Onques mais de chançon faire
O V, 156. — *Ballette.*

162. — Amours, coment porroie chançon faire
Pa 271 (Eust. le P.); Pb[4] 134 (id.); Pb[17] 119 (id.).
Tarb. *Ch.* 69.

163. — Je ne me puis plus tenir de chant faire

O I, 81.

164. — En chantant vueil mon dueil faire

Bibl. nat. ms. fr. 22495, fol. 283 (Ph. de N.).
Ch. de croisade. — P. P. *Hist. litt.* XXIII, 675.

165. — Chansonete m'estuet faire

O V, 149. — *Ballette.*

166. — Amours, j'ai oï de vous faire

R[1] 129 (N. Am.).

167. — Amours ont pris envers moi mortel guerre

B[2] 21.
Wack. 51.

168. — Li miens canters ne puet plaire

R[1] 76. (J. Bret.).
G. R. *Ec. des ch.* XLI, 210.

169. — Bien doit chanter la cui chançon set plaire

Pb[3] 110 (Guill. le V.); Pb[8] 99; Pb[11] 30 (Guill. le V.). — *Ch à refrain.*

170. — La bone amour qui en mon cuer repaire

B[2] 132; Pb[12] 160; Pb[14] 116.
Br. *Arch.* XLII, 382.

171. — Ire d'amour qui en mon cuer repaire

B[2] 100 (G. B.); Pa 62 (id.); Pb[1] 50; Pb[4] 20 (G. B.); Pb[5] 61; Pb[6] 5 (G. B.); Pb[12] 160; Pb[14] 31; Pb[17] 48 (G. B.).
Tarb. *Th.* 136; Br. *Arch.* XLII, 334.

172. — Quant li biaus estés repaire

Pa 161 (P. d'A.); Pb[4] 108 (id.); Pb[5] 119 *et* 126; Pb[14] 87; Pb[17] 51 (P. d'A.).

173. — Quant estés repaire

Pb[12] 21.

174. — El tans que hernus repaire

O vi, 17. — *Sotte ch. contre Amour.*

175. — Quant li biaus tens a nous repaire

Pb[11] 115 (Gont.).
Ch. à refr, — Sch. ii, 56.

176. — Au comencier du dous tans qui repaire

Pb[6] 54 (Gaut. de D.).

177. — Loiaus amours et li tans qui repaire

B[2] 134.
Br. *Arch.* xlii, 385.

178. — Contre le tans que je voi qui repaire

Pa 330; Pb[4] 158; Pb[6] 193; Pb[17] 207.

179. — Quant la saisons del dous tans se repaire

Pb[3] 15 (J. de Cys).
Sch. ii, 81.

180. — Bone amour qui son repaire

Pa 278 (J. E.); Pb[4] 137 (id.); Pb[5] 19.

181. — Yvers en vet, li jolis tans repaire

O i, 59.

182. — Quant li nouviaus tans repaire

Pb[10] 87.

183. — Li biaus estés se resclaire

Pb[3] 33 (G. B.); Pb[11] 39 (S. d'A.).
Din. iii, 456.

184. — Je ne mi vueil de bone amour retraire

Pb^{6} 178; Pb^{17} 214.

185. — Pour demourer en amour sans retraire

B^{2} 192; Pb^{5} 104; Pb^{8} 59 (M. le B.); Pb^{14} 112; R^{1} 100 (M. le B.).

Kell. 299; Mætzn. 55; Br. *Arch.* XLIII, 308.

186. — Un descort vaurai retraire

Pb^{12} 132 (Th. Er.). — *Descort.*

187. — Pensis d'amours vuel retraire

B^{2} 189 (G. B.); Pa 88 (G. B.); Pb^{1} 60; Pb^{3} 29 (G. B.); Pb^{4} 34 (id.); Pb^{5} 98; Pb^{6} 26 (G. B.); Pb^{11} 165 (id.); Pb^{12} 32; Pb^{14} 41; Pb^{17} 64 (G. B.); R^{1} 19 (id.).

Br. *Arch.* XLIII, 303.

188. — Trop me puis de chanter taire

Pb^{3} 57 (B. de M.); Pb^{11} 105 (id.).

189. — Sourpris d'amour, fins cuers ne se puet taire

B^{2} 224 (J. d'A); O I, 23.

Br. *Arch.* XLIII, 355.

190. — Des or mais ne me puis taire

Pb^{6} 179; Pb^{17} 215.

191. — Jherusalem, grant domage me fais

Pb^{3} 180 (G. d'Esp.). — *Ch. de croisade.*

192. — Flours ne glais

Pb^{11} 73; Pb^{13} 4. — *Lai à la Vierge.*

193. — Se chans ne descors ne lais

Pb^{3} 116 (Guill. le V. ; Pb^{11} 49 (id.).

194. — Grant piece a que chantai mais

B^{2} 88; Pb^{5} 56.

Br. *Arch.* XLII, 318.

195. — Je ne chantai onkes mais

O v, 52. — *Ballette.*

196. — Plus amourous qu'onkes mais

O v, 141. — *Ballette.*

197. — Orandroit plus qu'onkes mais

O I, 67; Pb^8 64.

198. — Aïmans fins et verais,
Debonairetés et pais

B^2 22; O I, 3.
Ch. à la V. — Br. *Arch.* XLI, 369.

199. — Aïmans fins et verais,
Se li mons ert vostre en pais

B^1 6; B^2 9 (G. d'Esp.); Pa 214 (id.); Pb^3 178 (id.); Pb^4 103 (id.); Pb^5 8; Pb^6 119 (G. d'Esp.); Pb^8 83; Pb^{10} 231; Pb^{12} 133; Pb^{14} 58.
R. *Jahr.* X, 100; Br. *Arch.* XLI, 355.

200. — Li amant qui vivent d'aise

B^2 122; Pb^{12} 127.
Br. *Arch.* XLII, 367.

201. — Un chant d'amour volentiers començaisse

B^2 246.
Br. *Arch.* XLIII, 386.

202. — Siet soi bele Aye as piés sa male maistre

Rome, Vat. Christ. 1725, fol. 74.
Romance. — Br. *Rom.* 16.

203. — Jehan Bretel, une jolie dame

R^1 157. — *Jeu parti.*

204. — Hardis sui en l'acointance

Pb^3 165 (J. E.); Pb^{11} 129 (id.). — *Ch. à refrain.*

205. — La douce acordance

Pb[3] 158 (Ad. de Giv.); Pb[11] 82 (id.). — *Descort.*

206. — Empris d'amour et de longue atendance

B[2] 69; Pb[12] 44.

Br. *Arch.* XLII, 292.

207. — Lonc tans ai servi en balance

B[2] 130 (Am. de Cr.); Pb[3] 17 (Hug. de Br.); Pb[11] 104 (id.); Pb[12] 169.

Br. *Arch.* XLII, 380.

208. — Aucuns d'amer se bobance

O v, 174. — *Ballette.*

209. — Mout m'est bele la douce començance

A 155 (Ch. de C.); B[2] 147 (id.); Lb 107; Pa 96 (Ch. de C.); Pb[1] 63; Pb[3] 54 (Ch. de C.); Pb[5] 82; Pb[6] 31 (Ch. de C.); Pb[8] 37 (R. de N.); Pb[11] 156 (Ch. de C.); Pb[12] 4; Pb[14] 75; Pb[17] 96 (Ch. de C.); R[1] 14 (id.).

La B. II, 288; F. M. *Couc.* 60; Tarb. *Th.* 43; Br. *Arch.* XLIII, 252.

210. — Trop ai longuement fait grant consivrance

Pa 199 (O. de la C.); Pb[4] 95 (id.); Pb[6] 174.

211. — Chanter m'estuet pour faire contenance

Pb[4] 62 (Th. de S.); Pb[14] 87.

212. — Plains de tristeur et de desesperance

Pa 361; Pb[4] 175; Pb[17] 235.

213. — Con amans en desesperance

Pb[3] 184 (Car.); R[1] 105 (id.).

Din. III, 127; Sch. II, 94.

214. — Anuis et desesperance

Pb[5] 50; Pb[8] 60 (Cun.); Pb[14] 118; R[1] 99 (Cuv.); S[1] 22.

215. — Tout soit mes cuers en grant desesperance

Pa 201 (O. de la C.); Pb^{4} 96 (id.); Pb^{6} 174.

216. — Chançon ferai par grant desesperance

Pa 202 (O. de la C.); Pb^{4} 97 (id.).

217. — Ire d'amours et doutance

Pb^{3} 107 (Guill. le V.); Pb^{11} 28 (id.); R^{1} 37 (id.); S^{1} 33.

218. — L'amour de ma douce enfance

R^{1} 40 (Rich.).

219. — Ce qu'on aprent en enfance

B^{2} 225 (C. le B.); Pb^{3} 126 (id.); Pb^{11} 23 (id.); R^{1} 70 (id.); S^{1} 38.

Din. III, 138; Br. *Arch.* XLIII, 356.

220. — Amours et bone esperance

B^{2} 18 (C. le B.); Pb^{3} 128 (id.); Pb^{11} 25 (id.); R^{1} 69 (id.); S^{1} 38.

Din. III, 144; Br. *Arch.* XLI, 365.

221. — Fine amours et bone esperance
Me ramaine joie et chanter

A 153; B^{2} 81 (G. B.); Pa 74 (G. B.); Pb^{1} 54; Pb^{3} 43 (P. de Mol.); Pb^{4} 26 (G. B.); Pb^{5} 54; Pb^{6} 14 (G. B.); Pb^{8} 37; Pb^{12} 42; Pb^{14} 114; Pb^{17} 55 (G. B.); R^{1} 12 (Ch. de C.).

Tarb. *Th.* 131; Br. *Arch.* XLII, 307.

222. — Fine amours et bone esperance
Me fait un nouvel chant chanter

Pb^{17} 266. — *Ch. à la Vierge.*

223. — Fine amour en esperance

B^{2} 80 (Aud. le B.); Pb^{3} 146 (id.); Pb^{5} 55; Pb^{11} 55 (Aud. le B.).

H. *Sitz.* II^{7}, 502; Br. *Arch.* XLII, 307.

224. — Encor m'estuet chanter en esperance

B[2] 73.

Br. *Arch.* XLII, 297.

225. — A malaise est qui sert en esperance.

Pb[3] 31 (G. B.); Pb[11] 167 (id.).

226. — Mout ai esté lonc tans en esperance

B[2] 144. (G. de Ch.); Pb[12] 6.

Tarb. *Ch.* 33.

227. — Amours me tient en esperance

Pa 312; Pb[4] 148; Pb[6] 163; Pb[17] 197.

228. — Alegiés moi ma grevance

O v, 180. — *Ballette.*

229. — En la vostre maintenance

Pb[14] 151. — *Ch. à la Vierge.*

230. — Ire d'amours, anuis et mescheance

B[2] 107 (G. B.).

Br. *Arch.* XLII, 346.

231. — A nouvel tans que je voi la muance

Pb[3] 2 (Pr. de la M.).

Buch. 419; Tarb. *Ch.* 116.

232. — Chanter m'estuet plain d'ire et de pesance

Pa 355; Pb[4] 172; Pb[17] 231. — *Ch. religieuse.*

233. — Desconfortés, plains d'ire et de pesance

B[2] 59 (G. B.); Pa 333; Pb[3] 36 (G. B.); Pb[4] 161; Pb[11] 47 (V. de C.); Pb[12] 63; Pb[17] 219.

Br. *Arch.* XLII, 277.

234. — Anui et dure pesance

Pb[14] 63.

235. — Vivre m'estuet en tristror, en pesance

Pb[11] 141 (A. C.).

236. — Tant ai au cuer ire et duel et pesance

Pa 372; Pb[17] 242.

237. — Pour conforter ma pesance

Pa 9 (R. de N. ; Pb[2] 61 (id.); Pb[4] 6 (id.); Pb[5] 95; Pb[11] 4 (R. de N.); Pb[14] 5; Pb[17] 14 (R. de N.); S[1] 1.

Son. — La R. II, 20; Tarb. *Th.* 51.

238. — Ausi con cil qui cuevre sa pesance

A 158 (Hug. de Br.); B[2] 10 (id.); Pb[3] 17 (id.); Pb[5] 49; Pb[11] 104 (Hug. de Br); Pb[12] 108; R[1] 26 (Hug. de Br.).

Br. *Arch.* XLI, 356.

239. — Robers, c'est voir qu'amours a bien poissance

Pb[8] 20 (Col.). — *Jeu parti.*

240 — Amere amours, par la grande poissance

O VI, 12. — *Sotte ch. contre Amour.*

241. — Ce qu'amours a si trés grande poissance

Pb[8] 145.

242. — Encor a si grant poissance

B[2] 6 (M. d'A.); Pa 76 (G. B.); Pb[1] 55; Pb[3] 119 (M.); Pb[4] 27 (G. B.); Pb[5] 50; Pb[6] 15 (G. B.); Pb[11] 119 (M.); Pb[12] 116; Pb[14] 36; Pb[17] 57 (G. B.).

Br. *Arch.* XLI, 352.

243. — Quant ivers a tel poissance

Pb[3] 84 (R. de F.).

244. — Qui d'amours a remembrance

B[2] 110 (G. de V. M.); Pb[5] 117; Pb[6] 142; Pb[11] 103 (R. de M.); Pb[12] 165; Pb[17] 191 (R. M.).

Tarb. *Ch.* 74 *et* 111; Br. *Arch.* XLII, 350.

245. — Cil qui d'amours a droite remembrance

Pb^{3} 49 (Gill. de B.).
Din. IV, 320.

246. — Jolivetés de cuer et remembrance

Pa 413; Pb^{3} 132 (G. de Bern.).
Sch. I, 105.

247. — Souvent me vient au cuer la remembrance

Pa 371; Pb^{17} 241.

248. — Je n'ai autre retenance

A 134 (Ad. le B.); O I, 46; Pb^{5} 66; Pb^{6} 212 (Ad. de la H.); Pb^{7} 311; Pb^{8} 104; Pb^{11} 225 (Ad. le B.); Pb^{15} 3 (id.); Pb^{16} 10 (id.); R^{1} 47 (id.).
De C. 13.

249. — Quant Deus ot formé l'ome a sa samblance

B^{2} 194; Pb^{14} 149.
Ch. à la V. — Br. *Arch.* XLIII, 310.

250. — Mout douce souffrance

Pb^{8} 151.

251. — Amours qui m'a mis en souffrance

R^{1} 128 (A. le B.).
Ch. à la V. — Kell. 315.

252. — Li bien qui font ciaus avoir soutenance

O I, 80.

253. — Jolis cuers et souvenance

Pb^{5} 65 (*un seul couplet*).

254. — Biauté et sens et vaillance

O V 19 *et* 119. — *Ballette.*

255. — La flour d'iver sour la branche

A 130 (Guill. le Vin.); Pb^3 109 (id.); Pb^{11} 29 (id.); Pb^{12} 52; R^1 32 (Guill. le Vin.); S^1 30. — *Chansonnette.*

256. — Quant foille vers et flors naist sor la branche

Pb^3 15 (J. de Cys.).
Sch. ii, 79.

257. — Amours qui le me comande

Pb^3 136 (G. le Vin.); Pb^{11} 102 (id.).
L. P. *Ec. des ch.* xx, 312.

258. — Respondés a ma demande

A 146; O iii, 23; R^1 146; R^2 160 (J. Bret.); S^1 43.
Jeu parti. — Tarb. *Ch.* 42.

259. — Thiebaus de Bar, li rois des Allemans

O iii, 16. — *Jeu parti.*

260. — Sanz guerredon ne puet amer amans

Pb^{14} 60.

261. — La bone amour a cui sui atendans

B^2 124.
Br. *Arch.* xlii, 370.

262. — Bonne, belle et avenans

Pb^8 5 (A. C.).
Din. iii, 68.

263. — Je feïsse chansons et chans

Pb^3 131 (G. de Bern.); Pb^{11} 35 (id.); R^1 91 (id.).
Ch. à refr. — Sch. i, 98.

264. — La gent dient pour coi je ne fai chans

A 157 (Gaut. de D.); B^2 132 (id.); Pb^3 93 (id.); Pb^{11} 144 (id.); Pb^{12} 57; R^1 16 (Gaut. de D.).
Br. *Arch.* xlii, 383.

265. — Renvoisiés sui (*ou* Biau m'est), quant voi verdir les chans

B² 211; Pa 381; Pb⁵ 17; Pb¹⁷ 245.

Ch. à refr. — Br. *Arch.* XLIII, 337.

266. — Envoisiés sui chantans

O v, 137. — *Ballette.*

267. — Prise est Namurs, cuens Hanris est dedans.

Pb¹² 145.

Chans. hist. — L. de L. I, 215.

268. — Douce dame, mult sui liés et joians

Pa 408.

269. — Liés et jolis et en amours manans

Pb¹⁴ 97.

270. — Merci, or estes vous manans

Pb⁸ 179. — *Ch. à refrain.*

271. — Dieus confonde mesdisans

Ov, 121. — *Ballette.*

272. — Tout aussi con li olifans

B² 238.

Br. *Arch.* XLIII, 376.

273. — Diens est ensi comme est li pelicans

B¹ 3; Pa 34 (R. de N.); Pb² 67; Pb⁵ 37; Pb¹⁰ 317; Pb¹¹ 16 (R. de N.); Pb¹⁴ 17; Pb¹⁷ 29 (R. de N.).

Ch. relig. — La R. II, 158; Tarb. *Th.* 119; R. *Jahr.* X, 87.

274. — Uns dous espoirs amerous et plaisans

O I, 79.

275. — De tous maus n'est nus plaisans

Pa 22 (R. de N.); Pb^{2} 65; Pb^{5} 35; Pb^{10} 315; Pb^{11} 9 (R. de N.); Pb^{14} 11; Pb^{17} 22 (R. de N.); S^{1} 6.

La R. II, 49; Tarb. *Th.* 24.

276. — Gloriouse virge plaisans

O I, 44. — *Ch. à la Vierge.*

277. — Adan, mout fu Aristotes sachans

A 149; Pb^{7} 322; Pb^{16} 27 (Ad. de la B.); R^{1} 177.

Jeu parti. — De C. 167.

278. — Dame cortoise et bien sachans

O V, 55. — *Ballette.*

279. — En mon chant di que je sui tous semblans

B^{2} 12 (Best.).

Br. *Arch.* XLI, 358.

280. — Au comencement du tans

Pb^{8} 126.

281. — A l'entrant du tans

O II, 16. — *Estampie.*

282. — Aucun dient que poins et lieus et tans

Pb^{8} 132.

283. — Avril ne mai, froidure ne let tans

B^{2} 19 (B. des A.); Pa 59 (G. B.); Pb^{1} 49; Pb^{3} 56 (B. des A.); Pb^{4} 18 (G. B.); Pb^{6} 3 (id.); Pb^{11} 152 (B. des A.); Pb^{14} 29; Pb^{17} 47 (G. B.).

Br. *Arch.* XLI, 365.

284. — Bel m'est li tans

Pb^{12} 75. — *Lai.*

285. — J'osasse bien jurer, n'a pas lonc tans

Pb[5] 67.

286. — Amours cui j'ai servi lonc tans

Pb[12] 141.

287. — Contre le novel tans

B[2] 45 (G. de Pr.); Pb[12] 73.
Chansonnette. — Wack. 24; B. *Chr.* 203; Br. *Arch.* XLII, 260.

288. — Mais ne avris ne prins tans

B[2] 152 (P. d'A.).
Br. *Arch.* XLIII, 259.

289. — Simon, li quels emploie mieus son tans

R[2] 169 (H. le M.). — *Jeu parti.*

290. — A un ajournant
Por oïr le chant

B[2] 16.
Past. — B. *Rom.* 104; Br. *Arch.* XLI, 363.

291. — Par un ajournant
Trouvai en un pré

Pb[3] 21 (P. de C.); Pb[11] 123 (id.).
Past. — P. P. *Hist. litt.* XXIII, 681; B. *Rom.* 281.

292. — Huimain par un ajournant
Chevauchai ma mule amblant

Pa 307; Pb[4] 146; Pb[6] 160; Pb[17] 194.
Past. — Roq. 387; Tarb. *Ch.* 20; M. M. 44; B. *Rom.* 183.

293. — Huimain par un ajournant
Chevauchai lés un buisson

Pa 122 (T. de B.); Pb[3] 18 (id.); Pb[4] 72 (id.); Pb[6] 61 (id.); Pb[11] 108 (id.); Pb[14] 50; Pb[17] 85 (T. de B.); R[1] 109.
Past. — M. M. 34; Tarb. *Ch.* 18; B. *Rom.* 227.

294. — Baudouin, il sont doi amant

A 139; Pb[2] 72; Pb[5] 15; Pb[11] 11 (R. de N.); R[1] 137.
Jeu parti. — La R. II, 105; Tarb. *Th.* 76; Din. IV, 57.

295. — Ferri, il sont doi amant

R[1] 161. — *Jeu parti.*

296. — Lambert, il sont doi amant

R[1] 169. — *Jeu parti.*

297. — Pierrot, li queus vaut pis a fin amant

R[1] 148; S[1] 45.
Jeu parti. — L. P. *Ec. des ch.* XX, 329.

298. — Ferri, il sont doi fin amant

R[2] 154 (J. Bret.). — *Jeu parti.*

299. — Onques mès ne vi amant

Pb[14] 65.

300. — De bien amer chant

OII, 10. — *Estampie.*

301. — Por ce chant

OV, 118. — *Ballette.*

302. — Onques talant de faire chant

OII, 2.
Estampie. — P. M. *Arch.*[2] V, 233.

303. — Si voirement con cele dont je chant

B[2] 224 (C. de Bet.); M 227 (M. d'A.); Pb[12] 28.
Din. III, 405; Wack. 41; Sch. I, 28.

304. — De haut lieu meut la chançon que je chant

R[1] 124 (M.). — *Ch. à la Vierge.*

305. — Or m'a mandé ma dame que je chant

Pb[14] 102.

306. — Quant fine amour me prie que je chant

B[2] 112 (R. de D); Pa 45 (R. de N.); Pb[3] 36 (G. B.); Pb[4] 11 (R. de N.); Pb[5] 107; Pb[6] 28 (G. B.); Pb[12] 60; Pb[14] 23; Pb[17] 31 (R. de N.).
La R. II, 35; Tarb. *Th.* 56; Br. *Arch.* XLII, 353.

307. — Trés haute amours me semont que je chant

Pb[3] 41 (A. C.); Pb[11] 137 (id.).

308. — Bele et bone est cele pour qui je chant

B[2] 28 (R. de N.); Pb[6] 109 (Ch. d'A.); Pb[12] 67.
Din. III, 240; Tarb. *Th.* 9; Br. *Arch.* XLI, 374

309. — Si li oisel baissent lor chant

Pb[11] 112 (Gont.).
Ch. à refr. — Sch. II, 61.

310. — Partis d'amour et de mon chant

B[2] 190; Pb[12] 34.
Br. *Arch.* XLIII, 306.

311. — Amours, de cui j'esmuef mon chant

Pb[3] 147 (Aud. le B.); Pb[11] 56 (id.).

312. — Atis d'amours fenis mon chant

Lb 114 (*3e couplet*).
P. M. *Arch.*[2] III, 294.

313. — Pour autrui movrai mon chant

Pb[3] 175 (Maih. le J.); Pb[11] 93 (id.). — *Ch. à refrain.*

314. — Ne puis laissier que je ne chant

Pb[3] 129 (C. le B.); Pb[12] 21; R[1] 72 (C. le B.); S[1] 37.

315. — Je ne vois mais nului qui gieut ne chant

B[2] 85 (Th. R. de N.); O I, 35; Pa 18 (R. de N.); Pb[2] 63; Pb[5] 58; Pb[6] 48 (R. de N.); Pb[8] 1 (id.); Pb[11] 7 (id.); Pb[14] 9; Pb[17] 19 (R. de N.); R[1] 6 (id.).

La R. II, 31; Tarb. *Th.* 36; Br. *Arch.* XLII, 313.

316. — Las! pour quoi ris ne jus ne chant

R[1] 57 (Gad.).

317. — De moi doloureus vous chant

Pb[3] 174 (G. de Dij.); Pb[11] 35 *et* 84 (G. de Bern.).

Ch. à refr. — Sch. I, 74; P. M. *Rec.* 377.

318. — Voulez vous que je vous chant

Pa 314; Pb[4] 150; Pb[17] 199.

Romance. — B. *Rom.* 23.

319. — Plaindre m'estuet de la bele en chantant

Pa 188 (Ch. de R.); Pb[4] 90 (R. de R.); Pb[6] 113 (Ch. de R.); Pb[17] 134.

Tarb. *Ch.* 64.

320. — Renouveler veul la bele en chantant

B[2] 215.

Wack. 48.

321. — Ma derniere veul faire en chantant

Pa 200 (O. de la C.); Pb[4] 96 (id.).

322. — Hareu! d'amours plaindre en chantant

B[2] 90 (J. d'Am.).

Br. *Arch.* XLII, 322.

323. — Prion en chantant

Pb[6] 195; Pb[17] 261. — *Ch. à la Vierge.*

324. — Feuille ne flour ne vaut riens en chantant

B[1] 1; B[2] 77 (Th. R. de N.); Pa 52 (R. de N.); Pb[2] 69; Pb[4]

12 (R. de N.); Pb^{5} 53; Pb^{8} 45 (Th. R. de N.); Pb^{10} 230; Pb^{11} 17 (R. de N.); Pb^{12} 121; Pb^{14} 27; Pb^{17} 36 (R. de N.); R^{1} 5 (id.).

La R. II, 38; Tarb. *Th.* 30; R. *Jahr.* X, 80; Br. *Arch.* XLII, 302.

325. — Demoustrer veul en chantant

O I, 39.

326. — A la bele me comant

O V, 1.
Ballette. — P. M. *Arch.*^{2} V, 240.

327. — Amours qui fait de moi tout son comant

B^{2} 5; Pa 224 (S. d'A.); Pb^{3} 170 (S. C.); Pb^{4} 108 (J. l'Org.); Pb^{6} 105 (S. d'A.); Pb^{11} 40 (S. C.).

Din. III, 432; Tarb. *Ch.* 62; Br. *Arch.* XLI, 351.

328. — Je m'en vois, dame, et a Dieu vous comant

C 265.
P. M. *Rom.* IV, 378.

329. — Que voi venir son anemin corant

Pb^{12} 121.

330. — A toi, Rolant, je demant

O III, 18. — *Jeu parti.*

331. — Adan, d'amour vous demant

Pb^{7} 321; Pb^{16} 24 (A. le B.).
Jeu parti. — De C. 142.

332. — Une chose, Baudouin, vous demant

Pb^{2} 73 (R. de N.); Pb^{5} 140; Pb^{11} 11 (R. de N.).
Jeu parti. — La R. II, 107; Tarb. *Th.* 109.

333. — Phelipe, je vous demant
Ce qu'est devenue amours

Pa 37 (R. de N.); Pb[2] 70; Pb[5] 96; Pb[8] 81; Pb[10] 230; Pb[11] 18 (R. de N.); Pb[14] 19; Pb[17] 38 (R. de N.).
Jeu parti. — La R. II, 123; Tarb. *Th.* 98.

334. — Phelipe, je vous demant :
Dui amant de cuer verai

Pa 37 (R. de N.); Pb[2] 69; Pb[5] 95; Pb[8] 80; Pb[10] 313; Pb[11] 18 (R. de N.); Pb[14] 19; Pb[17] 38 (R. de N.).
Jeu parti. — La R. II, 120; Tarb. *Th.* 96.

335. — Dame, merci, une rien vous demant

A 139; B[2] 51 (R. de N.); Pa 33 (id.); Pb[2] 67; Pb[5] 37; Pb[10] 318; Pb[11] 15 (R. de N.); Pb[14] 17; Pb[17] 37 (R. de N.); R[1] 137; R[2] 169 (R. de N.).
Jeu parti. — La R. II, 97; Tarb. *Th.* 81; Br. *Arch.* XLII, 269.

336. — De cuer pensieu et desirant

A 135 (Ad. le B.); Pb[6] 226 (Ad. de la H.); Pb[7] 319; Pb[11] 231 (Ad. le B.); Pb[16] 22 (id.); R[1] 48 (id.).
De C. 124.

337. — Aucune gent vont disant
Que j'ain et si sui amée

O v, 21.
Ballette. — P. M. *Arch.*[2] v, 241.

338. — Aucune gent vont disant
Que je ne chant fors par us

Pb[8] 133.

339. — L'autre jour en mon dormant

Pa 4 (R. de N.); Pb[2] 59 (id.); Pb[4] 3 (id.); Pb[5] 69; Pb[8] 176; Pb[10] 317; Pb[11] 3 (R. de N.); Pb[14] 2; Pb[17] 10 (R. de N.); S[1] 1.
La R. II, 99; Tarb. *Th.* 91.

340. — Hideusement va li mons empirant

B² 91.

Wack. 61.

341. — Deus! com m'ont mort norices et enfant

Pb⁵ 44; Pb¹² 160.

Tarb. *Ch.* 35.

342. — J'aloie l'autre jour errant

Pa 2 (R. de N.); Pb² 13 (id.); Pb⁴ 2 (id.); Pb⁵ 57; Pb¹⁰ 375; Pb¹¹ 2 (R. de N.); Pb¹⁴ 1; Pb¹⁷ 9 (R. de N.).

Pastourelle. — La R. II, 89; Tarb. *Th.* 89; B. *Rom.* 231.

343. — Pour folie me vois esbaïssant

Pb¹⁴ 64.

344. — A tans d'esté que rosée s'espant

B² 8.

Br. *Arch.* XLI, 354.

345. — De vrai cuer humeliant

O V, 157. — *Ballette.*

346. — L'autrier aloie jouant

O IV, 53.

Past. — B. *Rom.* 172.

347. — Quant fuelle et flour vont palissant

B² 113.

Chansonnette. — Br. *Arch.* XLII, 355.

348. — L'autrier aloie pensant

Pb¹⁴ 95.

Past. — B. *Rom.* 52.

349. — Li cuers se vait de l'oil plaignant

Pb⁶ 181; Pb¹⁷ 191 (Ch. de P.).

P. M. *Rom.* I, 202.

350. — Douce dame, simple et plaisant

M 228.

351. — Bele, sage, simple et plaisant

Pa 247 (J. d'Ost.); Pb[4] 121 (id.); Pb[6] 65 (id.); Pb[17] 167 (id.).

P. P. *Hist. litt.* XXIII, 635.

352. — Nobles atours et maniere plaisant

O I, 90.

353. — Mere au roi puissant

Pb[6] 194; Pb[17] 262; R[1] 122. — *Ch. à la Vierge.*

354. — La flours nouvelle qui resplant

Pb[11] 110 (Gont.).

Ch. à refr. — Sch. II, 25.

355. — E! amourouse, bele de beau semblant

B[2] 73.

H. *Sitz.* II[7], 499; Br. *Arch.* XLII, 297.

356. — Douce dame, cui j'ain tant

O V, 20. — *Ballette.*

357. — Chanter me fait ma dame que j'ain tant

Pb[6] 199 (C. de Br.).

358. — Li chastelains de Couci ama tant

Pa 311; Pb[4] 148; Pb[6] 162; Pb[17] 197.

La B. II, 306; F. M. *Couc.* 101.

359. — Adan, si soit que ma fame amés tant

Pb[7] 320; Pb[16] 30 (Ad. le B.).

Jeu parti. — De C. 186.

360. — Li rossignous chante tant

B[1] 5; Lb 117; Pa 24 (R. de N.); Pb[2] 65; Pb[5] 70; Pb[8] 72 *et*

170; Pb[11] 9 (R. de N.); Pb[12] 159; Pb[14] 12; Pb[17] 23 (R. de N.).
La R. II, 33; Tarb. *Th.* 42; R. *Jahr.* x, 96.

361. — De (*ou* A) la joie que desir tant

Pb[3] 27 (G. B.); Pb[5] 40; Pb[6] 24 (G. B.); Pb[11] 163 (id.).

362. — Dame, d'onor qui valés tant

O v, 77. — *Ballette.*

363. — A la plus sage et a la mieus vaillant

B[1] 7; Pa 292 (Th. de S.); Pb[4] 61 (id.); Pb[8] 92; Pb[14] 85; Pb[17] 236.
R. *Jahr.* x, 103.

364. — De la mieus vaillant

Pb[13] 5 (Gaut. de C.). — *Ch. à la Vierge.*

365. — Amis, qui est li mieus vaillant

B[2] 2; Pb[5] 13.
Jeu parti. — *Sinn.* III, 374; Br. *Arch.* XLI, 347.

366. — Amours ne se done, mais ele se vant

O v, 18. — *Ballette.*

367. — Lés un pin verdoiant

Pb[3] 99 (J. B.); Pb[11] 85 (id.).
Past. — M. M. 37; Din. III, 190; B. *Rom.* 288.

368. — Delés un pré verdoiant

Pa 208 (R. de B.); Pb[4] 100 (J. E.); Pb[6] 124 (R. de B.); Pb[11] 101 (G. le V.).
Past. — B. *Rom.* 85.

369. — Onques mais en mon vivant

Pb[3] 130 (C. le B.); R[1] 72 (id.); S[1] 37.

370. — Amours m'ont fait mon vivant

O v, 5.
Ballette. — P. M. *Arch.*[2] v, 240.

371. — J'ai amé trestout mon vivant

Pa 284 (G. V.); Pb[4] 142 (id.); Pb[17] 189 (id.); R[1] 63 (id.).
Ch. à refr. — Kell. 275; Mætzn. 31.

372. — Or ai amours servi tout mon vivant

B[2] 173.
Br. *Arch.* XLIII, 283.

373. — Dedanz mon cuer naist une ante

Pb[5] 43 (*1er couplet*).

374. — Quant ivers et frois depart

Pb[3] 164 (P. de la C.); Pb[11] 127 (id.).

375. — Lambert Ferri, je vous part

R[1] 169. — *Jeu parti.*

376. — Autres que je ne suel fas

Pa 129 (Gaut. de D.); Pb[3] 87 (id.); Pb[4] 76 (id.); Pb[6] 55 (id.); Pb[8] 47 (Ch. de C.); Pb[11] 142 (Gaut. de D.); Pb[17] 89 (id.).
F. M. *Couc.* 122; Din. III, 189.

377. — Pensis d'amours et mas

B[2] 191.
Br. *Arch.* XLIII, 307.

378. — Moines, ne vous anuit pas

A 138; Pb[3] 114 (Guill. le V.); R[1] 136; R[2] 169 (Guill. le V.). — *Jeu parti.*

379. — Jolie ne sui je pas

O v, 75. — *Ballette.*

380. — O dame que Deu portas

B[2] 167 (J. de Camb.).
Ch. à la V. — Br. *Arch.* XLIII, 274.

381. — E serventois, ariere t'en revas

Pa 321; Pb^{3} 19 (Al. de Ch.); Pb^{4} 153; Pb^{6} 169; Pb^{11} 51 (Al. de Ch.); Pb^{17} 201.

Serventois. — P. P. *Hist. litt.* XXIII, 523.

382. — Nus n'a joie ne soulas

B^{2} 163 (M. d'A.); Pa 136 (id.); Pb^{3} 121 (id.); Pb^{4} 79 (id.); Pb^{6} 59 (id.); Pb^{8} 46 (M.); Pb^{11} 121 (id.); Pb^{14} 83; Pb^{17} 94 (M. d'A.); R^{1} 46 (M.).

Br. *Arch.* XLIII, 271.

383. — Jamais pour tant con l'ame el cors me bate

Pb^{3} 175 (Ch. de R.); Pb^{11} 153 (id.); Pb^{12} 32.

Tarb. *Chans.* 66.

384. — Bien doi chanter liés et baus

Pb^{8} 147.

Din. III, 63.

385. — Trop par est cist mondes cruaus

Serventois. — Pa 312; Pb^{4} 149; Pb^{6} 133; Pb^{17} 198.

386. — Au cuer les ai, les jolis maus

O IV, 13.

Ballette parmi les Pastourelles. — B. *Rom.* 21.

387. — Amours, de vos maus

O V, 26. — *Ballette.*

388. — Vierge pucele roiaus

Pb^{3} 1 (Guill. le V.); R^{1} 123 (J. le V.). — *Chans. à la Vierge.*

389. — J'ai oublié paine et travaus

B^{2} 97 (A. de P.); Pa 60 (G. B.); Pb^{1} 50; Pb^{3} 84 (R. de F.); Pb^{4} 19 (G. B.); Pb^{5} 67; Pb^{6} 4 (G. B.); Pb^{14} 30; Pb^{17} 47 (G. B.); R^{1} 29.

Br. *Arch.* XLII, 330.

390. — Povre viellece m'assaut

Pb⁵ 106.

391. — Quant mars conmence et fevrier faut

Pa 335; Pb⁴ 162; Pb⁶ 122; Pb¹⁷ 220.

392. — Quant fueille chiet et flors faut

B² 194.

Past. — H. *Sitz.* II⁵, 336; Br. *Arch.* XLIII, 311; B. *Rom.* 128.

393. — L'an que la froidure faut

Pb³ 181 (J. de N.).

394. — Puis que nature passe et verdure faut

O v, 183. — *Ballette.*

395. — Haut oi chanter par mi le gaut

B² 94.

Ch. à refr. — Br. *Arch.* XLII, 327.

396. — Quant j'oi tentir et bas et haut

Pa 383; Pb³ 169 (G. de S.); Pb⁴ 176; Pb⁵ 114; Pb¹¹ 111 (Gont.); Pb¹⁷ 247.

Ch. à refr. — Sch. II, 53.

397. — Mar vit raison qui covoite trop haut

B² 146 (Ch. de Cr.); Pa 325; Pb³ 170 (Ch. de Cr.); Pb⁴ 155; Pb⁶ 171; Pb¹¹ 40 (Ch. de Cr.); Pb¹² 59 *et* 166; Pb¹⁷ 204.

Tarb. *Ch.* 31; Br. *Arch.* XLIII, 250.

398. — Coment qu'amours me destraigne et travaut

Pb⁵ 30.

E

399. — J'ai main jour de cuer amé

O v, 143. — *Ballette.*

400. — Dous dames sont Rolant, qui ont amé

O III, 17. — *Jeu parti.*

401. — Parti de mal et a bien atourné

Londres, Mus. brit. Harl. 1717, fol. 251.

Chans. de croisade. — De la Rue, *Essais,* II, 197 ; L. de L. I, 91 ; F. M. *Chr.* III, 459; Cr. I, 38.

402. — Entre regart et amour et beauté

S[1] 22.

403. — Grieviler, deus dames sai d'une beauté

R[1] 151 ; R[2] 165 (J. Bret.). — *Jeu parti.*

404. — Sage blondete, vo beauté

O v, 102. — *Ballette.*

405. — Pluseurs fois ont blamé

B[2] 192.

Br. *Arch.* XLIII, 308.

406. — Quant voi paroir la perselle on vert blé

O VI, 16. — *Sotte ch. contre Amour.*

407. — De bone amour vient science et bonté

B[1] 2; B[2] 50 (R. de N.); O I, 36; Pa 49 (id.); Pb[2] 68; Pb[3] 12 (R. de N); Pb[4] 13 (id.); Pb[5] 38; Pb[6] 50 (R. de N.); Pb[8] 43 (id.); Pb[11] 17 (id.); Pb[12] 122; Pb[14] 25; Pb[17] 32

(R. de N.); R[1] 6 (id.); S[1] 7; ms. des arch. de la Moselle, pièce n° 9.

La R. II, 13; Tarb. *Th.* 18; R. *Jahr.* x, 83; Br. *Arch.* XLII, 267.

408. — En aventure ai chanté

B[2] 66 (Hug. de Br); Pb[3] 20 (P. de C.); Pb[5] 49; Pb[11] 121 (P. de C.); Pb[12] 50.

Chansonnette. — Br. *Arch.* XLII, 287.

409. — Par mainte foiz ai chanté

Ch. à refr. — Pa 315; Pb[4] 150; Pb[14] 99.

410. — D'amours me vient li sens dont j'ai chanté

Pb[3] 134 (G. de Bern.); Pb[11] 34 *et* 77 (id.).

Ch. à refr. — Sch. I, 71.

411. — J'ai maintes fois d'amours chanté

Pa 368; Pb[17] 239.

412. — J'ai tous jours d'amours chanté

Ch. à refr. — Pb[12] 110.

413. — Li plusour ont d'amours chanté

B[2] 121 (G. B.); Pa 80 (id.); Pb[1] 57; Pb[3] 26 (G. B.); Pb[4] 30 (id.); Pb[5] 71; Pb[6] 24 (G. B.); Pb[8] 35 (Ch. de C.); Pb[11] 162 (G. B.); Pb[12] 43; Pb[14] 37; Pb[17] 59 (G. B.); R[1] 18 (id.).

F. M. *Couc.* 120; Kell. 250; Mætzn. 2; B. *Chr.* 249; Br. *Arch.* XLII, 365.

414. — J'ai souvent d'amours chanté

B[2] 105 (G. de Bern.); Pa 148 (id.); Pb[4] 69 (id.); Pb[5] 65; Pb[14] 43; Pb[17] 101 (G. de Bern.).

Ch. à refr. — Br. *Arch.* XLII, 313; Sch. I, 92.

415. — J'ai longuement pour ma dame chanté

S[1] 21.

L. P. *Ec. des ch.* XX, 485.

416. — J'ai maintes fois chanté

Pb^{3} 91 (Gaut. de D.); Pb^{11} 148 (id.).

Descort. — P. P. *Hist. litt.* XXIII, 571.

417. — Je n'eüsse ja chanté (*couronnée*)

Pa 297 (G. de Bern.); Pb^{3} 131 (id.); Pb^{11} 34; R^{1} 91 (G. de Bern.).

Sch. I, 100.

418. — Desque ci ai tous jours chanté

B^{2} 104 (Gaut. de D.); Pa 127 (id.); Pb^{3} 88 (id.); Pb^{4} 75 (id.); Pb^{6} 53 (id.); Pb^{11} 144 (id.); Pb^{12} 61; Pb^{17} 88 (Gaut. de D.); R^{1} 17 (id.).

Din. III, 188; Br. *Arch.* XLII, 342.

419. — Maintes fois m'a on demandé

A 156 (Gaut. de D.); B^{2} 143 (id.); Pb^{3} 93 (id.); Pb^{11} 143 (id.); Pb^{12} 62; R^{1} 16 (Gaut. de D.).

Br. *Arch.* XLIII, 247.

420. — Mout m'a demouré

Pa 394; Pb^{4} 181; Pb^{5} 83; Pb^{17} 253.

421. — Combien que j'aie demouré

A 159 (Vid. de Ch.); Pa 221 (G. de S.); Pb^{3} 7 (Vid. de Ch.); Pb^{4} 107 (G. de S.); Pb^{6} 75 (id.); Pb^{8} 9 (Vid. de Ch.); Pb^{11} 106 (id.); R^{1} 21 (id.).

L. L. 33; Din. IV, 271; Sch. II, 12.

422. — Mout avrai lonc tans demouré

B^{2} 150 (G. de Pr.); Pb^{12} 57.

Wack. 31.

423. — Trop est destroiz qui est desconforté

Pb^{4} 46 (C. d'A.); Pb^{6} 127 (id.); Pb^{14} 69; Pb^{17} 178 (C. d'A.).

La B. II, 154; Aug. II, 17; P. P. *Rom.* 123.

424. — Pluseurs amans ont souvent desiré

Pb^{8} 67.

425. — Chanson ferai puis que Dieus m'a doné

Pb^{17} 268. — *Ch. à la Vierge.*

426. — Bien a raisons puis que Dieus m'a doné

B^{2} 36; Pb^{14} 153.
Ch. à la V. — Br. *Arch.* XLII, 248.

427. — Fine amours, cui j'ai mon cuer doné

R^{1} 60 (J. le V.)

428. — Mout m'anui d'iver que tant a duré

B^{2} 150 (C. M.).
Tarb. *Ch.* 88; Br. *Arch.* XLIII, 256.

429. — Helas ! or ai ge trop duré

Pa 296 (Th. de S.); Pb^{4} 60 (P. d'A.); Pb^{14} 93.

430. — De joli cuer enamouré

B^{2} 59 (Ch. de C.); Pa 138 (M. d'A.); Pb^{4} 80 (id.); Pb^{6} 180; Pb^{11} 129 (Ch. de C.); Pb^{12} 101; Pb^{14} 83; Pb^{17} 95 (M. d'A.).
Chansonnette. — La B. II, 182; Aug. II, 30; Tarb. *Ch.* 108; H. *Sitz.* II^{7}, 496; B. *Arch.* XLII, 278.

431. — J'ai trouvé mon cuer plus enamouré

O IV, 9. — *Pastourelle.*

432. — Pour ce se je n'ai esté

Pb^{6} 224 (Ad. de la H.); Pb^{8} 105; Pb^{11} 231 (A. le B.); Pb^{16} 19 (id.).
De C. 97.

433. — Lonc tans ai esté

B^{2} 136 (G. B.); Pa 279 (A. de S.); Pb^{4} 138 (G. de S.); Pb^{5} 75; Pb^{12} 93; Pb^{17} 185 (A. de S.).
La B. II, 156; Tarb. *Ch.* 136; Din. IV, 274; Sch. II, 45; Br. *Arch.* XLII, 388.

434. — Comancemans semble du chant d'esté

Pb[12] 101.

435. — Au dous comencement d'esté

Pb[17] 270. — *Ch. à la Vierge.*

436. — A definement d'esté

O IV, 14. — *Pastourelle.*

437. — Au renouveau de la douçour d'esté

B[2] 7 (G. B.); Pa 54 (id.); Pb[1] 48; Pb[3] 32 (G. B.); Pb[4] 15 (id.); Pb[5] 3; Pb[6] 17 (G. B.); Pb[8] 114; Pb[12] 23; Pb[14] 27; Pb[17] 43 (G. B.).

F. M. *Couc.* 55; Tarb. *Th.* 7; Br. *Arch.* XLI, 354.

438. — Quant voi en la fin d'esté

Ch. à refr. — Pa 165 (P. d'A.); Pb[4] 53 (id.); Pb[5] 118; Pb[14] 89; Pb[17] 111 (P. d'A.).

439. — Quant voi fueille et flour d'esté

Pb[5] 122.

440. — Renouvelemens d'esté

B[2] 214.

Br. *Arch.* XLIII, 340.

441. — En la douce saison d'esté

Pb[5] 51.

442. — Quant je voi la douce saison d'esté

R[1] 41 (Rich.).

443. — Gente m'est la saisons d'esté

Pb[3] 152 (Rich.); Pb[11] 96 (Rich. de F.).

444. — Li beaus tans d'esté

Pb[3] 129 (C. le B.); R[1] 74 (id.).

445. — A dous tans d'esté

B² 6 (S. de B.).
Din. III, 441 ; Br. XLI, 352.

446. — Contre le dous tans d'esté
Que voi revenir

O I, 2.
Ballette parmi les Grans Chans. — P. M. *Arch.* ² V, 230.

447. — Encontre le dous tans d'esté
Que la rose est espanie

Pb¹² 44.

448. — Vers le dous tans d'esté

B² 248.
Br. *Arch.* XLIII, 390.

449. — Quant je voi le dous tans d'esté

M 225 (M. d'A.).

450. — Quant voi venir le trés dous tans d'esté

Pb¹⁴ 55.

451. — Quant li trés dous tans d'esté

B² 119.
Br. *Arch.* XLII, 364.

452. — Li jolis tans d'esté

Ch. à refr. — Pb⁵ 76.

453. — En mai la matinée, a nouvel tans d'esté

B² 9.
Din. II, 345 ; Wack. 85.

454. — Quant li nouviaus tans d'esté

B² 196 (G. de Brun.) ; Pb⁵ 125.
Ch. à refr. — Tarb. *Ch.* 67 ; Br. *Arch.* XLIII, 314.

455. — Certes ne chant mie pour l'esté

B² 227.

Br. *Arch.* XLIII, 360.

456. — J'ai longuement esté

O II, 4. — *Estampie.*

457. — J'ai lonc tans esté

O V, 8. — *Ballette.*

458. — Pour s'amour ai en douleur lonc tans esté

Refrain. — Pb⁹ 107.

459. — Quant je voi esté

Pa 353; Pb⁴ 171; Pb¹⁷ 230.

460. — Quant voi le felon tans finé

Pa 162 (P. d'A.); Pb⁴ 51 (id.); Pb⁵ 119; Pb⁸ 154; Pb¹⁴ 88; Pb¹⁷ 109 (P. d'A.).

461. — Dame, si vous vient en gré

O V, 23. — *Ballette.*

462. — Par mainte foiz m'ont mesdisant greve

Pb⁶ 137; Pb¹⁷ 209.

463. — Amours et nature et jolieté

O II, 8. — *Estampie.*

464. — Par faute de leauté

O V, 33 *et* 105. — *Ballette.*

465. — Sens et honour et loiauté

O I, 93.

466. — Se fortune m'a mostré

O V, 186. — *Ballette.*

467. — Onc ne sorent mon pensé

Pa 274 (Th. Er.); Pb[4] 135 (id.); Pb[5] 92.

468. — Flour ne verdure de pré

B[2] 78 (A. de S.); M 222 (M. d'A.); Pa 388; Pb[4] 178; Pb[12] 35; Pb[17] 249.

Ch. à refr. — Wack. 22; Tarb. *Ch.* 14.

469. — En mai, quant florissent pré

Pb[5] 53.

Past. à refr. — B. *Rom.* 200.

470. — Quant li buisson et li pré

Pb[14] 116.

471. — Avant hier en un vert pré

Pa 348; Pb[4] 168; Pb[6] 132; Pb[17] 227.

Past. — B. *Rom.* 49.

472. — Bel m'est del pui que je voi restoré

Pb[11] 59 (Vii. d'A.); ms. des arch. de la Moselle, pièce n° 7.

Din. III, 466.

473. — Trismontaine que tout as sormonté

B[2] 243.

Ch. à la V. — Br. *Arch.* XLIII, 383.

474. — J'ai trouvé

Pb[4] 187 (Mart.). — *Note Martinet.*

475. — Lonc tans ai mon tans usé

Pa 191 (M. de P.); Pb[4] 91 (id.); Pb[5] 80; Pb[6] 60 (M. de P.).

476. — Sire cuens, j'ai vielé

Pa 236 (C. M.); Pb[4] 115 (id.); Pb[6] 119 (id.); Pb[17] 161 (id.).

Din. II, 30; L. de L. I, 223; Tarb. *Ch.* 78; Cr. I, 202.

477. — Pour faire l'autrui volenté

Pb^{5} 98.

478. — De bone volenté

O II, 5. — *Estampie.*

479. — Cil qui aime de bone volenté

B^{2} 42 (G. B.); Pb^{12} 9.
Br. *Arch.* XLII, 257.

480. — A la douçour (*ou* joie) des oiseaus

Pa 384; Pb^{4} 176; Pb^{5} 5; Pb^{11} 110 (Gont.); Pb^{17} 247.
Ch. à refr. — Sch. II, 1.

481. — Quant a son vol a failli li oiseaus

Pb^{8} 127.

482. — Bien doit chanter cui fine amour adrece

B^{2} 27 (Bl.); M 217 (M. d'A.); Pa 112 (Bl. de N.); Pb^{3} 139 (Bl.); Pb^{4} 41 (Bl. de N.); Pb^{6} 40 (id.); Pb^{8} 125; Pb^{11} 88 (Bl.); Pb^{12} 11; Pb^{14} 106 *et* 115; Pb^{17} 79 (Bl. de N.); R^{1} 89 (id.).
Tarb. *Bl.* 13; Br. *Arch.* XLI, 373.

483. — Quant bone amour en son servir m'adrece

O I, 75.

484. — Jolivetés et jovenece

R^{1} 98 (Cuv.). — *Ch. à refrain.*

485. — Nus chanters mais le mien cuer ne leece

Serventois. — Pb^{11} 130 (J. E.).

486. — Flors de beauté, de bonté affinée

O I, 91.

487. — Bone amour qui m'agrée

B^{2} 29 (G. d'Esp.); Pb^{11} 37 (S. d'A.); Pb^{12} 106; R^{1} 67.
Din. III, 448; Br. *Arch.* XLI, 375.

488. — Au comencier de l'amour qui m'agrée

Pa 362; Pb^{17} 236.

489. — Nouvele amour qui si m'agrée

Pa 259 (Rog. de C.); Pb^{4} 127 (id.); Pb^{6} 93 (id.); Pb^{17} 175 (id.).

490. — Li dous termines m'agrée

M 220 (M. d'A.); O I, 13; Pa 133 (M. d'A.); Pb^{3} 121 (M.); Pb^{4} 78 (M. d'A.); Pb^{8} 27 (M.); Pb^{11} 120 (M.); Pb^{12} 53; Pb^{14} 81; Pb^{17} 92 (M. d'A.).

491. — Biau Gilebert, dites s'il vous agrée

B^{2} 34 (D. de Br.); O III, 26; Pa 241 (D. de Br.); Pb^{3} 6 (id.); Pb^{4} 117 (id.); Pb^{6} 89 (id.); Pb^{12} 114; Pb^{17} 163 (D. de Br.); R^{2} 160 (id.)

Jeu parti. — Jub. *Compl.* 46 et *Rapp.* 44; Wack. 56; Din. IV, 114; B. *Chr.* 319; Sch. I, 49.

492. — A une ajournée

Pa 191 (M. de P.); Pb^{4} 91 (id.); Pb^{6} 58 (id.); Pb^{17} 135 (id.).

Past. — M. M. 33; Cr. I, 206; B. *Rom.* 297.

493. — L'autrier par une ajournée

Pb^{10} 320.

Past. — B. *Rom.* 218.

494. — Adan, qui aroit amée

A 151; Pb^{7} 322; Pb^{16} 26 (Ad. le B.); R^{1} 178.

Jeu parti. — De C. 158.

495. — Qui n'a pucele ou dame amée

Pb^{6} 227 (Ad. de la H.); Pb^{7} 315; Pb^{11} 232 (Ad. le B.); Pb^{16} 23 (id.).

De C. 128.

496. — Lambert Ferri, une dame est amée

R^{2} 153 (J. Bret.); S^{1} 44. — *Jeu parti.*

497. — Par Deu, Rolant, une dame est amée

O III, 4. — *Jeu parti.*

498. — Onques n'amai tant con je fui amée

Pb[12] 137; R[1] 68 (Rich.).

499. — Li departirs de la douce contrée

Pa 253 (Ch.); Pb[4] 124 (id.); Pb[6] 112 (id.); Pb[11] 42 (Rob. de Bl.); Pb[17] 171 (Ch.).

Buch. 425; Tarb. *Ch.* 29.

500. — Au repairier de la douce contrée

O I, 63; Pb[6] 218 (Ad. de la H.); Pb[7] 315; Pb[8] 131 *et* 161; Pb[11] 224 (Ad. le B.); Pb[14] 117; Pb[15] 9 (Ad. le B.); Pb[16] 15 (id.).

De C. 56.

501. — Quant je voi par la contrée

Pb[3] 179 (G. d'Esp.).

502. — Tant con je fusse fors de ma contrée

A 159 (Vid.); Pa 181 (Vid. de Ch.); Pb[3] 8 (id.); Pb[4] 86 (Rob. de Bl.); Pb[6] 71 (id.); Pb[11] 106 (Vid. de Ch.); Pb[12] 22; Pb[17] 129 (Rob. de Bl.); R[1] 21 (Vid. de Ch.).

P. P. *Rom.* 113; L. L. 37.

503. — Dame, ains que je voise en ma contrée

Pb[3] 120 (M.); Pb[11] 120 (id.).

504. — Ja pour longue demourée

B[2] 100 (G. d'Esp.); Pb[12] 135.

Tarb. *Ch.* 40; Br. *Arch.* XLII, 334.

505. — Quant la saisons desirée

O I, 34; Pb[5] 124; Pb[12] 124; Pb[14] 60.

506. — Joie d'amours que j'ai tant desirée

O I, 53; Pb[5] 65.

507. — Ma douce dame, cui j'ai m'amour donée

Pa 363; Pb[17] 237.

508. — Pour la bele qui m'a s'amour donée

B[2] 188.
Br. *Arch.* XLIII, 302.

509. — J'ai une dame enamée

R[1] 98 (Cuv.).
Kell. 297; Mætzn. 54.

510. — Une doulours enossée

Pa 35 (R. de N.); Pb[2] 69; Pb[5] 140; Pb[8] 78; Pb[11] 17 (R. de N.); Pb[14] 18; Pb[17] 30 (R. de N.).
La R. II, 55; Tarb. *Th.* 74.

511. — Amours m'est ou cuer entrée

Lb 116; Pb[3] 6 (D. de Br.); R[1] 24.
Ch. à refr. — La B. II, 174; Jub. *Compl.* 44; Din. IV, 109; Willems, *Oude vlaamsche Liederen* 7; Sch. I, 41.

512. — Loial amour qui m'est ou cuer entrée

Pa 369; Pb[17] 240.

513. — Nouvele amour qui m'est ou cuer entrée

B[2] 162 (J. de Cys.); Pa 217 (id.); Pb[4] 105 (id.); Pb[5] 88; Pb[6] 123 (J. de Cys.); Pb[8] 157; Pb[11] 52 (Al. de Ch.); Pb[12] 124.
Br. *Arch.* XLIII, 269; Sch. II, 77.

514. — Remembrance qui m'est ou cuer entrée

B[2] 216 (A. d'A.).
Ch. relig. — Din. IV, 49; Br. *Arch.* XLIII, 343.

515. — Au tans que noif, pluie et gelée

Pb[14] 53.

516. — En iver en la gelée

O IV, 8. — *Pastourelle.*

517. — La froidour ne la gelée

B² 136 (D.).
Wack. 53; B. *Chr.* 311.

518. — Quant voi venir la gelée

M 222 (M. d'A.).

519. — Rose cui nois ne gelée

B² 216; Pb¹⁴ 151.
Ch. à la V. — Br. *Arch.* XLIII, 342.

520. — Ja pour iver, pour noif ne pour gelée

Pb¹³ 6 (Gaut. de C.).
Ch. à la V. — Poq. 393.

521. — Ja pour noif ne pour gelée

B² 103; Pb¹² 113.
Br. *Arch.* XLII, 341.

522. — Pour mal tans ne pour gelée
Ne lairai que je ne chant

Pb⁵ 98.
Ch. à refr. — Tarb. *Ch.* 100.

523. — Pour mal tans ne pour gelée
Ne pour froide matinée

Pa 19 (R. de N.); Pb² 64; Pb⁵ 95; Pb⁸ 177; Pb¹¹ 7 (R. de N.); Pb¹⁴ 10; Pb¹⁷ 20 (R. de N.).
Ch. à refr. — La R. II, 42; Tarb. *Th.* 53.

524. — Sor toutes riens soit amours honorée

Pb⁵ 132.

525. — Tant ai amours servie et honorée

B² 242 (R. de N.); Pa 223 (S. d'A.); Pb³ 123 (id.); Pb⁴ 107 (id.); Pb⁶ 105 (id.); Pb¹¹ 38 (id.).

La B. II, 158; Din. III, 455; Tarb. *Th.* 66; Br. *Arch.* XLIII, 381.

526. — Hui matin a la journée

Pb13 7 (Gaut. de C.).
Ch. à la V. — Wack. 186; Poq. 389; P. M. *Rec.* 380.

527. — Je chevauchai l'autrier la matinée

Pa 174 (Rich. de S.); Pb4 83 (id.); Pb6 97 (id.); Pb14 47; Pb17 124 (Rich. de S.).
Past. — M. M. 33; B. *Rom.* 243.

528. — L'autrier par la matinée
En cele trés douce saison

Pa 367; Pb17 239. — *Pastourelle.*

529. — L'autrier par la matinée
Entre un bois et un vergier

B1 7; Pa 31 (R. de N.); Pb2 66; Pb11 14 (R. de N.); Pb14 16; Pb17 28 (R. de N.).
Past. — La R. II, 92; Tarb. *Th.* 92; R. *Jahr.* X, 102; B. *Rom.* 232.

530. — En mai par la matinée

B2 67; Pa 397; Pb4 182; Pb5 49; Pb12 73; Pb17 255.
Br. *Arch.* XLII, 289.

531. — Nouvele amour dont grant paine m'est née

B2 163; Pb12 37.
Br. *Arch.* XLIII, 272.

532. — Je fu de bone heure née

O v, 82. — *Ballette.*

533. — J'ain la plus sade riens qui soit de mere née

Pa 177 (Rich. de S.); Pb6 99 (id.).
La B. II, 213; P. P. *Hist. litt.* XXIII, 734.

534. — Quant voi née

B² 114; Pa 306; Pb⁴ 145.
Past. — Br. *Arch.* XLII, 356; B. *Rom.* 109.

535. — Joie en beauté, hautisme amour nomée

O I, 73.

536. — Quant la saisons est passée

Pa 216 (J. de Cys.); Pb³ 16 (id.); Pb⁴ 105 (id.); Pb⁵ 120; Pb⁶ 123 (J. de Cys.); Pb¹¹ 52 (id.); Pb¹² 123; R¹ 28 (J. de Cys.).
Kell. 260; Mætzn. 16 *et* 99; Sch. II, 82.

537. — Chans de singe ne poire mal pellée

O VI, 1. — *Sotte ch. contre Amour.*

538. — Chanson ferai plain d'ire et de pensée

Pa 174 (Rich. de S.); Pb⁴ 83 (id.); Pb⁶ 97 (id.); Pb¹⁴ 47; Pb¹⁷ 124 (Rich. de S.).

539. — La douce pensée

B² 137; Pb³ 90 (Gaut. de D.); Pb¹¹ 147 (id.).
Descort. — Br. *Arch.* XLII, 390.

540. — Li granz desirs et la douce pensée

Pb³ 4 (C. d'A.).
La B. II, 153; Aug. II, 15; Buch. 426.

541. — Une trés douce pensée

Pb¹⁷ 271. — *Ch. à la Vierge.*

542. — Outrecuidiers et ma fole pensée

B² 172; Pb³ 179 (G. d'Esp.); Pb⁵ 92.
Br. *Arch.* XLIII, 282.

543. — Entre raison et jolive pensée

B² 70.
Br. *Arch.* XLII, 293.

544. — Ma bone foi et ma loial pensée

Pa 283 (J. Fr.); Pb[3] 183 (id.); Pb[4] 141 (id.); Pb[17] 188 (id.).

Din. II, 283; Sch. II, 132.

545. — Ja pour nul mal ne pour nule pensée

Pb[8] 8 (A. C.).

Din. III, 69.

546. — Grieviler, vostre pensée

R[1] 167; R[2] 164 (J. Bret.). — *Jeu parti.*

547. — Prince del pui, selon vostre pensée

R[1] 171. — *Jeu parti.*

548. — Quant florist la prée

Chansonnette. — Pa 331; Pb[4] 159; Pb[5] 120; Pb[6] 135; Pb[17] 208.

549. — Pour verdure ne pour prée

Pa 323; Pb[3] 37 (G. B.); Pb[4] 154; Pb[5] 99; Pb[6] 169; Pb[17] 202.

La B. II, 260; Aug. II, 54; F. M. *Couc.* 19.

550. — Quant voi paroir la feuille en la ramée

B[2] 116 (G. B.); Pa 71 (id.); Pb[1] 54; Pb[3] 9 (Sauv.); Pb[4] 25 (G. B.); Pb[5] 124; Pb[6] 12 (G. B.); Pb[11] 47 (Sauv. de B.); Pb[14] 35; Pb[17] 54 (G. B.).

Din. III, 437; Br. *Arch.* XLII, 360.

551. — Chanter m'estuet, car joie ai recouvrée

Pa 117 (Bl. de N.); Pb[4] 44 (id.); Pb[6] 43 (id.); Pb[14] 108; Pb[17] 82 (Bl. de N.).

Tarb. *Bl.* 17.

552. — Il ne me chaut d'esté ne de rosée

B[2] 102 (P. d'A.); Pa 169 (id.); Pb[4] 55 (id.); Pb[8] 106;

Pb[10] 320 ; Pb[12] 110 *et* 141 ; Pb[14] 91 ; Pb[17] 113 (P. d'A.); R[1] 95 (id.) ; S[1] 14.
Br. *Arch.* XLII, 339.

553. — Quant voi partir foille et flour et rosée

Pb[3] 40 (A. C.) ; Pb[11] 137 (id.).
P. P. *Hist. litt.* XXIII, 518.

554. — Tout autresi con descent la rosée

Pb[14] 52.

555. — Quant voi vendre chair de porc sour samée

O VI, 6. — *Sotte ch. contre Amour.*

556. — Mere Dieu, vierge senée

Pb[13] 8 (Gaut. de C.). — *Ch. à la Vierge.*

557. — Ne finerai tant que j'avrai trouvée

Pb[14] 55.

558. — L'autrier par une valée

Pb[3] 99 (J. E.) ; Pb[11] 132 (id.).
Motet. — B. *Rom.* 250.

559. — Dous dames honorées

M 229.
Past. — B. *Rom.* 48.

560. — Jolivetė (*ou* Ma volentés) et bone amour m'enseigne

B[2] 154 ; Pa 338 ; Pb[4] 163 ; Pb[6] 187 ; Pb[11] 77 (J. d'Esq.).
Din. III, 306 ; Br. *Arch.* XLII, 261.

561. — Bien doi chanter quant fine amour m'enseigne

B[2] 29 (G. de Dij.) ; Pb[12] 167.
Br. *Arch.* XLI, 376.

562. — Bien ait amors qui m'enseigne

M 224 (M. d'A.).

563. — Buer fu nés qui s'apareille

Pb[17] 270. — *Ch. à la Vierge.*

564. — Ce fu tot droit le jour de la chandeille

O VI, 19.

Sotte ch. contre Amour. — P. M. *Arch.*[2] V, 243.

565. — Cil qui d'amour me conseille

B[2] 38 (G. B.); M 228; Pa 55 (G. B.); Pb[1] 48; Pb[3] 34 (G. B.); Pb[4] 16 (id.); Pb[5] 26; Pb[6] 1 (G. B.); Pb[8] 113; Pb[12] 55; Pb[14] 28; Pb[17] 44 (G. B.).

Br. *Arch.* XLII, 251.

566. — Amours est une merveille

B[2] 5 (J. le Ch.); Pb[5] 13; Pb[8] 96; R[1] 98 (Cuv.).

Din. III, 339; Br. *Arch.* XLI, 351.

567. — . . . . le blanche vermeille

Ll 2 (*fragment*).

568. — Quant nest flors blanche et vermeille

B[2] 204; Pa 386; Pb[4] 177; Pb[5] 114; Pb[17] 249.

Br. *Arch.* XLIII, 328.

569. — Par le tens bel

Pa 326; Pb[4] 156; Pb[6] 189; Pb[17] 205; R[1] 110.

Past. à refr. — Roq. 367; Br. *Jahr.* IX, 335; B. *Rom.* 179.

570. — Dehors Loncpré el bosquel

Pa 204 (J. E.); Pb[4] 98 (id.); Pb[6] 83 (id.); R[1] 112 (G. de Bern.).

Past. à refr. — La B. II, 188; Aug. II, 32; M. M. 41; B. *Rom.* 266; Sch. I, 68.

571. — L'autre jour lés un bosquel

Pb[11] 85.

Past. — B. *Rom.* 287.

572. — Maistre Simon, d'un esample novel

A 136; R[2] 160 (G. le Vin.).
Jeu parti. — L. P. *Ec. des ch.* xx, 316.

573. — Au tans novel
Que cil oisel
Sont hetié et gai

Pa 160 (P. d'A.); Pb[4] 57 (id.); Pb[14] 94; Pb[17] 115 (P. d'A.).
Past. — La B. II, 151; Din. III, 364; Tarb. *Ch.* 2; B. *Rom.* 295.

574. — Au tans novel
Que cist oisel
Chantent cler sor l'arbroie

Pb[3] 102 (J. E.).
Past. — B. *Rom.* 255.

575. — En avril, au tans novel

Pb[12] 56.
Past. — Br. *Jahr.* IX, 325; B. *Rom.* 134.

576. — En mai, au dous tans novel
Que florissent arbrissel (*ou* li prael)

B[2] 11 (Best.); O IV, 18.
Past. à refr.— Wack. 76; La V. *Arch.* v, 101; B. *Rom.* 306.

577. — En mai, au dous tans novel
Que reverdissent prael

Pa 366; Pb[17] 239.
Past. à refr. — B. *Rom.* 22.

578. — Contre le dous tans novel

Pb[3] 99 (J. B.); Pb[11] 109 (Aub.).
Past. à refr.— Din. III, 277; Tarb. *Ch.* 13; B. *Rom.* 290.

579. — Quant par douçour du tans novel

Pb⁵ 121.

580. — La douçours du tans novel

Pb¹² 58.

Past. à refr. — B. *Chr.* 302 et *Rom.* 135.

581. — A l'entrant du tans novel

Pb⁵ 11.

582. — Encontre le tans novel

B² 6 (C. M.).

Jub. *Rapp.* 52; Wack. 74; Tarb. *Ch.* 90.

583. — Quant pré reverdoient que chantent li oisel

Pb¹⁰ 87.

Past. a refr. — B. *Rom.* 202.

584. — Quant se resjouïssent oisel

B² 117; M 228; Pb¹² 72.

Past. — Br. *Arch.* XLII, 361; B. *Rom.* 31.

585. — Pastorel
Lés un boschel

Pb³ 100 (J. E.).

Past. — M. M. 42; B. *Rom.* 250.

586. — En haute tor se siet bele Ysabel

Pb¹² 145.

Romance à refr. — P. P. *Rom.* 70; L. de L. I, xlvj; B. *Rom.* 7.

587. — Lors quant l'alouele

B² 129; Pb¹² 163.

H. *Sitz.* II⁷, 510; Br. *Arch.* XLII, 379.

588. — La douçour d'esté est bele

Ch. à refr. — Pb³ 181 (J. de N.).

589. — Chanter m'estuet pour la plus bele

B[2] 40 (G. de Dij.); O v, 74.
Ballette. — Br. *Arch.* XLII, 253.

590. — Comencement de douce saison bele

B[2] 38 (G. d'Esp.); M 222 (M. d'A.); Pa 94 (Ch. de C.); Pb[1] 63; Pb[3] 178 (G. d'Esp.); Pb[4] 39 (Ch. de C.); Pb[5] 28; Pb[6] 153; Pb[12] 51; Pb[14] 74; Pb[17] 68 (Ch. de C.).
La B. II, 292; F. M. *Couc.* 66; Br. *Arch.* XLII, 251.

591. — Il convient qu'en la chandele

Pb[5] 66; R[1] 97 (P. d'A.). — *Ch. capcaud.*

592. — L'autrier d'Ais a la Chapele

Pa 352; Pb[4] 171; Pb[17] 226; R[1] 113 (G. de Bern.).
Past. à refr. — M. M. 36; B. *Rom.* 268; Sch. I, 106.

593. — A la fontenele

Pa 357; Pb[4] 174; Pb[17] 232.
Past. à refr. — Roq. 393; B. *Rom.* 188.

594. — En un vergier lés une fontenele

Pb[12] 65.
Romance à refr. — P. P. *Rom.* 37; B. *Rom.* 13.

595. — La volenté est isnele

Pb[14] 52.

596. — Amis Peron de Neele

A 145; R[1] 145. — *Jeu parti.*

597. — Je ferai chanson novele

Pb[6] 202 (C. de Br.).

598. — Quant voi la flour novele
Florir en la praele

Pb[17] 266. — *Ch. à la Vierge.*

599. — Quant voi la flour novele
Paroir en la praele

Pa 308; Pb[4] 146; Pb[6] 160; Pb[17] 195.
Past. — Roq. 389; B. *Chr.* 299 et *Rom.* 191.

600. — Puis que voi la flour novele

Pb[13] 9 (Gaut. de C.).

601. — Li rossignous a noncié la novele

Pa 298 (Bl. de N.).
Tarb. *Bl.* 41.

602. — Rotrowange novele

B[2] 209 (J. de Camb.).
Rotr. — Wack. 66; B. *Chr.* 311.

603. — Qui que face rotrowange novele

Pb[13] 10.
Ch. à la V. — Poq. 15.

604. — Li trés dous tans ne la saison novele

Pa 276 (L. F.); Pb[4] 136 (id.); Pb[5] 76; Pb[17] 182 (L. F.).
Din. III, 344.

605. — Pastourele
Vi seant lés un buisson

O IV, 3; Pb[12] 131.
Past. — B. *Rom.* 140.

606. — L'autrier une pastourele

Pb[3] 101 (J. E.).
Past. — P. P. *Hist. litt.* XXIII, 649; Din. IV, 460; B. *Rom.* 251.

607. — En une praele
Trovai l'autrier (*ou* Lés un vergier)

Pa 337; Pb[4] 163; Pb[6] 186; Pb[11] 171; Pb[12] 154 *et* 156; Pb[17] 221.

Past. avec des refrains. — Roq. 373; M. M. 46; B. *Rom.* 143.

608. — L'autrier en une praele

Pa 414.

Past. à refr. — Br. *Jahr.* IX, 334; B. *Rom.* 197.

609. — Bele Aelis, une jone pucele

B² 32.

Past. avec des refr. — Din. III, 443; H. *Sitz.* II⁵, 304; Schirm. *Arch.* XLI, 88; Br. *Arch.* XLII, 245; B. *Rom.* 105.

610. — Chanter m'estuet de la sainte pucele.

B² 37; Pb¹⁴ 148.

Ch. à la V. — Br. *Arch.* XLII, 249.

611. — Glorieuse virge pucele

Pb¹¹ 25 (Guill. le Vin.); R¹ 120. — *Ch. à la Vierge.*

612. — Li dous maus me renouvele

Pb⁶ 216 (Ad de la H.); Pb⁷ 319; Pb⁸ 159; Pb¹¹ 228 (Ad. le B.); Pb¹⁵ 6 (id.); Pb¹⁶ 13 (id.).

Ch. à refr. — De C. 40.

613. — Quant la sesons (*ou* li dous tans) renouvele
D'aoust que mais est passés

Pa 210 (R. de B.); Pb⁴ 101 (id.); Pb⁶ 126 (id.).

Past. à refr. — Br. *Jahr.* IX, 318; B. *Rom.* 264.

614. — Quant la sesons renouvele
Que li dous tans doit venir

Pa 175 (Rich. de S.); Pb⁴ 84 (id.); Pb⁶ 96 (id.); Pb¹⁴ 47; Pb¹⁷ 125 (Rich. de S.).

615. — Quant li dous tans renouvele
En esté par la chalor

Pb⁶ 144; Pb¹⁷ 212.

616. — Quant li dous tans renouvele

Qu'estés trait a la seson

Pb^{12} 53.

617. — L'autrier par une sentele

B^{2} 122 (C. P.).

Past. — H. *Sitz.* II^{5}, 317; Br. *Arch.* XLII, 367; B. *Rom.* 314.

618. — Grieviler (*ou* Cunelier) par vo bapteme

R^{1} 150; R^{2} 158 (J. Bret.); S^{1} 49.

Jeu parti. — L. P. *Ec. des ch.* XX, 29.

619. — L'an que la saisons s'agence

Pb^{11} 117 (Gont.).

Ch. à refr. — Sch. II, 30.

620. — A l'entrant d'esté que li tans s'agence

B^{2} 13 (G. B); Pa 120 (Bl. de N.); Pb^{3} 141 (Bl.); Pb^{4} 46 (Bl. de N.); Pb^{5} 7; Pb^{8} 28 (M.); Pb^{11} 90 (Bl); Pb^{12} 111; Pb^{14} 115; Pb^{17} 84 (Bl. de N.); R^{1} 89 (id.).

Tarb. *Bl.* 5; Br. *Arch.* XLI, 360.

621. — Quant li nouviaus tans s'agence

O v, 123. — *Ballette.*

622. — Doleureusement comence

Pb^{3} 169 (G. de S.); Pb^{11} 111 (Gont.).

Ch. à refr. — Din. IV, 276; Sch. II, 15.

623. — Quant la sesons comence

Pb^{3} 123 (S. d'A.); Pb^{11} 38 (id).

Ch. à refr. — Din. III, 453.

* 623. — A l'entrant d'esté que li tans comence

Même chanson que le n° 620.

624. — Au repairier que je fis de Provence

Pb^4 160; Pb^6 150; Pb^8 88; Pb^{17} 218.
Tarb. *Ch.* 9.

625. — Quant partis sui de Provence

Pa 170 (P. d'A.); Pb^4 58 (id.); Pb^8 124; Pb^{14} 92; Pb^{17} 116 (P. d'A.); S^1 16.
Tarb. *Ch.* 7.

626. — Quant la froideur recomence

B^2 204.
Ch. à refr. — Br. *Arch.* XLIII, 329.

627. — Contre le tans d'esté qui recomence

Pa406.

628. — Ains que la feuille descende

Pb^3 143 (Bl.); Pb^{11} 91 (id.).
Tarb. *Bl.* 9.

629. — Chanson legiere a entendre

Pb^8 10 (Q); Pb^{11} 101 (id.); ms. des arch. de la Moselle, pièce n° 5.
Buch. 423; Din. III, 386; Sch. I, 15.

630. — Arras est escole de tous biens entendre

Pb^{11} 197.
Ch. à refr. — Jub. *Nouv. rec.* II, 377; P. P. *Hist. litt.* XXIII, 580.

631. — Qui a chanter veut entendre

Pa 317; Pb^4 151; Pb^6 134; Pb^{17} 200.

632. — Mout plus se paine amours de moi esprendre

Pb^{6} 224 (Ad. de la H.); Pb^{7} 318; Pb^{11} 231 (Ad. le B.); Pb^{16} 19 (id.); R^{1} 51 (id.).
De C. 93.

633. — Quant je voi l'erbe reprendre

B^{2} 199 (G. B.); Pa 78 (id.); Pb^{1} 56; Pb^{4} 28 (G. B.); Pb^{5} 72; Pb^{6} 16 (G. B.); Pb^{12} 25; Pb^{14} 36; Pb^{17} 58 (G. B.).
Br. *Arch.* XLIII, 319.

634. — En aventure comens

B^{2} 72; Pb^{3} 56 (Ch. de C.); Pb^{11} 158 (id.); Pb^{12} 39.
La B. II, 286; F. M. *Couc.* 58; Br. *Arch.* XLII, 296.

635. — Ichi comens

Pb^{11} 69. — *Le lai des Amours.*

636. — Chanter m'estuet de recomens

Pb^{11} 115 (Gont.).
Rotr. — Sch. II, 11.

637. — Avrai aligement

O V, 12. — *Ballette.*

638. — Pris fui amoureusement

Pb^{8} 140.

639. — Pensis amoureusement

O IV, 25.
Past. a refr. — B. *Rom.* 19.

640. — Bien mostre Dieus apertement

M 219 (M. d'A.). — *Ch. religieuse.*

641. — Quar eusse je .c. mile mars d'argent

Pb^{5} 125.

642. — Amours me fait chanter a poc d'argent

O VI, 9. — *Sotte ch. contre Amour.*

643. — De bien amer grant joie atent

B² 55 (G. B.); O I, 30; Pa 59 (G. B.); Pb¹ 49; Pb³ 25 (G. B.); Pb⁴ 18 (id.); Pb⁵ 39; Pb⁶ 2 (G. B.); Pb¹¹ 161 (id.); Pb¹² 14; Pb¹⁴ 29; Pb¹⁷ 46 (G. B.).

Br. *Arch.* XLII, 274.

644. — Encor sui cil qui a merci s'atent

Pb¹¹ 132 (J. E.).

645. — Dame, pour vous m'esjoïs bonement

Pb³ 39 (A. C.); Pb¹¹ 136 (id.). — (*1er couplet*).

646. — Mors est li siecles briement

Pb¹² 111.

Ch. hist. — L. de L. I, 149.

647. — A l'entrée del dous comencement

B² 4 (G. de Dij.); M 221 (M. d'A.); Pb³ 166 (Joc. de D.); Pb¹¹ 94 (id.); Pb¹² 60.

Br. *Arch.* XLI, 350.

648. — Toute riens out comencement

Pb¹⁴ 153. — *Ch. à la Vierge.*

649. — Par son dous comandement

B² 183 (G. d'Esp.); O I, 41; Pb¹² 15.

Br. *Arch.* XLIII, 298.

650. — Morgue la fée a fait comandement

O III, 36. — *Jeu parti.*

651. — J'ai nouvel comandement

Pb⁵ 66.

652. — Haute honor d'un comandement

Pa 232 (Tr. de L.); Pb⁴ 113 (id.); Pb⁶ 110 (id.); Pb¹⁷ 158 (id.).

Din. II, 351; Sch. II, 137.

653. — N'est pas a soi qui aime coraument

B^{2} 159 (G. B.); Pa 63 (id.); Pb^{1} 51; Pb^{3} 95 (Gaut. de D.); Pb^{4} 21 (G. B.); Pb^{5} 86; Pb^{6} 6 (G. B.); Pb^{12} 22; Pb^{14} 31; Pb^{17} 49 (G. B.).

Br. *Arch.* XLIII, 265.

654. — Ains que mi chant aient definement

R^{1} 122 (J. le V.). — *Ch. à la Vierge.*

655. — Amours m'assaut doucement

Pb^{8} 137.

656. — Je sui espris doucement

Pb^{5} 65.

657. — Onques mais si doucement

Pb^{8} 150.

658. — Amours m'ont si doucement

O v, 139. — *Ballette.*

659. — Amours m'ont si doucement
Navré que nul mal ne sent

Pb^{6} 225 (Ad. de la H.); Pb^{16} 15 (Ad. le B.).

De C. 60.

660. — Si me fait trés doucement

Pb^{8} 142. — *Ch. à refrain.*

661. — Tant sai d'amours con cil qui plus l'emprent

A 160 (P. de Mol.); B^{2} 236 (id.); Pa 255 (A. de S.); Pb^{3} 43 (P. de Mol.); Pb^{4} 125 (A. de S.); Pb^{6} 81 (id.); Pb^{8} 128; Pb^{11} 151 (P. de Mol.); Pb^{17} 172 (A. de S.); R^{1} 23 (P. de Mol.).

Br. *Arch.* XLIII, 372.

662. — N'est pas sages qui emprent

Pb^{11} 172 (J. de R.).

663. — D'amours vient joie et amours ensement

B² 60; Pa 228 (O. de L.); Pb³ 7 (Vid. de Ch.); Pb⁴ 111 (O. de L.); Pb⁵ 41; Pb⁶ 106 (O. de L.); Pb⁸ 9 (Vid. de Ch.); Pb¹¹ 105 (id.); Pb¹⁷ 156 (O. de L.).

L. L. 41; Br. *Arch.* XLII, 280.

664. — J'aim par amours et on moi ensement

R¹ 165; R² 155 (J. Bret.). — *Jeu parti.*

665. — Fols est qui a ensient

B² 81; O I, 21; Pb³ 124 (S. d'A.); Pb¹¹ 168 (id.).

La B. II, 158; Br. *Arch.* XLII, 308.

666. — Ferri, a vostre ensient

R¹ 173. — *Jeu parti.*

667. — Dragon, vostre ensient

Ll 4. — *Jeu parti.*

668. — Grieviler, vostre ensient

A 144; R¹ 144; R² 163 (J. Bret.); S¹ 41.

Jeu parti. — Tarb. *Th.* 151.

669. — Jehan de Vergelai, vostre ensient

R¹ 172. — *Jeu parti.*

670. — Cuers qui son entendement

B² 37; Pb¹⁴ 150.

Ch. à la V. — Br. *Arch.* XLII, 250.

671. — Merci clamant de mon fol errement

A 155 (Ch. de C.); B² 146 (id.); Lb 111 (id.); Pa 104 (id.); Pb³ 53 (id.); Pb⁵ 82; Pb⁶ 37 (Ch. de C.); Pb⁸ 122; Pb¹¹ 155 (Ch. de C.); Pb¹² 42; Pb¹⁴ 78; Pb¹⁷ 74 (Ch. de C.); R¹ 15 (id.).

La B. II, 296; F. M. *Couc.* 73; Br. *Arch.* XLIII, 251.

672. — Onques pour esloignement

Pa 166 (P. d'A.); Pb⁴ 54 (id.); Pb⁵ 91; Pb¹⁴ 90; Pb¹⁷ 111 (P. d'A.).

673. — Une haute amor qui esprent

B² 92; Pa 184 (R. de F.); Pb⁴ 88 (id.); Pb⁶ 73 (id.); Pb¹⁷ 131 (id.).

Br. *Arch.* XLII, 324.

674. — Onques ne chantai faintement

Pb³ 184 (J. Fr.); R¹ 81 (id.).

Din. II, 285; Sch. II, 134.

675. — Enz on cuer m'est entrée finéement

Pb⁵ 51.

676. — Je m'esmerveille forment

Pb¹¹ 176 (J. de R.). — *Ch. à refrain.*

677. — Vers Dieu mes fais desirrans sui forment

Pb¹³ 11 (Gaut. de C.). — *Ch. à la Vierge.*

678. — Merveilliés me sui forment

Pb⁸ 142.

Din. IV, 30.

679. — A vous, amant, plus qu'a nul autre gent

A 153; B² 17 (Ch. de C.); Pa 107 (id.); Pb³ 52 (id.); Pb⁵ 4; Pb⁶ 39 (Ch. de C.); Pb⁸ 119; Pb¹¹ 155 (Ch. de C.); Pb¹² 19; Pb¹⁴ 80; Pb¹⁷ 76 (Ch. de C.).

La B. II, 300; F. M. *Couc.* 79; Br. *Arch.* XLI, 364.

680. — Près d'un bois et loin de gent

O v, 173. — *Ballette.*

681. — Helas! qu'ai forfait a la gent

B² 91; Pb³ 177 (G. de Dij.); Pb¹¹ 45 (Er. C.).

Din. IV, 252; Br. *Arch.* XLII, 323; Sch. , 108.

682. — Souvent m'ont demandé la gent

Pb⁵ 131 (*un seul couplet*).

683. — Ja por malparliere gent

B² 104; Pb¹² 18.

Br. *Arch.* XLII, 342.

684. — A Deus! tant sont mais de vilaine gent

B² 93; Pa 127 (Gaut. de D.); Pb³ 95 (id.); Pb⁴ 75 (id.); Pb⁶ 54 (id.); Pb¹⁷ 89 (id.).

Din. III, 194; Br. *Arch.* XLII, 325.

685. — Ains ne vi grant hardement

A 132 (Rich. de F.); B² 73; Pb³ 152 (Rich.); Pb¹¹ 96 (Rich. de F.); R¹ 42 (Rich.).

Br. *Arch.* XLII, 298.

686. — Dame, merci, se j'ain trop hautement

Pb³ 34 (G. B.); Pb⁸ 55 (Bl.).

Tarb. *Bl.* 25.

687. — Chanter m'estuet iréement

Pa 57 (G. B.); Pb¹ 48; Pb⁴ 17 (G. B.); Pb⁶ 1 (id.); Pb¹⁴ 28; Pb¹⁷ 45 (G. B.).

688. — Tant ai esté pensis iréement

Pb³ 145 (Aud. le B.); Pb¹¹ 54 (id.).

689. — Je chant d'amour jolivement

B² 101.

Br *Arch.* XLII, 337.

690. — Assignés ci, Grieviler, jugement

Pb[6] 228 (Ad. de la H.); Pb[16] 31 (Ad. le B.); R[1] 180.

Jeu parti. — De C. 194.

691. — Sire frere, fetes m'un jugement

A 136; Ll 7; Pb[3] 113 (Guill. le Vin.); Pb[8] 25 (Fr.); Pb[11] 31 (Guill. le Vin.); R[1] 134; R[2] 150 (Guill. le Vin.); S[1] 52.

Jeu parti. — Kell. 382; Tarb. *Th.* 104; Mætzn. 80.

692. — Cuvelier, un jugement

A 143; R[1] 143; S[1] 39. — *Jeu parti.*

693. — Grieviler, un jugement

R[1] 154; R[2] 159 (J. Bret.). — *Jeu parti.*

694. — Jehan de Grieviler, un jugement

R[2] 167 (J. Bret.). — *Jeu parti.*

695. — J'ai un cuer mout lent

Pb[9] 9; Pb[17] 264. — *Ch. a la Vierge.*

696. — Par maintes fois ai chanté liement

R[1] 79 (R. de la P.).

697. — Bien doit chanter liement

S[1] 13.

698. — J'ai chanté mout liement

Pb[3] 160 (R. de la P.); R[1] 80. — *Ch. à refrain.*

699. — Je chantasse volentiers liement....
Et desisse et l'estre et l'errement

Pb[3] 97 (H. de la F.); Pb[11] 149 (id.).

Serventois historique. — P. P. *Rom.* 182; L. de L. I, 165. Tarb. *Th.* 182.

700. — Je chantasse volentiers liement....
Mais je ne sai dire se je ne ment

A 153; B[2] 149 (Gaut. de D.); M 217 (M. d'A.); Pa 105 (Ch. de C.); Pb[3] 52 (id.); Pb[5] 62; Pb[6] 37 (Ch. de C.); Pb[11] 154 (id.); Pb[12] 5; Pb[14] 79; Pb[17] 75 (Ch. de C.); R[1] 12 (id.).

La B. II, 276; Kell. 247; F. M. *Couc.* 42; Br. *Arch.* XLIII, 253.

701. — Je sui vostres ligement

Pa 373.

702. — Onques en amer loiaument

O v, 125. — *Ballette.*

703. — Adan, se vous amiés bien loiaument

Pb[7] 325; Pb[16] 25 (Ad. le B.); R[1] 180.
Jeu parti. — De C. 149.

704. — Lambert, se vous amiés bien loiaument

R[1] 153; S[1] 51. — *Jeu parti.*

705. — Se j'ain et serf loiaument

O v, 145. — *Ballette.*

706. — Sire, une dame ai amé longuement

O III, 8. — *Jeu parti.*

707. — Par Deu, Rolant, j'ai amé longuement

O III, 15. — *Jeu parti.*

708. — Or chant novel, car longuement

Pa 130 (Gaut. de D.); Pb[4] 76 (id.); Pb[6] 56 (id.); Pb[17] 90 (id.).

Din. III, 191.

709. — Mout ai esté longuement

Pb[3] 182 (J. de N.).

710. — Je me sui mout longuement

O v, 65. — *Ballette.*

711. — Tant ai amours servies longuement

A 152; B^1 1; B^2 229 (R. de N.); Lb 104; Pa 47 (R. de N.); Pb^2 74; Pb^5 137; Pb^6 47 (R. de N.); Pb^8 44 (id.); Pb^{10} 230; Pb^{14} 24; Pb^{17} 36 (R. de N.); R^1 8 (id.); S^1 2; ms. des arch. de la Moselle, pièce n° 10.

Ch. relig. — La R. ii, 146; Tarb. *Th.* 125; R. *Jahr.* x. 76; Br. *Arch.* xliii, 361.

712. — Tout me samble noient

R^1 56 (Gad.).

713. — Mere au roi omnipotent

Ch. relig. — R^1 121 (Rich. de F.).

714. — Douce dame, tout autre pensement

Pa 15 (R. de N.); Pb^2 62; Pb^5 33; Pb^{10} 313; Pb^{11} 6 (R. de N.); Pb^{14} 8; Pb^{17} 17 (R. de N.); S^1 5.

La R. ii, 4; Tarb. *Th.* 25.

715. — Tant sai d'amours, c'est cil qui pis en prent

Pb^5 133.

716. — Boin fait servir dame qui en gré prent

B^2 24.

Ch. à la V — Br. *Arch.* xli, 369.

717. — Amour graci de son joli present

O vi, 2. — *Sotte ch. contre Amour.*

718. — Cis qui contre mal bien rent

O v, 142. — *Ballette.*

719. — Douce dame, grés et graces vous rent

B^2 49 (G. B.); Pa 90 (id.); Pb^1 60; Pb^3 35 (G. B.); Pb^4

35 (id.); Pb[5] 40; Pb[12] 108; Pb[14] 42; Pb[17] 65 (G. B.); R[1] 19 (id.).
Br. *Arch.* XLII, 266.

720. — Je chanterai moins renvoisiement

B[2] 85.
Br. *Arch.* XLII, 312.

721. — Mout set amours trés savoureusement

Pb[8] 136.

722. — Ne sevent que je sent

B[2] 161.
Br. *Arch.* XLIII, 268.

723. — Li sours comence sourdement

B[2] 137 (Gont.).
Ch. à refr. — Wack. 59; Sch. II, 39.

724. — Amour qui sourprent

Pb[6] 143; Pb[17] 212.

725. — Je chant souvent

O II, 17. — *Estampie.*

726. — Je ne puis mais se je ne chant souvent

O V, 110; ms. de Cambrai.
Ballette. — Héc. 103; Din. I, 33.

727. — Esbahis ai chanté souvent

M 228.

728. — Tout esforciés avrai chanté souvent

B[2] 232 (G. d'Esp.); Pb[3] 179 (id.); Pb[5] 135; Pb[12] 14.
Br. *Arch.* XLIII, 368.

729. — Com esbahis m'estuet chanter souvent

Pb[3] 146 (Aud. le B.); Pb[11] 55 (id.).

730. — Je sui en esmai, ma dame, souvent

O v, 148. — *Ballette.*

731. — Doucement souvent

O ii, 12. — *Estampie.*

732. — Mout me prie souvent

B^2 149; Pb^{12} 39.
Br. *Arch.* XLIII, 255.

733. — Je n'os chanter trop tart ne trop souvent

B^2 103 (Museal.); Pa 46 (R. de N.); Pb^3 79 (J. de Br.); Pb^5 63; Pb^6 49 (R. de N.); Pb^{11} 23 (J. de Br.); Pb^{12} 163; Pb^{14} 23; Pb^{17} 34 (R. de N.).
La R. ii, 60; Buch. 423; Tarb. *Th.* 37; Br. *Arch.* XLII, 340.

734. — De fin cuer et d'aigre talent

B^2 76; Pb^{14} 150.
Serventois à la V. — H. *Sitz.* II^7, 500; Br. *Arch.* XLII, 300.

735. — Je chant d'un amoureus talent

O v, 146. — *Ballette.*

736. — Rose ne lis ne me done talent

B^2 209 (Ch. de Cr.); Pa 324; Pb^3 144 (Bl.); Pb^4 155; Pb^6 170; Pb^{11} 41 (Ch. de Cr.); Pb^{12} 58; Pb^{17} 203.
Tarb. *Ch.* 30 et *Bl.* 57; Br. *Arch.* XLIII, 334.

737. — Par maintes fois m'est venu en talent

B^2 182 (J. d'Am.).
Br. *Arch.* XLIII, 294.

738. — Bien font amours lor talent

B^2 31 (Ch. de Cr.); Pa 126 (Gaut. de D.); Pb^3 18 (T. de B.); Pb^4 74 (Gaut. de D.); Pb^5 17; Pb^6 52 (Gaut.

de D.); Pb11 107 (T. de B.); Pb12 74; Pb17 88 (Gaut. de D.); R1 31.

Din. III, 186; Br. *Arch.* XLII, 243.

739. — Ne me done pas talent

B2 162 (M. d'A.); M 221 (id.); Pa 400; Pb3 118 (M.); Pb5 87; Pb8 112; Pb11 117 (M.); Pb12 52; Pb17 256; R1 45 (M.).

Br. *Arch.* XLIII, 270.

740. — Entre raison et amour grant tourment

R1 82 (J. de Griev.); S1 11.

L. P. *Ec. des ch.* XX, 15.

741. — Tuit mi desir et tuit mi grief tourment

B1 1; B2 230 (R. de N.); Pa 51 (id.); Pb2 66; Pb3 10 (R. de N.); Pb4 15 (id.); Pb5 80; Pb6 50 (R. de N.); Pb8 2 (id.); Pb10 231; Pb11 10 (R. de N.); Pb12 119; Pb14 26; Pb17 33 (R. de N.); R1 7 (R. de N.); S1 3; ms. des arch. de la Moselle, pièce n° 8.

La R. II, 141; Wack. 42; Tarb. *Th.* 71; B. *Ch.* 245; R. *Jahr.* X, 78.

742. — Se savoient mon tourment

Pa 119 (Bl. de N.); Pb3 143 (Bl.); Pb4 45 (Bl. de N.); Pb6 45 (id.); Pb11 92 (Bl); Pb12 38; Pb14 72; Pb17 83 (Bl. de N.).

Tarb. *Bl.* 59.

743. — Ja pour nul mal ne pour nesun tourment

Pb11 140 (A. C.).

744. — La belle Doe siet au vent

Rome, Vat. Christ. 1725, fol. 74.

Romance. — B. *Rom.* 17.

745. — Douce amours qui m'atalente

Pb11 112 (Gont.).

Ch. à refr. — Sch. II, 17.

746. — Lons desirs et longue atente

Pb[5] 77.

747. — L'ame qui quiert Dieu de toute s'entente

Pb[9] 264. — *Ch. relig. à refrain.*

748. — De tout son cuer et de toute s'entente

Lb 98 (*2e couplet*).
Ch. à la V. — P. M. *Arch.*[2] III, 289.

749. — A droit se plaint et a droit se gamente

B[2] 13 (G. d'Esp.); Pb[12] 53.
Br. *Arch.* XLI, 360.

750. — Foille ne flour ne rousée ne mente

Pb[3] 34 (G. B.).

751. — Amours m'a asise rente (M'a asise haute rente)

B[2] 93; Pb[3] 168 (M. de S. D.); Pb[11] 80 (Ch. de L.).
Din. IV, 158; Br. *Arch.* XLII, 325.

752. — Je ne chant pas pour joie que je sente

M 225 (M. d'A.).

753. — Pour nul meschief que je sente

O V, 165. — *Ballette.*

754. — Amours a non cez maus qui me tourmente

Rome, Vat. Christ. 1725, fol. 92.
Fragm. de ch. — B. *Jahr.* XI, 165.

755. — Li desirs qu'ai d'achever

Pb[8] 62; Pb[14] 109.

756. — Chanter ne me seut agreer

B[2] 43.
Br. *Arch.* XLII, 257.

757. — Dame, ensi est qu'il m'en convient aler

Pa 19 (R. de N.); Pb^{2} 64; Pb^{5} 34; Pb^{6} 154; Pb^{10} 315; Pb^{11} 8 (R. de N.); Pb^{14} 75; Pb^{17} 20 (R. de N.).

Ch. à la V. — L. R. II, 137; Aug. II, 8; Tarb. *Th.* 115.

758. — Mout par sout bien mon aventage amer

O I, 26.

759. — Chascun qui de bien amer

M 229; Pa 224 (Rich. de F.); Pb^{4} 108 (id.); Pb^{5} 31; Pb^{6} 64 (Rich. de F.). — *Ch. à refrain.*

760. — Talent avoie d'amer

A 132 (Rich. de F.); R^{1} 43 (Rich.).

761. — Sorpris et empris d'amer

O II, 3. — *Estampie.*

762. — Las! pourquoi m'entremis d'amer

Pa 309; Pb^{4} 147; Pb^{5} 72; Pb^{6} 161; Pb^{17} 195.

763. — Trop mi demaine li maus d'amer

O V, 93. — *Ballette.*

764. — Amours, cui je voil servir et amer

O V, 31. — *Ballette.*

765. — Puisqu'amours me fait amer

Ch. à refr. — Pb^{14} 98.

766. — Des puis que je sou amer

B^{2} 60; O V, 177.

Ballette. — Br. *Arch.* XLII, 279.

767. — Destresce de trop (*ou* bien) amer

Pa 294 (Th. de S.); Pb^{4} 62 (id.); Pb^{14} 50.

768. — Je n'en puis mon cuer blasmer

Pb11 116 (Gont.).

Ch. à refr. — Sch. II, 21.

769. — J'oi tout avant blasmé, puis voil blasmer

Pa 233 (G. de M.); Pb4 113 (id.); Pb6 103 (id.); Pb17 159 (id.).

Tarb. *Ch.* 113.

770. — Jehan, vous me volés blasmer

H 1.

Jeu parti. — Jub. *Lett.* 91.

771. — Quant voi la flor botoner
Et le dous tans revenir

Pb3 178 (G. de Dij.).

772. — Quant voi la flor botoner
Que resclarcissent rivage

B2 206; Pa 83 (G. B.); Pb1 58; Pb3 23 (G. B.); Pb4 31 (id.); Pb5 108; Pb6 18 (G. B.); Pb11 159 (id.); Pb14 39; Pb17 61 (G. B.).

Ch. à refr. — Br. *Arch.* XLIII, 332.

773. — Or ne puis je plus celer

Pb5 90.

774. — Loial amour point celer

Pb8 146.

775. — Amours ne se puet celer

Pa 402.

776. — Amours m'aprent a chanter

O v, 43. — *Ballette.*

777. — Fine amours m'aprent a chanter

B² 77 (Mus.); Pb¹² 32.
Br. *Arch.* XLII, 303.

778. — Chanson legiere a chanter

Pa 293 (Th. de S.); Pb⁴ 61 (id.); Pb¹⁴ 86.

779. — Puis qu'amours dont m'otroie a chanter

Pa 118 (Bl. de N.); Pb⁴ 45 (id.); Pb⁶ 45 (id.); Pb¹⁴ 72; Pb¹⁷ 83 (Bl. de N.).
Tarb. *Bl.* 48.

780. — Nus hons ne doit de bone amour chanter

O I, 83.

781. — Mout liement me fait amours chanter

R¹ 76 (J. Bret.).
G. R. *Ec. des ch.* XLI, 211.

782. — Par grant franchise me convient chanter

B² 185 (Maih. le J.); M 227 (M. d'A.); O I, 18; Pa 393; Pb³ 174 (Maih. le J.); Pb⁴ 180; Pb⁵ 99; Pb¹¹ 93 (Maih. le J.); Pb¹² 109; Pb¹⁷ 252; Rome, Vat. 3208, fol. 42.
P. M. *Arch.*² V, 228; Br. *Arch.* XLIII, 296.

783. — En plorant me convient chanter

B² 64; Pb¹⁴ 152.
Ch. à la V. — Br. *Arch.* XLII, 284.

784. — Bel avantage a de chanter

Pb⁵ 20.

785. — Plus ne me voil abaubir de chanter

Pb⁸ 151.

786. — Amours me done achoison de chanter

Pb⁵ 12 (*un seul couplet*).

787. — Ne me sont pas achoison de chanter

B² 160 (G. B.); M 220 (M. d'A.); Pa 66 (G. B.); Pb¹ 52; Pb⁴ 22 (G. B.); Pb⁵ 86; Pb⁶ 8 (G. B.); Pb¹² 98; Pb¹⁴ 33; Pb¹⁷ 51 (G. B.); R¹ 33 (Guill. le Vin.).

Br. *Arch.* XLIII, 266.

788. — Tant de soulas con je ai de chanter

Pb¹⁴ 73 — *Ch. religieuse.*

789. — Meudre achoison n'euc onques de chanter

R¹ 64 (G. V.).

790. — Bone (*ou* Jone) dame me prie de chanter

B² 101 (G. B.); Pa 108 (Ch. de C.); Pb³ 98 (J. de Tr.); Pb⁶ 141; Pb¹¹ 94 (J. de Tr.); Pb¹⁴ 66; Pb¹⁷ 77 (Ch. de C.); R¹ 9 (R. de N.).

La B. II, 278; F. M. *Couc.* 45; Tarb. *Ch.* 48; Br. *Arch.* XLII, 336.

791. — Cil qui me prient de chanter

Pa 227 (V. de C.); Pb⁴ 110 (id.); Pb⁶ 77 (id.); Pb¹⁷ 155 (id.). — *Ch. à refrain.*

792. — Talent m'a pris de chanter

O v, 184. — *Ballette.*

793. — Talent me rest pris de chanter

B² 229; Pb¹⁴ 151.
Ch. à la V. — Br. *Arch.* XLIII, 360.

794. — Merveil moi que de chanter

Pb³ 127 (C. le B.); Pb¹¹ 23 (id.); R¹ 71 (id.); S¹ 36.
Din. III, 140.

795. — Bien me quidai de chanter

Pb³ 88 (Gaut. de D.); Pb¹¹ 143 (id.).

796. — Amours me fait renvoisier de chanter

R[1] 44 (M.).
Ch. à refr. — Kell. 267.

797. — Fine amour me semont de chanter

O v, 160. — *Ballette.*

798. — Chascuns me semont de chanter

Pa 181 (Vid. de Ch.); Pb[4] 86 (id.); Pb[6] 68 (id.); Pb[14] 49; Pb[17] 129 (Vid. de Ch.).
Ch. à refr. — La B. II, 179; Aug. II, 26; L. L. 63.

799. — Coustumier sui de chanter

O v, 40. — *Ballette.*

800. — Soffers me sui de chanter

Pb[11] 114 (Gont.).
Ch. à refr. — Sch. II, 63.

801. — Je n'oi pieça nul talent de chanter

B[2] 107; Pb[3] 32 (G. B.); Pb[5] 60; Pb[6] 21 (G. B.).
Tarb. *Ch.* 46; Br. *Arch.* XLII, 347.

802. — Mout se feïst bon tenir de chanter

B[2] 145 (Bl.); Pb[12] 92.
Tarb. *Bl.* 45; Br. *Arch.* XLIII, 249.

803. — Joliement doi chanter

Pb[11] 36 (G. de Bern.) *et* 167 (R. de la P.); R[1] 78 (id.).
Ch. avec des refr. — Din. III, 418; Sch. I, 102.

804. — De la mere Dieu doit chanter

B[2] 62; Pb[14] 152.
Ch. à la V. — Br. *Arch.* XLII, 282.

805. — Puis qu'il m'estuet de ma doleur chanter

A 131 (Rich. de F.); Pb[3] 12 (Rich.); Pb[4] 104 (G. d'Esp.);

Pb[5] 101; Pb[8] 7 (Rich. de F.); Pb[11] 95 (id.); Pb[17] 192 (G. d'Esp.).
La B. II, 229; Aug. II, 13; Tarb. *Th.* 55.

806. — Puis que d'amours m'estuet chanter

Pa 210 (R. de B.); Pb[4] 101 (J. E.); Pb[6] 126 (R. de B.).
La B. II, 162.

807. — Tous iriés m'estuet chanter

B[2] 239.
Br. *Arch.* XLIII, 378.

808. — De novel m'estuet chanter

Pa 20 (R. de N.); Pb[2] 64; Pb[5] 34; Pb[10] 315; Pb[11] 8 (R. de N.); Pb[14] 10; Pb[17] 21 (R. de N.).
La R. II, 44; Tarb. *Th.* 23.

809. — Par grant esfors m'estuet dire et chanter

R[1] 56 (Gad.).

810. — Amours me fait renvoisier et chanter

Pb[3] 118 (M.); Pb[11] 118 (id.). — *Ch. à refrain.*

811. — Un chant nouvel vaurai faire chanter

Pb[3] 155 (Guib. K.); Pb[11] 168 (id.).
Ch. à refr. — Din. III, 234.

812. — Bone amour me fait chanter
En .I. tens que repaire

B[2] 32 (S. de B.).
Din. III, 442; Br. *Arch.* XLII, 244.

813. — Bone amour me fait chanter
Et demener joie

O v, 14. — *Ballette.*

814. — Remembrance d'amour me fait chanter

B[2] 210 (Bl.); Pb[12] 142; R[1] 32 (Guill. le Vin.); S[1] 32.

Kell. 264; Mætzn. 20; Tarb. *Bl.* 55; Br. *Arch.* XLIII, 335.

815. — Fine amour me fait chanter
Qui me tient en esperance

Pb[5] 56.

816. — Ma dame me fait chanter

Pb[5] 85.

817. — Joie et soulas me fait chanter

Pb[5] 67.

818. — Encore m'estuet il chanter

B[2] 72 (R. de F.); Pb[3] 82 (id.); Pb[11] 125 (id.)
Br. *Arch.* XLII, 296.

819. — Amours me fait de cuer joli chanter

R[1] 85 (J. de la F.).
Kell. 290; Mætzn. 48; Sch. I, 152.

820. — Amours me fait joliement chanter

Pb[8] 149.

821. — J'ai grant pieça delaié le chanter

Pb[11] 174 (J. de R.).

822. — J'avoie lessié le chanter

Pa 266 (C. le B.); Pb[4] 131 (id.); Pb[5] 64; Pb[17] 181 (C. le B.).
Din. III, 134.

823. — Je ne cuidai mès chanter

Pa 265 (J. E.); Pb[4] 130 (id.); Pb[5] 64; R[1] 78 (R. de la P.).

824. — Li lousseignols que j'oi chanter

B² 214; Pa 336; Pb³ 173 (P. le B.); Pb⁴ 162; Pb⁶ 185; Pb¹¹ 76 (P. le B.); Pb¹² 139; Pb¹⁷ 221.

Ch. avec des refr. — Roq. 370; Din. II, 352; Wack. 49; Sch. II, 143.

825. — Fueilles ne flours ne mi font pas chanter

R¹ 65 (H. A.).

Kell. 278; Mætzn. 34.

826. — Tant de soulas comme j'ai pour chanter

B² 232 (G. B.); Pa 73 (id.); Pb¹ 54; Pb³ 32 (G. B.) *et* 144 (Bl.); Pb⁴ 26 (G. B.); Pb⁵ 138; Pb⁶ 13 (G. B.); Pb¹² 25; Pb¹⁷ (G. B.).

Tarb. *Bl.* 68; Br. *Arch.* XLIII, 367.

827. — Il m'est avis que nus ne puet chanter

Pa 375.

828. — Fort chose est coment je puis chanter

B² 81.

Br. *Arch.* XLII, 309.

829. — Quant j'oi (voi) le rossignol chanter

B² 114; Pa 416.

Br. *Arch.* XLII, 356.

830. — Amours me font souvent chanter

B² 10.

Din. II, 346; Br. *Arch.* XLI, 356.

831. — Onques ne seu tant chanter

Pb³ 147 (Aud. le B.); Pb¹¹ 56 (id.).

832. — De loial amour voeil chanter

Pb³ 183 (J. Fr.); R¹ 81 (id.).

Rotr. — Kell. 287; Din. II, 281; Mætzn. 44; Sch. II, 129.

833. — D'amourous cuer voeil chanter

A 133 (A. le B.); Pb^{6} 211 (Ad. de la H.); Pb^{7} 311; Pb^{11} 226 *bis* (Ad. le B.); Pb^{14} 118; Pb^{15} 2 (Ad. le B.); Pb^{16} 10 (id.).

De C. 4.

834. — Merveilles est que toz jors voeil chanter

Pa 309; Pb^{4} 147; Pb^{6} 161; Pb^{17} 196.

835. — De la trés douce Marie voeil chanter

Pb^{6} 197; Pb^{17} 258. — *Ch. à la V. (à refr.).*

836. — Un motet vous voudrai chanter

Pb^{9} 249. — *Ch. relig. à refrain.*

837. — Quant voi le dous tens bel et cler
Et esté qui repaire

Chansonnette. — Pa 344; Pb^{4} 166; Pb^{6} 129; Pb^{17} 224.

838. — Quant voi le tens bel et cler
Ains que soit noif ne gelée

Pa 80 (G. B.); Pb^{1} 56; Pb^{3} 25 (G. B.); Pb^{4} 29 (id.); Pb^{5} 112; Pb^{6} 22 (G. B.); Pb^{11} 161 (id.); Pb^{12} 133; Pb^{14} 59 (G. B.).

839. — Je ne sai tant merci crier

Pb^{3} 127 (C. le B.); Pb^{11} 24 (id.); R^{1} 73 (id.).

Ch. avec des refr. — Din. III, 141.

840. — Bernart, a vous vueil demander

Pa 261 (C. de Br.); Pb^{4} 128 (id.); Pb^{5} 18; Pb^{6} 198 (C. de Br.); Pb^{17} 179 (id.).

Jeu parti. — La B. II, 176; Aug. II, 24; P. P. *Rom.* 160.

841. — Sire Bretel, je vous vueil demander

Jeu parti. — R^{2} 158 (J. de Griev.).

842. — Thomas, je vous vueil demander

B² 242; Pb³ 111 (Guill. le Vin.); Pb⁸ 25 (id.); Pb¹¹ 31 (id.).

Jeu parti. — Br. *Arch.* XLIII, 382.

843. — Aucun vuelent demander

Pb⁵ 13.

844. — Pour le reviel que je vi demener

Sotte ch. — Héc. 39 (ms.?).

845. — Ja tant mercis ne sara demourer

S¹ 20.

L. P. *Ec. des ch.* XX, 483.

846. — On ne se doit desesperer

B² 173.

Br. *Arch.* XLIII, 282.

847. — Se je pooie aussi mon cuer doner

R¹ 39 (Rich.).

Rotr. — Kell. 265; Mætzn. 22.

848. — Amours qui tout puet doner

O v, 126. — *Ballette.*

849. — Bone amour fet sens et valour doubler

Pb¹⁴ 98.

850. — Tant ai mal n'i puis durer

O v, 166. — *Ballette.*

851. — Amours qui bien set enchanter

Pb¹³ 12 (Gaut. de C.).

Ch. à la V. — Poq. 13.

852. — Amours me fait esperer

O v, 15. — *Ballette.*

853. — Or laissons ester

Pb^{17} 263. — *Ch. à la V.* (*à refr.*).

854. — Tant ai servi sans faucer

O v, 167. — *Ballette.*

855. — Certes nus ne se doit fier

O v, 158. — *Ballette.*

856. — Ostés m'a kenoille, je ne puis filer

O v, 132. — *Ballette.*

857. — En cel (Contre) tens que voi frimer

Pa 56 (G. B.); Pb^1 48; Pb^3 23 (G. B.); Pb^4 16 (id.); Pb^5 24; Pb^6 65 (Gaut. de D.) *et* 151; Pb^{11} 159 (G. B.); Pb^{14} 28; Pb^{17} 45 (G. B.); Rome, Vat. Christ. 1725, fol. 79 (*fragment*).

B. *Jahr.* XI, 162 (*fragm. du Vatican*).

858. — Tels s'entremet de garder

A 131 (Rich. de F.); B^2 237 (id.); Pb^3 152 (Rich.); Pb^8 105; Pb^{11} 95 (Rich. de F.); R^1 39 (Rich.).

Wack. 58; P. P. *Ec. des ch.* II, 41.

859. — Quant plus me voi por bone amour grever

Pb^{14} 52.

860. — Mesdisant pour moi grever

O v, 67. — *Ballette.*

861. — Or choisissiez, Jehan de Grieviler

R^1 158; R^2 156 (Map.). — *Jeu parti.*

862. — Conseilliés moi, Jehan de Grieviler.

A 142; Ll 3; R^1 141; R^2 162 (J. Bret.). — *Jeu parti.*

863. — Bien doit amours guerredoner

B² 26 (R. de T.); M 221 (M. d'A.); Pa 406; Pb⁵ 16; Pb¹² 131.
Br. *Arch.* XLI, 372.

864. — Pour bone amour et ma dame honorer

R¹ 83 (J. de Griev.); S¹ 11.

865. — Se ce n'estoit pour ma dame honorer

Pb¹¹ 175 (J. de R.).

866. — On doit la mere Dieu honorer

Pb⁶ 196; Pb¹⁷ 260. — *Ch. a la V.* (*à refr.*).

867. — Contre le froit tans d'iver

Pb⁵ 27.

868. — Nous venions l'autrier de joer

Pa 177 (Rich. de S.); Pb⁶ 100 (id.).
Ch. à refr. — La B. II, 217.

869. — Loée tant que loer

B² 140; Pb¹⁴ 151.
Ch. à la V. — Br. *Arch.* XLIII, 245.

870. — Je ne me doi d'amours de riens loer

Pb¹¹ 140 (A. C.).

871. — Chopart, uns clers qui se veut marier

R¹ 174. — *Jeu parti.*

872. — Quiconques veut en haute honour monter

Serv. à la V. — Héc. 55 (ms.?).

873. — Je di ki veut en noble pris monter

Serv. à la V. — Héc. 67 (ms.?).

874. — Gai cuer et gent doit avoir sanz muer

Pa 374.

875. — Je ne sai coment nomer

O v, 159. — *Ballette.*

876. — Douce dame, ce soit sans nul nomer

Pb3 173 (P. de B.); Pb11 51 (id.)
Din. III, 367.

877. — Dame, cui je n'os nomer

O v, 86. — *Ballette.*

878. — Douce dame, or soit en vo nomer

B2 50; Pb12 70.
Jeu parti. — Br. *Arch.* XLII, 268.

879. — Je n'ai loisir d'assez penser.....
Car tant me plaist a recorder

B1 8; Pb8 86; Pb14 57.
Tarb. *Th.* 33; R. *Jahr.* x, 105.

880. — Je n'ai loisir d'assez penser.....
Tel desir de bien chanter

S1 19.

881. — Grant folie est de penser

B2 83.
Br. *Arch.* XLII, 311.

882. — Nouvele amours ou j'ai mis mon penser

B2 164; Pa 98 (Ch. de C.); Pb1 61; Pb6 32 (Ch. de C.); Pb11 38 (S. d'A.); Pb14 76; Pb17 70 (Ch. de C.); R1 68.
La B. II, 262; F. M. *Couc.* 22; Din. III, 454; Br. *Arch.* XLII, 272.

883. — Elas! que ne set mon penser

B2 66.
Br. *Arch.* XLII, 288.

884\. — Nus hon ne puet ami reconforter

Pa 14 (R. de N.); Pb^2 62; Pb^4 8 (R. de N.); Pb^5 85; Pb^8 174; Pb^{10} 313; Pb^{11} 6 (R. de N.); Pb^{14} 7; Pb^{17} 17 (R. de N.).

Rotr. — La R. II, 24; Tarb. *Th.* 44.

885\. — Pour mon chief reconforter

Pb^{13} 13 (Gaut. de C.). — *Ch. à la Vierge.*

886\. — Pour le pueple reconforter

B^2 179 (R. L.).

Ch. relig. — Jub. *Rapp.* 39; Wack. 35.

887\. — Qui bone amour puet recouvrer

B^2 111.

Br. *Arch.* XLII, 351.

888\. — Je senc en moi l'amour renouveler

Pb^6 214 (Ad. de la H.); Pb^7 313; Pb^8 101; Pb^{11} 228 (Ad. le B.); Pb^{15} 5 (id.); Pb^{16} 12 (id.).

De C. 33.

889\. — Chascun an, voi le tans renouveler

Pb^5 31.

890\. — Quant voi le tans renouveler

B^2 117.

Br. *Arch.* XLII, 362.

891\. — Quant voi le tans del tout renouveler

Pb^3 126 (C. le B.); Pb^{11} 23 (id.); R^1 73 (id.); S^1 35; ms des arch. de la Moselle, pièce n° 6.

Din. III, 137; Cor. 7.

892\. — Quant je voi renouveler

M 223 (M. d'A.).

893. — Quant je voi iver retourner

Pb[5] 125.

894. — En chantant vueil saluer

Pb[9] 197. — *Ch. à la V.* (*à refr.*).

895. — Qui or voudroit loial amant trouver

Pb[5] 117.

896. — Mout me merveil coment on puet trouver

Pb[8] 135.

897. — S'aligement ne puis trouver

O v, 168. — *Ballette.*

898. — A poinnes puis trouver

Pb[12] 107.

899. — Prince del pui (Sire Bretel), mout bien savés trouver

R[2] 164 (J. de Griev.); S[1] 42.
Jeu parti. — L. P. *Ec. des ch.* xx, 20.

900. — Pot s'onques mais nus hom vanter

Pb[11] 67. — *Le lai de la Rose.*

901. — Bien me puis vanter

O v, 35. — *Ballette.*

902. — L'estoile qui tant est clere

Pb[14] 154. — *Ch. à la Vierge.*

903. — Tels fois chante li jouglere

A 130 (Guill. le Vin.); B[2] 236 (id.); Pb[3] 110 (id.); Pb[11] 30 (id.); S[1] 31.
Br. *Arch.* XLIII, 373.

904. — Qui bien aime, drois est que l'uevre pere

B² 118.

Br. *Arch.* XLII, 362.

905. — Bien est oubliés chanters

Pb⁵ 19; Pb¹⁰ 319.

* 905. — Adan, mout fu Aristotes boins clers

Même pièce que le nº 277.

906. — Tout autressi com fraint nois et ivers

Pa 13 (R. de N.); Pb² 62; Pb⁴ 8 (R. de N.); Pb⁵ 132; Pb¹⁰ 313; Pb¹¹ 5 (R. de N.); Pb¹⁴ 7; Pb¹⁷ 16 (R. de N.); S¹ 5.

La R. II, 83; Tarb. *Th.* 67.

907. — Coins de Galles, amenés

Pb¹² 114. — *Jeu parti.*

908. — Jehan, trés bien amerés

S¹ 40. — *Jeu parti.*

909. — Cuvelier, vous amerés

A 140; R¹ 138; R² 154 (J. Bret.). — *Jeu parti.*

910. — Sire Jehan, vous amerés

R² 169 (Ger. de B.). — *Jeu parti.*

911. — Hé! Dieus! pour quoi n'est bien amés

Pb⁹ 253. — *Ch. relig. à refrain.*

912. — Assés plus que d'estre amés

Pb³ 156 (Ad. de Giv.); Pb¹¹ 170 (id.).

913. — Pour ce se j'ain et je ne sui amés

Pb⁸ 58 (R. du Ch.); R¹ 61 (id.); S¹ 26.

Kell. 272; Mætzn. 28.

914. — Joie d'amour dont mes cuers est assés

B² 96.
Chansonnette. — Br. *Arch.* XLII, 328.

915. — Lambert, une amie avés

R¹ 163; R² 163 (J.). — *Jeu parti.*

916. — Sire Jehan Bretel, parti avés

H 3.
Jeu parti. — Jub. *Lett.* 94.

917. — Jehan de Bar, vous qui avés

O III, 3. — *Jeu parti.*

918. — Prince del pui, vous avés

R¹ 169.
Jeu parti. — Tarb *Ch.* 119.

919. — Oez com je sui bestournés

M 229.

920. — Bele dame, gardés que ne cr s

Pb¹² 162.

921. — Or chanterai com hom desesperés

B² 169 (Joc.).
Br. *Arch.* XLIII, 277.

922. — Je chant comme desvés

Pa 239 (J. de H.); Pb⁴ 116 (id.); Pb⁶ 120 (id.); Pb¹⁷ 16 (id.).
Din. III, 249.

923. — Helas ! je me sui donés

R¹ 106 (Th. Er.).

924. — Fins cuers enamourés

Pb³ 155 (Guib. K.); Pb¹¹ 168 (id.).
Din. III, 235.

925. — Trop sui d'amour enganés

Pb⁶ 179; Pb¹⁷ 215.

926. — Robert de Betune, entendés

Pb³ 8 (Sauv.); Pb⁸ 25 (id.); Pb¹¹ 47 (Sauv. de B.).
Jeu parti. — Din. III, 438.

927. — Sire Bretel, entendés

R¹ 150; S¹ 46. — *Jeu parti.*

928. — Je vous demant, Cuvelier, espondés

R² 157 (J. Bret.).
Jeu parti. — L. P. *Éc. des ch.* XX, 37.

929. — Quant avril et li biaus estés

Pb¹⁴ 51.

930. — Quant recomence et revient biaus estés

Pb³ 14 (J. de Cys.).
La B. II, 180; Aug. II, 28; Din. II, 255; Sch. II, 92.

931. — Dame de Gosnai, gardés

R² 168 (G. de Bern.). — *Jeu parti.*

932. — J'ai soffert mes grietés

O II, 15. — *Estampie.*

933. — Amours et jolietés

B² 7 (J. de Camb.).
Din. I, 145; Br. *Arch.* XLI, 353.

934. — Fois et amours et loiautés

B² 81; Pa 150 (G. de Bern.); Pb³ 134 (id.); Pb⁵ 55; Pb⁸ 117; Pb¹⁷ 102 (G. de Bern.); R¹ 91 (id.).
Kell. 294; Mætzn. 52; Br. *Arch.* XLII, 308; Sch. I, 81.

935. — L'autrier m'iere levés

B² 138; Pb¹² 89 (*forme prov.*).
Past. — H. *Sitz.* II⁵, 330; B. *Rom.* 121; Br. *Arch.* XLIII, 240.

936. — L'autrier estoie montés

Pa 242 (D. de Br.); Pb⁴ 118 (id.); Pb⁶ 90 (id.); Pb¹⁴ 69; Pb¹⁷ 164 (D. de Br.).
Past. — La B. II, 172; Din. IV, 112; B. *Rom.* 248; Sch. I, 46.

937. — Pour Deu, car ne m'oubliés

O V, 58. — *Ballette.*

938. — Quens d'Anjo, prenés

Pb¹⁴ 94. — *Jeu parti.*

939. — Helas! je sui refusés

B² 71 (G. de Bern.); Pa 147 (id.); Pb³ 131 (id.); Pb⁴ 68 (id.); Pb¹¹ 35 (id.); Pb¹⁴ 43; Pb¹⁷ 101 (G. de Bern.).
Rotr. — Br. *Arch.* XLII, 295; Sch. I, 75.

940. — Perrin d'Angecourt, respondés

R¹ 163.
Jeu parti. — Tarb. *Ch.* 5.

941. — Dous Jehan de Bar, respondés

O III, 13. — *Jeu parti.*

942. — Jehan Bretel, respondés

R¹ 149; R² 165 (P. de N.). — *Jeu parti.*

943. — Bons rois Thibaut, en chantant respondés

B² 215 (R. de N.); Pa 44 (id.); Pb² 72; Pb⁴ 10 (R. de N.); Pb⁵ 126; Pb¹⁴ 22; Pb¹⁷ 43 (R. de N.).
Jeu parti. — La R. II, 102; Tarb. *Th.* 78; Br. *Arch.* XLIII, 341.

944. — Douce dame, respondés

O III, 14. — *Jeu parti.*

945. — Mahieu de Gant, respondés
A ce que je vous demant

Pa 281 (Maih. de G.); Pb[14] 139 (id.); Pb[17] 186 (id.).
Jeu parti. — Din. II, 302; Sch. I, 139.

946. — Mahieu de Gant, respondés
A moi com a vostre ami

B[2] 151 (R. de la P.).
Jeu parti. — H. *Sitz.* II[7], 512; Br. *Arch.* XLIII, 256; Sch. I, 137.

947. — Maistre de Jehan Marli, respondés

R[1] 157. — *Jeu parti.*

948. — Gace, par droit me respondés

B[2] 87 (G. B.); O III, 25; R[2] 151 (C. de Br.).
Jeu parti. — Kell. 388; Tarb. *Th.* 85; Br. *Arch.* XLII, 316.

949. — Sire Michiés, respondés

B[2] 225 (Ger. de Val.); Pb[11] 86.
Jeu parti. — Din. IV, 310; Br. *Arch.* XLIII, 357; Sch. II, 153.

950. — Adan, a moi respondés

A 150; Pb[7] 322; Pb[16] 26 (Ad. le B.); R[1] 178.
De C. 153. — *Jeu parti.*

951. — Sire Bretel, vous qui d'amours savés

R[2] 161 (J. de Griev.). — *Jeu parti.*

952. — Ami Lambert Ferri, vous trouverés

R[1] 166. — *Jeu parti.*

953. — Gautier, qui de France venés

B[2] 87 (C. de B.); Pb[12] 153.
Pièce hist. — Jub. *Rapp.* 42; L. de L. I, 176; Tarb. *Th.* 177; P. P. *Hist. litt.* XXIII, 773; H. *Sitz.* II[7] 503; Br. *Arch.* XLII, 317.

954. — Amours et bone volentés

B[2] 18 (G. d'Esp.); Pb[12] 59.
Br. *Arch.* XLI, 364.

955. — Li lons consirs et la grans volentés

Pb[3] 98 (J. de Tr.); Pb[11] 95 (id.).

956. — Roïne celestre

Pb[13] 14.
Lai à la V. — Poq. 15.

957. — Bergier de vile champestre

Pa 401; Pb[17] 190 (R. de R.).
Past. — M. M. 38; Tarb. *Ch.* 103; B. *Rom.* 195.

958. — Grieviler, del quel doit estre

R[1] 156. — *Jeu parti.*

959. — Après aoust que fueille de bosquet....
La flour matist, li tens tourne a froidour

Pb[14] 62. — *Pastourelle.*

960. — Au tans d'aoust que fueille de bosquet....
Flours n'a durée

Pb[5] 13.
Past. — Br. *Jahr.* IX, 324; B. *Rom.* 199.

961. — Putepoinne chivachoit a matinet.

O IV, 52.
Past. — B. *Rom.* 171.

962. — L'autrier par un matinet
Erroie en l'ost (*ou* En nostre aler, *ou* Devoie aler) a Chinon

Pa 243 (C. le B.); Pb³ 100 (J. de N.); Pb⁴ 119 (C. le B.); Pb⁶ 93 (id.); Pb¹¹ 46 (J. de N.); Pb¹⁷ 165 (Ç. le B.).
Past. avec des refr. — M. M. 36; Din. III, 135; B. *Rom.* 283.

963. — L'autrier par un matinet
Juer m'en aloie

O IV, 44.
Past. à refr. — B. *Rom.* 164.

964. — L'autrier par un matinet
Par un petit uxellet

O V, 138.
Ballette. — La V. *Arch.* V, 110.

965. — L'autrier par un matinet
Un jour de l'autre semaine

Pa 193 (M. de P.); Pb⁴ 92 (id.).
Past. à refr. — M. M. 34; B. *Rom.* 298.

966. — Volez oïr (la) muse Muset

Pa 238 (C. M.); Pb⁴ 116 (id.); Pb¹⁷ 162 (id.).
La B. II, 208; L. de L. I, 226; Tarb. *Ch.* 92; B. *Rom.* 98.

967. — En mai, quant li rossignolet

Pb⁵ 52.
Past. — Tarb. *Ch.* 86.

968. — Quant j'oi chanter l'alouete
Et ces menus oisillons

B² 195 (Joc.); O IV, 39.
Past. — H. *Sitz.* II⁵, 337; Br. *Arch.* XLIII, 311; B. *Rom.* 318; Sch. I, 158.

969. — Quant je oi chanter l'alouete
Por la venue du tans cler

Pa 198 (M. de P.); Pb⁴ 91 (id.); Pb⁶ 184 (id.).
Ch. avec des refr. — G. R. *Bull. de l'hist. de Paris,* IX, 141.

970. — E bone amourete

O v, 87. — *Ballette.*

971. — Dieus! j'ain par amourete

O v, 89. — *Ballette.*

972. — Sospris sui d'une amourete

B² 226 (C. M.); Pb¹² 78.
Lai. — Jub. *Rapp.* 50; Tarb. *Ch.* 81; H. *Sitz.* II⁷, 520; Br. *Arch.* XLIII, 358.

973. — Trespensant d'une amourete

Pb³ 103 (Ern. le V.).
Past. — B. *Rom.* 238.

974. — Bergeronete

O v, 113. — *Ballette.*

975. — Clere brunete

O v, 25. — *Ballette.*

976. — Jai comans ma chansonette

O v, 101. — *Ballette.*

977. — Or la truis trop durete

O v, 36 *et* 112. — *Ballette.*

978. — Lambert Ferri, drois est que m'entremete

S¹ 49.
Jeu parti. — L. P. *Éc. des ch.* XX, 349.

979. — Quant la flour de l'espinete

Pb[5] 120; Pb[8] 156; Pb[17] 211.

980. — Au renouvel du tans que la florete

Pa 340; Pb[4] 164; Pb[6] 188; Pb[17] 222.

981. — Qui de la prime florete

Pb[17] 271. — *Ch. à la Vierge.*

982. — Quant voi la prime florete

Pa 305; Pb[4] 145; Pb[6] 159; Pb[12] 112; Pb[17] 194.
Past. — Br. *Jahr.* IX, 326; B. *Rom.* 138.

983. — Deduisans sui et joliete

O v, 91. — *Ballette.*

984. — Ier entrai en la ruwelete

O v, 171. — *Ballette.*

985. — Li tans d'esté et mais et violete

B[2] 125 (Mus.); Pb[12] 38.
Br. *Arch.* XLII, 372.

986. — Li nouviaus tans et mais et violete

A 155 (Ch. de C.); Pa 95 (id.); Pb[1] 62; Pb[3] 53 (Ch. de C.); Pb[5] 73; Pb[6] 30 (Ch. de C.); Pb[8] 129; Pb[11] 155 (Ch. de C.); Pb[14] 75; Pb[17] 69 (Ch. de C.); R[1] 13 (id.); Rome, Vat. Christ. 1725. fol. 73 (*fragm.*).
La B. II, 270; F. M. *Couc.* 33; B. *Chr.* 189 et *Jahr.* XI, 160 (*fragment.*).

987. — Au nouvel tans que nest la violete

Pa 196 (M. de P.); Pb[4] 94 (id.); Pb[6] 102 (id.); Pb[12] 157.
Past. avec des refr. — B. *Jahr.* IX, 315 et *Rom.* 300.

988. — En mars quant la violete

Ch. à refr. — Pa 411.

989. — Je chantasse d'amoretes

Pb[12] 75.
P. P. *Hist. litt.* XXIII, 812 (*fragm.*); B. *Chr.* 309.

990. — A dous tans de violetes

O v, 133. — *Ballette.*

EU

991. — Sovignez vous, dame, d'un dous acueil

Pb[12] 121.

992. — Quant j'oi el breuil

Pb[11] 111 (Gont.).
Rotr. — Sch. II, 50.

993. — Lés le breuil

Pb[3] 101 (J. E.).
Past. avec des refr. — M. M. 42; B. *Rom.* 252.

994. — Chevauchoie lés un breuil

Pb[12] 46.
Past. à refr. — Schirm. *Arch.* XLI, 87; B. *Rom.* 129.

995. — Par courtoisie despeuil

B[2] 187 (Tr.); Pb[3] 212; Pb[11] 66.
Le lai du Chievrefeuil. — Wack. 19; B. *Chr.* 175.

996. — Por ce se d'amer me deuil
Si i ai ge grant confort

Pa 8 (R. de N.); Pb² 60 (id.); Pb⁴ 5 (id.); Pb⁵ 94; Pb¹¹ 1 (R. de N.); Pb¹⁴ 4; Pb¹⁷ 13 (R. de N.); R¹ 11 (id.).
La R. II, 17; Tarb. *Th.* 49.

997. — Ja pour ce se d'amer me deuil
Ne laisserai que je ne chant

B² 102; Lb 110; M 223 (M. d'A.); Pb³ 171 (R. d'A.); Pb⁵ 59; Pb¹¹ 41 (R. d'A.).
Br. *Arch.* XLII, 338.

998. — Moins ai joie que je ne seuil

B² 152 (Guill. de C.); Pa 65 (G. B.); Pb¹ 51; Pb⁴ 22 (G. B.); Pb⁶ 8 (id.); Pb¹¹ 47 (V. de C.); Pb¹⁴ 32; Pb¹⁷ 50 (G. B.).
Br. *Arch.* XLIII, 258.

999. — Plus que onques mais ne seuil

Pb¹¹ 175 (J. de R.).

1000. — Se je chant moins que ne seuil

O v, 22 *et* 73. — *Ballette.*

1001. — Chanter et renvoisier seuil

Pa 125 (T. de B.); Pb⁴ 74 (id.); Pb⁵ 25; Pb⁶ 152; Pb¹⁴ 81; Pb¹⁷ 87 (T. de B.).

1002. — Une chanson encor vueil

Pa 16 (R. de N.); Pb² 63; Pb⁵ 140; Pb⁸ 180; Pb¹⁰ 314; Pb¹¹ 6 (R. de N.); Pb¹⁴ 8; Pb¹⁷ 18 (R. de N.).
La R. II, 29; Tarb. *Th.* 73.

1003. — Pensis, loing de ce que je veuil

B² 186.
Br *Arch.* XLIII, 299.

1004. — Amours me fait par mon veuil

R¹ 87 (Guill. d'Am.).

1005. — Quant je voi fremir la breuille

Pa 394 ; Pb[4] 181 ; Pb[12] 64 ; Pb[17] 253.

1006. — Biaus m'est (Or vient) estés, quânt retentist la breuille

B[2] 175 ; Pb[3] 25 (G. B.) ; Pb[5] 15 ; Pb[6] 22 (G. B.) ; Pb[11] 161 (id.).

Ch. avec refr. — Br. *Arch.* XLIII, 286.

1007. — Coment que d'amours me deuille

Pa 116 (Bl. de N.) ; Pb[3] 138 (Bl.) ; Pb[4] 43 (Bl. de N.) Pb[5] 27 ; Pb[6] 42 (Bl. de N.) ; Pb[8] 52 (Bl.) ; Pb[11] 88 (id.) ; Pb[14] 107 ; Pb[17] 81 (Bl. de N.) ; S[1] 8.

Tarb. *Bl.* 20.

1008. — Quant je voi l'erbe et la feuille

B[2] 200 (Gaut. de D.).

Br. *Arch.* XLIII, 321.

1009. — L'an que rose ne feuille

B[2] 130 (Ch. de C.) ; Pa 100 (id.) ; Pb[3] 54 (id.) ; Pb[5] 74 *et* 78 ; Pb[6] 34 (Ch. de C.) ; Pb[11] 156 (Ch. de C.) ; Pb[12] 24 ; Pb[14] 77 ; Pb[17] 72 (Ch. de C.).

La B. II, 274 ; F. M. *Couc.* 39 ; Br. *Arch.* XLII, 380.

1010. — Coment que longue demeure

Pa 381 ; Pb[3] 52 (Ch. de C.) ; Pb[4] 38 (G. B.) ; Pb[5] 26 ; Pb[8] 33 (Ch. de C.) ; Pb[11] 154 (id.) ; Pb[12] 8 ; Pb[14] 105 ; Pb[17] 245 ; R[1] 15 (Ch. de C.).

Ch. avec refr. — La B. II, 266 ; F. M. *Couc.* 28.

1011. — En dous tans et en bone heure

B[2] 174 (G. B.) ; Pa 82 (id.) ; Pb[1] 57 ; Pb[3] 24 (G. B.) ; Pb[4] 31 (id.) ; Pb[5] 47 ; Pb[6] 19 (G. B.) ; Pb[11] 160 (id.) ; Pb[14] 38 ; Pb[17] 60 (G. B.) ; R[1] 20 (id.).

Br. *Arch.* XLIII, 284.

1012. — Corageus

Pb[11] 71. — *Le lai des Puceles.*

1013. — Deus ! Deus ! Deus ! Deus !

O v, 100. — *Ballette.*

1014. — Por le dous chans des oiseus

B² 189.
Ch. à refr. — Br. *Arch.* XLIII, 304.

1015. — Pleüst amors que li mondes fust teus (*couronnée*)

Roq. 385 ; Héc. 99 (ms. ?).

1016. — D'amours naist fruis vertueus

Pb⁸ 14 (J. de D.).
Din. IV, 388 ; Tarb. *Ch.* 60 ; *Sch.* II, 147.

1017. — En entente curieuse

Pb¹¹ 62 (Ern. le V.). — *Lai Nostre Dame.*

1018. — De chanter ai volenté curieuse

Pb⁶ 219 (Ad. de la H.) ; Pb⁷ 316 ; Pb¹¹ 229 (Ad. le B.) ; Pb¹⁶ 16 (id.) ; R¹ 49 (id.).
De C. 63.

1019. — Baisiés moi, belle, plaisans et gracieuse

O v, 50. — *Ballette.*

1020. — Nete, glorieuse

B² 157.
Ch. à la V. — Vack. 69.

1021. — Lambert Ferri, d'une dame orgueilleuse

R¹ 167. — *Jeu parti.*

1022. — Oiés, seigneur, pereceus, paroiseusc

Ch. relig. de croisade. — R¹ 121 (Rich. de F.).

I

1023. — Pluseurs gens ont chanté......... i
Car c'est bien droiz qu'ele est seue a donner

Pb14 59.

1024. — En l'an que chevalier sont abaubi

Pb3 50 (H. d'O.); Pb11 53 (id.).
Tournoi des dames. — Din. I, 129.

1025. — Cuvelier, s'il est ainsi

A 141; R1 139. — *Jeu parti.*

1026. — Adan, s'il estoit ainsi

Pb7 320; Pb16 23 (Ad. le B.).
Jeu parti. — De C. 134.

1027. — Sandrart, s'il estoit ainsi

Pb8 17 (Cert.). — *Jeu parti.*

1028. — Au besoing voit on l'ami

B2 71 (G. de Bern.); Pa 153 (id.); Pb4 71 (id.); Pb5 10; Pb8 125; Pb12 114; Pb14 45; Pb17 104 (G. de Bern.).
Ch. à refr. — Wack. 54; Din. II, 197; Sch. I, 78.

1029. — Entre moi et mon ami

O IV, 43.
Past. à refr. — La V. *Arch.* V, 100; B. *Rom.* 27.

1030. — Maugré tous sains et maugré Dieu aussi (*incomplet au com.*)

Pb³ 50 (H. d'O.); Pb¹¹ 53 (id.).
Ch. de croisade. — La B. II, 211; P. P. *Rom.* 103; Din. I, 140; L. de L. I, 116; P. M. *Rec.* 367.

1031. — Or m'est bel du tans d'avri

B² 169 (J. de Camb.).
Rotr. — Br. *Arch.* XLIII, 277.

1032. — Or vienent Pasques les beles en avri(1)

Rome, Vat. Christ. 1725, fol. 96.
Romance. — B. *Rom.* 17.

1033. — M'ame et mon cors doing a celi

Pa 252 (B. des A.); Pb³ 170 (R. de C.); Pb⁴ 123 (B. des A.); Pb⁶ 108 (id.) *et* 111 (id.); Pb¹¹ 40 (R. de C.); Pb¹⁷ 170 (B. des A.).

1034 — Jehan de Grieviler, s'aveuc celi

R² 156 (J. de Griev.). — *Jeu parti.*

1035. — Près sui d'amours, mais loins sui de celi

B² 180 (Ch. de Cr.)*; M 225 (M. d'A.); Pb¹² 100.
Br. *Arch.* XLIII, 291.

1036. — D'amours me plaing ne sai a cui

B² 49 (G. B.); Pb³ 182 (J. de N.); Pb¹² 29.
Br. *Arch.* XLII, 266.

1037. — Haute chanson de haute estoire di

Pb⁶ 202 (C. de Br.). — *Ch. religieuse.*

1038. — Trés dous ami, je le vous di

O v, 32' *et* 104.
Ballette. — P. M. *Arch.*² v. 242; B. *Rom.* 22.

1039. — Mout a mon cuer esjoï

Pb³ 110 (Guill. le Vin.); Pb¹¹ 30 (id.).
Past. — B. *Rom* 83.

1040. — J'ai par mainte fois failli

O v, 47. — *Ballette.*

1041. — Entendés, Lambert Ferri

R^1 172; S^1 47. — *Jeu parti.*

1042. — Cuvilier, et vous, Ferri

A 143; R^1 142. — *Jeu parti.*

1043. — Chant d'oisel ne pré flori

Pb^{14} 62.

1044. — En mon chant lo et graci

O I, 69; Pb^8 70.

1045. — Onkes d'amour ne joï

O I, 70.

1046. — Si me tient amours joli

Pb^8 150.

1047. — Chascuns chante de cuer joli

O IV, 28. — *Pastourelle.*

1048. — Je chant en espoir joli

O v, 28. — *Ballette.*

1049. — Liés et loiaus, amoureus et joli

Pb^8 189.

1050. — Au dous mois de mai joli

B^2 121; Pb^5 11.
Past. à refr. — H. *Sitz.* II^5, 315; Br. *Arch.* XLII, 366; B. *Rom.* 111.

1051. — Cilz qui me tient pour joli

O v, 122. — *Ballette.*

1052. — En un flori vergier joli

B[2] 11; O IV, 16.

Past. — Tarb. *Ch.* 98; H. *Sitz.* II[7], 490; Br. *Arch.* XLI, 358; B. *Rom.* 30.

1053. — Celle que j'ain veut que je chant pour li

Ch. à refr. — Pb[3] 160 (R. de la P.).

1054. — Douce dame, vous avés pris mari

O III, 33. — *Jeu parti.*

1055. — En espoir d'avoir merci

R[1] 125.

Motet. — H. *Rom. ined.*, 53 (*Voy., pour un autre ms., notre* Recueil de motets, t. II, p. 116 et *les notes*).

1056. — Trés douce dame, merci

O v, 70. — *Ballette.*

1057. — Pour longue atente de merci

Pb[5] 105 (*un seul couplet*).

1058. — Plaisans desirs et espoirs de merci (*couronnée*)

Roq. 381; Héc. 95 (ms. ?).

1059. — Se par force de merci

B[2] 221 (G. d'Esp.); O I, 6; Pb[5] 130; Pb[12] 132.

Br. *Arch.* XLIII, 350.

1060. — Je ne chant pas reveleus de merci

Pb[6] 222 (Ad. de la H.); Pb[8] 178; Pb[11] 230 (Ad. le B.); Pb[16] 17 (id.); R[1] 49 (id.).

De C. 82.

1061. — Cil qui proient et desirent merci

O I, 54.

1062. — Amours qui m'a doné, je l'en merci

Pb[5] 12 (*un seul couplet*).

1063. — Pour joie chant et pour merci

B[2] 183; O I, 31; Pb[12] 28.
Br. *Arch.* XLIII, 297.

1064. — Douce amours, je vous pri merci

Pb[8] 147.

1065. — Trés fine amours, je vous requier merci

Pb[5] 138.

1066. — Adan, li qués doit mieus trouver merci

Pb[7] 320; Pb[16] 30 (Ad. le B.).
Jeu parti. — De C. 190.

1067. — D'autre chose ne m'a amours meri

Ms. des arch. de la Moselle, pièce n° 1.

1068. — Rolans, car respondés a mi

O III, 5. — *Jeu parti.*

1069. — On dit ke trop suis jone, se poize mi

O V, 120. — *Ballette.*

1070. — Et pour ce je doi avoir et mis an obli

O V, 127. — *Ballette.*

1071. — Gadifer, d'un jeu parti

R[1] 161; R[2] 159 (J. Bret.). — *Jeu parti.*

1072. — Sire Aimeri, prendés un jeu parti

B[2] 218 (J. Bar.).
Jeu parti. — Din. IV, 576; Br. *Arch.* XLIII, 345.

1073. — Desconfortés et de joie parti

B² 53 (G. d'Esp.); Pa 213 (id.); Pb³ 178 (id.); Pb⁴ 103 (id.); Pb⁵ 42; Pb⁶ 129; Pb⁸ 115; Pb¹¹ 98 (G. d'Esp.); Pb¹² 129; Pb¹⁴ 58.

Br. *Arch.* XLII, 272.

* 1073. — L'autrier defors Picarni

Même pièce que le n° 1050.

1074. — Conseilliés moi, Rolan, je vous en pri

O III, 1 *et* 34.

Jeu parti — P. M. *Arch.*² V, 233.

1075. — Amours, je vous requier et pri

B² 3; O III, 28.

Jeu parti. — H. *Sitz.* II⁷, 488; Br. *Arch.* XLI, 348; Sch. I, 54.

1076. — Jehans amis, par amours je vous pri

Pb⁸ 24 (A. d'O.).

Jeu parti. — Din. III, 73; Sch. II, 126.

1077. — Douce Margot, je vous pri

O V, 154. — *Ballette.*

1078. — Conseilliés moi, je vous pri

O III, 9. — *Jeu parti.*

1079. — Uns maus k'ainc mès ne senti

Pb³ 173 (G. de Dij.); Pb¹¹ 109 (Gont.).

Sch. II, 68.

1080. — Quant chante oisiaus tant seri

Pb³ 153 (Rich.); Pb¹¹ 97 (Rich. de F.); R¹ 42 (Rich.).

1081. — A mon pooir ai servi

Ch. à refr. — Pb³ 163 (P. de la C.); Pb¹¹ 127 (id.).

1082. — Se j'ai lonc tans amours servi

B^{2} 223 (G. d'Esp.); O I, 10; Pb^{12} 103.
Br. *Arch.* XLIII, 353.

1083. — Amours cui j'ai tant servi

O II, 7. — *Estampie.*

1084. — Chascun chante de Tieri

O V, 51.
Ballette. — La V. *Arch.* V, 106.

1085. — Amis Guillaume, ainc si sage ne vi

A 138; Pb^{3} 157 (Ad. de Giv.); Pb^{11} 80 (id.); R^{1} 136; R^{2} 150 (Guill. de Giv.).
Jeu parti. — Kell. 383; Din. III, 45; Mætzn. 81.

1086. — S'onques canters m'eüst aidié

A 129 (Guill. le Vin.); Pb^{3} 108 (id.); Pb^{11} 28 (id.); R^{1} 33 (id.).

1087. — A ma dame ai pris congié

M 218 (M. d'A.); Pa 316; Pb^{3} 119 (M.); Pb^{4} 151; Pb^{5} 7; Pb^{6} 165; Pb^{8} 15 (M.); Pb^{11} 118 (id.); Pb^{17} 199; R^{1} 45 (M.).

1088. — Amours m'a si enseignié

B^{2} 20 (G. de V. M.); Pb^{3} 176 (G. de Dij.); Pb^{11} 154 (id.); Pb^{12} 71.
Br. *Arch.* XLI, 367; Tarb. *Ch.* 112.

1089. — Tant ai mon chant entrelaissié

B^{2} 235; Pb^{3} 169 (G. de S.); Pb^{11} 109 (Gont.).
Ch. à refr. — Br. *Arch.* XLIII, 370; Sch. II, 66.

1090. — Amours me tient envoisié

S^{1} 21.
L. P. *Éc. des ch.* XX, 484.

1091. — Poissans amours a mon cuer espiié

R[1] 77 (J. Bret.).
G. R. *Éc. des ch.* XLI, 213.

1092. — Sire Jehan Bretel, vous demant gié

R[2] 162 (F.). — *Jeu parti.*

1093. — Lasse ! que deviendrai gié

Pb[9] 63. — *Ch. religieuse.*

1094. — Avoir cuidai engané le marchié

A 148; Pb[7] 323; Pb[16] 31 (Ad. le B.); R[1] 176; R[2] 157 (J. Bret.).
Jeu parti. — De C. 198.

1095. — Tant ai en chantant proié

B[2] 233 (Bl. de N.); Pa 120 (id.); Pb[3] 140 (Bl.); Pb[4] 45 (Bl. de N.); Pb[5] 134; Pb[6] 45 (Bl. de N.); Pb[8] 52 (Bl.); Pb[11] 89 (id.); Pb[12] 40; Pb[14] 72; Pb[17] 84 (Bl. de N.).
Tarb. *Bl.* 61; Br. *Arch.* XLIII, 368.

1096. — Tant ai amé et proié

Ch. avec refr. — Pb[3] 162 (Th. Er.); Pb[11] 135 (id.).

1097. — Cuens, je vous part un gieu par aatie

Pa 39 (R. de N.); Pb[2] 70; Pb[5] 23; Pb[11] 19 (R. de N.); Pb[14] 20; Pb[17] 39 (R. de N.); Francfort, ms. 29, pièce n° 1.
Jeu parti. — La R. II, 114; Tarb. *Th.* 101.

1098. — Trés haute amours, qui tant s'est abessie

Pa 163 (P. d'A.); Pb[3] 12 (R. de N.); Pb[4] 52 (P. d'A.); Pb[5] 136; Pb[8] 110; Pb[11] 88; Pb[17] 110 (P. d'A.); R[1] 10 (R. de N.); S[1] 3.
La R. II, 9; Tarb. *Th.* 70.

1099. — En espoir d'avoir aïe

O v, 134 *et* 136 *bis*. — *Ballette.*

1100. — Li grans desirs de deservir amie

Pb^{8} 95 ; Pb^{14} 109.

1101. — Je me duel, amie

O v, 85. — *Ballette.*

1102. — De bone amour et de loial amie

B^{2} 58 (G. B.); Lb 103 (id.); M 220 (M. d'A.); Pa 79 (G. B.) ; Pb^{1} 56 ; Pb^{3} 31 (G. B.) ; Pb^{4} 29 (id.); Pb^{5} 41 ; Pb^{8} 84 ; Pb^{11} 167 (G. B.) ; Pb^{12} 10 ; Pb^{14} 37 ; Pb^{17} 58 (G. B.) ; R^{1} 20 (id.).

Wack. 45.

1103. — La biauté m'amie

O v, 48. — *Ballette.*

1104. — Deus ! je n'os nommer amie

Pa 345 ; Pb^{4} 167 ; Pb^{8} 97 ; Pb^{17} 225.

1105. — Cilz a cui je suis amie

O v, 98. — *Ballette.*

1106. — Trop m'est souvent fine amours anemie

B^{2} 240.

Br. *Arch.* XLIII, 378.

1107. — Amours en la cui baillie

O v, 162. — *Ballette.*

1108. — Amours qui m'a en baillie

Pa 365; Pb^{17} 238.

1109. — Jolie amours qui m'a en sa baillie

R^{1} 83 (J. de Griev.) ; S^{1} 12.

1110. — Amours qui m'a du tout en sa baillie

B² 138; Pa 263 (L. F.); Pb⁴ 129 (id.); Pb⁵ 8; Pb¹⁷ 180 (L. F.).

Din. III, 343; Br. *Arch.* XLII, 391.

1111. — Par Dieu, sire de Champaigne et de Brie

Pa 38 (R. de N.); Pb² 70; Pb⁵ 96; Pb¹⁰ 316; Pb¹¹ 19 (R. de N.); Pb¹⁴ 20; Pb¹⁷ 39 (R. de N.).

Jeu parti. — La R. II, 126; Tarb. *Th.* 94.

1112. — Que ferai je, dame de la Chaucie

R² 167 (S. des Pr.). — *Jeu parti.*

1113. — Quant j'oi la quaille chaucie

O VI, 7. — *Sotte ch. contre Amour.*

1114. — Biau maintien et courtoisie

O I, 4; Pb¹⁴ 99.

1115. — Joie et juvant, onor (valor) et courtoisie

Pa 297 (P. de B.); Pb¹² 143.

1116. — En amours vient bien, sens et courtoisie

B² 74.

Br. *Arch.* XLII, 298.

1117. — De bien amer croist sens et courtoisie

Pb³ 112 (Guill. le Vin.); Pb¹¹ 32 (id.); R¹ 32 (id.); S¹ 31.

1118. — Amours dont sens et courtoisie

Pa 164 (P. d'A.); Pb⁴ 53 (id.); Pb⁵ 8; Pb¹⁴ 89; Pb¹⁷ 110 (P. d'A).

1119. — Fois, loiautés, solas et courtoisie

B² 82 (A. d'A.).

Ch. à la V. — Din. IV, 48; Br. *Arch.* XLII, 309.

1120. — Sens et bonté, valour et courtoisie

O I, 60.

1121. — Gadifer, par courtoisie

R¹ 159; R² 153 (J. Bret.); S¹ 48.
Jeu parti. — L. P. *Éc. des ch.* XX, 336.

1122. — Respondés par courtoisie

R² 168 (F.). — *Jeu parti.*

1123. — Amours par sa courtoisie

Pb¹¹ 172 (J. de R.).

1124. — Teus dit d'amours que n'an set pas demie

B² 234.
Br. *Arch.* XLIII, 370.

1125. — Ahi, amours, con dure departie

B² 1 (C. de Bet.); M 227 (M. d'A.); Pa 93 (Ch. de C.); Pb³ 46 (C. de Bet.); Pb⁴ 39 (Ch. de C.); Pb⁵ 90; Pb⁶ 29 (Ch. de C.); Pb⁸ 40 (C. de Bet.); Pb¹¹ 100 (Q.); Pb¹⁴ 74; Pb¹⁷ 67 (Ch. de C.); R¹ 23 (C. de Bet.).
Ch. de croisade. — Sinn. III, 367; La B. II, 302; F. M. *Couc.* 85; P. P. *Rom.* 93; Buch. 421; L. de L. I, 113; Din. III, 397; Kell. 254; Wack. 39; Mætzn. 7, 86, 87, 88, 90, 91; B. *Chr.* 184; Sch. I, 2.

1126. — S'onkes nus hom pour dure departie

A 158 (Hug. de Br.); B² 221 (R. de N.); M 226 (M. d'A.); Pa 106 (Ch. de C.); Pb⁵ 131; Pb⁶ 38 (Ch. de C.); Pb⁸ 123; Pb¹¹ 103 (Hug. de Br.); Pb¹² 99; Pb¹⁴ 79; Pb¹⁷ 75 (Ch. de C.); R¹ 26 (Hug. de Br.); Francfort, ms. 29, pièce nº 2 (id.).
Ch. de croisade. — La B. II, 304; F. M. *Couc.* 89; L. de L. I, 101; Kell. 257; Tarb. *Th.* 65; Mætzn. 12, 93, 94, 96; Br. *Arch.* XLIII, 350.

1127. — Onques ne fu si dure departie

B[2] 167 (R. de N).

Tarb. *Th.* 46; Br. *Arch.* XLIII, 275.

1128. — Se rage et derverie

Pb[3] 46 (C. de Bet.); Pb[11] 99 (Q.); ms. des arch. de Moselle, pièce n° 2.

Buch. 421; Din. III, 392; Sch. I, 27.

1129. — En talent ai que je die

Pb[3] 97 (H. de la F.); Pb[11] 150 (id.).

Serventois hist.— P. P. *Rom.* 186; L. de L. I, 169; Tarb. *Th.* 178.

1130. — Bien est raisons que je die

B[2] 28.

Br. *Arch.* XLI, 375.

1131. — Ne lairai que je ne die

Pb[5] 89.

1132. — Mout est fous que que nus die (*un couplet*)

Rome, Vat. Christ. 1725, fol. 85.

B. *Jahr.* XI, 163.

1133. — Ne chant pas que nus die

Bibl. nat. ms. fr. 22495, fol. 283 (Ph. de N.).

Ch. de croisade. — P. P. *Hist. litt.* XXIII, 677.

1134. — Tant est amours puissanz que que nus die

Pa 270 (Eust. le P.); Pb[4] 133 (id.); Pb[14] 67; Pb[17] 118 (Eust. de R.).

1135. — Amours n'est pas que c'on die

B[2] 19 (M. d'A.); M 217 (id.); Pa 137 (id.); Pb[3] 118 (M.);

Pb[4] 80 (M. d'A.); Pb[8] 15 (M.): Pb[11] 117 (id.); Pb[14] 83; Pb[17] 94 (M. d'A.); R[1] 44 (M.).
Br. *Arch.* XLI, 366.

1136. — Por ce que verité die

Pb[17] 269. — *Ch. à la Vierge.*

1137. — Talent ai que je vous die

Pb[12] 36.

1138. — Chanterai par grant envie

Pa 329; Pb[4] 158; Pb[6] 191; Pb[17] 206.

1139. — E bergiers, si grant envie

O IV, 56.
Past. a refr. — B. *Rom.* 174.

1140. — Aucuns sont qui ont envie

O V, 164. — *Ballette.*

1141. — Nouviaument m'est pris envie

Pb[6] 201 (C. de Br.).

1142. — S'amours envoisie

R[1] 82 (J. de Griev.).
Kell. 289; Mætzn. 46.

1143. — Chanson envoisie

Pb[3] 105 (Guill. le Vin.); Pb[5] 30; Pb[11] 26 (Guill. le Vin.); S[1] 30.

1144. — De faire chanson envoisie

Pb[3] 167 (Maih. de G.); Pb[11] 60 (id.).
Din. II, 303; Sch. I, 130.

1145. — J'ain, dame envoisie

O V, 117. — *Ballette.*

1146. — J'ain simplete envoisie

O IV, 31 *et* V, 24.

Ballette. — P. M. *Arch.*[2] V, 242.

1147. — Gent de France, mout estes esbahie

Pa 366.

Ch. hist. — L. de L. I, 218.

1148. — Quant li cencenis (cincejus *ou* cincepuer) s'escrie

B[2] 195 (J. de Cys.); Pa 155 (P. d'A.); Pb[4] 49 (id.); Pb[6] 83 (id.); Pb[8] 157; Pb[12] 118; Pb[14] 70; Pb[17] 106 (P. d'A.); R[1] 96 (id.); S[1] 18.

Br. *Arch.* XLIII, 312; Sch. II, 89.

1149. — Quant li rossignols s'escrie
Qui nous desduit de son chant

Pb[12] 39.

* 1149. — Quant li rossignols s'escrie
Que mars se vet definant

Même pièce que le n° 1148.

1150. — Quant je voi honour faillie

B[2] 111.

Br. *Arch.* XLII, 352; Pb[12] 118.

1151. — Bien m'est avis que joie soit faillie

B[2] 25.

Br. *Arch.* XLI, 371.

1152. — Au tans plain de felonie

Pa 25 (R. de N.); Pb[2] 74; Pb[5] 2; Pb[8] 182; Pb[11] 12 (R. de N.); Pb[14] 13; Pb[17] 24 (R. de N.).

Ch. de croisade. — La R. II, 134; Aug. II, 6; L. de L. I, 128; Tarb. *Th.* 112.

1153. — Envie, orguels, mauvaistiés, felonie

B² 68.

Ch. relig. — Br. *Arch.* XLII, 290.

1154. — E coens d'Anjou on (Aucune gent ont) dit par felonie

B² 64 (R. de S.); Pb⁵ 12 (*un couplet*).

Ch. de croisade. — Jub. *Rapp.* 46; Br. *Arch.* XLII, 285.

1155. — Qu'en feme se fie

O II, 13. — *Estampie.*

1156. — Quant se vient en mai que rose est flourie

B² 190; Pb¹² 161.

Past. à refr. — Wack. 84; P. P. *Hist. litt.* XXIII, 826; B. *Chr.* 313 et *Rom.* 28.

1157. — Au comencier de la seson flourie

Pb¹⁴ 63.

1158. — N'est pas sages qui ne tourne a folie

Pb⁸ 56 (Car.); Pb¹¹ 171; R¹ 104 (Car.).

Kell. 302; Mætzn. 59; Sch. II, 99.

1159. — Fous est qui en folie

Pb⁶ 198; Pb¹⁷ 264. — *Ch. à la V.* (*à refrain*).

1160. — Li hons fait folie

O V, 39 *et* 108. — *Ballette.*

1161. — Se j'ain sans penser folie

O V, 61. — *Ballette.*

1162. — Haute esperance garnie

Pa 302 (P. d'A.); Pb⁴ 59 (id.); Pb¹⁴ 93. — *Ch. à refrain.*

1163. — Bien s'est amours honie

Pa 188 (Ch. de R.); Pb⁴ 89 (R. de R.); Pb⁶ 71 (id.); Pb¹⁷ 133 (id.).

Tarb. *Ch.* 101.

1164. — Mar vi loial voloir et jalousie

Pb³ 155 (Ad. de Giv.); Pb¹¹ 169 (id.); R¹ 66 (id).

Kell. 280; Mætzn. 36.

1165. — Bone amour jolie

B² 26; O v, 72.

Ballette. — Br. *Arch.* XLI, 372.

1166. — De loial amour jolie

Pb³ 167 (J. le V.); Pb¹¹ 60 (id.); R¹ 60 (id.).

1167. — Robert, j'ain dame jolie

Pb⁸ 23 (J.).

Jeu parti. — Sch. II, 125.

1168. — E dame jolie
Mon cuer sans faucer

O v, 29. — *Ballette.*

1169. — En dame jolie
De toz bien garnie

O II, 1.

Estampie. — P. M. *Arch.*² v, 231.

1170. — La vie menrai jolie

O v, 59. — *Ballette.*

1171. — Ma chanson n'est pas jolie

B² 151 (J. de la V.); Pa 364; Pb¹⁷ 238.

Ch. à refr. — Br. *Arch.* XLIII, 257.

1172. — Loiaus desirs et pensée jolie

B[2] 126 (M. le B.); O I, 16; Pb[5] 77; Pb[8] 95; Pb[12] 154 Pb[14] 57; R[1] 101 (M. le B.).

Br. *Arch.* XLII, 374.

1173. — Volenté jolie

O I:, 19. — *Estampie.*

1174. — De grant volenté jolie

O V, 46. — *Ballette.*

1175. — On me reprent d'amours qui me maistrie,
Que foloie mes cuers quant le consent

Pb[8] 63; Pb[14] 62; R[1] 62 (J. le P.).

Ch. couronnée. — Kell. 273; Mætzn. 30.

1176. — On me reprent d'amours qui me maistrie;
C'est a grant tort quant aucuns m'en reprent

R[1] 127 (Guill. de Bet.). — *Ch. à la Vierge.*

1177. — Pleüst Dieu, le fil Marie

Pb[9] 240. — *Ch. religieuse.*

1178. — Loer m'estuet la roïne Marie

B[2] 121 (J. de Camb.).

Ch. à la V. — Wack. 68.

1179. — Douce dame, vierge Marie

Pb[17] 268. — *Ch. à la Vierge.*

1180. — Glorieuse vierge Marie

Pb[6] 227 (Ad. de la H.); Pb[7] 315; Pb[11] 232 (Ad. le B.); Pb[16] 20 (id.); R[1] 126.

Ch. à la V. — De C. 107.

1181. — Du trés dous nom a la vierge Marie

Pa 32 (R. de N.); Pb² 67; Pb⁵ 36; Pb¹⁰ 318; Pb¹¹ 15 (R. de N.); Pb¹⁴ 16; Pb¹⁷ 28 (R. de N.).
Ch. à la V. — La R. II, 152; Tarb. *Th.* 121.

1182. — Chanter vous vueil de la vierge Marie

Pb⁶ 196; Pb¹⁷ 260. — *Ch. à la V. (à refrain).*

1183. — Toi reclain, vierge Marie

Pb⁹ 59. — *Ch. à la Vierge.*

1184. — Ne me batés mie

O v, 16.
Ballette à refr. — La V. *Arch.* v. 109; B. *Rom.* 46.

1185. — Sire, ne me celés mie

A 137; Pa 41 (R. de N.); Pb² 71; Pb⁵ 127; Pb¹¹ 20 (R. de N.); Pb¹⁴ 21; Pb¹⁷ 40 (R. de N.); R¹ 134; R² 149.
Jeu parti. — La R. II, 110; Tarb. *Th.* 107.

1186. — Li jolis maus que je sent ne doit mie

A 134 (Ad. le B.); O I, 47; Pb⁵ 79; Pb⁶ 211 (Ad. de la H.); Pb⁷ 311; Pb⁸ 100; Pb¹¹ 224 (Ad. le B.); Pb¹² 156; Pb¹⁴ 109; Pb¹⁵ 2 (Ad. le B.); Pb¹⁶ 10 (id.); R¹ 47 (id.).
De C. 9.

1187. — Geu vous part, Andreu, ne laissiés mie

B² 97.
Jeu parti. — Br. *Arch.* XLII, 329.

1188. — Qui bien aime a tart oublie

Pb⁶ 194; Pb⁹ 65; Pb¹⁷ 262; R¹ 122 (M.). — *Ch. à la Vierge.*

1189. — Quant voi la flour et l'erbe vert pailie

B² 43 (Gaut. de Br.); Pb¹² 29.
Br. *Arch.* XLII, 258.

* 1189. — Quant se vient en mai que rose est panie

Même pièce que le n° 1156.

1190. — Quant la froidure est partie

Pb3 162 (Th. Er.); Pb11 134 (id.).
Din. II, 354; Sch. II, 141.

1191. — Thumas Herier, partie

Pb7 325; Pb11 34 (G. de Bern.).
Jeu parti. — Sch. I, 125.

1192. — En mi mai, quant s'est la sesons partie

Pb3 108 (Guill. le Vin.); Pb11 29 (id.); S1 32.
Past. avec des refr. — B. *Rom.* 82.

1193. — Tant me plaist toute philosophie

Pb14 155. — *Ch. à la Vierge.*

1194. — Chanter m'estuet quant contesse m'en prie

B2 48 (J. d'Am.).
Br. *Arch.* XLII, 264.

1195. — Chanter m'estuet quant volenté m'en prie

Pb9 243. — *Ch. religieuse.*

1196. — Amours me semont et prie
Que je chant

M 225 (M d'A.); Pa 389; Pb4 178; Pb5 5; Pb12 45; Pb17 250.

1197. — Amours me semont et prie
D'amer cele a cui s'otrie

O v, 17. — *Ballette.*

1198. — Quant bone dame et fine amour me prie

Pa 71 (G. B.); Pb1 53; Pb3 30 (G. B.); Pb4 25 (id.);

Pb^{5} 111; Pb^{6} 12 (G. B.); Pb^{11} 166 (id.); Pb^{14} 34; Pb^{17} 54 (G. B.).

1199. — Grant pechié fet qui de chanter me prie

B^{2} 86 (G. B.); Pb^{1} 51; Pb^{3} 29 (G. B.); Pb^{6} 7 (id.); Pb^{10} 88; Pb^{11} 165; Pb^{12} 164.

Br. *Arch.* XLII, 314.

1200. — Sire Jehan Bretel, conseil vous prie

R^{2} 159 (R. de C.). — *Jeu parti.*

1201. — Conseilliés moi, Aubertin, je vous prie

O III, 20. — *Jeu parti.*

1202. — Quant j'oi crier rabardie

O VI, 5. — *Sotte ch. contre Amour.*

* 1202. — Chanson renvoisie

Même pièce que le n° 1143.

1203. — C'est en mai quant reverdie

Rec. des poètes fr. p. 1494.

Past. — B. *Rom.* 204.

1204. — Se j'ai lonc tans esté en Romanie

B^{1} 8; Pb^{4} 63 (Th. de S.); Pb^{14} 59.

Ch. de croisade. — La R. II, 144; Tarb. *Th.* 63; R. *Jahr.* X, 106.

1205. — Dedans mon cuer m'est une amour saillie

B^{2} 54.

Br. *Arch.* XLII, 272.

1206. — Quant la justice est saisie

R^{1} 39 (Rich.).

1207. — Seur toute rien a amours seignourie

Héc. 75 (ms.?). — *Serventois.*

1208. — Puis qu'en moi a recouvré seignourie

B[2] 186 (G. d'Esp.); Pb[5] 100.
Br. *Arch.* XLIII, 300.

1209. — Amours et sa seignourie

O VI, 20. — *Sotte ch. contre Amour.*

1210. — Amours, par sa seignourie

O V, 42 *et* 64. — *Ballette.*

1211. — Amours, vostre seignourie

Pb[3] 133 (G. de Bern.); Pb[11] 171; Pb[14] 111; R[1] 92 (G. de Bern.).
Sch. I, 60.

1212. — D'une amour coie et serie

Pb[13] 15.
Ch. à la V. (avec un refrain). — Poq. 391.

1213. — Hé bonne amour, si con vous ai servie

Pb[8] 145.

1214. — Lonc tans ai amours servie

Pb[12] 54.

1215. — Bien s'est amours traïe

Pb[12] 33.

1216. — Bone amour sans tricherie

B[2] 28 (M. d'A.); Pa 134 (id.); Pb[3] 120 (M.); Pb[4] 78 (M. d'A.); Pb[6] 58 (id.); Pb[11] 119 (M.); Pb[12] 102; Pb[14] 82; Pb[17] 92 (M. d'A.); R[1] 44 (M.).
Br. *Arch.* XLI, 374.

1217. — Bien s'est amors trichie

B[2] 30 (Bl.).
Tarb. *Bl.* 15; H. *Sitz.* II[7], 492; Br. *Arch.* XLII, 241.

1218. — Se valors vient de mener bone vie

Pb[5] 131.

1219. — J'ai la meillor qui soit en vie

B[2] 99 (P. de la C.).
Br. *Arch.* XLII, 332.

1220. — Chans ne chansons ne riens qui soit en vie

B[2] 40 (J. le Tab.); Pb[12] 126.
Br. *Arch.* XLII, 254.

1221. — Puis que li malz d'amer est vie

O V, 37. — *Ballette.*

1222. — Aucun qui vuelent leur vie

Pb[8] 71; Pb[14] 98.

1223. — Ainc mais ne fis chanson jour de ma vie

B[2] 3 (Gaut. de D.); Pb[3] 87 (id.); Pb[11] 141 (id.).
Br. *Arch.* XLI, 349.

1224. — Onques mais jour de ma vie

O VI, 14; Pb[5] 93. — *Sotte ch. contre Amour.*

1225. — Jamais nul jour de ma vie

R[1] 75 (J. Bret.).
Rotr. — *Kell.* 284; Mætzn. 40; G. R., *Éc. des ch.* XLI, 205.

1226. — Onques jour de ma vie

B[2] 169; Pb[12] 80.
Past. — Br. *Arch.* XLIII, 278; B. *Rom* 33.

1227. — Quant je plus sui en paor de ma vie

B[2] 198 (Bl. de N.); M 227; Pa 109 (id.); Pb[3] 137 (Bl.); Pb[4] 40 (Bl. de N.); Pb[5] 112; Pb[8] 119; Pb[11] 86 (Bl.); Pb[12] 12; Pb[14] 114; Pb[17] 77 (Bl. de N.); S[1] 8.

Tarb. *Bl.* 49 ; Br. *Arch.* XLIII, 317.

1228. — Onques de chant en ma vie

Pa 285 (Maih. de G.) ; Pb⁴ 142 (id.); Pb¹⁷ 187 (id.).

Ch. à refr. — Din. II, 307 ; Sch. I, 135.

1229. — Ja de chanter en ma vie (*fin diff. dans les mss.*)

B² 107 ; M 220 (M. d'A.) ; Pa 303 ; Pb³ 38 (G. B.) ; Pb⁴ 144 ; Pb⁵ 59 ; Pb⁶ 158 ; Pb¹⁷ 193 ; R¹ 88 (Bl. de N.) ; Rome, Vat. Christ. 1725, fol. 89 (Ren. de S.) (*fragment*).

Tarb. *Ch.* 49 et *Bl.* 33 ; Br. *Arch.* XLII, 347 ; B. *Jahr.* XI, 164 (*fragment*).

1230. — Grieviler, ja en ma vie

R² 162 (J. Bret.). — *Jeu parti.*

1231. — Amours, s'onques en ma vie

Pa 134 (M. d'A.); Pb⁴ 79 (id.); Pb¹⁴ 82; Pb¹⁷ 93 (M. d'A.).

1232. — Bien cuidai toute ma vie

B² 26; Pb³ 173 (P. de B.) ; Pb¹¹ 109 (Aub.) ; Pb¹² 109.

Wack. 10 ; Tarb. *Ch.* 45 ; P. P. *Rom.* 125.

1233. — Lonc tans ai usé ma vie

Pb⁶ 195; Pb¹⁷ 262. — *Ch. à la Vierge.*

1234. — A grant dolour me fait user ma vie

O I, 68.

1235. — Jehan, li quieus a mieudre vie

Pb⁸ 22 (Ren.).

Jeu parti. — Din. IV, 643.

1236. — Quant je sui plus en perilleuse vie

Pb¹³ 16. (Gaut. de C.) — *Ch. à la Vierge.*

1237. — Grant deduit et savoureuse vie

Pb^{8} 98; Pb^{11} 232 (Ad. le B.).

1238. — Or n'est il tel vie

O v, 9. — *Ballette.*

1239. — De penser a vilanie

Pb^{17} 267. — *Ch. à la V. (à refrain).*

1240. — Penser ne doit vilanie

Pa 206 (J. E.); Pb^{3} 176 (G. de Dij.); Pb^{4} 99 (J. E.); Pb^{6} 95 (id.); Pb^{11} 136 (A. C.).

Ch. avec des refr. — La B. II, 187; Din. IV, 457.

1241. — Por faucetè, dame, qui de vos viegne

O I, 86.

1242. — A nul home n'avient

Pb^{3} 48 (G. de Bar.).

1243. — Quant li biaus estés revient

Pb^{4} 56 (P. d'A.).

1244. — Quant li tans jolis revient

Pb^{3} 163 (P. de la C.); Pb^{11} 127 (id.). — *Chansonnette.*

1245. — Novels voloirs me revient

B^{2} 160 (Best.); Pb^{12} 27.

Br. *Arch.* XLIII, 267.

1246. — Li dous tans noviaus qui revient

Pb^{3} 174 (G. de Dij.); Pb^{11} 128.

1247. — Or voi je bien qu'il souvient

O I, 50; Pb^{5} 93; Pb^{6} 225 (Ad. de la H.); Pb^{8} 169; Pb^{11}

224 (Ad. le B.); Pb[14] 119; Pb[16] 19 (Ad. le B.); R[1] 53 (id.).

Roq. 376; Din. I, 60; De C. 100.

1248. — La (*ou* Trés) bone amour qui en joie me tient

B[2] 124 (G. de Pr.) *et* 239 (id.).

Wack. 25.

1249. — Amours m'a fait adrecier

O V, 10. — *Ballette.*

1250. — Teus nuit qui ne puet aidier

Pb[5] 137; Pb[6] 139; Pb[17] 210. — *Chansonnette.*

1251. — Chanter me fet pour mes maus alegier

Pa 272 (Eust. le P.); Pb[4] 134 (id.); Pb[8] 112; Pb[14] 68; Pb[17] 120 (Eust. de R.).

1252. — Se par mon chant m'i pooie (deüsse) alegier

B[2] 220 (J. d'Am.); O I, 25; Pa 240 (J. de H.); Pb[3] 80 (G. de V. M.); Pb[4] 117 (J. de H.); Pb[6] 121 (id.); Pb[8] 12 (Aud. le B.); Pb[11] 124 (G. de V. M.); Pb[17] 163 (J. de H.).

Din. III, 111 *et* 250; Br. *Arch.* XLIII, 348.

1253. — On soloit ça en arrier

Dit en forme de Ch. — Pa 245 (Gob. de R.); Pb[4] 120 (id.); Pb[17] 166 (id.).

Tarb. *Ch.* 55.

* 1253. — Quant voi le tans felon assoagier

Même pièce que le nº 1297.

1254. — Je chevalchoie l'autrier
Mon palefroit l'ambleüre

O IV, 34.

Past. — B. *Rom.* 158.

1255. — Je chevauchoie l'autrier
Sor la rive de Saine

Pa 192 (M. de P.); Pb⁴ 92 (id.); Pb⁶ 171.

Past. à refr. — B. *Rom.* 87.

1256. — Dehors Compignes l'autrier

O IV, 30.

Past. à refr. — B. *Rom.* 155.

1257. — En mi (Lés la) forest entrai (m'alai) l'autrier

Pa 410; Pb¹² 162.

Past. — R. *Jahr.* IX, 333; B. *Rom.* 145.

1258. — Quant voi le tans avrilier......

Pb³ 103 (Ern. le V.).

Past. — B. *Rom.* 237.

1259. — Quant voi les prés flourir et blanchoier

Pb³ 121 (M.); Pb¹¹ 121 (id.). — *Rotruenge.*

1260. — Quant voi le tans verdir et blanchoier

Pb³ 145 (Aud. le B.); Pb¹¹ 54 (id.).

1261. — Quant voi plorer lou froumaige on chazier

O VI, 15. — *Sotte ch. contre Amour.*

1262. — Quant voi le tans en froidure changier

Pb⁵ 122.

1263. — Jehan Bretel, .I. chevalier

Pb¹¹ 176 (J. de R.).

Jeu parti. — Din. III, 302.

1264. — Chançonete m'estuet a comencier

M 219 (M. d'A.), — *Chansonnette.*

1265. — Pour moi deduire, vueil d'amour comencier

Pb[14] 102.

1266. — Bonement au comencier

Pb[14] 99.

1267. — Chançon m'estuet (Chançonete voeil, Or veul chanson) [et fere (dire) et comencier

B[2] 176; Pa 138 (R. de S.); Pb[3] 85 (id.); Pb[4] 65 (Th. de S.); Pb[6] 86 (R. de S.); Pb[8] 41 (id.); Pb[11] 97 (id.); Pb[12] 105; Pb[14] 84; Pb[17] 95 (R. de S.).
Br. *Arch.* XLIII, 287.

1268. — Amours me fait comencier

B[2] 5 (R. de N.); Pa 1 (id.); Pb[2] 13 (id.); Pb[4] 1 (id.); Pb[4] 1 (id.); Pb[5] 1; Pb[10] 316; Pb[11] 2 (R. de N.); Pb[14] 1; Pb[17] 8 (R. de N.).
La R. II, 1; Tarb. *Th.* 6; Br. *Arch.* XLI, 350.

1269. — Mes cuers me fait comencier

B[2] 153; Pb[3] 139 (Bl.); Pb[6] 18 (G. B.); Pb[11] 89 (Bl.).
Tarb. *Bl.* 44; Br. *Arch.* XLIII, 259.

1270. — Deus! dont me vint (com avint) que j'osai comencier

B[2] 60; O I, 27; Pb[12] 119.
Br. *Arch.* XLII, 279.

1271. — Quant voi le dous tans comencier

B[2] 41.
Br. *Arch.* XLII, 256.

1272. — A ce que je vueil comencier

Pb[13] 17 (Gaut. de C.). — *Ch. à la Vierge.*

1273. — Tant me plaist vivre en amoureus dangier

Pb[8] 162; Pb[11] 225 (Ad. le B.); Pb[16] 18 (id.); R[1] 50 (id.).
De C. 86.

1274. — Force d'amours qui m'a en son dangier

Pa 412.

1275. — L'autrier en mai por moi esbanoier

O IV, 55.
Past. à refr. — B. *Rom.* 211.

1276. — Quant voi le siecle escolorgier

Pb17 261. — *Ch. à la Vierge.*

1277. — Nus fins amans ne se doit esmaier

R1 62 (R. du Ch.); S1 27.

1278. — Joie d'amours ne puet nus esprisier

A 132 (Rich. de F.); R1 42 (Rich.).

1279. — Loial amours ne puet nus esprisier

R1 64 (B. au gr.).
Kell. 276; Mætzn. 33.

1280. — Biaus m'est prins tans au partir de fevrier

B2 34; Pb3 136 (G. le Vin.); Pb11 102 (id.).
Br. *Arch.* XLII, 246.

1281. — Mains se fait d'amour plus fier

B2 153.
Ch. à refr. — Br. *Arch.* XLIII, 260.

1282. — A vous, messire Gautier

A 136; R1 134; R2 151 (Rich. de D.).
Jeu parti. — Kell. 324; Mætzn. 73; Tarb. *Bl.* 131.

1283. — Dites, seignor, que devroit on jugier

Pb5 43.

1284. — Quant en iver voi ces ribaus lancier

O VI, 8. — *Sotte ch. contre Amour.*

1285. — Chançonete a un chant legier

Pb[3] 119 (M.); Pb[11] 118 (id.); R[1] 46 (id.).
Chansonnette. — Din. III, 330.

1286. — Se felon et losengier

Pa 256 (P. P.); Pb[4] 126 (id.); Pb[6] 144 (J. P.); Pb[8] 93; Pb[17] 173 (P. P.).

1287. — Cuidoient li losengier

Pa 145 (G. de Bern.); Pb[4] 67 (id.); Pb[6] 116 (id.); Pb[12] 153 *et* 158; Pb[17] 99 (G. de Bern.); R[1] 93 (id.).
Rotr. — Sch. I, 120.

1288. — Nus ne se doit mervillier

O I, 74.

1289. — Merci, amour, or ai mestier

Pa 221 (G. de S.); Pb[4] 107 (id.); Pb[6] 76 (id.).
Din. IV, 273; Sch. II, 47.

1290. — Amis Richart, j'eüsse bien mestier

R[2] 152 (Rich.). — *Jeu parti.*

1291. — Grieviler, j'ai grant mestier

S[1] 50.
Jeu parti. — L. P. *Éc. des ch.* XX, 31.

1292. — Bien voi c'amours me veut mais mestroier

B[2] 35.
Br. *Arch.* XLII, 247.

1293. — Frere, qui fait mieus a prisier

A 137; B[2] 79 (Guill. le Vin.); Pb[3] 111 (id.); Pb[8] 26 (R. de N.); Pb[11] 31 (Guill. le Vin.); R[r] 135; R[2] 149.
Jeu parti. — Kell. 379; Tarb. *Th.* 82; Mætzn. 77; Br. *Arch.* XLII, 305.

1294. — Hareu ! ne fin de proier

B^2 93.
Br. *Arch.* XLII, 326.

1295. — Chansonete pour proier

Pb^3 48 (G. de Bar.). — *Chansonnette.*

1296. — Biau Tierit, je vous veul proier

B^2 24 ; O III, 24.
Jeu parti. — Br. *Arch.* XLI, 370.

1297. — Quant voi le tans felon rassoagier

B^2 115 (Hug. de Br.) ; Pa 391 ; Pb^4 179 ; Pb^5 115 ; Pb^{11} 108 (Aub.) ; Pb^{17} 251 ; R^1 90 (Bl. de N.).
Rotr. — Tarb. *Ch.* 16 ; Br. *Arch.* XLII, 358.

1298. — Quant voi le tans refroidier

Pb^{12} 136.
P. P. *Hist. litt.* XXIII, 816 ; P. M. *Rec.* 381.

1299. — Pour mon cuer releecier

Pa 199 (M. de P.) ; Pb^4 95 (id.).
G. R. *Bull. de l'hist. de Paris,* IX, 143.

1300. — Il me covient renvoisier

Pb^5 68.

1301. — Pour moi renvoisier

B^2 179 ; Pa 303 ; Pb^4 144 ; Pb^6 157 ; Pb^{17} 192.
Br. *Arch.* XLIII, 289.

1302. — Or (Quant) voi le dous tans repairier

B^2 170 (C. M.) ; Pb^{12} 77.
Descort. — Wack. 72 ; Tarb. *Ch.* 85 ; B. *Chr.* 357.

1303. — Quant voi le tans repairier

Pb^{11} 134 (Th. Er.). — *Ch. à refrain.*

1304. — Bel m'est quant je voi repairier

Pb[3] 38 (G. B.).

1305. — Li nouviaus tans que je voi repairier

Pb[3] 14 (J. de Cys.); R[1] 28 (id.).
Sch. II, 74.

1306. — Mout m'est bel quant voi repairier

Pb[3] 42 (A. C.); Pb[11] 139 (id.).

1307. — Rolant de Rains, je vous requier

O III, 7. — *Jeu parti.*

1308. — La ou la foille et la flor du rosier

Pb[11] 86.

1309. — Par un sentier

Pb[10] 88.
Past. à refr. — B. *Rom.* 203.

1310. — Je ne vueil plus de sohier

Pb[17] 265. — *Ch. à la Vierge* (*à refr.*).

1311. — Devant aost, c'on doit ces blés soier

O VI, 22. — *Sotte ch. contre Amour.*

1312. — Oriolanz en haut solier

Pb[12] 65.
Romance à refr. — P. P. *Rom.* 42; B. *Rom.* 14.

1313. — Or veul chanter et soulacier

B[2] 171 (C. M.).
Tarb. *Ch.* 83; Br. *Arch.* XLIII, 280.

1314. — Bien me deüsse targier

Pa 398; Pb[3] 47 (C. de Bet.); Pb[4] 183; Pb[5] 18; Pb[11] 100 (Q.); Pb[12] 96; Pb[17] 255.

Ch. de croisade. — P. P. *Rom.* 95; Buch. 422; L. de L. I, 109; Din. III, 398; Sch. I, 12.

1315. — Chanter m'estuet de cele sans targier

Pb[17] 272. — *Ch. à la Vierge.*

1316. — Colart, respondés sans targier

Pb[8] 17 (J. de Tourn.).
Jeu parti. — Din. III, 333; Sch. I, 150.

1317. — Penser me font et veillier

Pb[5] 105.

1318. — Quant voi ces prés florir et verdoier

Pb[12] 82.

1319. — Quant de la foille espoissent li vergier

Rome, Vat. Christ. 1725, fol. 85 (*fragment*).
B. *Jahr.* XI, 163.

1320. — En l'ombre d'un vergier

Pb[3] 151 (Aud. le B.).
Past. à refr. — B. *Rom.* 72.

1321. — L'autrier estoie en un vergier

Pa 378; Pb[5] 71; Pb[17] 243. — *Pastourelle.*

1322. — L'autre jour en un vergier

Pb[14] 95.
Past. — B. *Rom.* 200.

1323. — Pensis outre une bruiere

R[1] 111.
Past. avec des refr. — B. *Rom.* 181.

1324. — En tous tans ma dame ai chiere

Pb[12] 163.

1325. — Bele douce dame chiere

Pb[3] 46 (C. de Bet.); Pb[11] 99 (Q.).
Ch. de croisade. — P. P. *Rom.* 88; Buch. 421; L. de L. I, 43; Din. III, 393; Sch. I, 10.

1326. — Beauté, bonté, douce chiere

O V, 153. — *Ballette.*

1327. — De volenté desiriere

Pb[14] 154. — *Ch. à la Vierge.*

1328. — Loiaus amors et fine et droituriere

Pb[12] 152 (*un couplet*).

1329. — Loiaus amors, bone et fine et entiere

R[1] 101 (M. le B.).

1330. — Jamais ne perdroie maniere

Pb[3] 134 (G. de Bern.).
Sch. I, 96.

1331. — De ce, Robert de la Piere

A 143; R[1] 142; R[2] 163 (L.); S[1] 39.
Jeu parti. — L. P. *Éc. des ch.* XX, 322.

1332. — Qui sert de fausse proiere

Pa 75 (G. B.); Pb[1] 55; Pb[4] 27 (G. B.); Pb[5] 125; Pb[6] 15 (G. B.); Pb[14] 73; Pb[17] 56 (G. B.).

1333. — Quant je voi bois et riviere

O I, 71.

1334. — Le mieus tumant de toute no riviere

Roq. 383 (Jehan Baillehaut); Héc. 47 (ms.?).

1335. — A vous, Maihieu li tailliere

R[1] 171. — *Jeu parti.*

1336. — Respondés, Colart li changieres

Pb[8] 19 (J.).
Jeu parti. — Sch. II, 122.

1337. — Quant voi negier par vergiers

O VI, 13. — *Sotte ch. contre Amour.*

1338. — Douce dame, volentiers

O III, 10. — *Jeu parti.*

1339. — Dieus ! j'ai chanté si volentiers

B[2] 56 (G. de N.) ; Pb[12] 27.
Br. *Arch.* XLII, 275.

1340. — Ferri, se vous bien amiés

R[1] 160 ; R[2] 154 (J. Bret.) ; S[1] 49. — *Jeu parti.*

1341. — Grieviler, se vous aviés

R[1] 153. — *Jeu parti.*

1342. — Bien doit chanter qui est si fort chargiés

O VI, 3. — *Sotte ch. contre Amour.*

1343. — Rolant, amis, au fort me conseilliés

O III, 19. — *Jeu parti.*

1344. — Robert, or me conseilliés

Pb[8] 22 (H.). — *Jeu parti.*

1345. — Pensis (Humles) d'amors, joians (dolens) et coreciés

B[2] 94 ; Pa 397 ; Pb[3] 79 (J. de Br.) ; Pb[4] 182 ; Pb[5] 100 ; Pb[11] 23 (J. de Br.) ; Pb[17] 255.
P. P. *Rom.* 141 ; Buch. 121 ; Tarb. *Ch.* 23 ; Br. *Arch.* XLII, 327.

1346. — Grieviler, se vous cuidiés

R[1] 155. — *Jeu parti.*

1347. — Je soloie estre envoisiés

Pb^{5} 69.

1348. — Dedens mon cuer s'est, n'a gaires, fichiés

Pb^{8} 138.

1349. — Rage (Coroz) d'amour, mautalens et meschiés

B^{2} 212; Pa 230 (B. de la Q.); Pb^{4} 112 (id.); Pb^{6} 80 (id.); Pb^{17} 157 (id.).

Din. III, 115; Br. *Arch.* XLIII, 338.

1350. — Quant ces moissons sont cueillies (faillies)

M 219 (M. d'A.); O IV, 11; Pa 257 (Guill. le Vin.); Pb^{4} 126 (id.); Pb^{17} 173 (id.).

Past. à refr. — Din. III, 226; B. *Rom.* 273.

1351. — Grieviler, par maintes fies

R^{1} 154; S^{1} 54. — *Jeu parti.*

1352. — Bele Doette, as fenestres se siet

Pb^{12} 66.

Romance. — P. P. *Rom.* 46; B. *Rom.* 5.

1353. — Dame des cieus

Pb^{3} 113 (Guill. le Vin.); Pb^{11} 32 (id.); R^{1} 120 (G.). — *Ch. à la Vierge.*

1354. — Jehan Simon (Dites, dame), li queus s'aquita mieus

A 147; B^{2} 62; R^{1} 147; R^{2} 165 (J. Bret.).

Jeu parti. — Br. *Arch.* XLII, 283.

1355. — Uns dous regart en larrecin soutieus

R^{1} 75 (J. Bret.).

G. R. *Éc. des ch.* XLI, 208.

1356. — Je chant, c'est mout (mais c'est) mauvès signes

M 224 (M. d'A.); Pa 234 (G. de M.); Pb^{4} 114 (id.); Pb^{6} 103 (id.); Pb^{17} 159 (id.).

1357. — E! Arras, vile

Pb^{11} 204. — *Ch. satirique.*

1358. — Il a tel en ceste vile

O v, 130. — *Ballette.*

1359. — Quant je ving en ceste vile

O v, 79. — *Ballette.*

1360. — Pensis l'autrier aloie mon chemin

O iv, 51.
Past. à refr. — B. *Rom.* 170.

1361. — L'autrier chevauchai mon chemin

Pb^{3} 101 (J. E.).
Past. avec des refr. — La B. ii, 189; M. M. 43; B. *Rom.* 253.

1362. — L'autrier tout seus chevauchoie mon chemin

Pa 176 (Rich. de S.); Pb^{4} 84 (id.); Pb^{6} 172; Pb^{14} 48; Pb^{17} 125 (Rich. de S.).
Past. à refr. — La B. ii, 216; B. *Rom.* 80.

1363. — A la folie a Donmartin

O iv, 35.
Past. à refr. — La V. *Arch.* v, 105; B. *Rom.* 160.

1364. — Chevauchai mon chief enclin

B^{2} 41; O iv, 40.
Past. — H. *Sitz.* ii^{5}, 306; Br. *Arch*, xlii, 255; B. *Rom.* 106.

1365. — Pensis chief enclin

Pb^{3} 102 (Ern. le V.).
Past. à refr. — B. *Rom.* 236.

1366. — Quant froidure trait a fin

B[2] 207; Pb[14] 149.
Ch. à la V. — Wack. 63.

1367. — Quant iver trait a fin

Pa 319; Pb[4] 152; Pb[6] 167; Pb[8] 158; Pb[17] 201.

1368. — L'autrier matin

Pb[9] 54. — *Pastourelle religieuse.*

1369. — Je me levai hier matin

O IV, 57.
Past. à refr. — La V. *Arch.* v, 104; B. *Rom.* 175.

1370. — L'autrier un lundi matin

O IV, 10.
Pastourelle en forme de Ballette. — P. M. *Arch.*[2] v, 238; B. *Rom.* 29; P. M. *Rec.* 378.

1371. — Je me levai ier main matin

O IV, 23.
Past. à refr. — B. *Rom.* 43.

1372. — L'autre jour par un matin
Jouer m'en alai

O IV, 36.
Past. avec des refr. — B. *Rom.* 161.

1373. — L'autre jour par un matin
M'aloie desduire

O IV, 4.
Past. à refr. — B. *Rom.* 149.

1374. — L'autre jour par un matin
Sous une espinete

O IV, 2.
Past. avec des refr. — P. M. *Arch.*[2] v, 235; B. *Rom.* 147.

1375. — El mois de mai par un matin

Pa 207 (R. de B.); Pb[4] 99 (J. E.); Pb[6] 95 (id.).

Past. avec des refr. — La B. II, 163; M. M. 35; B. *Rom.* 262.

1376. — Je me levai ier main par un matin

O V, 97. — *Ballette.*

1377. — Entre Godefroi et Robin

Pb[11] 78 (Ern. C.).

Past. avec des refr. — M. M. 45; Din. IV, 254; B. *Rom.* 176; Sch. II, 111.

1378. — En nouvel tans Pascour que florist l'aubespine

B[2] 69 (Aud. le B.); Pb[3] 150 (id.); Pb[12] 66.

Romance à refr. — P. P. *Rom.* 21; L. de L. I, 19; H. *Sitz.* II[7], 497; Br. *Arch.* XLII, 292; B. *Rom.* 67.

1379. — Bele Aiglantine en roial chamberine

Rome, Vat. Christ. 1725, fol. 80.

Romance à refr. — B. *Rom.* 4.

1380. — Quant li dous estés decline

B[2] 199 (Gaut. de D.); Pb[3] 177 (G. de Dij.); Pb[11] 46 (Chr. de T.); Pb[12] 31.

Holl. 235; Br. *Arch.* XLIII, 320.

1381. — Quant li dous estés define

Pb[3] 123 (S. d'A.); Pb[11] 37 (id.).

Din. III, 451.

1382. — Quant li nouviaus tans define

Pa 349; Pb[4] 169; Pb[8] 159; Pb[17] 228.

Tarb. *Ch.* 10.

1383. — Dame, vos hon (Ma dame, je) vous estrine

Pb[6] 223 (Ad. de la H.); Pb[8] 104; Pb[11] 230 (Ad. le B.) Pb[16] 18 (id.); R[1] 50 (id.).

De C. 90.

1384. — Mes cuers loiaus ne fine

B[2] 150; Pb[12] 30.

Br. *Arch.* XLIII, 255.

1385. — Quant la douce saisons fine

Pb[12] 62.

Past. — B. *Chr.* 303 et *Rom.* 137.

1386. — Or sui liés del dous termine

B[2] 174.

Ch. à refr. — Br. *Arch.* XLIII, 285.

1387. — A l'entrant du dous termine

Pa 74 (G. B.); Pb[1] 55; Pb[3] 49 (M. de Cr.); Pb[4] 27 (G. B.); Pb[5] 6; Pb[6] 148; Pb[11] 103 (M. de Cr.); Pb[12] 117; Pb[14] 35; Pb[17] 56 (G. B.).

La B. II, 197; Aug. II, 39.

1388. — Loiaus amours qui m'alume........ ir

Pb[3] 2 (Pr. de la M.).

Buch. 419; Tarb. *Ch.* 115.

1389. — Ja ne verrai le desir acomplir

B[2] 108; Pb[14] 153.

Ch. à la V. — Br. *Arch.* XLII, 348.

1390. — Quant je voi l'erbe amatir

Pa 162 (P. d'A.); Pb[4] 52 (id.); Pb[5] 118; Pb[14] 88; Pb[17] 109 (P. d'A.).

1391. — On voit souvent en chantant amenrir

Pa 159 (P. d'A.); Pb[4] 56 (id.); Pb[5] 93; Pb[14] 94; Pb[17] 114 (P. d'A.); R[1] 94 (id.); S[1] 15.

1392. — Au tans que je voi averdir

Pb[3] 40 (A. C.); Pb[11] 136 (id.).

1393. — Sire, loez moi a choisir

Pa 43 (R. de N.); Pb[2] 72; Pb[4] 10 (R. de N.); Pb[5] 128; Pb[14] 22; Pb[17] 42 (R. de N.).

Jeu parti. — La R. II, 117; Tarb. *Th.* 105.

1394. — Or voi iver defenir

B[2] 171.

Past. — Br. *Arch.* XLIII, 280; B. *Rom.* 125.

1395. — Quant voi l'iver departir

Pb[14] 55.

1396. — Sans oquison on me vueut departir

O I, 85.

1397. — En chantant veul ma doulour descovrir

Pa 3 (R. de N.); Pb[2] 59 (id.); Pb[4] 2 (id.); Pb[5] 46; Pb[8] 176; Pb[10] 314; Pb[11] 3 (R. de N.); Pb[14] 2; Pb[17] 9 (R. de N.); S[1] 1.

La R. II, 40; Tarb. *Th.* 28.

1398. — Jolis espoirs et amoureus desir

R[1] 84 (J. de Griev.); S[1] 13.

1399. — Tant ain et veul et desir

B[2] 237 (Bl.); Pb[3] 142 (id.); Pb[11] 91 (id.).

Tarb. *Bl.* 66; Br. *Arch.* XLIII, 375.

1400. — Douce dame, mi grant desir

Pb[5] 43.

1401. — La bele que tant desir

Pa 346 *et* 360; Pb[4] 168; Pb[17] 226 *et* 235.

1402. — Amours, que porra devenir

B^2 14; Pa 123 (T. de B.); Pb^4 73 (id.); Pb^5 6; Pb^6 62 (T. de B.); Pb^{11} 107 (id.); Pb^{12} 167; Pb^{14} 80; Pb^{17} 86 (T. de B.); R^1 30.

Br. *Arch.* XLI, 361.

1403. — Les genz me dient que j'empir

Pa 415.

1404. — L'an quant voi esclaircir

Pb^{11} 115 (Gont.).
Rotr. — Sch. II, 36.

1405. — En tous tans se doit fins cuers esjoïr

A 129 (Guill. le Vin.); B^2 71 (id.); Pb^3 108 (id.); Pb^{11} 28 (id.); R^1 34 (id.).

Rotr. — Br. *Arch.* XLII, 294.

1406. — Chanter me fait amours et esjoïr

B^2 47; Pa 407.

Br. *Arch.* XLII, 264.

1407. — Rire veul et esjoïr

B^2 213.

Br. *Arch.* XLIII, 340.

1408. — Des or (mais) me vuel esjoïr

Pb^3 35 (G. B.); Pb^5 38.

1409. — On voit souvent en chantant esmarir

Pb^8 155.

1410. — Mauvais arbres ne puet florir

B^1 4; Pa 27 (R. de N.); Pb^2 75 (id.); Pb^5 81; Pb^8 76 *et* 183; Pb^{10} 375; Pb^{11} 13 (R. de N.); Pb^{14} 14; Pb^{17} 25 (R. de N.).

Ch. relig. — La R. II, 161; Tarb. *Th.* 122; R. *Jahr.* X, 92.

1411. — Bel m'est l'ans en mai quant voi le tans florir

B² 31.

Rotr. — H. *Sitz.* II⁷, 493; Br. *Arch.* XLII, 242; P. M. *Rec.* 376; Sch. II, 6.

1412. — Quant je voi les vergiers florir

Pb³ 83 (R. de F.).

1413. — Au tans d'esté que voi vergiers florir

Pa 246 (R. M.); Pb⁴ 120 (id.); Pb⁶ 148; Pb¹⁷ 167 (R. M.).

1414. — Je ne m'en puis si loing fuïr

B² 100; Pa 87 (G. B.); Pb¹ 59; Pb³ 27 (G. B.); Pb⁴ 33 (id.); Pb⁵ 61; Pb¹¹ 163 (G. B.); Pb¹⁴ 40; Pb¹⁷ 63 (G. B.).

Br. *Arch.* XLII, 335.

1415. — Quant je voi le gaut foillir

Pb³ 123 (S. d'A.); Pb¹¹ 37 (id.).

Din. III, 450.

1416. — Onques ne seuc chanson fournir

Pb¹¹ 175 (J. de R.).

1417. — Bien cuidai garir

Pa 396; Pb⁴ 182; Pb⁵ 18; Pb¹⁷ 255.

1418. — Bien voi que ne puis garir

Pb¹⁴ 50.

1419. — Quant remir la bele a cui je n'o gehir

O V, 41 *et* 135. — *Ballette.*

1420. — Tant ai amé c'or me convient haïr

B² 237; Pb³ 45 (C. de Bet.); Pb¹¹ 99 (Q.).
Buch. 420; Din. III, 390; Br. *Arch.* XLIII, 375; Sch. I, 30.

1421. — De celi me plaing qui me fait languir

Pb³ 89 (Gaut. de D.); Pb¹¹ 146 (id.); Pb¹² 168. — *Descort.*

1422. — A grant tort me fait languir

B² 15 (G. B.); Pb¹² 61.
Ch. à refr. — Br. *Arch.* XLI, 362.

1423. — Amours me font languir

O V, 150. — *Ballette.*

1424. — Qui veut amours maintenir

Pa 195 (M. de P.); Pb⁴ 93 (id.); Pb⁶ 100 (id.); Pb⁸ 90.
Ch. à refr. — P. P. *Ann.* 156; G. R. *Bull. de l'hist. de Paris*, IX, 139.

1425. — De toute hounour avoir et maintenir

Héc. 51 (ms. ?). — *Serventois.*

1426. — Dame, gardés vous de mentir

O V, 76. — *Ballette.*

1427. — Li rossignols qui pas ne set mentir

O I, 84.

1428. — Il feroit trop bon morir

B² 98; Pa 154 (P. d'A.); Pb⁴ 48 (id.); Pb⁵ 69; Pb⁶ 156; Pb⁸ 76; Pb¹² 116; Pb¹⁴ 70; Pb¹⁷ 105 (P. d'A.).
Br. *Arch.* XLII, 332.

1429. — Chanter me fet ce dont je crien morir

A 159 (P. de Mol.); B² 42 (id.); M 222 (M. d'A.); O I, 33; Pa 376; Pb³ 43 (P. de Mol.); Pb⁴ 37 (G. B.); Pb⁵

24; Pb[11] 151 (P. de Mol.); Pb[12] 11; Pb[14] 104; Pb[17] 242; R[1] 22 (P. de Mol.).

Kell. 253; Mætzn. 6; Br. *Arch.* XLII, 256.

1430. — Chanter m'estuet, si crien morir

Pa 124 (T. de B.); Pb[4] 73 (id.); Pb[6] 63 (id.); Pb[14] 80; Pb[17] 86 (T. de B.).

Ch. à refr. — La B. II, 170; Aug. II, 22.

1431. — Vivre tous tans et chascun jor morir

B[2] 245; O I, 40; Pb[14] 148.

Ch. à la V. — Br. *Arch.* XLIII, 384.

1432. — Douce dame, ne me laissiés morir

B[2] 59.

Br. *Arch.* XLII, 278.

1433. — Bien voi que ne puis morir

B[2] 30; Pa 121 (T. de B.); Pb[4] 72 (id.); Pb[6] 150; Pb[17] 85 (T. de B.).

Tarb. *Ch.* 129; Br. *Arch.* XLII, 242.

1434. — Bien doi du tout a amour obeïr

Pb[8] 69.

1435. — Dame, cui veul obeïr

O V, 53. — *Ballette.*

1436. — Bien doi faire mon chant oïr

Pb[3] 145 (Aud. le B.); Pb[8] 13 (id.); Pb[11] 55 (id.).
Din. III, 112.

1437. — Chardon, de vous le veul oïr

B[2] 37; O III, 31.

Jeu parti. — Din. IV, 409; Br. *Arch.* XLII, 250.

1438. — Amours ne me veut oïr

Pb6 223 (Ad. de la H.); Pb7 318; Pb8 163; Pb11 232 (Ad. le B.); Pb16 22 (id.); R1 54 (id.).

De C. 120.

1439. — A la douçour quant voi la flour palir

Pb12 166.

1440. — Je (Bien) me cuidoie partir

B1 2; Pa 50 (R. de N.); Pb2 68; Pb3 10; Pb4 14 (R. de N.); Pb5 14; Pb6 51 (R. de N.); Pb8 74 *et* 77; Pb11 16 (R. de N.); Pb14 25 *et* 103; Pb17 32 (R. de N.); R1 8 (id.).

La R. II, 57; Tarb. *Th.* 31; R. *Jahr.* x, 81.

1441. — Puisqu'il m'estuet de ma dame partir

Pb8 182.

1442. — J'ain par amour de fin cuer sans partir

O III, 6. — *Jeu parti.*

1443. — Compains Jehan, un gieu vous vueil partir

Pb3 155 (Ad. de Giv.); Pb7 321; Pb11 169 (Ad. de Giv.); Pb16 29 (Ad. le B.).

Jeu parti. — Din. III, 46; De C. 182.

1444. — Amours me fait resbaudir

Pb14 100.

1445. — Le brun tans voi resclaircir

Pb5 79.

1446. — Je me doi bien resjoïr

O v, 187. — *Ballette.*

* 1446. — En dous tans se doit fins cuers resjoïr

Même pièce que le no 1405.

1447. — Chanter me fait bons vins et resjoïr

Pb^{8} 172.

Tarb. *Ch.* 95.

1448. — Quant je voi mon cuer revenir

B^{2} 201; Pb^{12} 26.

Jeu parti. — Br. *Arch.* XLIII, 322.

1449. — Quant voi le dous tans revenir

Pa 345; Pb^{4} 167; Pb^{6} 130; Pb^{17} 225.

1450. — Quant voi esté et le tans revenir

B^{2} 205 (Ch. de C.); Pa 390; Pb^{4} 179; Pb^{5} 114; Pb^{12} 48; Pb^{17} 250.

Br. *Arch.* XLIII, 330.

1451. — Mout m'abelist quant je voi revenir (*un couplet*)

Pb^{3} 181 (Mar. de D.); Pb^{11} 169 (id.).

1452. — Quant voi bois et prés reverdir

M 218 (M. d'A.).

1453. — Quant voi reverdir

Pa 395; Pb^{4} 181; Pb^{5} 116; Pb^{17} 254.

1454. — Li maus d'amer me plaist mieus a sentir

Pb^{6} 215 (Ad. de la H.); Pb^{7} 314; Pb^{11} 228 (Ad. le B.); Pb^{15} 6 (id.); Pb^{16} 13 (id.); R^{1} 51.

De C. 37.

1455. — Mout me plaisent a sentir

R^{1} 99 (Cuv.); S^{1} 20.

1456. — Nus hom ne doit les biens d'amor sentir

B^{2} 157; O I, 17.

Br. *Arch.* XLIII, 262.

1457. — Puis que li mal qu'amour me font sentir

B² 193; O I, 37; Pb⁵ 104; S¹ 23.
Br. *Arch.* XLIII, 309.

1458. — Qui a droit veut amours servir

Pb⁶ 22 (Ad. de la H.); Pb⁷ 317; Pb⁸ 102; Pb¹¹ 226 *bis* (Ad. le B.); Pb¹⁶ 16 (id.); R¹ 53 (id.).

De C. 71.

1459. — A la mere Deu servir

B² 1; Pb¹⁴ 151.
Ch. à la V. — Br. *Arch.* XLI, 346.

1460. — On ne peut pas a deus seigneurs servir

Pa 185 (R. de F.); Pb⁴ 88 (id.); Pb⁶ 73 (id.); Pb¹¹ 36 (S. d'A.); Pb¹⁷ 132 (R. de F.); R¹ 67 (S. d'A.).

Kell. 281; Din. III, 448; Mætzn. 37.

1461. — S'amours loiaus m'a fait soufrir

R¹ 63 (G. V.). — *Rotruenge.*

1462. — Puis que d'amours m'estuet les maus soufrir

Pa 288 (C. de la M.); Pb⁴ 140 (id.); Pb¹⁷ 176 (id.).
La B. II, 204; Aug. II, 40.

1463. — Chançon de plain et de soupir

Pb⁵ 27; Pb⁸ 31 (G. B.).

1464. — En chantant plaing et soupir

O I, 58; Pb⁵ 52; Pb⁸ 64 *bis;* Pb¹⁴ 110.

1465. — Oiés (Savés) pour coi plaing et soupir

B² 170; Pa 92 (G. B.); Pb¹ 61; Pb³ 26 (G. B.); Pb⁴ 36 (id.); Pb⁵ 89; Pb⁶ 27 (G. B.); Pb¹¹ 162 (id.); Pb¹⁴ 73; Pb¹⁷ 66 (G. B.).

Br. *Arch.* XLIII, 279.

1466. — Trop sont li mal cruel a soutenir

S^1 24.

L. P. *Éc. des ch.* xx, 487.

1467. — De ma dame souvenir

Pa 11 (R. de N.); Pb^2 61; Pb^4 6 (R. de N.); Pb^5 32; Pb^{10} 316; Pb^{11} 5 (R. de N.); Pb^{14} 6; Pb^{17} 15 (R. de N.); S^1 4.

Rotruenge. — La R. II, 26; Tarb. *Th.* 20.

1468. — D'amour me doit souvenir

Pb^3 168 (M. de S. D.); Pb^{11} 84 (id.).

1469. — Li dous penser et li dous souvenir

Pa 21 (R. de N.); Pb^2 64; Pb^5 70; Pb^8 29 (M.) *et* 79; Pb^{11} 8 (R. de N.); Pb^{14} 10; Pb^{17} 21 (R. de N.); R^1 5 (id.).

Salut en forme de chanson. — La R. II, 139; Kell. 246; Aug. II. 9; Tarb. *Th.* 40; B. *Chr.* 248.

1470. — J'ai un joli souvenir (*couronné*)

B^2 106 (P. d'A.); Pa 167 (id.); Pb^4 54 (id.); Pb^5 63; Pb^8 154; Pb^{10} 320; Pb^{14} 90; Pb^{17} 112 (P. d'A.); R^1 96 (id.); S^1 15.

Tarb. *Ch.* 1; Br. *Arch.* XLII, 345

1471. — Je me cuidoie bien tenir

R^1 56 (Gad.).

Kell. 269; Mætzn. 25.

1472. — Je ne me doi plus taire ne tenir

Pb^3 96 (Gaut. de D.).

1473. — Se de chanter me peüsse tenir

Pa 286 (Vil. d'A.); Pb^4 143 (id.); Pb^{17} 187 (id.).

Din. III, 468.

1474. — De chanter ne me puis tenir,
S'est drois que cançon face

Pb[11] 197.
Ch. sat. — Jub. *Nouv. Rec.* II, 379; Din III, 158.

1475. — De chanter ne me puis tenir
De la trés bele esperitaus

Pa 36 (R. de N.); Pb[2] 69; Pb[5] 38; Pb[10] 312; Pb[11] 18 (R. de N.); Pb[14] 18; Pb[17] 31 (R. de N.).
Ch. à la V. — La R. II, 154; Tarb. *Th.* 116.

1476. — Chanter m'estuet que ne m'en puis tenir

Pa 23 (R. de N.); Pb[2] 65; Pb[5] 22; Pb[8] 78; Pb[10] 312; Pb[11] 9 (R. de N.); Pb[14] 11; Pb[17] 22 (R. de N.); S[1] 6.
La R. II, 64; Tarb. *Th.* 12; Cr. I, 182.

1477. — Quant je voi esté venir
Et sa verdour

Pa 124 (T. de B.); Pb[3] 18 (id.); Pb[4] 73 (id.); Pb[5] 116; Pb[6] 63 (T. de B.); Pb[11] 107 (id.); Pb[14] 81; Pb[17] 87 (T. de B.).
Tarb. *Ch.* 127.

1478. — Quant je voi esté venir
Et l'aubespine florir

Pb[6] 180; Pb[17] 215.

1479. — Tout autressi con l'ente fait venir

B[1] 4; Pa 26 (R. de N.); Pb[2] 75; Pb[5] 133; Pb[8] 73 *et* 170; Pb[10] 314; Pb[11] 12 (R. de N.); Pb[12] 142; Pb[14] 14; Pb[17] 25 (R. de N.).
Ch. relig. — La R. II, 67; Tarb. *Th.* 68; R. *Jahr.* X, 88.

1480. — Au tans que voi flors venir

B[2] 177.
Br. *Arch.* XLIII, 289.

1481. — Quant voi l'aube du jour venir

B² 44 (G. B.).
Wack. 9; Tarb. *Ch.* 134; P. P. *Hist. litt.* XXIII, 566.

1482. — Quant je voi la saison venir

Pb⁸ 6 (A. d'O.).
Din. III, 47.

1483. — En tous tans doit li hons en son venir

Lb 107.
P. M. *Arch.*² III, 292.

1484. — Quant je voi le dous tans venir
Ke renverdist la prée

B² 203; M 221 (M. d'A.); Pb¹² 131.
Din. IV, 640; Br. *Arch.* XLIII, 326; Sch. I, 147.

1485. — Quant voi le dous tans venir
La flor en la prée

Pa 190 (R. de R.); Pb⁴ 91 (id.); Pb⁶ 72 (id.); Pb¹⁷ 135 (id.).
Tarb. *Ch.* 102.

1486. — Quant voi le dous tans venir
Que faut nois et gelée

Pa 377; Pb⁵ 108; Pb¹⁰ 232; Pb¹⁷ 243.

1487. — Quant voi le nouvel tans venir
Au comencement de Pascor

Pb⁵ 124 (*un couplet*).

1488. — Au tans qu'esté voi venir

B² 74.
Br. *Arch.* XLII, 299.

1489. — Lors quant voi venir

B² 139.
Ch. à refr. — Wack. 82.

1490. — El dous tans que voi venir

B² 75.
Chansonnette. — Br. *Arch.* XLII, 300.

1491. — Chanter m'estuet, car nel doi contredire

Pb¹³ 18 (Gaut. de C.). — *Ch. à la Vierge.*

1492. — Force d'amour me fait dire

Pa 327 ; Pb⁴ 157 ; Pb⁶ 189 ; Pb¹⁷ 205.

1493. — En reprouvier ai souvent oï dire

Pb¹⁴ 65.

1494. — Mout m'esmerveil d'aucuns qu'ai oï dire

Héc. 31 (ms.?).

1495. — Li plus se plaint d'amours, mais je n'os dire

B² 125 (Bl. de N.); Lb 113 (*coupl. interv.*); Pa 114 (Bl. de N.); Pb³ 137 (Bl.); Pb⁴ 44 (Bl. de N.); Pb⁶ 44 (id.); Pb⁸ 54 (Bl.); Pb¹¹ 87 (id.); Pb¹² 95; Pb¹⁴ 109; R¹ 88 (Bl. de N.).
Tarb. *Bl.* 39; Br. *Arch.* XLII, 371.

1496. — Se de chanter me peüsse escondire

B² 226.
Din. IV, 312; Br. *Arch.* XLIII; 357.

1497. — De mon desir ne sai mon mieus eslire

Pa 113 (Bl. de N.); Pb⁴ 42 (id.); Pb⁶ 147 ; Pb¹⁴ 106 ; Pb¹⁷ 80 (Bl. de N.).
Tarb. *Bl.* 30.

1498. — Desconfortés, plain de dolor et d'ire

B² 54 (G. B.); Pa 379; Pb³ 28 (G. B.); Pb⁴ 38 (id.);

Pb^{5} 39; Pb^{11} 164 (G. B.); Pb^{14} 104; Pb^{17} 244; R^{1} 18 (G. B.).

Rotr. — Br. *Arch.* XLII, 273.

1499. — Chanter me covient plain d'ire

Pb^{6} 146; Pb^{17} 217.

1500. — De cuer dolant et plain d'ire

Pb^{5} 44.

1501. — Sorpris d'amors et plains d'ire

B^{2} 222 (G. B.); Pa 86 (id.); Pb^{1} 59; Pb^{3} 35 (G. B.); Pb^{4} 33 (id.); Pb^{5} 128; Pb^{6} 25 (G. B.); Pb^{14} 40; Pb^{17} 63 (G. B.).

Br. *Arch.* XLIII, 352.

1502. — Merci, amours, qu'iert il de mon martire

Pb^{3} 30 (G. B.); Pb^{11} 166 (id.).

1503. — Quant je plus voi felon rire

B^{2} 201 (Am. de Cr.); Pb^{3} 176 (G. de Dij.); Pb^{11} 153 (id.); Pb^{12} 71.

Ch. avec des refr. — Br. *Arch.* XLIII, 322.

1504. — Jaque de Billi, biaus sire

O III, 11. — *Jeu parti.*

1505. — Robert du Chastel, biaus sire

R^{1} 168; R^{2} 166 (J. Bret.). — *Jeu parti.*

* 1505. — Dieus ! je fui ja de si grant joie sire

Même pièce que le nº 1495.

1506. — Souvent soupire

Pa 332; Pb^{4} 159; Pb^{6} 136; Pb^{17} 208.

1507. — De pleurs plains et de soupirs

Pb^{9} 256. — *Ch. religieuse.*

1508. — C. . . . . is
Ne doit pas estre esbahis (2e *couplet*)

Lb 102.
P. M. *Arch.*² III, 291.

1509. — Main se leva la bien faite Aelis

Pb11 50 (B. de la K.).
Past. à refr. — B. *Rom.* 93.

1510. — Main s'est levée Aelis

Pb17 190 (R. de R.). — *Pastourelle.*

1511. — Nus ne doit estre alentis

Pb8 132.

1512. — Cil qui dient d'amours sui alentis

O I, 56.

1513. — Jaques de Billi, amis

O III, 2. — *Jeu parti.*

1514. — Robert du Caisnoi, amis

R1 164. — *Jeu parti.*

1515. — Tant (Trop) me plaist a estre amis

B2 233; Pa 151 (G. de Bern.); Pb4 70 (id.); Pb5 137; Pb14 44; Pb17 103 (G. de Bern.).
Br. *Arch.* XLIII, 369; Sch. I, 122.

1516. — Dame, li vostres fins amis

B2 52 (G. B.); Pa 5 (R. de N.); Pb2 59 (id.); Pb4 3 (id.); Pb5 32; Pb10 317; Pb11 1 (R. de N.); Pb14 3; Pb17 10 (R. de N.).
La R. II, 11; Tarb. *Th.* 16; Br. *Arch.* XLII, 269.

1517. — Par Deu, Rolant, .I. miens trés grans amis

O III, 35. — *Jeu parti.*

1518. — Pierrot de Neele, amis,

R^{2} 164 (J. Bret.). — *Jeu parti.*

1519. — Bonjor ait hui cele a cui sui amis

B^{2} 29; Pb^{12} 152.
Wack. 52.

1520. — Guillaume le Viniers, amis

B^{2} 84 (A. C.); R^{2} 150.
Jeu parti. — Kell. 384; Mætzn. 84; B. *Chr.* 317; Br. *Arch.* XLII, 311.

1521. — A envis sent mal qui ne l'a apris

Pa 10 (R. de N.); Pb^{2} 61; Pb^{4} 6 (R. de N.); Pb^{5} 1; Pb^{8} 173; Pb^{11} 4 (R. de N.); Pb^{14} 5; Pb^{17} 14 (R. de N.); S^{1} 4.
La R. II, 21; Tarb. *Th.* 3.

1522. — De nos, seigneur, que vos est il avis

Pb^{3} 5 (C. de B.); Pb^{12} 144.
Ch. historique. — La B. II, 161; Aug. II, 19; Din. II, 38; L. de L. I, 47; Tarb. *Ch.* 17; P. P. *Hist. litt.* XXIII, 762.

1523. — Jehan Bretel, vostre avis

A 141; R^{1} 139; R^{2} 161 (J. Bret.). — *Jeu parti.*

1524. — Trop m'i destraint l'amour Beatris

O v, 107. — *Ballette.*

1525. — En chambre a or se siet la bele Beatris

B^{2} 16 (Aud. le B.); Pb^{3} 149 (id.); Pb^{11} 58 (id.); Pb^{12} 146.

Romance. — P. P. *Rom.* 32; Din. III, 108; Wack. 3 *et* 115; Br. *Chr.* 179 et *Rom.* 64.

1526. — Joieus talens est de moi departis

B^{2} 106 (Vil. d'A.); Pb^{11} 59 (id.).
Din. III, 469; Br. *Arch.* XLII, 345.

1527. — Hai ! las ! com est endormis

O v, 56. — *Ballette.*

1528. — Aucune gent m'ont enquis

B^{2} 20; Pb^{3} 133 (G. de Bern.); Pb^{11} 172; R^{1} 92 (G. de Bern.).
Rotr. — Br. *Arch.* XLI, 367; Sch. I, 64.

1529. — Pour ce me sui de chanter entremis

Pb^{8} 56 (Car.); S^{1} 19.
Sch. II, 101.

1530. — Puisque me sui de chanter entremis

Pa 183 (Rob. de Bl.); Pb^{4} 87 (id.); Pb^{6} 70 (id.); Pb^{17} 130 (id.).

1531. — Puisqu'ensi l'ai entrepris

Pb^{3} 183 (J. de N.).

1532. — Bien m'ont amours entrepris

Pb^{5} 21. — *Motet* (*à 2 couplets*).

1533. — De legier l'entrepris

Pb^{3} 165 (J. E.); Pb^{11} 130 (id.); R^{1} 103 (id.).

1534. — Destroiz de cuer et de mal entrepris

Pa 359; Pb^{4} 174; Pb^{17} 234.

1535. — Par force chant comme esbahis

Pa 186 (R. de F.); Pb^{3} 82 (id.); Pb^{4} 89 (id.); Pb^{6} 74 (id.); Pb^{11} 124 (id.); Pb^{17} 132 (id.); R^{1} 25.

1536. — Mout ai esté longuement esbahis

B^{2} 144 (Guill. de V. M.); O I, 32; Pa 97 (Ch. de C.);

Pb[1] 62; Pb[3] 33 (G. B.); Pb[5] 81; Pb[6] 32 (Ch. de C.); Pb[12] 6; Pb[14] 76; Pb[17] 70 (Ch. de C.).

La B. II, 268; F. M. *Couc.* 31; Tarb. *Ch.* 114; Br. *Arch.* XLIII, 248.

1537. — Onques mais mains esbahis
De chanter ne fui jour, ce m'est avis

Pb[8] 144.

1538. — Je ne sui pas esbahis
Pour iver ne pour froidure

B[2] 99 (P. d'A.); Pb[5] 89; Pb[8] 97; Pb[14] 56.
Br. *Arch.* XLII, 333.

1539. — Onques mais si esbahis
Ne chantai jor de ma vie

Pb[3] 133 (G. de Bern.); Pb[11] 36 (id.); R[1] 92 (id.).
Rotr. — P. P. *Hist. litt.* XXIII, 586; Sch. I, 115.

1540. — L'autrier quant jors fu esclarcis

Pb[3] 100 (Lamb. l'a.).
Past. à refr. — B. *Rom.* 246; Sch. II, 150.

1541. — Lonc tans me sui escondis

A 133 (Rich. de F.); R[1] 43 (Rich.). — *Rotruenge.*

1542. — Ce que je sui de bone amour espris

Pb[8] 134.

1543. — Malade sui, de joie espris

C 264.
P. M. *Rom.* IV, 376.

1544. — De l'amour celi sui espris

Pb[3] 172 (Er. C.); Pb[11] 44 (id.).
Din. IV, 251; Sch. II, 106.

1545. — Amour dont sui espris
M'efforce de chanter

B^2 57 ; Pa 114 (Bl. de N.) ; Pb^3 143 (Bl.) ; Pb^4 42 (Bl. de N.) ; Pb^5 79 ; Pb^6 41 (Bl. de N.) ; Pb^{11} 92 (Bl.) ; Pb^{14} 107 ; Pb^{17} 80 (Bl. de N.).
Tarb. *Bl.* 10 ; Br. *Arch.* XLII, 276.

1546. — Amours dont sui espris
De chanter me semont

Pb^{13} 19. (Gaut. de C.).
Ch. à la V. — Poq 387.

1547. — De la glorieuse fenis

B^2 61 ; Pb^{14} 149.
Ch. à la V. — Br. *Arch.* XLII, 281.

1548. — Chans d'oisillons ne boscages foillis

B^2 45 ; O I, 28.
Br. *Arch.* XLII, 261.

1549. — Glorieuse dame gentis

O I, 76.

1550. — Li trés dous pensers gentis

O V, 69. — *Ballette.*

1551. — Li premiers hons fu jadis

Pb^9 207. — *Ch. à la V.* (*à refr.*).

1552. — Tant est vo gens cors jolis

Bibl. nat., ms. fr. 24391 (J. A.). — *Rondeau,* n° 5.

1553. — Adès ai esté jolis

Pb^3 133 (G. de Bern.).
Rotr. — Sch. I, 52.

1554. — Pour mieus valoir liés et baus et jolis

Pb⁸ 60 (Gast.); R¹ 106 (id.).
Kell. 304; Tarb. *Ch.* 51; Mætzn. 62.

1555. — Li tans d'esté renvoisiez et jolis

Pa 354; Pb⁴ 172; Pb¹⁷.230.

1556. — Du plaisant mal savoureus et jolis

Pb⁸ 72.

1557. — Uns pensers jolis

R¹ 85 (J. de Griev.).
L. P. *Éc. des ch.* xx, 18.

1558. — Li rossignolès jolis

Pb¹¹ 173 (J. de R.). — *Ch. avec des refrains.*

1559. — Quant li rossignols jolis

B² 202 (F. de F.); Pa 103 (Ch. de C.); Pb³ 83 (R. de F.); Pb⁵ 110 *et* 117; Pb⁶ 35 (Ch. do C.); Pb¹¹ 126 (R. de F.); Pb¹² 69; Pb¹⁴ 77; Pb¹⁷ 73 (Ch. de C.).
La B. II, 282; F. M. *Couc.* 49; H. *Sitz.* II⁷, 519; Br. *Arch.* XLIII, 325.

1560. — Amours, pour ce que mes chans soit jolis

B² 13 (G. de Bern.); Pa 144 (id.); Pb⁴ 67 (id.); Pb⁶ 115 (id.); Pb⁸ 91; Pb¹² 115; Pb¹⁷ 99 (G. de Bern.).
Br. *Arch.* XLI, 359; Sch. I, 57.

1561. — Pré ne vert bois, rose ne flour de lis

Pb³ 41 (A. C.); Pb¹¹ 138 (id.).

1562. — Ne rose ne flour de lis

B² 209 (R. de N.); Pa 400; Pb⁵ 87; Pb⁸ 112; Pb¹⁷ 257.
Tarb. *Th.* 61; Br. *Arch.* XLIII, 335.

1563. — Haute dame, com rose et lis

B² 90 (J. de Camb.).
Din. I, 153; Br. *Arch.* XLII, 320.

1564. — Pour coi me bat mes maris

O iv, 6.

Past. en forme de Ballette. — P. M. *Arch.*^{2} v, 237; B. *Rom.* 20.

1565. — Chançon ferai mout maris

A 157 (Gaut. de D.); Pa 130 (id.); Pb^{3} 94 (id.); Pb^{4} 76 (id.); Pb^{6} 55 (id.); Pb^{11} 145 (id.); Pb^{17} 90 (id.); R^{1} 16 (id.).

La B. ii, 155; Din. iii, 190.

1566. — Merci, amours, car j'ai vers vous mespris

Pa 150 (G. de Bern.); Pb^{4} 71 (id.); Pb^{17} 104 (id.).

Din. ii, 192; Sch. i, 111.

1567. — Ma dame, en cui Dieus a mis

B^{2} 148 (J. le Teint.).

Din. iii, 319; Br. *Arch.* xliii, 253.

1568. — En loial amour ai mis

Pa 282 (R. du Ch.); Pb^{8} 124; Pb^{14} 119; Pb^{17} 177 (R. du Ch.); S^{1} 24.

1569. — Bone amour m'a en son service mis

O i, 29; Pb^{5} 19; Pb^{8} 61 (Ger. de B.); Pb^{12} 155.

Din. iii, 209.

1570. — Mout sera cil bien nouris

Pb^{6} 197; Pb^{17} 258. — *Ch. à la Vierge.*

1571. — Sages est cil qui d'amours est nouris

Pb^{14} 101.

1572. — Chanter me (li) plaist qui de joie est nouris

B^{2} 46; Pa 84 (G. B.); Pb^{1} 58; Pb^{3} 37 (G. B.); Pb^{4} 32 (id.); Pb^5 25; Pb^6 20 (G. B.); Pb^{12} 168; Pb^{14} 39; Pb^{17} 62 (G. B.).

Br. *Arch.* XLII, 262.

1573. — Hé, amours, je fui nouris

Pa 145 (G. de Bern.); Pb^3 160 (R. de la P.); Pb^4 68 (G. de Bern.); Pb^6 193; Pb^8 115; Pb^{12} 144; Pb^{17} 100 (id.); R^1 80 (R. de la P.).

Rotr. — Sch. I, 86.

1574. — L'autrier avint (Il avint ja) en cel autre païs

B^2 98 (C. de Bet.); M 229; O I, 14; Pa 226 (Rich. de F.); Pb^3 45 (C. de Bet.); Pb^4 108 (Rich. de F.); Pb^5 74; Pb^6 152; Pb^{11} 98 (Q.); Pb^{12} 136.

Romance. — La B. II, 194; P. P. *Rom.* 107; Buch. 419; L. de L. I, 36; Din. III, 394; P. M. *Arch.*[2] V, 226; B. *Rom.* 76; Br. *Arch.* XLII, 330; Sch. I, 20.

1575. — Se j'ai esté lonc tans hors du païs

B^2 223 (Ch. de C.); Pa 61 (G. B.); Pb^1 50; Pb^3 95 (Gaut. de D.); Pb^4 19 (G. B.); Pb^6 5 (id.); Pb^8 48 (Ch. de C.); Pb^{11} 146 (Gaut. de D.); Pb^{14} 30; Pb^{17} 48 (G. B.).

F. M. *Couc.* 124; Tarb. *Ch.* 135; Br. *Arch.* XLIII, 354.

1576. — Jerusalem se plaint et li païs

B^2 96; Pb^3 81 (H. de S. Q.); Pb^{11} 42 (id.).

Ch. de. croisade. — Jub. *Rapp.* 37; F. M. *Rapp.* 52; Buch. 425; L. de L. I, 122; Wack. 34.

1577. — De tant con plus aproime mon païs

Pb^{16} 22 (Ad. le B.).

Din. I, 63; De C. 126.

1578. — Les consirers de mon païs

Pb^3 38 (G. B.); M 223 (M. d'A.)

1579. — Les oiselès (oisillons) de mon païs

B² 131 (G. de Pr.); Pa 69 (G. B.); Pb¹ 53; Pb³ 23 (G. B.); Pb⁴ 24 (id.); Pb⁶ 11 (id.); Pb⁸ 120; Pb¹¹ 158 (G. B.); Pb¹² 34; Pb¹⁴ 34; Pb¹⁷ 53 (G. B.).
La B. II, 196; Aug. II, 38; Wack. 26; Tarb. *Ch.* 43.

1580. — Douce dame du paradis

B² 49; M 230.
Ch. à la V. — Br. *Arch.* XLII, 265.

1581. — De la flour du paradis

Pb¹⁷ 259. — *Ch. à la Vierge.*

1582. — Por joie avoir parfaite en paradis

Pb¹² 161.
Ch. religieuse. — Schirm. *Arch.* XLI, 82.

1583. — L'autrier chevauchoie delez Paris

Pa 170 (Rich. de S.); Pb⁴ 81 (id.); Pb⁶ 185; Pb¹⁴ 45; Pb¹⁷ 122 (Rich. de S.).
Past. avec des refr. — La B. II, 214; Aug. II, 42; M. M. 32; B. *Rom.* 242.

1584. — Sire Jehan, ainc ne fustes partis

A 151; Pb⁷ 319; Pb¹⁶ 25 (Ad. le B.); R¹ 179.
Jeu parti. — De C. 146.

1585. — Qui que soit de joie partis

Pb³ 141 (Bl.); Pb¹¹ 90 (id.).
Tarb. *Bl.* 53.

1586. — L'autrier chevauchai pensis

B² 128.
Past. — H. *Sitz.* II⁵ 322; B. *Rom.* 116; Br. *Arch.* XLII, 378.

1587. — Je me chevauchai pensis

Pb³ 114 (Guill. le Vin.).
Past. — B. *Rom.* 274.

1588. — Longuement ai esté pensis

Pb[6] 201 (C. de Br.). — *Jeu parti.*

1589. — Amorous, destrois et pensis

O I, 9.

1590. — Iriés et destrois et pensis

B[2] 99; M 222 (M. d'A.); Pa 68 (G. B.); Pb[1] 52; Pb[4] 23 (G. B.); Pb[5] 60; Pb[6] 10 (G. B.); Pb[8] 121; Pb[14] 33; Pb[17] 52 (G. B.).

Br. *Arch.* XLII, 333.

1591. — Amours qui a son oes m'a pris

Pb[5] 3.

1592. — Mar vi amours qui si m'a pris

O I, 92.

1593. — En melancolie ai pris

O V, 60. — *Ballette.*

1594. — Plus amoureusement pris

Pb[8] 144.

1595. — Si plaisamment m'avés pris

Bibl. nat., ms. fr. 24391 (J. A.).

Balade n° 1. — Din. III, 252.

1596. — Chançon ferai, que talent m'en est pris
De la meillor qui soit en tout le mont

Pa 12 (R. de N.); Pb[2] 61; Pb[4] 7 (R. de N.); Pb[5] 21; Pb[8] 175; Pb[10] 315; Pb[11] 5 (R. de N.); Pb[14] 6; Pb[17] 15 (R. de N.).

La R. II, 6; Tarb. *Th.* 10.

1597. — Chançon ferai que talent m'en est pris

S'amour le me consent

Pb[14] 101.

1598. — Eureusement est pris

Bibl. nat., ms. fr. 24391 (J. A.). — *Rondeau* nº 4.

1599. — Onkes nus hom ne fu pris

Pb[6] 226 (Ad. de la H.).

1600. — Porte du ciel, pucele de grant pris

Pb[13] 20 (Gaut. de C.). — *Ch. à la Vierge.*

1601. — Douce dame, roïne de haut pris

B[2] 63.
Ch. à la V. — Br. *Arch.* XLII, 283.

1602. — Amours, a cui je me rent pris

B[2] 20; O v, 66; R[1] 31.
Ballette. — Br. *Arch.* XLI, 367.

1603. — Pour vous par amours sui pris

Bibl. nat., ms. fr. 24391 (J. A.). — *Rondeau* nº 9.

1604. — Gracieusement sui pris

O v, 188. — *Ballette.*

1605. — Ja de chanter ne me fust talent pris

O I, 38; Pb[14] 61.

1606. — S'amours n'eüst onques esté en Dieu, je quis(t)

Serventois. — Héc. 71 (ms.?).

1607. — La volontés dont mes cuers est ravis

B[2] 140; Pb[14] 150.
Ch. à la V. — Wack. 65.

1608. — Bien doi morir quant d'amour la requis

Pb[12] 172.

1609. — L'autrier m'iere rendormis

B[2] 140; Pb[14] 149.

Ch. à la V. — Br. *Arch.* XLIII, 244.

1610. — Aucunes gens m'ont mout repris

Pb[3] 129 (C. le B.); R[1] 70 (id.); S[1] 36.

1611. — Se mesdisans m'ont repris

O v, 58. — *Ballette.*

1612. — Cil qui m'ont repris

R[1] 79 (R. de la P.). — *Rotruenge.*

1613. — Tout autresi con li rubis

Pa 290 (C. de la M.); Pb[4] 140 (id.); Pb[17] 177 (id.).

1614. — La bele qui m'a soupris

Pb[10] 232.

1615. — Bele dame bien aprise

Pb[8] 31 (Ch. de C.); R[1] 59 (J. le V.).

F. M. *Couc.* 119.

1616. — Bele Ysabiaus, pucele bien aprise

B[2] 33 (Aud. le B.); Pb[3] 148 (id.); Pb[11] 57 (id.).

Romance à refr. — P. P. *Rom.* 5; L. de L. I, 94; Wack. 6 *et* 117; B. *Chr.* 181 et *Rom.* 57.

1617. — Hé cuers hautains, plus que gerfaus sus bise

O I, 8.

1618. — En tous tans que vente bise

Pb[3] 140 (Bl.); Pb[11] 89 (id.).

Tarb. *Bl.* 31.

1619. — Au nouviau tans que li ivers se brise

B² 21; Lb 99; Pa 152 (G. de Bern.); Pb⁴ 70 (id.); Pb⁵ 9; Pb⁸ 89; Pb¹² 140; Pb¹⁴ 44; Pb¹⁷ 233.
Br. *Arch.* XLI, 368; P. M. *Arch.*² III, 290; Sch. I, 61.

1620. — Contre le tans qui debrise (devise)

Pa 6 (R. de N.); Pb² 59 (id.); Pb⁴ 3 (id.); Pb⁵ 21; Pb¹⁰ 316; Pb¹¹ 3 (R. de N.); Pb¹⁴ 3; Pb¹⁷ 11 (R. de N.).
La R. II, 87; Tarb. *Th.* 13.

1621. — Quant la froidors s'est demise
Del dous termine d'esté

B² 206.
Br. *Arch.* XLIII, 331.

1622. — Quant la saisons s'est demise
Del tans d'esté bel et plaisant

Pa 131 (Gaut. de D.); Pb³ 93 (id.); Pb⁴ 77 (id.); Pb⁶ 56 (id.); Pb¹¹ 144 (id.); Pb¹⁷ 91 (id.).
Din. III, 192.

1623. — L'autrier un jour après la saint Denise

B² 123 (C. de Bet.); Pb³ 47 (id.); Pb¹¹ 100 (Q.); Pb¹² 97; ms. des arch. de la Moselle, pièce n° 3.
Ch. hist. — La B. II, 169; Aug. II, 21; P. P. *Rom.* 89; Buch. 422; L. de L. I, 41; Din. III, 396; H. *Sitz.* II⁷ 507; Br. *Arch.* XLII, 368; Sch. I, 24.

1624. — Haute chose ai dedens mon cuer emprise

B² 92; Pb³ 89 (Gaut. de D.); Pb¹¹ 146 (id.); S¹ 9.
Br. *Arch.* XLII, 324.

1625. — On dit qu'en amour franchise

O V, 44. — *Ballette.*

1626. — Humilités et franchise

A 157 (Gaut. de D.); B² 90; Pb³ 94 (Gaut. de D.); Pb¹¹ 145 (id.); R¹ 16 (id.).
Kell. 249; Mætzn. 1; Br. *Arch.* XLII, 321.

1627. — Je ne sai mès en quel guise
Ne maintenir ne demener

Pa 279 (J. E.); Pb4 138 (id.); Pb17 185 (id.); R1 103 (id.).

La B. II, 185; Kell. 300; Mætzn. 57.

1628. — Je ne sai mès en quel guise
Puisse a joie avenir

Pb3 147 (Aud. le B.); Pb11 56 (id.).

1629. — Sire Deus, en toute guise

Pa 389; Pb4 178; Pb5 130; Pb11 48 (Best.); Pb12 165; Pb17 250.

1630. — Chanter m'estuet jusc'al jour du juïse

O VI, 4. — *Sotte ch. contre Amour.*

1631. — Force d'amour me destraint et justise

B2 77 (J. de Camb.); O I, 7.

Din. I, 149; Br. *Arch.* XLII, 303.

1632. — Amours m'a en sa justise

M 224 (M. d'A.).

1633. — En grant aventure ai mise

Pb3 96 (Gaut. de D.).

1634. — Por cele ou m'entente ai mise

Pa 322; Pb4 154; Pb17 202.

1635. — Loiaus amours qu'est dedens fin cuer mise

B2 124 (Al. de Ch.); Pb5 78; Pb12 19; Rome, Vat. 1725, fol. 76 (*fragment*).

Br. *Arch.* XLII, 369; B. *Jahr.* XI, 161.

1636. — Nouvele amours s'est dedens mon cuer mise

B2 165; Pb12 20.

Ch. de croisade. — Br. *Arch.* XLIII, 274.

1637. — Grieviler, feme avés prise

Ll 5; R[1] 160; R[2] 163 (J. Bret.); S[1] 48.
Jeu parti. — L. P. *Éc. des ch.* xx, 25 (*fragment*).

1638. — Quant je voi la (Ou tans que voi) noif remise

B[2] 177; Pa 84 (G. B.); Pb[1] 58; Pb[3] 24 (G. B.); Pb[4] 32 (id.); Pb[5] 109; Pb[6] 19 (G. B.); Pb[11] 160 (id.); Pb[14] 39; Pb[17] 61 (G. B.).
Br. *Arch.* XLIII, 288.

1639. — Bien s'est en mon cuer reprise

S[1] 25.
L. P. *Éc. des ch.* xx, 486.

1640. — Par maintes fois avrai esté requise

B[2] 182 (D. de Lor.); Pb[12] 97.
Jub. *Rapp.* 54; Tarb. *Ch.* 25; H. *Sitz.* II[7], 516; Br. *Arch.* XLIII, 293.

1641. — Douce seson d'esté que verdissent

Pb[4] 184. — *Lai.*

1642. — S'onques hom en lui s'asist

Pb[11] 63. — *Ch. religieuse.*

1643. — De la mere Jhesu Crist

O I, 78. — *Ch. à la Vierge.*

1644. — Las! las! las! las! par grant delit

Pb[13] 21 (Gaut. de C.).
Complainte. — Poq. 129.

1645. — Au nouviau tans toute riens s'esjoït

Pa 401.

1646. — Vous ne savez que me fit

Pb[9] 253. — *Ch. religieuse.*

1647. — Quant l'aubespine florit

Pa 218 (J. de Cys.); Pb^{4} 106 (id.); Pb^{6} 182; Pb^{11} 52 (J. de Cys.); Pb^{12} 112; Pb^{14} 58; R^{1} 28 (J. de Cys.)
Sch. II, 86.

1648. — Je ne chant mais du tans qui renverdit

Pb^{5} 68.

1649. — Quant li bocages retentit

B^{2} 112 (Av. de Bet.); Pa 316; Pb^{3} 183 (J. de N.); Pb^{4} 151; Pb^{6} 165; Pb^{12} 166; Pb^{17} 200.
Chansonnette. — Din. III, 220; Br. *Arch.* XLII, 352; Sch. I, 35.

1650. — L'an que li dous chans retentit

Pb^{11} 110 (Gont.).
Rotr. — Sch. II, 34.

1651. — Je quier amours pour la grande merite

Pb^{14} 60.

1652. — Dame sage et ententive

O V, 7. — *Ballette.*

1653. — C'est tout la jus c'on dit soz l'olive

O IV, 42.
Past. — B. *Rom.* 163.

1654. — Bele Idoine se siet desous la verde olive

Pb^{3} 148 (Aud. le B.); Pb^{11} 57 (id.).
Romance à refr. — P. P. *Rom.* 11; B. *Rom.* 59.

1655. — Qui bien veut amours descrivre

B^{2} 113 (Ch. de R.); Lb 115; M 223 (M. d'A.); Pa 189 (R. de R.); Pb^{3} 175 (Ch. de R.); Pb^{4} 90 (R. de R.); Pb^{5} 115; Pb^{6} 72 (R. de R.); Pb^{8} 28 (M.); Pb^{11} 152 (Ch. de R.); Pb^{12} 37; Pb^{17} 134 (R. de R.); R^{1} 102.

Rotruange. — L. de L. I, app. XLVIII; Tarb. *Ch.* 107; Din. IV, 163; Br. *Arch.* XLII, 354.

O

1656. — Ens ou nouvel que chascuns se baloce

O VI, 18. — *Sotte ch. contre Amour.*

1657. — Vuis de joie, plains d'annoi

Pb^5 141.

1658. — Plus pensis et en esmoi

Pb^{14} 103.

1659. — Douce dame, cui j'ain de bone foi

B^2 58.
H. *Sitz.* II^7, 495; Br. *Arch.* XLII, 277.

1660. — Pour li servir en bone foi

Pb^3 156 (Ad. de Giv.); Pb^{11} 170.

1661. — Puis que je suì de l'amoureuse loi
Bien doi amour en chantant esaucier

B^2 181 (Ad. le B.); O I, 22; Pb^5 104; Pb^6 219 (Ad. de la H.); Pb^7 311; Pb^8 108 *et* 168; Pb^{11} 224 (Ad. le B.); Pb^{12} 171; Pb^{14} 95; Pb^{16} 20 (Ad. le B.); R^1 55 (Ad.).
Br. *Arch.* XLIII, 291; De C. 104.

1662. — Puis que je sui de l'amoureuse loi

Que Jhesu Cris vaut croistre et essaucier

R[1] 126 (Guill. de Bet.).

Ch. religieuse. — Kell. 314; Mætzn. 68; Sch. I, 138.

1663. — Mes cuers n'est mie a moi

Pb[11] 131 (J. E.). — *Motet.* (Voy. notre *Recueil de motets français,* t. II, p. 127)

1664. — D'amours qui m'a tolu a moi

B[2] 56 (Chr. de T.); M 224 (M. d'A.); Pa 58 (G. B.); Pb[1] 49; Pb[4] 17 (G. B.); Pb[6] 2 (id.) *et* 154; Pb[8] 49 (Chr. de T.); Pb[11] 45 (id.); Pb[12] 30; Pb[14] 29; Pb[17] 45 (G. B.); R[1] 108 (Chr. de T.).

Kell. 306; Wack. 17; Mætzn. 63; Holl. 231; B. *Chr.* 117.

1665. — Bone amour, conseilliez moi

Pa 157 (P. d'A.); Pb[4] 50 (id.); Pb[6] 122 (id.); Pb[14] 71; Pb[17] 107 (P. d'A.).

Rotr. — Tarb. *Ch.* 4.

1666. — Bons rois Thibaut, sire, conseilliés moi

A 140; O III, 30; Pa 42 (R. de N.); Pb[2] 71 (id.); Pb[4] 9 (id.); Pb[5] 14; Pb[11] 11 (R. de N.); Pb[14] 21; Pb[17] 41 (R. de N.); R[1] 138.

Jeu parti. — La R. II, 129; Tarb. *Th.* 79.

1667. — Encor veul chanter de moi

B[2] 68.

Br. *Arch.* XLII, 291.

1668. — Mout me merveil de ma dame et de moi

B[2] 148 (G. de Pr.); Pb[12] 4.

Wack. 30.

1669. — Chanson veul faire de moi

B[2] 44 (J. de la V.); Pa 158 (P. d'A.); Pb[4] 50 (id.); Pb[6] 131; Pb[14] 71; Pb[17] 107 (P. d'A.).

Br. *Arch.* XLII, 259.

1670. — Se j'ai chanté, ce poise moi

B[2] 224 (R. de F.); Pb[3] 84 (id.).

Br. *Arch.* XLIII, 354.

1671. — Cuvelier, j'ain mieus que moi

H 2; R[2] 156 (Gam. de V.); S[1] 52.

Jeu parti. — Jub. *Lett.* 92.

1672. — Robert de la Piere, respondés moi

R[1] 164. — *Jeu parti.*

1673. — Tous sous sus mon palefroi

O IV, 48.

Past. — B. *Rom.* 168.

1674. — Biaus Phelipot Verdiere, je vous proi

A 144; R[1] 143; S[1] 41. — *Jeu parti.*

1675. — Adan, amis, mout savés bien vo roi

A 147; Pb[7] 323; Pb[16] 28 (Ad. le B.); R[1] 175.

Jeu parti. — De C. 174.

1676. — Que las! je chante et bien voi

O V, 175. — *Ballette.*

1677. — Quant ces floretes florir voi

Pb[13] 22 (Gaut. de C.).

Ch. à la V. — Poq. 21.

1678. — Sandrart, pour ce que vous voi

Pb[8] 18 (J.).

Jeu parti. — Din. III, 429; Sch. II, 120.

1679. — Sire, assés sage vous voi

Pb[7] 321.
Jeu parti. — G. R. *Rom.* VI, 591.

1680. — L'autrier m'en aloie
Chevauchant

Pa 342; Pb[4] 166; Pb[6] 176; Pb[17] 223.
Past. — Br. *Jahr.* IX, 321; B. *Rom.* 185.

1681. — Ier matin je m'en aloie
Lonc un bois banoiant

B[2] 89 (J. d'Am.).
Past. — H. *Sitz*, II[5], 312; Br. *Arch.* XLII, 319; B. *Rom.* 311.

1682. — Embanoiant l'autre jour m'en aloie

O IV, 26.
Past. — B. *Rom.* 45.

1683. — D'Aras en Flandres aloie

O IV, 41.
Past. à refr. — B. *Rom.* 162.

1684. — Quant amours vit que je li aloignoie

B[2] 113.
Tenson. — Tarb. *Th.* 99; P. P. *Hist. litt.* XXIII, 798; Br. *Arch.* XLII, 354.

1685. — On dit que j'ain, et pour coi n'ameroie

Pb[8] 65; Pb[14] 117.

1686. — Trop volentiers ameroie

O IV, 46.
Past. à refr. — B. *Rom.* 166.

1687. — Mahiu, jugiez se une dame amoie

Pa 280 (Maih. de G.); Pb[4] 139 (id.); Pb[17] 186 (id.).
Jeu parti — Din. II, 300; Sch. I, 141.

1688. — Bele Emmelos es prés desouz l'arbroie

Pb[3] 151 (Aud. le B.).

Romance à refr. — P. P. *Rom.* 28; Din. III, 106; B. *Rom.* 71.

1689. — Quant chiet la fueille en l'arbroie

Pb[3] 152 (Rich.); Pb[11] 96 (Rich. de F.); R[1] 41 (Rich.).

1690. — Quant voi reverdir l'arbroie

Pb[5] 123.

1691. — Amours de chanter m'avoie

Pa 403. — *Ch. à refrain.*

1692. — Li jolis mais ne la flours qui blanchoie

B[2] 127 (P. d'A.); Pa 167 (id.); Pb[4] 54 (id.); Pb[5] 75; Pb[8] 109; Pb[10] 319; Pb[12] 123; Pb[14] 90; Pb[17] 113 (P. d'A.); R[1] 95 (id.); S[1] 14.

Br. *Arch.* XLII, 375.

1693. — Trop volentiers chanteroie

B[2] 235 (C. M.); Pb[12] 63.

Jub. *Rapp.* 48; Tarb. *Ch.* 77; Br. *Arch.* XLIII, 371.

1694. — L'autrier chevauchoie
Lés un bois qui verdoie

O IV, 45.

Past. à refr. — B. *Rom.* 165.

1695. — L'autrier chevauchoie
Pensant par un matin

Pb[4] 186.

Lai de la Pastourelle. — B. *Rom.* 205.

1696. — L'autre jour je chevauchoie,
Pensis si com sui souvent

O IV, 54.
Past. à refr. — B. *Rom.* 173.

1697. — L'autre jour je chevauchoie
Sor mon palefroit amblant

O IV, 1.
Past. à refr. — P. M. *Arch.*[2] v, 235; B. *Rom.* 146.

1698. — Quant je chevauchoie
Tot seus l'autrier

Pa 351; Pb[4] 170; Pb[17] 229.
Past. avec des refr. — B. *Rom.* 50.

1699. — L'autrier quant je chevauchoie
Tout droit d'Aras vers Doai

B[2] 133; Pa 347; Pb[4] 168; Pb[12] 113; Pb[17] 227.
Past. — Roq. 391; Din. I, 24 *et* II, 81; M. M. 45; H. *Sitz.* II[5] 324; Br. *Arch.* XLII, 385; B. *Rom.* 277.

1700. — Hier main quant je chevauchoie
Pensis amoureusement

Pb[6] 128 (H. de Font.).
Past. avec des refr. — M. M. 38; B. *Rom.* 269.

1701. — An Hachecourt l'autre jour chevauchoie

O IV, 47.
Past. à refr. — B. *Rom.* 167.

1702. — L'autrier me chevauchoie
Lés une sapinoie

B[2] 139; Pb[11] 85; Pb[12] 74.
Past. — M. M. 37; H. *Sitz.* II[5], 333; Br. *Arch.* XLIII, 243; B. *Rom.* 122.

1703. — L'autrier me chevauchoie
Pensis com sui sovent

O IV, 7.
Past. — B. *Rom.* 151.

1704. — L'autrier me chevauchoie
Toute ma senturele

B² 128.
Past. — H. *Sitz.* II⁵, 320; Br. *Arch.* XLII, 376; B. *Rom.* 113.

1705. — Avant ier me chevauchoie
De Blasons a Mirabel

Pb¹² 71.
Past. avec des refr. — B. *Rom.* 40.

1706. — Je me chevauchoie
Parmi un prael

Pb¹² 47.
Past. — M. M. 47; B. *Rom.* 132.

1707. — L'autre jour me chevauchoie,
Sous, sans compaignie

O IV, 17.
Past. avec des refr. — B. *Rom.* 151.

1708. — L'autrier quant chevauchoie
Desouz l'ombre d'un prael

Pa 376.
Past. — Br. *Jahr.* IX, 331; B. *Rom.* 194.

1709. — L'autrier tout seus chevauchoie

Pa 370; Pb¹⁷ 241.
Past. — Br. *Jahr.* IX, 330; B. *Rom.* 193.

1710. — Bele Yolanz en chambre coie

Pb^{12} 70.
Romance à refr. — P. P. *Rom.* 53; P. P. *Hist. litt.* xxiii, 809; B. *Rom.* 9.

1711. — On me defent que mon cuer pas ne croie

Pb^{6} 214 (Ad. de la H.); Pb^{7} 312; Pb^{8} 166; Pb^{11} 226 (Ad. le B.); Pb^{15} 5 (id.); Pb^{16} 12 (id.); R^{1} 54.
De C. 29.

1712. — Amours dont je me cuidoie

Pb^{3} 165 (J. E.); Pb^{11} 130 (id.); R^{1} 104 (id.).

1713. — L'autre jour me departoie

O iv, 12.
Past. avec des refr.— P. M. *Arch.*^{2} v, 238; B. *Rom.* 41.

1714. — Dame, bien me deveroie

O v, 62. — *Ballette.*

1715. — Se li maus qu'amours envoie

Pb^{6} 222 (Ad. de la H.); Pb^{11} 227 (Ad. le B.); Pb^{16} 21 (id.).
De C. 111.

1716. — Fine amours m'envoie

Pa 286 (Car.); Pb^{3} 185 (id.); Pb^{4} 143 (id.); Pb^{17} 183 (id.).
Din. iii, 129; Tarb. *Ch.* 38; Sch. ii, 96.

1717. — L'autre jour mon chemin erroie

O iv, 19.
Past. — B. *Rom.* 42.

1718. — En Pascour un jour erroie

M 219 (M. d'A.); Pb^{6} 145; Pb^{11} 129 (J. E.); Pb^{17} 213; R^{1} 111 (J. E.).
Past. à refr. — B. *Rom.* 259.

1719. — Deus en un praielet estoie

O v, 13. — *Ballette.*

1720. — Jamès chançon ne feroie

Pa 318; Pb4 152; Pb6 166; Pb17 103 (G. de Bern.).

Rotr. — Sch. I, 95.

1721. — Je sui cieus qui tous jours foloie

Pb11 61 (J. le V.); R1 59 (id.).

Kell. 270; Mætzn. 26.

1722. — Amours qui mout me guerroie

Pa 275 (R. du Ch.); Pb4 136 (id.); Pb5 10; Pb17 181 (R. du Ch.); S1 26.

Din. III, 424.

1723. — Con plus ain et mains ai joie

R1 66 (Maih. de G.).

Kell. 279; Sch. I, 128.

1724. — Bien ait l'amour dont l'en cuide avoir joie

Pa 77 (G. B.); Pb1 55; Pb4 28 (G. B.); Pb6 164; Pb14 36; Pb17 57 (G. B.).

1725. — J'ai bon espoir d'avoir joie

Pa 349; Pb4 169; Pb17 228.

1726. — Dame et amours et espoirs d'avoir joie

O I, 52.

1727. — Dame, l'on dit que l'on muert bien de joie

Pa 53 (R. de N.); Pb2 76; Pb4 12 (R. de N.); Pb5 35; Pb10 319; Pb11 13 (R. de N.); Pb14 26; Pb17 34 (R. de N.).

La R. II, 75; Tarb. *Th.* 17.

1728. — Amours et deduis de joie

Pb3 171 (O. de L.); Pb11 44 (id.) *et* 101 (G. le V.).

1729. — En serventés plait de deduit de joie

M 220 (M. d'A.). — *Serventois*.

1730. — Loiaus amours et desiriers de joie

B2 126 (C. le B.); Lb 100 (id.); Pb3 128 (id.); Pb11 24 (id.); Pb12 125; R1 69 (C. le B.); S1 34.
Kell. 283; Din. III, 143; Mætzn. 38; Br. *Arch.* XLII, 373.

1731. — Bone amours veut tous jours c'on demaint joie

Pb14 54.

1732. — Tout tans est mes cuers en joie

Pb8 4 (A. C.).
Din. III, 67.

1733. — Li dous maus qui met en joie

Pb8 148.

1734. — La blondete, sagete que j'ain me tient en joie

O v, 129. — *Ballette*.

1735. — Dieus saut (gart) ma dame et doint honour et (et li [doint bone) joie

B2 52 (G. B.); Pb5 45 (*un couplet*); Pb12 21.
Br. *Arch.* XLII, 271.

1736. — Bien ai perdu la grant joie

R1 87.

1737. — Sire, li quelz a plus grant joie

O III, 22. — *Jeu parti*.

1738. — En espoir d'avoir la joie

O v, 144. — *Ballette*.

1739. — Rembardir et mener joie

B[2] 213.

Br. *Arch.* XLIII, 339.

1740. — Desconfortés com cil qui est sans joie

Pa 203 (O. de la C.); Pb[4] 98.

1741. — Lonc tans ai esté envite et sans joie

Pb[8] 110.

1742. — Si grans deduis ne si souvraine joie

R[1] 106 (Gast.).

Tarb. *Ch.* 52.

1743. — Mere au dous roi, de cui vient toute joie

R[1] 124. — *Ch. à la Vierge.*

1744. — Je vous proi, dame Maroie

A 141; R[1] 140. — *Jeu parti.*

1745. — Force d'amours me destraint et mestroie (*couronnée*)

Pa 268 (Eust. le P.); Pb[4] 132 (id.); Pb[10] 320; Pb[14] 66; Pb[17] 117 (Eust. de R.).

Tarb. *Ch.* 67.

1746. — Dame a cui m'otroie

O v, 54. — *Ballette.*

1747. — Amours, comment de cuer joli porroie

Pb[14] 67.

1748. — Je pri amours que tous jours me pourvoie

Héc. 59 (ms.?). — *Serventois.*

1749. — Amours me semont et proie

Pa 357; Pb[4] 173; Pb[17] 232.

1750. — Bele et bone me proie

O v, 172. — *Ballette.*

1751. — Grant pechié fet qui de chanter me proie

Pa 64 (G. B.); Pb^4 21 (id.); Pb^{14} 32; Pb^{17} 50 (G. B.).

1752. — Qui que de chanter recroie

B^2 110; Pb^{12} 16.

Ch à refr. — Br. *Arch.* XLII, 350.

1753. — Au tens gent que reverdoie

Pa 220 (G. de S.); Pb^4 106 (id.); Pb^6 52 (Gaut. de D.).

Sch. II, 4.

1754. — A la douçor d'esté (del tans) qui reverdoie

B^2 14 (G. B); O I, 12; M 225 (M. d'A.); Pa 111 (Bl. de N.); Pb^3 56 (Ch. de C.); Pb^4 41 (Bl.); Pb^5 2; Pb^6 149; Pb^{10} 88; Pb^{11} 158 (Ch. de C.); Pb^{12} 26; Pb^{14} 105; Pb^{17} 78 (Bl. de N.).

La B. II, 298; F. M. *Couc.* 76; Tarb. *Bl.* 3; P. M. *Arch.*[2] v, 225; Br. *Arch.* XLI, 361.

1755. — Biau m'est du tans d'esté qui reverdoie

Pb^5 20.

1756. — Li tans qui reverdoie

Pa 194 (M. de P.); Pb^4 93 (id.); Pb^6 61 (id.).

Vadürie. — G. R. *Bull. de l'hist. de P.*, IX, 137.

1757. — Quant li tans reverdoie

Pb^3 28 (G. B.); Pb^5 111; Pb^{11} 165 (G. B.). — *Ch. à refrain.*

1758. — De boine amours riens dire ne saroie

Héc. 63 (ms.?). — *Serventois.*

1759. — Perrins, amis, mout volentiers saroie

O III, 21. — *Jeu parti.*

1760. — Pieça que savoie

Pb[12] 48.

1761. — Dame, boin gré vos savroie

O V, 115. — *Ballette.*

1762. — En joie seroie

O II, 14. — *Estampie.*

1763. — Comment c'aloigniés soie

B[2] 44; O I, 20.
Ch. relig. — Br. *Arch.* XLII, 259.

1764. — Plus ain que je ne soloie

B[2] 187 (Ch. de C.); Pb[3] 120 (M.); Pb[11] 119 (id.).
Br. *Arch.* XLIII, 300.

1765. — Ou mois de mai que l'erbe ou pré verdoie

Pb[12] 133.

1766. — Flors qui s'espant et feuille qui verdoie

B[2] 76; Pa 229 (O. de L.); Pb[3] 171 (id.); Pb[4] 111 (id.); Pb[11] 43 (id.); Pb[17] 156 (id.).

Br. *Arch.* XLII, 301.

1767. — Biau m'est du tans de gaïn qui verdoie

Pa 301 (P. d'A.); Pb[4] 59 (id.); Pb[8] 111; Pb[14] 93.

1768. — Pour le tans qui verdoie

B[2] 180; O I, 42; Pa 244 (Gob. de R.); Pb[4] 119 (id.); Pb[5] 102; Pb[6] 94 (Gob. de R.), 139 *et* 173; Pb[12] 170; Pb[17] 165 (Gob. de R.).

Tarb. *Ch.* 53; Br. *Arch.* XLIII, 290.

1769. — Dame, je verroie

Pb^{5} 43.

1770. — Dame d'onour m'a en voie

O v, 116. — *Ballette.*

1771. — Dous est li maus qui met la gent en voie

O i, 49; Pb^{6} 225 (Ad. de la H.); Pb^{7} 312; Pb^{8} 162; Pb^{11} 227 (Ad. le B.); Pb^{16} 21 (id.).

De C. 116.

1772. — Amours me met en voie

O v, 3. — *Ballette.*

1773. — Amours qui m'a en la voie

O v, 11. — *Ballette.*

1774. — Ferri, se ja Dieu vous voie

R^{1} 148; R^{2} 153 (J. Bret.); S^{1} 45. — *Jeu parti.*

1775. — Car me conseilliés, Jehan, se Deus vous voie

Pa 304; Pb^{4} 144; Pb^{5} 32; Pb^{6} 158; Pb^{17} 193.

1776. — Sire prieus de Bouloigne

S^{1} 47.
Jeu parti. — L. P. *Éc. des ch.* xx, 331.

1777. — L'an que la froidors s'esloigne

Pb^{1} 53; Pb^{11} 114 (Gont.).
Rotr. — Sch. ii, 27.

1778. — Quant nois et glaisse et froidure s'esloigne

B^{2} 207; Pb^{14} 151.
Ch. à la V. — Br. *Arch.* xliii, 333.

1779. - Quant flours et glais et verdure s'esloigne

B^2 45 (G. B.); Pa 70 (id.); Pb^3 37 (id.); Pb^4 24 (id.); Pb^5 109; Pb^6 11 (G. B.); Pb^{12} 8; Pb^{14} 113; Pb^{17} 53 (G. B.); Rome, Vat. Christ. 1725, fol. 73 (*fragment*).

B. *Jahr.* XI, 160 (*fragment*); Br. *Arch.* XLII, 260.

1780. — De l'estoile mere au soloil

Pb^{14} 154. — *Ch. à la Vierge.*

1781. — Por ceu m'a point ci poins

O v, 181. — *Ballette.*

1782. — Trop mi destraint li malz dont point

O v, 34 *et* 106. — *Ballette.*

1783. — En la sesoun(e) qe l'erbe point

C 265.

P. M. *Rom.* IV, 379.

1784. — Quant voi yver et froidure aparoir

B^2 200 (G. d'Esp.); Pa 211 (id.); Pb^4 102 (id.); Pb^5 117 Pb^6 117 (G. d'Esp.); Pb^{12} 80.

Br. *Arch.* XLIII, 320.

1785. — Quant voi le dous tans aparoir

Pb^8 4 (H. C.).

Rotr. — Din. III, 233.

1786. — Jamès ne cuidai avoir

Pa 154 (P. d'A.); Pb^4 48 (id.); Pb^6 156; Pb^8 87; Pb^{14} 70; Pb^{17} 105 (P. d'A.). — *Ch. à refrain.*

1787. — Qui merci prie, merci doit avoir

A 129 (Guill. le Vin.); Pb^3 105 (id.); Pb^8 32 (id.); Pb^{11} 26 (id.); R^1 34 (id.); S^1 33.

1788. — A bel servir convient eür avoir

S[1] 25.
L. P. *Éç. des ch.* xx, 489.

1789. — Se j'ai chanté sans guerredon avoir

B[2] 219 (R. du Ch.); Pa 262 (id.); Pb[4] 128 (id.); Pb[5] 130; Pb[8] 86; Pb[10] 232; Pb[12] 170; Pb[14] 112; Pb[17] 178 (R. du Ch.); S[1] 23.
Din. III, 422; Br. *Arch.* XLIII, 345.

1790. — Au present sui de joie avoir

Pb[12] 17.

1791. — Bien doit chanter et joie avoir

B[2] 32.
Din. III, 445; Br. *Arch.* XLII, 245.

1792. — Li hons qui veut honneur et joie avoir

Pb[8] 68.

1793. — A vos m'atent de tote joie avoir

M 226 (M. d'A.).

1794. — Lambert Ferri, liquieus doit mieus avoir

A 146; R[1] 145; R[2] (J. Bret.). — *Jeu parti.*

1795. — Quant l'erbe muert, voi la fueille cheoir

B[2] 204 (G. B.); Pa 92 (id.); Pb[1] 61; Pb[3] 27 (G. B.); Pb[4] 36 (id.); Pb[5] 110 *et* 123; Pb[6] 29 (G. B.); Pb[8] 129; Pb[11] 163 (G. B.); Pb[12] 101; Pb[14] 73; Pb[17] 67 (G. B.).
Br. *Arch.* XLIII, 328.

1796. — Onkes mais ne so devoir

O v, 163. — *Ballette.*

1797. — Dame, j'atent en bone espoir

B[2] 57; O I, 15; Pb[12] 38.
Br. *Arch.* XLII, 276.

1798. — Adan, vauriés vous manoir

A 149; Pb[7] 323; Pb[16] 24 (Ad. le B.); R[1] 177.
Jeu parti. — De C. 138.

1799. — Quant voi l'aloete modoir

Rome, Vat. Christ. 1725, fol. 96.
Br. *Jahr.* xi, 166.

1800. — Je ne puis pas bien metre en nonchaloir

Pa 7 (R. de N.); Pb[2] 60 (id.); Pb[4] 4 (id.); Pb[5] 58; Pb[10] 317; Pb[11] 1 (R. de N.); Pb[14] 4; Pb[17] 12 (R. de N.); R[1] 11 (id.).

La R. ii, 15; Tarb. *Th.* 34.

1801. — Piecha c'on dist par mauvais oir

Pb[11] 131 (J. E.). — (*Un seul couplet*).

1802. — Li noviaus tans qui fait paroir

Pb[3] 124 (S. d'A.); Pb[11] 39 (id.).
Din. iii, 457.

1803. — Onques ne me poi percevoir

Pb[5] 93.

1804. — Girart d'Amiens, amours qui a pooir

Pb[8] 21 (R. de N.).
Jeu parti. — Tarb. *Th.* 87.

1805. — Amours qui tant a pooir

O v, 4. — *Ballette.*

1806. — Amours qui sur tous a pooir

R[1] 57 (Gad.).

1807. — Se loiautés a en amour pooir

Pb[11] 174 (J. de R.).

1808. — Onkes ne so c'amours eüst pooir

O v, 179. — *Ballette.*

1809. — Molt est amours de haut pooir

O I, 43.

1810. — Je serf amours a mon pooir

Pb³ 167 (Maih. de G.); Pb¹¹ 60 (id.).
Din. II, 305; Sch. I, 132.

1811. — Empereres ne rois n'ont nul pooir

B¹ 4; Pa 25 (R. de N.); Pb² 74 (id.); Pb⁵ 47; Pb⁸ 43 (R. de N.); Pb¹⁴ 13; Pb¹⁷ 24 (R. de N.).
La R. II, 53; Tarb. *Th.* 27; R. *Jahr.* x, 90.

1812. — Quant Dieus ne veut, tout si saint n'ont pooir

R¹ 58 (Gad.).

1813. — Li miens chanters ne puet mais remanoir

B² 123 (Garn. d'A.); Pb³ 18 (T. de B.); Pb¹¹ 108 (id.); Pb¹² 59; S¹ 34.
Rotr. — Br. *Arch.* XLII, 369.

1814. — Vos qui amés, je vos fais a savoir

O v, 96. — *Ballette.*

1815. — Puis qu'amours m'a donné le beau savoir

Pb⁸ 108.

1816. — En toute gent (tout le mont) ne truis tant (point) de [savoir

B² 68; Pb³ 181 (G. d'Esp.).
Br. *Arch.* XLII, 291.

1817. — Adan, vous devés savoir

Pb⁷ 324; Pb¹⁶ 27 (Ad. le B.); R¹ 181.
Jeu parti. — De C. 162.

1818. — Simon, or me faites savoir

R² 170 (H. le M.). — *Jeu parti.*

1819. — Losangier par lor non savoir

Pb¹⁰ 87.

1820. — Molt ai chanté, riens ne m'i puet valoir

Pa 172 (Rich. de S.); Pb⁴ 82 (id.); Pb⁶ 98 (id.); Pb¹⁴ 46; Pb¹⁷ 123 (Rich. de S.). — *Chansonnette.*

1821. — Nus hon ne set d'ami qu'il puet valoir

A 158 (Hug. de Br.); B² 159 (G. B.); Pb⁴ 47 (Hug. de Br.); Pb⁵ 87; Pb⁶ 88 (Hug. de Br.); Pb⁸ 50 (id.); Pb¹⁰ 231; Pb¹¹ 104 (Hug. de Br.); Pb¹² 172; Pb¹⁴ 96; Francfort, ms. 29, pièce nº 3 (Hug. de Br.).

Br. *Arch.* xliii, 264.

1822. — Gautiers de Formeseles, voir

Pb³ 185 (J. de N.). — *Jeu parti.*

1823. — A touz amans pri qu'il dient le voir

Pb³ 19 (Al. de Ch.) (*un couplet*).

1824. — Cuvelier, dites moi voir

R² 157 (J. Bret.). — *Jeu parti.*

1825. — Grieviler, dites moi voir

R¹ 151; R² 166 (J. Bret.). — *Jeu parti.*

1826. — Trés fine amour par son cortois voloir

O i, 77 *et* 89.

1827. — Amours m'a del tout a son voloir

Pb³ 42 (A. C.); Pb¹¹ 138 (id.).

1828. — Douce dame, a vostre voloir

O v, 84. — *Ballette.*

1829. — Florie revient seus de Montoire

Pb[12] 40.

Romance. — P. P. à la suite de *Berte aux grans piés*, p. 193, *et Rom.* 64 ; L. de L. I, 136 ; B. *Rom.* 15.

1830. — Par desous l'ombre d'un bois

Pb[3] 79 (J. de B.) ; Pb[11] 43 (H. de S. Q.).

Past. à refr. — M. M. 39; Buch. 424; Tarb. *Ch.* 21 ; P. P. *Hist. litt.* XXIII, 641 ; B. *Rom.* 225.

1831. — Sour cest rivage, a ceste crois

Pb[13] 23 (Gaut. de C.).

Ch. relig. — Poq. 133.

1832. — Or est raisons et si l'acorde drois

O v, 147. — *Ballette.*

1833. — Adan, amis, je vous di une fois

Pb[16] 28 (Ad. le B.).

Jeu parti. — De C. 171.

1834. — Fille et la mere se sieent a l'orfrois

Rome, Vat. Christ. 1725, fol. 74.

Romance. — B. *Rom.* 17.

1835. — Molt liéement dirai mon serventois.

M 220 (M. d'A.). — *Serventois.*

1836. — Esforcier m'estuet ma vois

Pb[13] 24 (Gaut. de C.).

Ch. à la V. à refr. — Poq. 19.

1837. — Mout me semont amours que je m'en voise

Pb[3] 45 (C. de Bet.); Pb[11] 99 (Q.); ms. des arch. de la Moselle, n° 4.

P. P. *Rom.* 83 ; Buch. 420; L. de L. I, 30; Din. III, 389 ; B. *Chr.* 183 ; Sch. I, 25.

1838. — Grieviler, s'il avenoit

R[2] 152 (J. Bret.).

Jeu parti. — Kell. 389.

1839. — Ma douce dame, on ne me croit

Pb[5] 84.

1840. — Tout autresi con l'aïmans deçoit

B[2] 231 (G. d'Esp.); Pa 212 (id.); Pb[4] 102 (id.); Pb[5] 136; Pb[6] 118 (G. d'Esp.); Pb[12] 14.

Br. *Arch.* XLIII, 364.

1841. — S'amours m'eüst jugié a droit

Pb[14] 65.

1842. — Se li grace d'amours n'enluminoit

Héc. 35 (ms.?).

1843. — De grant travail et de petit esploit

Pa 29 (R. de N.); Pb[5] 35; Pb[10] 318; Pb[11] 14 (R. de N.); Pb[14] 15; Pb[17] 27 (R. de N.).

Ch. à la V. — La R. II, 149; Tarb. *Th.* 117.

1844. — Bele Amelot seule en chambre filoit

Pb[12] 147.

Romance à refr. — P. P. *Rom.* 72; B. *Rom.* 11.

1845 — Talens m'est pris orendroit

Pb[13] 25 (Gaut. de C.).

Ch. à la V. — Poq. 19.

1846. — Se chascuns del monde savoit

A 160 (D. de Br.); R[1] 24 (id.).

Kell. 256; Mætzn. 10; Din. IV, 111; Sch. I, 44.

1847. — Bele Yolanz en ses chambres seoit

Pb[12] 64.
Romance à refr. — P. P. *Rom.* 39; B. *Rom.* 10.

1848. — L'autrier pastoure seoit

B[2] 133 (Joc. de Br.).
Past. avec des refr. — Wack. 79; B. *Rom.* 316; Sch. I, 154.

1849. — Desconsilliez plus que nus hom qui soit

B[2] 55 (Vid. de Ch.); Pb[12] 32.
P. P. *Hist. litt.* XXIII, 608; L. L. 67; Br. *Arch.* XLII, 273.

1850. — Sire Audefroi, qui par traïson droite

R[1] 159; R[2] 155 (J. Bret.). — *Jeu parti.*

1851. — Se je chant com gentil home

O VI, 21. — *Sotte ch. contre Amour.*

1852. — Quant fueillissent li buisson

Pb[17] 190 (R. de R.).

1853. — L'an que li buisson

Pb[11] 116 (Gont.).
Sch. II, 32.

1854. — Pastourele vi seant lés un buisson

O IV, 24. — *Pastourelle avec des refrains.*

1855. — Ier matinet delés .I. vert buisson

B[2] 65 (J. de Camb.); O IV, 22.
Past. avec des refr. — Din. I, 146; H. *Sitz.* II[5], 310; Br. *Arch.* XLII, 286; B. *Rom.* 309.

1856. — Quant je plus pens a comencier chanson

B[2] 110 (J. de Camb.).
Wack. 67; Din. I, 152.

1857. — J'ai fait maint vers de chanson

O I, 48; Pa 146 (G. de Bern.); Pb[4] 68 (id.); Pb[6] 116 (id.) *et* 138; Pb[12] 92; Pb[17] 100 (G. de Bern.).

Ch. à refr. — La B. II, 166; Din. II, 190; Sch. I, 89.

1858. — Onques a faire chanson

S[1] 17.

1859. — Voloirs de faire chanson

B[2] 246 (C. de Bet.); Pb[3] 105 (Guill. le Vin.); Pb[11] 26 (id.); R[1] 35 (id.).

Din. III, 404; Br. *Arch.* XLIII, 386; Sch. I, 32.

1860. — Par amors ferai chanson

Pa 171 (Rich. de S.); Pb[4] 32 (id.); Pb[6] 101 (id.); Pb[14] 46; Pb[17] 122 (Rich. de S.). — *Rotruange.*

1861. — Adriu Douche, .II. compaignon

Pb[8] 23 (R. de Q.).

Jeu parti. — Din. IV, 645.

1862. — Au dieu d'amors ai requis un don

Pb[6] 125 (R. de B.); Pb[8] 172. — *Ch. à refrain.*

1863. — Dame (Sainte), d'entiere entension

B[2] 218; Pb[14] 152.

Ch. à la V. — Br. *Arch.* XLIII, 343.

1864. — De jolie entension

Pb[14] 63.

1865. — Pour froidure ne pour iver felon

Pa 7 (R. de N.); Pb[2] 60 (id.); Pb[4] 4 (id.); Pb[5] 94; Pb[10] 317; Pb[11] 4 (R. de N.); Pb[14] 4; Pb[17] 12 (R. de N.).

La R. II, 85; Tarb. *Th.* 52.

1866. — Au (Vers le) partir du tans felon

B[2] 249; Pb[12] 41.

Br. *Arch.* XLIII, 391.

1867. — Sans atente de gueredon

B[2] 220 (R. de N.); Pa 91 (G. B.); Pb[1] 61; Pb[3] 28 (G. B.); Pb[4] 36 (id.); Pb[5] 129; Pb[11] 164 (G. B.); Pb[14] 42; Pb[17] 66 (G. B.).

Tarb. *Th.* 62; Br. *Arch.* XLIII, 346.

1868. — Qui porroit un gueredon

Pb[5] 121 (*un couplet*).

1869. — Amours, vostre sers et vostre hon

Pb[3] 106 (Guill. le Vin.); Pb[11] 27 (id.); R[1] 35 (id.).

1870. — Amours a bele maison

Pb[10] 318. — *Ch. à la Vierge.*

1871. — Savari de Malieon

Pb[12] 111. — *Chanson historique.*

1872. — Par quel forfait ne par quele (mesprison) ochoison

B[2] 181 (G. B.); M 226 (M. d'A.); Pa 101 (Ch. de C.); Pb[3] 170 (R. d'A.); Pb[5] 97; Pb[6] 34 (Ch. de C.); Pb[8] 46 (id.); Pb[11] 41 (R. d'A.); Pb[12] 41; Pb[14] 77; Pb[17] 2 (Ch. de C.); Rome, Vat. Christ. 1725, fol. 88 (M. d'A.) (*fragment*).

La B. II, 272; F. M. *Couc.* 36; Br. *Arch.* XLIII, 292; B. *Jahr.* XI, 164; Hér. 5.

1873. — Onkes mais n'a ochoison

O V, 151. — *Ballette.*

1874. — J'ai aussi bele ochoison

O VI, 11. — *Sotte ch. contre Amour.*

1875. — Je n'ai pas droite ochoison

Pa 243 (C. le B.); Pb^{3} 129 (id.); Pb^{4} 118 (id.); Pb^{6} 91 (id.); Pb^{11} 93 (id.); Pb^{17} 164 (id.); R^{1} 70 (id.); S^{1} 35.

Din. iii, 132.

1876. — Je ne chant pas sans loial ochoison

Pb^{14} 110.

1877. — Li dous chanz de l'oisillon

Pb^{5} 80 (*un couplet*).

1878. — Robert, veez de Pieron

Pa 41 (R. de N.); Pb^{2} 71; Pb^{4} 9 (R. de N.); Pb^{8} 179; Pb^{10} 375; Pb^{11} 10 (R. de N.); Pb^{14} 21; Pb^{17} 41 (R. de N.).

Jeu parti. — La R. ii, 81; P. P. *Rom.* 150; L. de L. i, 182; Tarb. *Th.* 103; B. *Chr.* 249.

1879. — Pour ceu se je sui en prison

O i, 72.

1880. — Coustume est bien quant on tient un prison

B^{1} 3; Pa 48 (R. de N.); Pb^{2} 73; Pb^{3} 10 (R. de N.); Pb^{4} 13 (id.); Pb^{5} 29; Pb^{6} 48 (R. de N.); Pb^{8} 39 (id.); Pb^{10} 230; Pb^{14} 24; Pb^{17} 35 (R. de N.); R^{1} 5 (id.).

La R. ii, 72; Tarb. *Th.* 15; R. *Jahr.* x, 85.

1881. — De la procession

Pb^{5} 45.

P. P. *Hist. litt.* xxiii, 821.

1882. — Se je me plain, j'ai bien raison

O v, 185. — *Ballette.*

1883. — Je chant par droite raison

Pa 341; Pb^{4} 165; Pb^{6} 175; Pb^{17} 222.

1884. — .... devriez, dame, esgeirer raison

Ll 1 (*incomplet*).

1885. — Desoremais est raison

B² 52 (R. de S.); Lb 102 (J. de N.); Pb³ 177 (G. de Dij.); Pb⁵ 46; Pb⁸ 84; Pb¹² 126; Pb ¹⁴ 96; S¹ 33.
Br. *Arch.* XLII, 270.

1886. — Uns hons qui a en soi sens et raison

B² 249.
Br. *Arch.* XLIII, 392.

1887. — Nus (On) ne poroit de mauvaise raison

Pb¹² 117; Pb¹⁴ 116.
Ch. de croisade. — P. P. *Rom.* 100; L. de L. I, 118; Din. III, 401.

1888. — Jehan Bretel, par raison

A 142; R¹ 141. — *Jeu parti.*

1889. — De vous, amours, me complain par raison

Pa 358; Pb⁴ 174; Pb¹⁷ 233.

1890. — Grieviler, par quel raison

Ll 6; R² 161 (J. Bret.). — *Jeu parti.*

1891. — Ja nus hons pris ne diroit sa raison

B² 103 (R. Rich.); Pa 392; Pb⁴ 180; Pb⁵ 62; Pb¹² 104; Pb¹⁷ 252.
Ch. historique. — Sinn. III, 370; P. P. *Conq.* 243 L. de L. I, 56; Wack. 38; Tarb. *Bl.* 114, 117; B. *Chr.* 185.

1892. — Nient plus que droiz puet estre sans raison

B¹ 6; Pa 267 (Eust. de P.); Pb⁴ 131 (id.); Pb⁵ 88; Pb⁸ 80; Pb¹⁴ 68; Pb¹⁷ 116 (Eust. de R.).
Tarb. *Ch.* 68; R. *Jahr.* x, 99.

1893. — A la douçour de la bele saison

B² 22; Pa 89 (G. B.); Pb¹ 60; Pb⁴ 35 (G. B.); Pb⁵ 4; Pb⁶ 27 (G. B.); Pb¹⁴ 41; Pb¹⁷ 65 (G. B.).

Br. *Arch.* XLI, 368.

1894. — Or seroit mercis de saison

B² 168 (Best.); Pb³ 9 (id.); Pb⁵ 92; Pb¹¹ 48 (Best.).

Br. *Arch.* XLIII, 276.

1895. — Quant voi la douce saison

Pb⁸ 107.

1896. — A l'entrant de la saison

Pb³ 122 (M.); Pb¹¹ 121 (id.).

1897. — A l'entrée de la saison

M 224 (M. d'A.); Pb³ 142 (Bl.); Pb¹¹ 91 (id.).

Tarb. *Bl.* 7.

1898. — Quant estés faut encontre la saison

Pb⁸ 90.

1899. — Ma viele vieler veut un biau son

Pb¹³ 26 (Gaut. de C.).

Ch. à la V. — Poq. 385.

1900 — Chanter veuil un nouvel son

Pb⁶ 143; Pb¹⁷ 211.

1901. — Chanter veuil un son

Pb⁵ 29 (*un couplet*).

1902. — Je ne cuit pas qu'en amours traïson

Pa 260 (J. de M.); Pb⁴ 127 (id.); Pb⁵ 64; Pb¹⁷ 175 (J. de M.).

Tarb. *Ch.* 75.

1903. — Haute pucele pure et monde

Pb13 27 (Gaut. de C.).

1904. — Amours est et male et bone

Pb14 61.

1905. — Haute pensée me done

O v, 6. — *Ballette.*

1906. — Au comencier de totes mes chansons

Pb5 12.

1907. — Honis soit li jones hons

O v, 114. — *Ballette.*

1908. — Dame, je vous ain plus que nus hons

O v, 81. — *Ballette.*

1909. — Quant j'oi chanter ces oiseillons

Pb3 172 (Er. C.); Pb11 78 (id.).
Din. iv, 253; Sch. ii, 109.

1910. — Mout m'abelit le chans des oiseillons

Pb5 84.

1911. — Encor n'est raisons

Pa 295 (Th. de S.); Pb3 106 (Guill. le Vin.); Pb5 52; Pb11 27 (Guill. le Vin.); R1 36 (id.).

1912. — Li tans d'esté ne la bele saisons

Pb3 14 (J. de Cys.).
Din. ii, 255; Sch. ii, 76.

1913. — Quant li estés et la douce saisons

B2 205; Pb3 55 (Ch. de C.); Pb8 34 (id.); Pb11 158 (Ch. de C.); Pb12 45.

La B. II, 284; F. M. *Couc.* 52; B. *Chr.* 190; Br. *Arch.* XLIII, 330.

1914. — Yvers aproisme et la saisons

Pb[11] 114 (Gont.).
Ch. à refr. — Sch. II, 69.

1915. — Trés grant (Con cest) amours me traveille et confont

B[2] 240 (G. B.); Pb[12] 164.
Tarb. *Ch.* 50; Br. *Arch.* XLIII, 378.

1916. — Quant noif remaint et glace font

M 218 (M. d'A.).
Past. — B. *Rom.* 47.

1917. — Or voi je bien qu'il n'est rien en cest mont

B[2] 167; O I, 24.
Br. *Arch.* XLIII, 275.

1918. — Li plus desconfortés du mont

A 159 (Vid.); B[2] 131; Pa 68 (G. B.); Pb[1] 53; Pb[3] 8 (Vid. de Ch.); Pb[4] 23 (G. B.); Pb[6] 10 (id.); Pb[11] 106 (T. de B.); Pb[12] 18; Pb[14] 34; Pb[17] 52 (G. B.); R[1] 22 (Vid. de Ch.).
Rotr. — L. L. 43; Br. *Arch.* XLII, 381.

1919. — D'amours me plain plus que de tout le mont

Pb[6] 157; Pb[17] 216.

1920. — Fins cuers dous, quant paieront

Bibl. nat., ms. fr. 24391 (J. A.). — *Balade* n° 7.

1921. — En soupirant de trop parfont

Pb[11] 68. — *Le lai d'Aelis.*

1922. — Conforz me prie et semont

Pb[5] 29.

1923. — Ma volentés me requiert et semont

B[2] 143 (G. B.); Pb[12] 24.

Br. *Arch.* XLIII, 246.

1924. — La joie me semont

Pa 118 (Bl. de N.); Pb[4] 44 (id.); Pb[6] 44 (id.); Pb[14] 108 Pb[17] 83 (Bl. de N.).

La B. II, 171; Tarb. *Bl.* 43.

1925. — Grieviler, deus dames sont

R[1] 170; R[2] 155 (J. Bret.). — *Jeu parti.*

1926. — Dont sont? qui sont

O v, 124.

Ballette. — La V. *Arch.* v, 108.

1927. — Dame, vous estes li confors

O I, 11. — *Ch. à la Vierge.*

1928. — A ce m'acort

Pb[3] 136 (G. le Vin.); Pb[11] 83 (id.). — *Descort.*

1929. — En esmai et en confort

Pb[5] 51.

1930. — Pour la pucele en chantant me deport

Pb[13] 28 (Gaut. de C.).

Ch. à la V. — Poq. 385.

1931. — Puisqu'en chantant convient que me deport

Pb[5] 103. — *Lai.*

1932. — Destroiz d'amours et pensis sans deport

Pa 409.

1933. — Mès sans solas, sans deport

B² 155.
Br. *Arch.* XLIII, 262.

1934. — Plaine d'ire et de desconfort

B² 191; Pb¹² 47.
Br. *Arch.* XLIII, 307.

1935. — En mon chanter me reconfort

O V, 2. — *Ballette.*

1936. — Plourez, amant, car vraie amours est morte

Héc. 87 (ms.?) (Jehan Baillehaut). — *Sotte chanson.*

1937. — On dit qu'amours est douce chose

B² 168; Pb¹² 47.
Wack. 12.

1938. — Certes, c'est laide chose

Pb¹¹ 198.

1939. — Compaignon, je sai tel chose

B² 47 (M. d'A.); Pb³ 30 (G. B.); Pb¹¹ 166 (id.); Pb¹² 139.
Br. *Arch.* XLII, 263.

1940. — Quant nature a celle saison desclose

O I, 61.

1941. — Siet soi belle Euriaus, seule est enclose

Bibl. nat. ms. fr. 1374, fol. 147 et ms. fr. 1553, fol. 301.
Romance. — F. M. *Rom. de la violette,* p. 114; B. *Rom.* 18.

OU

1942. — Jolif, plain de bone amour

Pa 313; Pb4 149; Pb6 164; Pb17 198.

1943. — Remembrance de bone amour

Pa 209 (R. de B.); Pb4 100 (id.); Pb6 125 (id.).

1944. — Puis que bone amour

O v, 161. — *Ballette.*

1945. — Ferus sui d'un dart d'amour

B2 79; Pb12 48.
Br. *Arch.* XLII, 304.

1946. — Espris d'ire et d'amour

Pb3 115 (Guill. le Vin.); Pb11 48 (id.). — *Descort.*

1947. — Si com fortune d'amour

Pb3 156 (Ad. de Giv.); Pb11 170 (id.).
Din. III, 47.

1948. — Je sent le dous mal d'amour

Pb8 139.

1949. — Bouchart, je vous part d'amour

B2 24; O III, 29.
Jeu parti. — Din. IV, 98; Br. *Arch.* XLI, 370.

1950. — Li plus se plaint d'amour

S1 10.

1951. — Mescheans sui d'amour

B^2 154.

Br. *Arch.* xliii, 260.

1952. — Tuit demandent qu'est devenue amour

B^2 234 (F. de M.).

Wack. 32.

1953. — De la plus douce amour

Pb^3 142 (Bl.); Pb^{11} 91 (id.).

Tarb. *Bl.* 27.

1954. — Haute chose a en amour

B^2 91; Pa 143 (G. de Bern.); Pb^4 66 (id.); Pb^5 56; Pb^6 115 (G. de Bern.); Pb^8 88; Pb^{17} 98 (G. de Bern.).

Ch. à refr. — Br. *Arch.* xlii, 322; Sch. i, 83.

1955. — Envers fauce amour

O v, 38 *et* 109. — *Ballette.*

1956. — Si sui du tout a fine amour

B^2 218; Pa 187 (R. de F.); Pb^3 82 (id.); Pb^4 89 (id.) Pb^6 75 (id.); Pb^{11} 125 (id.); Pb^{17} 133 (id.).

Din. iv, 594; Br. *Arch.* xliii, 344.

1957. — Chanter veuil pour fine amour

B^2 39 (J. de la V.).

Tarb. *Ch.* 58; Br. *Arch.* xlii, 253.

1958. — En loial amour

R^1 61 (R. du Ch.).

1959. — A nouvel tans et a nouvel amour

Pb^{12} 106.

1960. — Au comencier de ma nouvele amour

Pa 215 (J. d'Esp.); Pb[3] 22 (Chev.); Pb[4] 104 (G. d'Esp.); Pb[5] 11; Pb[6] 135; Pb[8] 11 (Q. Chevalier); Pb[11] 98 (Chev.); Pb[12] 102.

Buch. 419; Din. III, 387; Sch. I, 8.

1961. — Je te pri de cuer par amour

Pb[17] 263. — *Ch. à la Vierge.*

1962. — Lorete, suer, par amour

O III, 12. — *Jeu parti.*

1963. — A la virge qui digne est de s'amour

Pb[9] 3. — *Ch. à la Vierge.*

1964. — Onques ne fui sans amour

Pa 158 (P. d'A.); Pb[4] 50 (id.); Pb[8] 85; Pb[14] 87; Pb[17] 108 (P. d'A.); S[1] 18.

Tarb. *Ch.* 117.

1965. — Or (Bien) cuidai vivre sans amour

A 154; B[2] 175; Pb[5] 16; R[1] 12 (Ch. de C.).

La B. II, 263; F. M. *Couc.* 25; H. *Sitz.* II[7], 514; Br. *Arch.* XLIII, 285.

1966. — Biaus Colins Musès, je me plain d'une amour

B[2] 35 (J. d'Am.).

Jeu parti. — Tarb. *Ch.* 94; Br. *Arch.* XLII, 247.

1967. — Vous qui amés de vraie amour

B[2] 245; Pb[12] 127.

Ch. de croisade. — B. *Chr.* 193; Br. *Arch.* XLIII, 385; P. M. *Rec.* 369.

1968. — Fine amour cui j'aour

O II, 18. — *Estampie.*

1969. — Quant li tans pert sa chalour

A 156 (Gaut. de D.); B^2 202 (id.); O I, 19; Pa 254 (Sauv. d'Ar.); Pb^3 92 (Gaut. de D.); Pb^4 124 (Sauv. d'Ar.); Pb^6 113 (id.); Pb^8 121; Pb^{11} 143 (Gaut. de D.); Pb^{12} 123; Pb^{14} 96; Pb^{17} 171 (Sauv. d'Ar.).
Br. *Arch.* XLIII, 324.

1970. — Amis Harchier, cil autre chanteour

Pa 291 (Th. de S.); Pb^4 60 (id.); Pb^{14} 86.
La B. II, 220; Aug. II, 48.*

1971. — Partis de doulour

B^2 182 (G. d'Esp.).
Br. *Arch.* XLIII, 205.

1972. — En douce doulour

Pb^5 50.

1973. — Merci, amours, de la douce doulour

Pb^6 217 (Ad. de la H.); Pb^7 317; Pb^8 152; Pb^{11} 229 (Ad. le B.); Pb^{15} 7 (id.); Pb^{16} 14 (id.).
De C. 49.

1974. — Deus! com est a grant doulour

Pb^3 162 (Th. Er.); Pb^{11} 135 (id.).

1975. — Pour ce que (Pour tant se) mes cuers souffre grant doulour

B^2 183; Pb^{12} 140.
Br. *Arch.* XLIII, 299.

1976. — Je chantai de ma doulour

Pb^3 161 (R. de la P.).

1977. — Quant define feuille et flour

B^2 136; Pa 88 (G. B.); Pb^1 59; Pb^3 29 (G. B.); Pb^4 34 (G. B.); Pb^5 73; Pb^6 25 (G. B.); Pb^8 30 (id.); Pb^{11} 165 (id.); Pb^{14} 41; Pb^{17} 64 (G. B.).

Br. *Arch.* XLII, 389.

1978. — Quant je voi et feuille et flour

B² 115 (Aud.); Pa 142 (R. de S.); Pb⁴ 66 (Tn. de S.); Pb⁶ 84 (R. de S.; Pb¹² 137; Pb¹⁴ 85; Pb¹⁷ 98 (R. de S.).

H. *Sitz.* II⁷, 505; Br. *Arch.* XLII, 359.

* 1978. — L'an que fine (Tant que fine) feuille et flour

Même pièce que le nº 1977.

1979. — C'est en mai au mois d'esté que flourit flour

Pb¹⁷ 216. — *Pastourelle.*

1980. — Quant voi blanchoier la flour

Pa 325; Pb⁴ 156; Pb⁵ 121; Pb⁶ 172; Pb¹⁷ 204. — *Rotruange.*

1981. — Au renouveler (Vers le nouvel) de la flour

B² 248; Pb¹² 44.

Br. *Arch.* XLIII, 391.

1982. — Quant voi venir le dous (bel) tans et la flour

B² 196 (A. C.); Pb³ 55 (Ch. de C.); Pb⁵ 112; Pb⁸ 34 (Ch. de C.); Pb¹¹ 157 (id.); Pb¹² 10.

La B. II, 290; F. M. *Couc.* 64; Br. *Arch.* XLIII. 314.

1983. — Se j'ai du monde la flour

Pa 341; Pb⁴ 165; Pb⁶ 175; Pb¹⁷ 223.

1984. — En mai la rosée que nest la flour

Pa 318; Pb⁴ 152; Pb⁶ 166; Pb¹⁷ 200.

Past. — La R. II, 95; Tarb. *Ch.* 23; B. *Rom.* 184.

1985. — Trois choses font unc flour

B² 242.

Wack. 62.

1986. — Longuement ai a folour

B^2 141.
Ch. relig. à refr. — Br. *Arch.* XLIII, 245.

1987. — Contre la froidour

Pa 219 (J. de Cys.); Pb^3 15 (id.); Pb^4 48 (P. d'A.); Pb^6 155; Pb^{14} 70.
Sch. II, 72.

1988. — Quant voi fenir iver et la froidour

Pb^3 180 (G. d'Esp.). — *Rotruange.*

1989. — En icel tans que je voi la froidour

B^2 67; Pb^3 87 (Gaut. de D.); Pb^{11} 142 (id.); Pb^{12} 49.
Br. *Arch.* XLII, 289.

1990. — L'autrier (me) levai ains (au) jour

B^2 134; Pb^{12} 79.
Past. — M. M. 48; H. *Sitz.* II^5, 325; Br. *Arch.* XLII, 386; B. *Rom.* 118.

1991. — De Mès a friscor l'autre jour

O IV, 32.
Past. avec des refr. — B. *Rom.* 155.

1992. — Bone aventure a ma dame et bon jour

R^1 100 (M. le B.).

1993. — Trop m'abelit quant j'oi au point du jour

Pb^5 139.

1994. — Ha! quant soupir me vienent nuit et jour

Pa 235 (Br. de T.); Pb^4 114 (id.); Pb^6 78 (id.); Pb^{17} 160 (id.).

1995. — Un petit devant le jour

B^2 247 (D. de Lor.); M 218 (M. d'A.); Pa 320; Pb^4 153; Pb^6 168; Pb^{11} 79 (Ch. de L.); Pb^{12} 67; R^1 109.

Past. avec des refr. — Kell. 308; Tarb. *Ch.* 26; Mætzn. 70; Din. IV, 155; H. *Sitz.* II^7, 524; B. *Chr.* 303 et *Rom.* 35; Br. *Arch.* XLIII, 388.

1996. — Honis soie je le jour

O v, 178. — *Ballette.*

1997. — Onques n'amai plus loialment nul jour

Pb[8] 141.

1998. — Chançon m'estuet chanter de la meillour

Bibl. nat. ms. fr. 1593, fol. 60. — *Ch. à la Vierge.*

1999. — Chanter vueil de la meillour

R[1] 123 (J. le V.). — *Ch. à la Vierge.*

2000. — Amis Bertrans, dites moi le meillour

B[2] 2 (C. de Bet.); O III, 27.
Jeu parti. — Din. III, 406; Tarb. *Ch.* 26; H. *Sitz.* II^7, 486; Br. *Arch.* XLI, 347; Sch. I, 5.

2001. — En dame plaisant d'onnour

O v, 63. — *Ballette.*

2002. — A l'entrée de pascour

Pa 350; Pb[4] 170; Pb[17] 229.
Rotr. — Br. *Jahr.* IX, 322; B. *Rom.* 186.

2003. — Li dous tans de pascour

Pb[2] 182 (J. de N.).
Rotr. — La B. II, 210.

2004. — Au mois d'avril que l'on dit (quant ce vient) en pascour

B[2] 65 (A. C.); Pb[11] 139 (id.); Pb[12] 95.
Br. *Arch.* XLII, 287.

2005 — Au tans pascour

Pa 205 (J. E.); Pb^4 99 (id.); Pb^6 192; Pb^{11} 84 (J. E.).
Past. à refr. — Br. *Jahr.* IX, 316; B. *Rom.* 257.

2006. — En avril, au tans pascour
Que nest la fueille et la flour

Pb^{12} 152.
Past. — B. *Rom.* 25.

2007. — En avril, au tans pascour
Que sous l'erbe nest la flour

Pa 410.
Past. — B. *Rom.* 26.

2008. — A dous tans pascour

B^2 15 (T. de N.); Pb^{12} 162.
Past. — Tarb. *Ch.* 109; H. II⁵, 302; Br. *Arch.* XLI, 363 B. *Rom.* 285.

2009. — L'autrier contre le tans pascour

Pb^{14} 57.
Past. à refr. — B. *Rom.* 52.

2010. — Apris ai qu'en chantant plour

Pb^5 10; Pb^6 140; Pb^{17} 210.

2011. — Dame, pour cui souspir et plour

B^2 56.
Br. *Arch.* XLII, 275.

2012. — Mere au Sauveour

Pb^3 1. — *Ch. à la Vierge.*

2013. — De la mere au Sauveour

Pb^{17} 265. — *Ch. à la Vierge.*

2014. — Conseilliez moi, Signour

B^2 40; Pb^{12} 119.
Jeu parti. — Br. *Arch.* XLII, 254.

2015. — Gaite de la tour

Pb^{12} 83.

Aubade. — P. P. à la suite de *Berte aux grans piés*, 195, *Rom.* 66. et *Hist. litt.* XXIII, 811 ; L. de L. I, 139 ; B. *Chr.* 201.

2016. — Amours qui tient cuers en valour

O II, 9. — *Estampie.*

2017. — Je ne chant pas pour verdour

Pa 170 (P. d'A.) ; Pb^{4} 57 (id.) ; Pb^{8} 94 ; Pb^{10} 232 ; Pb^{14} 91 ; Pb^{17} 115 (P. d'A) ; S^{1} 19.

2018. — Trop ai coustumiere amours

Pb^{3} 157 (Ad. de Giv.) ; Pb^{11} 81 (id.). — *Descort.*

2019. — Pensis, desirant d'amours

Pb^{8} 91.

2020. — Joie ne guerredon d'amours

Pa 233 (Tr. de L.) ; Pb^{3} 177 (G. de Dij.) ; Pb^{4} 113 (Tr. de L.) ; Pb^{6} 111 (id.) ; Pb^{11} 46 (Chr. de T.) ; Pb^{17} 158 (Tr. de L.).

La B. II, 201 ; Din. II, 349 ; Holl. 233 ; Sch. II, 139.

2021. — Je morrai des maus d'amours

O V, 152. — *Ballette.*

2022. — Nus ne set les maus d'amours

R^{1} 105 (Th. Er.).

Kell. 303 ; Mætzn. 60.

2023. — Gautier, je me plaing d'amours

B^{2} 84.

Br. *Arch.* XLII, 312.

2024. — On demande mout souvent qu'est amours

O i, 64; Pb^{6} 218 (Ad. de la H.); Pb^{7} 316; Pb^{8} 153; Pb^{11} 225 (Ad. le B.); Pb^{14} 111; Pb^{15} 8 (Ad. le B.); Pb^{16} 14 (id.).
De C. 52.

2025. — Ma douce dame et amours

Pb^{5} 84; Pb^{6} 220 (Ad. de la H.); Pb^{7} 314; Pb^{8} 102; Pb^{11} 229 (Ad. le B.); Pb^{16} 16 (id.); R^{1} 52 (id.).
De C. 67.

2026. — Savés pour quoi amours a non amours

A 152; B^{1} 5; Pb^{5} 123; Pb^{8} 1 (R. de N.); Pb^{10} 319; R^{1} 9 (R. de N.).
La R. ii, 62; Tarb. *Th.* 59; *Jahr.* x, 94.

2027. — A tort m'ociés, amours

Pb^{8} 171.

2028. — Bon fait amer par amours

O v, 94. — *Ballette.*

2029. — Or me respondés, amours

Pb^{14} 56.

2030. — De chanter me semont amours

B^{2} 61; Pa 227 (V. de C.); Pb^{4} 110; Pb^{6} 77 (V. de C.); Pb^{17} 155 (id.).
Br. *Arch.* xlii, 280.

2031. — Li tans nouviaus et la douçours

Pb^{11} 113 (Gont.).
Rotr. — P. P. *Hist. litt.* xxiii, 602; Din. iv, 273; Sch. ii, 43.

2032. — Les doucces doulours

Pa 32 (R. de N.); Pb^{2} 67; Pb^{5} 71; Pb^{10} 232; Pb^{11} 15 (R. de N.); Pb^{14} 17; Pb^{17} 29 (R. de N.).
La R. ii, 51; Tarb. *Th.* 39.

2033. — Au partir d'esté et de flours

Pa 233; Pb^4 160; Pb^6 145; Pb^{17} 218.

2034. — Mais n'os (Ne doi) chanter de fueille ne de flours

B^2 155 *et* 161 (Th. Er.); Pb^3 162 (id.); Pb^{11} 135 (id.).
Br. *Arch.* XLIII, 261 *et* 268.

2035. — Chans d'oisiaus (et) feuille ne (et) flours

B^2 47; S^1 22.
Ch. avec des refr. — Br. *Arch.* XLII, 263.

2036. — Quant il ne pert feuille ne flours

B^2 119; Pa 131 (Gaut. de D.); Pb^3 83 (R. de F.); Pb^4 77 (Gaut. de D.); Pb^6 76 (G. de S.).
Din. III, 193; Br. *Arch.* XLII, 364; Sch. II, 48.

2037. — Quant vient en mai que l'on dit as lons jours

Pb^{12} 69.
Romance à refr. — P. P. *Rom.* 49; L. de L. I, 15; P. P. *Hist. litt.* XXIII, 516; Cr. I, 42; B. *Chr.* 49 et *Rom.* 3; P. M. *Rec.* 365.

2038. — Sans espoir d'avoir secours

Pb^6 221 (Ad. de la H.); Pb^7 317; Pb^{11} 230 (Ad. le B.); Pb^{16} 17 (id.); R^1 54 (id.).
De C. 78.

2039. — Tant atendrai le secours

Pb^{14} 102.

2040. — Aveugles, muès et sours

B^2 1; Pb^{14} 152.
Ch. à la V. — Br. *Arch.* XLI, 345.

2041. — Pensis com fins amourous

Pb^3 20 (P. de C.); Pb^{11} 122 (id.).
Past. avec des refr. — M. M. 41; B. *Rom.* 279.

2042. — Li rossignolès avrillous

Pb[3] 109 (Guill. le Vin.); Pb[11] 29 (id.). — *Rotruange.*

2043. — Merci je vous proi, fins cuers dous

O v, 68. — *Ballette.*

2044. — N'est pas courtois, ains est fols et estous

B[2] 158 (J. de Camb.).
Br. *Arch.* XLIII, 263.

2045. — Trop est mes maris jalous

Pb[6] 131.
Ch. à refr. — Tarb. *Ch.* 41.

2046. — L'autrier chevauchoie sous

Pa 289 (C. de la M.); Pb[4] 140 (id.); Pb[17] 176 (id.).
Past. avec des refr. — Br. *Jahr.* IX, 320; B. *Rom.* 229.

2047. — Bele et blonde a cui je sui tous

Pa 356; Pb[4] 173; Pb[17] 232.

2048. — Mesdisans, quant tient a vous

O v, 99. — *Ballette.*

2049. — Adan, du quel cuidiés vous

Pb[7] 321.
Jeu parti. — G. R. *Rom.* VI, 592.

2050. — Dous cuers, je ne puis sans vous

Bibl. nat., ms. fr. 24391 (J. A.). — *Balade* n° 5.

2051. — Et je souhait frès fromage, et si vous

O v, 182.
Ballette. — La V. *Arch.* v, 114.

U

2052. — Or ai bien d'amours aperçu

B² 176.
Br. *Arch.* XLIII, 287.

2053. — J'ai tant d'amours apris et entendu
Que desormais veul a chanter aprendre

B² 108.
Ch. à la V. — Br. *Arch.* XLII, 349.

2054. — Tant ai d'amours apris et entendu
Que nus fors Dieu ne m'en puet plus aprendre

B² 231 (Gad. d'A.); Pb⁵ 139; Pb¹² 135; Pb¹⁴ 113.
Br. *Arch.* XLIII, 365.

2055. — Pré ne vergier ne boscage foillu

Pb³ 165 (J. E.); Pb¹¹ 131 (id.).

2056. — Quant li oisillon menu

Pa 396; Pb⁴ 182; Pb⁵ 116; Pb¹⁷ 254.

2057. — Quant fine iver que cil arbre sont nu

Pa 361; Pb⁴ 175; Pb¹⁷ 235.

2058. — Flour ne verdour ne m'a pleü

Pb⁵ 54; Pb⁶ 137; Pb¹⁷ 209.

2059. — Pour ce que j'ai le vouloir retenu

O I, 66.

2060. — Lonc tans m'ai teü

Pb[4] 185. — *Lai des Hermins.*

2061. — Se j'ai chanté ne m'a gaires valu

Pb[5] 131 (*un couplet*).

2062 — Or somes a ce venu

Pb[3] 97 (H. de la F.); Pb[11] 150 (id.).
Serventois. — P. P. *Rom.* 189; L. de L. I, 172; Tarb. *Th.* 180.

2063. — Rois de Navare et sires de Vertu

B[2] 210; M 230; Pa 140 (R. de S.); Pb[3] 85 (id.); Pb[4] 64 (Th. de S.); Pb[6] 87 (R. de S.); Pb[8] 42 (J.); Pb[11] 97 (R. de S.); Pb[12] 122; Pb[14] 84; Pb[17] 96 (R. de S.).
Wack. 43; Tarb. *Th.* 138.

2064. — Encontre esté qui nous argue

Pa 356; Pb[4] 173; Pb[17] 231.

2065. — Mout longuement avrai doulour eüe

Pb[5] 83 (*un couplet*).

2066. — La fille dan Hue

O IV, 21; Pb[12] 138.
Past. à refr. — B. *Rom.* 141.

2067. — Quant je voi l'erbe menue

B[2] 201 (G. d'Esp.); Pb[12] 54.
Br. *Arch.* XLIII, 322.

2068. — Puis que j'ai ma chanson meüe

Pa 277 (Car.); Pb[4] 137 (id.); Pb[5] 102; Pb[17] 182 (Car.).
Din. III, 126; Sch. II, 103.

2069. — Trop me repent, mais tart me sui perçue

O v, 136. — *Ballette.*

2070. — Je chanterai que m'amie ai perdue

B^2 88.

Br. *Arch.* xlii, 319.

2071. — Encor ferai une chanson perdue

B^2 7 (Hug. de Br.); M 230; Pa 258 (Hug. de Br.); Pb^3 17 (id.); Pb^4 126 (id.); Pb^5 48; Pb^6 88 (Hug. de Br.); Pb^8 116; Pb^{11} 104 (Hug. de Br.); Pb^{12} 7 *et* 99; Pb^{17} 174 (Hug. de Br.); R^1 26 (id.).

Br. *Arch.* xli, 353.

2072. — Bele m'est la revenue

B^2 31.

Ch. avec des refr. — Br. *Arch.* xlii, 243.

2073. — Amours, mout as bele venue

R^1 130 (Guill. d'Am.).

2074. — Sans espoir d'avoir secours de nului

Pb^8 103.

2075. — Ausi com l'unicorne sui

B^1 1; B^2 9 (P. de G.); Lb 131; Pa 29 (R. de N.); Pb^2 75; Pb^5 1; Pb^8 38 (R. de N.); Pb^{10} 230; Pb^{11} 13 (R. de N.); Pb^{12} 125; Pb^{14} 15; Pb^{17} 26 (R. de N.); R^1 7 (id.); S^1 2.

La R. ii, 70; Din. ii, 343; Tarb. *Th.* 4; R. *Jahr.* x, 75; Br. *Arch.* xli, 355; Sch. i, 144.

2076. — Et que me de mauconduis

Pb^9 266. — *Ch. à la Vierge* (*à refrain*).

2077. — Merveil moi que chanter puis

Pa 184 (Rob. de Bl.); Pb^4 87 (id.); Pb^6 69 (id.); Pb^{17} 131 (id.).

2078. — En mon cuer truis

Bibl. nat., ms. lat. 11412, fol. 103.

Estampie (historique). — P. M. *Ann. - Bull. de la Soc. de l'hist. de Fr* , 1864, 2e partie, 3, et *Rec.* 372.

2079. — Quant li malos bruit

Pb12 103.

Ch. à boire. — B. *Chr.* 307.

2080. — Mout a cilz plaisant deduit

Pb8 143.

2081. — Li tans qui fueille et flour destruit

Pb11 113 (Gont.).

Rotr. — Sch. II, 41.

2082. — Bel m'est quant voi nestre le fruit

Pb11 113 (Gont.).

Rotr. — Sch. II, 8.

2083. — Jehan de Grieviler, une

R1 152; R2 166 (J. Bret.). — *Jeu parti.*

2084. — L'autrier errai m'ambleüre

Pb11 174 (J. de R.).

Past. à refr. — Din. III, 302; B. *Rom.* 292.

2085. — Dolans, iriés, plains d'ardure

R1 84 (J. de Griev.). — *Rotruange.*

2086. — Quant la saison du dous tans s'asseüre

B1 6; B2 197 (G. B.); Pa 179 (Vid. de Ch.); Pb3 7 (id.); Pb4 85 (id.); Pb5 6 *et* 122; Pb6 67 (Vid. de Ch.); Pb8 49 (Ch. de C.); Pb11 105 (Vid. de Ch.); Pb12 23; Pb14 48; Pb17 128 (Vid. de Ch.); R1 21 (id.); Rome, Vat. Christ. 1725, fol. 90 (*fragment*).

F. M. *Couc.* 125; Kell. 252; Mætzn. 4; L. L. 47; R. *Jahr.* x, 97; B. *Jahr,* XI, 164; Br. *Arch.* XLIII, 315.

2087. — Amours a bone aventure

O v, 95. — *Ballette.*

2088. — Honeur et bone aventure

Pa 156 (P. d'A.); Pb^{4} 49 (id.); Pb^{6} 121 (P. d'A.) *et* 167; Pb^{14} 71; Pb^{17} 106 (P. d'A.).

Tarb. *Ch.* 12.

2089. — Je chant en aventure

B^{2} 86 (P. de la C.); Pb^{3} 164 (id.); Pb^{11} 128 (id.).

Br. *Arch.* XLIII, 314.

2090. — Bele douce creature

Pb^{13} 29 (Gaut. de C.). — *Ch. à la Vierge.*

2091. — Mere, douce creature

B^{2} 141 (J. de Camb.); O I, 45.

Ch. à la V. — Br. *Arch.* XLIII, 246.

2092. — Drois est que la creature

B^{2} 62; Pb^{14} 154.

Ch. à la V. — Br. *Arch.* XLII, 282.

2093. — Qui trop haut monte et qui se desmesure

Pb^{14} 64.

2094. — Li trés dous maus que j'endure

Pb^{5} 77.

2095. — Qui plus (bien) aime, plus endure

B^{2} 118; Pa 51 (R. de N.); Pb^{2} 76 (id.); Pb^{4} 14 (id.); Pb^{5} 106; Pb^{8} 75; Pb^{11} 14 (R. de N.); Pb^{14} 25 *et* 104; Pb^{17} 33 (R. de N.).

La R. II, 77; Tarb. *Th.* 57; Br. *Arch.* XLII, 362.

2096. — Ausi com l'eschaufeüre

Pb^{14} 54.

2097. — Cors de si gentil faiture

Pb^{8} 13 (J. de D.).
Ch. à refr. — Tarb. *Ch.* 60; Din. IV, 387; Sch. II, 146.

2098. — En vostre douce figure

Bibl. nat., ms. fr. 24391 (J. A.). — *Rondeau* n° 7.

2099. — Quant nois et giaus et froidure

B^{2} 203; Pa 85 (G. B.); Pb^{1} 59; Pb^{3} 26 (G. B.); Pb^{4} 33 (id.); Pb^{5} 109; Pb^{6} 23 (G. B.); Pb^{11} 162 (id.); Pb^{12} 43; Pb^{14} 40; Pb^{17} 62 (G. B.).
Br. *Arch.* XLIII, 327.

2100. — Quant voi chaïr la froidure

Pa 236 (Br. de T.); Pb^{4} 115 (id.); Pb^{6} 79 (id.); Pb^{17} 161 (id.).

2101. — Au partir de la froidure

B^{2} 173; Pb^{3} 136 (G. le Vin.); Pb^{11} 102 (id.).
Ch. avec des refr. — H. *Sitz.* II^{5}, 329; Br. *Arch.* XLIII 283; B. *Rom.* 126.

2102. — Au tans que muert la froidure

Pb^{8} 127.

2103. — Quant pert la froidure

Pb^{12} 46.
Past. — Br. *Jahr.* IX, 328; B. *Rom.* 130.

2104. — Au tans que voi la froidure

Pa 248 (J. l'Org.); Pb^{4} 121 (id.); Pb^{6} 66 (F. B. l'O.); Pb^{17} 168 (J. l'Org.).
Din. IV, 560; Tarb. *Ch.* 63.

2105. — Pluie ne vens, gelée ne froidure

Pa 390; Pb^{3} 80 (G. de V. M.); Pb^{4} 179; Pb^{5} 99; Pb^{11} 123 (G. de V. M.); Pb^{17} 251.

2106. — Sens et raison et mesure

Pa 418; Pb[4] 63 (Th. de S.); Pb[8] 134; Pb[14] 51.

2107. — Quant voi la glaïe meüre

B[2] 197 (P. d'A.); Lb 101 (R. de S.); Pa 141 (id.); Pb[4] 65 (Th. de S.); Pb[6] 85 (R. de S.); Pb[8] 93; Pb[10] 231; Pb[12] 128; Pb[14] 118; Pb[17] 97 (R. de S.); R[1] 29 (id.).

Chansonnette. — La B. II, 218; Kell. 262; Aug. II, 45; Mætzn. 18; Br. *Arch.* XLIII, 316.

2108. — Pour la meillour qu'onques formast nature

Pa 264 (J. le Cuv.); Pb[4] 130 (id.); Pb[5] 101; Pb[17] 180 (J. le Cuv.).

Din. III, 317.

2109. — Tant est douce nourreture

Bibl. nat., ms. fr. 24391 (J. A.). — *Rondeau* n° 2.

2110. — De ma droite nourreture

O v, 140. — *Ballette*.

2111. — Mainte chanson ai fait de grant ordure

Pb[17] 259. — *Ch. à la Vierge*.

2112. — Vierge des cieus, clere et pure

Pb[17] 257. — *Ch. a la Vierge*.

2113. — Douce vierge, roïne nete et pure

R[1] 125 (P. de N.).

Ch. à la V. — Kell. 312; Mætzn. 66.

2114. — De la vierge nete et pure

Pb[9] 14 *et* 71. — *Ch. à la Vierge*.

* 2114. — Quant la saison du tans se rasseüre

Même pièce que le n° 2086.

2115. — Quant li tans tourne a verdure

B² 116 (G. de S.); Pa 382; Pb⁵ 113; Pb¹⁷ 246.
Ch. à refr. — Br. *Arch.* XLII, 359; Sch. II, 58.

2116. — Cil qui chantent de flour ne de verdure

Pa 273 (Eust. le P.); Pb⁴ 132 (id.); Pb⁶ 140; Pb⁸ 82; Pb¹⁴ 68; Pb¹⁷ 120 (Eust. de R.).
La B. II, 192; F. M. *Couc.* 99; Aug. II, 35; Tarb. *Ch.* 70.

2117. — Chant ne me vient de verdure

O I, 51; Pb³ 51 (J. de L.); Pb¹² 94.
Tarb. *Ch.* 72.

2118. — Lors quant je voi le buisson en verdure

Pa 299 (P. d'A.); Pb⁴ 68 (id.); Pb⁵ 77; Pb⁸ 106; Pb¹⁴ 92; R¹ 94 (P. d'A.); S¹ 17.
Kell. 296.

2119. — Quant fueille et glais et verdure

Pb⁸ 117.

2120. — Quant voi la verdure

O II, 11. — *Estampie.*

2121. — Rose ne flour ne verdure

Pa 417.

2122. — Rose ne flour, chant d'oisel ne verdure

B² 211; Pa 251 (Ch. de S. Q.); Pb⁴ 123 (id.); Pb⁶ 107 (id.); Pb¹⁷ 170 (id.).
Br *Arch.* XLIII, 337.

2123. — Coustume et us

Pb⁵ 30.

2124. — J'ain par coustume et par us

R² 105 (Bl.); O I, 1; Pa 115 (Bl. de N.); Pb³ 140 (Bl.); Pb⁴ 43 (Bl. de N.); Pb⁶ 41 (id.); Pb⁸ 130; Pb¹¹ 90 (Bl.); Pb¹⁴ 107; Pb¹⁷ 81 (Bl. de N.); S¹ 10.
Tarb. *Bl.* 35; Br. *Arch.* XLII, 344.

2125. — Bien me sui aperceüs

Pa 287 (Th. Er.).

2126. — De grant joie me sui tout esmeüs

Pa 17 (R. de N.); Pb² 63; Pb⁵ 33; Pb⁸ 180; Pb¹⁰ 314; Pb¹¹ 7 (R. de N.); Pb¹⁴ 9; Pb¹⁷ 18 (R. de N.).
La R. II, 47; Tarb. *Th.* 21.

2127. — Arras, qui ja fus

Pb¹¹ 198.
Ch. satirique. — Jub. *Nouv. Rec.* II, 382; P. M. *Rec.* 373.

2128. — Pour quoi se plaint d'amours nus

O I, 65; Pb⁵ 106; Pb⁶ 216 (Ad. de la H.); Pb⁷ 318; Pb⁸ 160; Pb¹¹ 226 *bis* (Ad. le B.); Pb¹⁴ 97; Pb¹⁵ 7 (Ad. le B.); Pb¹⁶ 13 (id.).
Dc C. 44.

2129. — Guillaume, trop est perdus

Pb³ 127 (C. le B.); Pb¹¹ 24 (id.); R¹ 71 (id.); R² 151 (id.).
Jeu parti. — Kell. 385; Din. III, 143.

2130. — Adès m'estoie a ce tenus

R¹ 39 (Rich.).

SUPPLÉMENT

ET

ADDITIONS

DE LA DEUXIÈME PARTIE

---

44 *bis*. — L'autrier dejouste un vinage

Arsenal, B. L. F. 120 A, p. 779.
Past. — Tarb. *Ch*. 105.

94 *bis*. — Lorsque li jor sont lonc en mai

Rome, Vat. Christ. 1725, fol. 75 (*fragment*).
B. *Jahr*. XI, 160.

122 *bis*. — Se plus fort d'autre ami ain

Bibl nat., ms. fr. 24391 (J. A.). — *Balade* n° 3.

130 *bis*. — Bele m'est la vois autaine

Rome, Vat. Christ. 1725, fol. 93 (*fragment*).
B. *Jahr*. XI, 165.

142 *bis*. — Talens me vint ceste semaine

Héc. 43 (ms.?). — *Sotte chanson*.

190 *bis*. — Dame, il n'est dolors en terre (*rime en* aire)

O v, 131. — *Ballette*.

197 *bis*. — Gens cors en biauté parfais

Bibl. nat., ms. fr. 24391 (J. A.). — *Balade* nº 9.

203 *bis*. — Priez ce mi volt oïr ma dame

O v, 78. — *Ballette*.

206 *bis*. — Par si plaisant atraiance

Bibl. nat., ms. fr. 24391 (J. A.). — *Rondeau* nº 1.

219 *bis*. — Se je vif en gaie enfance

Bibl. nat., ms. fr. 24391 (J. A.). — *Balade* nº 8.

228 *bis*. — Dès ce que fui hors d'ignorance

Bibl. nat., ms. fr. 24391 (J. A.). — *Balade* nº 2.

248 *bis*. — En vostre douce samblance

Bibl. nat., ms. fr. 24391 (J. A.). — *Rondeau* nº 3.

251 *bis*. — Se chascuns cuers pensoit a la souffrance

Bibl. nat., ms. fr. 24432, fol. 303.
Serv. à la V. — Roq. 378 ; Héc. 91.

382 *bis*. — Mon cuer qui a doute combat

Bibl. nat., ms. fr. 24391 (J. A.). — *Rondeau* nº 8.

416 *bis*. — J'ai par maintes fois chanté

Pb^{14} 101.

439 *bis* — C'est en mai au mois d'esté

Rec. des poètes fr., p. 1488.
Past. — B. *Rom.* 54.

472 *bis*. — Soit tors ou droit par faute de santé

Héc. 83 (ms. ?). — *Sotte chanson*.

526 *bis*. — Je croi qu'amours ne sera ja lassée

Héc 79 (ms. ?). — *Sotte chanson*.

670 *bis*. — Bele et bone entierement

Bibl. nat., ms. fr. 24391 (J. A.). — *Balade* n° 6.

714 *bis*. — Tant prent amours plaisanment

Bibl. nat., ms. fr. 24391 (J. A.). — *Rondeau* n° 6.

845 *bis*. — Las ! ne me doi pour ce desesperer

Pb^{10} 320.

1069 *bis*. — Bone amour qui m'a norri

O v, 170. — *Baliette*.

1282 *bis*. — Puis qu'amours se veut en moi herbergier

Pb^{3} 131 (G. de Bern.); Pb^{11} 35 (id.).
Sch. I, 118.

1353 *bis*. — Fins cuers dous, gente et gentieus

Bibl nat., ms. fr. 24391 (J. A.). — *Balade* n° 4.

---

12. — *Ajoutez* (Gaut. de C.).
21. — *Ajoutez Ch. de croisade.*
52. — *Ajoutez* Pb^{8} 178.
238. — *Ajoutez* Francfort, ms. 39, pièce n° 4 (Hug. de Br.).
475. — *Ajoutez Vadurie.* — G. R. *Bull. de l'hist. de Paris*, IX, 135.
997. — *Ajoutez* Hér. 1.
1203. — *Ajoutez* Pb^{17} 217.
1644. — *Ajoutez* P. P. *Mss. fr.* VI, 314.
1831 — *Ajoutez* P. P. *Mss. fr.* VI, 315.

TROISIÈME PARTIE

LISTE ALPHABÉTIQUE DES AUTEURS

ERRATA

DU SECOND VOLUME

Page 3, ligne 3, *lisez* C. de Bet.
— 8, — 2, *lisez* Chr. de T.
— 16, — 12, *lisez* C. le Ch.
— 20, — 17, *lisez* J. d'Am.
— 21, — 25, *lisez Romance à ref.*
— 26, — 20, *lisez* Ad. le B.
— 29, — 8, *lisez* Ad. de la H.
— 34, — 23, *lisez* Ad. le B.
— 51, — 22. *Cette pièce est un Motet, et non une Romance; cf. notre Recueil de Motets*, t. II, p. 127.
Page 58, ligne 17, *voyez notre Recueil de Motets*, t. II, p. 126.
— 127, — 8, *lisez* Rob. de C.
— 167, — 6, *lisez* Pb^{17} 100 (G. de Bern).
— 195, — 6, *lisez* J. de Br.
— 199, — 15 et 16, *supprimez le n°* 1871 ; *cette pièce forme le 2e couplet du n°* 646.
— 201, — 27, *lisez* Eust. le P.

1. Voy. aussi plus haut, pp. 228-230, les *Supplément et Additions de la deuxième partie.*

TABLE

DU SECOND VOLUME